中公文庫

五能線の女

西村京太郎

中央公論新社

目次

第一章　成功報酬　7
第二章　罠　38
第三章　時刻表　71
第四章　再び「リゾートしらかみ3号」　102
第五章　脅迫者　136
第六章　蜃気楼ダイヤ　172
第七章　解決へのダイヤ　210

五能線の女

第一章　成功報酬

1

私立探偵、橋本豊(はしもとゆたか)の事務所は、現在、四谷(よつや)三丁目の雑居ビルの中にあり、そこは、事務所兼住居である。

入り口から入って、十二畳のリビングルームが事務所になっていて、奥の八畳が、彼の住居である。

今年の四月に入って、橋本のところに、少しばかり収入のいい、調査依頼があった。

依頼主は、女性弁護士の井上亜紀子(いのうえあきこ)だった。二十八歳の、民事の弁護士である。

「どんな調査ですか？」

と、橋本が、きくと、

「簡単にいえば、素行調査です。ある男の人の、素行を調べてもらいたいんです。規定の調査費用はお出ししますし、その上に、もし、その男の人の素行調査をしていて、浮気がわかり、その証拠が手に入れば、さらに五十万円の成功報酬を払います」

と、井上弁護士は、いった。

「つまり、離婚裁判ですか？」

橋本が、きいた。

「ええ、離婚調停で、私は、奥さんのほうの弁護士なんですが、調停がうまくいかず、その上、裁判になって負ければ、奥さんは、一銭も慰謝料が取れないんです。それでこうして、あなたに、夫のほうの素行調査を依頼しに来たんですけど、やってくれますね？」

「ええ、やりましょう。面白そうだし、五十万円の成功報酬は、魅力的ですからね」

橋本は微笑した。

井上弁護士は、二枚の写真を、橋本に渡した。男と女の写真である。

「この男性のほうが、調査してもらいたい佐伯勇さん、五十五歳。佐伯工業の社長さんなんですよ。女性のほうは、奥さんの佐伯香織さん。ご主人の佐伯さんとは、一回り以上も若い三十八歳。その離婚調停が始まっているんです」

「どちらから、離婚したいといったんですか？」

「奥さんのほうからです。だから、どうしても、調停がうまくいかず裁判になったら、勝たなくてはならないんです。夫のほうから離婚を申し出たのならば、奥さんの側に問題がなければ、当然の権利として、慰謝料がもらえますけど、今回の場合は、奥さんの香織さんのほうが、どうしても、これ以上、結婚生活に耐えられない。そういって、離婚を申し入れていますからね。このままで行けば、夫の勇さんのほうは、慰謝料を、一銭も払わなくて済んでしまうんです」

と、井上亜紀子は、いった。

「この、夫の勇さんですが、以前も現在も、浮気をしているという感じは、あるんですか？」

橋本が、きいた。

「奥さんの香織さんは、夫は何回も浮気をしたし、今現在もしているといっていますけどね。勇さんが、誤魔化(ごまか)すのがうまいのか、あるいは、資産家でお金を持っているから、そのお金の力で、今までもみ消してきたのか、その辺は、わかりませんけどね、浮気の証拠が、つかめないんです。弁護士の私としては、夫の浮気が原因での離婚ということにして、慰謝料を、夫の側に支払わせてやりたいのですけど、今もいったように、証拠がつかめないから、強く出られません。そこで、こうして、あなたにお願いに来たんです」

と、井上亜紀子弁護士が、いった。

「それで、いつまでに、証拠をつかめば、いいんですか？」

「できれば、今月いっぱいにお願いしたいんです」

橋本が、きく。

「浮気の証拠というと、まず第一に考えられるのは、写真ですね。ほかにも、何か必要ですか？」

「浮気相手と一緒にいる写真、それから、二人の会話を録音したテープ、その他に、浮気相手の女性の、詳しい経歴なんかも、欲しいと思います」

と、亜紀子は、いった。

「承知しました。今月いっぱいに、何とか、この佐伯勇という人の調査をして、もし、本当に浮気をしているのなら、証拠をつかんでみせますよ」

橋本は、約束した。

2

橋本は、小型のテープレコーダー、集音マイク、それから、これも小型のカメラを用意し、愛車のミニクーパーSに乗って、翌日から、佐伯勇の尾行を開始した。

佐伯工業の本社は、新宿にある。

社長の佐伯の愛車は、白のロールスロイスである。佐伯自身は、自分では運転せず、専属の運転手がついているが、どうやら、その三十歳ぐらいの運転手は、佐伯のボディガードでもあるらしい。橋本が調べたところでは、その運転手は、Ｓ大の柔道部の出身だったからである。

もう一緒に暮らせない、ということなのか、妻の佐伯香織のほうは、一ヵ月程前から箱根の別荘に行っていて、永福町の自宅には、夫の佐伯勇しか住んでいない。

橋本は、佐伯の尾行を始めたが、なかなか、浮気の証拠は、つかめなかった。

毎朝、午前九時に出社し、夕方には、得意先の関係者を招待し、食事をした後、毎晩のように、銀座のシャノアールというクラブを使っているが、そのクラブのママのことや、ホステスのことを調べても、佐伯の女という証拠は、つかめなかった。

弁護士の井上亜紀子からは、毎日のように、督促（とくそく）の電話がかかってくる。

「まだ、佐伯勇の浮気の証拠は、見つかりません？」

と、きく。

「残念ながら、まだです」

と、繰り返してから、

「本当に、佐伯勇には、女がいるんですか？」

と、逆に橋本のほうから、きいたりした。

「必ずいますとも。だから、見つけて欲しいんですよ」

怒ったような口調で、弁護士の亜紀子が、いう。

「絶対にいるという証拠は、何かあるんですか？」

「私は、佐伯香織さんの弁護士ですよ。香織さんから、ずっと事情をきいていて、佐伯勇さんに、女がいることは、はっきりしているんです。それに苦しめられて、香織さんは、離婚に踏み切ったんですから」

と、亜紀子は、いった。

「しかしですね、あなたに頼まれてから、一週間、佐伯勇のことを調べていますし、尾行や監視をしているのですが、彼の女というのが、まったく出てこないんですよ。銀座のクラブでは、お得意さんを招待して飲んでいますが、そこに、特定の女性というのは、いないようです。本当に、浮気相手が、いるんでしょうかね？」

「絶対に、いるんです。絶対に」

亜紀子は、電話で繰り返した。

3

四月二十五日になった。今月いっぱいと期限を切られているから、猶予は、今日を入れてあと六日しかない。

その六日間で、果たして、浮気相手の証拠がつかめるだろうか？

それに、本当に、佐伯勇には女がいて、これまで、浮気を続けていたのだろうかと、橋本は、考え込んでしまったりする。

それが、二十六日になって、橋本の事務所に、一通の手紙が舞い込んだ。

差出人の名前は、ない。

その手紙には、こんな文章が書かれてあった。

〈佐伯勇さんには、女がいます。その人の名前は、三村しのぶさん、年齢は三十八歳。偶然かも知れませんが、今の奥さんと同じ歳です。

写真を同封しましたから、見てください。美人だということが、わかります。

渋谷区宇田川町にあるマンション、グランコート宇田川の八〇二号室に住んでいます。

佐伯さんとは、もう七、八年になる付き合いで、子供を一人もうけていますが、その子は、生後一年目に亡くなっています〉

手紙には、そう書いてあって、写真が一枚、同封されていた。

中年の女性の、バストアップの写真である。和服姿で、なるほど、美しい顔だちである。

その写真の顔を、橋本は、自分の頭の中に叩き込んだ。

怪しい手紙だが、手掛かりはこれしかない。だまされたつもりで、翌日から、橋本は、佐伯勇の尾行よりも、渋谷区宇田川町のマンションの前で、三村しのぶという女を見張ることにした。

三村しのぶは、写真では和服姿だが、実際には、洋服姿で、真っ赤なベンツを自分で運転して、外出することが多かった。

これで、佐伯勇が現れて、彼女のマンションで、一夜を明かすというようなことにでもなれば、それが、確実な証拠になると思ったのだが、なかなか、佐伯のほうは、現れなかった。

月末までの期限が、迫ってきていた。

二十八日午後十時過ぎに、やっと、佐伯勇が、ロールスロイスに乗って、問題のマンションにやってきた。

外で待ち合わせたのか、三村しのぶと一緒だ。

マンションの、三村しのぶの部屋には、彼女が留守の間に、盗聴器を仕掛けておいた。まず、橋本は、車の中で、その盗聴器から届く、佐伯勇と三村しのぶの会話を、テープに録音していった。

二人の会話は、こんなものだった。


「あんなに電話をしたのに、なかなか来てくださらなかったのね」

「君も知っているように、家内と離婚調停中なんだよ。どうも、家内は、私立探偵を雇ったようで、ずっと尾行がついている。それに気づかずに、君と一緒にいれば、肝心の離婚調停に負けて、家内に、莫大な慰謝料を取られてしまうからね。だから、ずっと用心していたんだよ」

「それなのに、今日は、大丈夫だったんですか？」

「ここ二、三日、今いった私立探偵を見かけないからね。何もつかめず、諦めたと、私は思っている。だから、こうして、ここにやってきているんじゃないか」

「奥さんとの離婚調停は、いつまで続くんですか？」

「来月には結果が出るはずだ。だから、それまで、君との関係がバレなければ、すべてうまくいくんだよ」

「奥さんと完全に離婚することができたら、その後で、私と一緒になってくださるんですね？」

「ああ、一緒になるとも。ただ、問題は、離婚する前に、君と付き合っていたことが、わかるとマズい。だから、君との関係は、離婚調停が終わってから、付き合いを始めたということにしたいんだよ。そのために、いろいろとやっているから、君は、何も心配することはない」

「奥さんは、私のことを知っているのかしら？」

「いろいろと、私の身辺を調べているらしいが、しかし、君のことは知らないだろうし、その辺は、大丈夫だ。ちゃんと用心しているからね」

「それで調停がうまくいけば、あなたと一緒になれるんですね？」

「その通りさ」

「本当に、待ち遠しかった」

「私だって同じだ。家内と一緒の生活は、本当に味気なかったからな。これで、君と本当に楽しい生活を送ることができる」

「私ね、あなたと本当に一緒になった後、どんな生活ができるか、それをいろいろと考えているんですよ。考えていると、嬉しくなってくるの」

「調停がすべて済んだら、ゆっくりと、その話をきくよ。自由になったら、どこにでも行けるし、どこにだって、君と私の別荘を買うことができる。君の好きな沖縄にだって、家を建てることができるんだよ」

「考えてみたら、あなたとは、もう何年の付き合いになるのかしら？」

「八年かな」

「もう八年」

「その間、君に、日陰の暮らしをさせておいて、申し訳ないと思っている」

「正直いって、八年の間には、時々、辛いこともありましたよ。でも、まもなく、そんな辛い生活も終わるんですね。これからは、おおっぴらに、あなたの奥さんとして、生きていけるんだ。そう思うと、何だか、ウソみたいな気がしてきて」

「これは、夢なんかじゃないんだ。そうだ、これから風呂に入りたいから、用意してくれ」

録音された二人の会話は、そんなものだった。

朝になってから、橋本は、車の中からカメラを構えて、佐伯勇が出てくるのを待っていた。

やがて、迎えのロールスロイスが現れ、女に送られて、佐伯勇がマンションから出てきた。

佐伯勇が、ロールスロイスに乗って、走り去る、その姿に、橋本は夢中になって、シャッターを切り続けた。

4

二十九日の夕方、橋本は、新宿のホテルで、弁護士の井上亜紀子に会い、写真と、二人の会話を録音したテープを、彼女に渡した。

亜紀子は、写真を見ながら、録音されたテープをきき、それが終わると、満足そうに、ニコリと笑った。

「これで、間違いなく、調停を有利に運べますよ。そうしたら、お約束の成功報酬をお支払いします」

問題の離婚調停が成立したと、亜紀子から連絡があったのは、月が変わって、五月十八日である。

橋本は、成功報酬をもらうために、新宿のホテルのロビーで、もう一度、井上亜紀子弁護士に、会った。

亜紀子は、嬉しそうに、微笑しながら、

「おかげさまで、うまくいきました。佐伯勇さんに、あなたの撮ってくれた写真を見せ、テープも聞かせたら、浮気していることを認め、慰謝料を払うことを、約束してくれました。これが、調査費用とお約束の成功報酬です」

と、いって、封筒に入った札束を、橋本に渡した。

橋本は、それを調べてから、

「よかったですね。私も、引き受けた手前があるから、調停がうまくいったときいて、ホッとしています」

と、いった。

「香織さんも、お礼がいいたいといっていましたけど、それは、私が止めました。私が、私立探偵のあなたに、いろいろと調査を依頼したということは、あまり周囲に知られたくないんですよ。そのほうが、すっきりしていますものね。改めて、お礼をいいますけど、あなたも、これで、調査依頼のことを、きれいさっぱり忘れてくださると、ありがたいと思っています」

と、亜紀子は、いった。

橋本も、笑って、

「この調査依頼については、報告書を書いていませんよ」

と、いった。

5

橋本は、もちろん、素行調査をしたのだから、正規の報酬ももらっている。

そのほかに、五十万円の成功報酬が入ったので、今まで行きたいと思っていた旅行に、出かけることにした。

橋本は、前々から、一人での列車の旅行を楽しみにしていた。行きたいところは、日本だけでも、いくらもあった。

その中でも、いちばん行きたいと思っていたのが、青森県の日本海側を走る、五能線(ごのうせん)というルートである。

五能線は、青森県の川部から五所川原(ごしょがわら)を経由して秋田県の東能代(ひがしのしろ)までの路線で、五所川原の五と、能代の能を取って、五能線というわけである。

単線で、一両か二両編成の短い列車が走るローカル線だが、しかし風景の素晴らしさで人気のあるルートだった。

その途中には、有名な不老ふ死温泉があって、昔は、湯治客が行くだけのひなびた温泉だったが、今は、若者も泊まりに行く、人気のある温泉になっている。

橋本は、五月二十五日、事務所に臨時休業の札をかけてから、ショルダーバッグに、愛用のカメラやスケッチブックを入れて、待望の旅行に出発した。

まず、東京駅から、新幹線を使って、秋田に向かう。

ゴールデンウィークが終わった上に、梅雨にむかっているせいか、列車の中は空いていた。

この五能線を走る「リゾートしらかみ」は、秋田から出発するので、橋本は、新幹線で秋田まで行き、翌日、秋田から、この「リゾートしらかみ」に乗ることにした。

昔は、乗客の少ない五能線だったのだが、日本海側の、景色の美しさや、途中にさまざまな名所旧跡があり、その上、不老ふ死温泉が有名になってきた。だから、最近は、若い人から老人にまで、好きな路線はというアンケートをすると、五能線と答える人が、増えてきた。

そのためなのか、この「リゾートしらかみ」の切符を取るのは、難しくなってきた。夏休み期間は、とりわけきびしいともいわれている。

幸い、五月下旬だったから、東京の旅行会社で、頼みに行った日の三日後の、「リゾートしらかみ」の切符を、手に入れることができた。

「リゾートしらかみ」は、四両編成で白とブルーのツートンカラーの「青池(あおいけ)」編成と、三両編成でグリーンの「橅(ぶな)」編成から成る、スマートな列車で、全席指定である。

橋本の乗った「青池」編成の「リゾートしらかみ1号」は、定刻の午前八時二十八分に秋田を出発した。五月末でも、ほとんど満席に近い。

秋田を出発して能代駅に入ると、駅のホームには、バスケットボールのゴールが作られていて、乗客が、そのゴールに、見事にボールを入れると、駅長が、記念品をくれるサービスがあった。

能代工業高校が、バスケットボールの全国大会で、何回も優勝しているから、この町では盛んなのだろう。

列車は能代を出ると、日本海の海岸線を走るようになる。荒々しい海岸の景色が続く。今日は風が強くて、海が荒れていた。いかにも、北の、日本海という景色だった。

橋本は、1号車にある展望ラウンジに行ってみた。そこには、窓に向かってベンチが作ってあり、そこに腰を下ろすと、正面に、荒々しい日本海が見えるようになっている。

この辺りは、台風が近づくと、海から吹きつける波が線路まで押し寄せてきて、列車の運行が停まってしまうといわれている。

今日も、海は荒れていたが、列車が停車するほどの波は、押し寄せてきてはいなかった。

橋本は、以前は停車駅だった艫作（へなし）の手前に、新しくできたウェスパ椿山（つばきやま）という駅で、列車を降りた。

艫作の次の駅は、横磯（よこいそ）。その駅の名前だって面白い。五能線には、ほかにも、追良瀬（おいらせ）という駅があったり、驫木（とどろき）があったり、風が合う瀬と書いて、風合瀬（かそせ）という駅があったり、おそらく、その一つ一つの駅名に由緒（ゆいしょ）があるのだろうが、橋本には、わからなかった。

とにかく、橋本は、ウェスパ椿山で降りて、まず、スロープカー「しらかみ」に乗り展望台に向かった。展望台からは、日本海や世界遺産の白神山地の雄大な景色を見ることができ、よく晴れた日には、北海道も見えるらしい。

ウェスパ椿山の中にあるレストランで昼食をとったあと、橋本は、有名な、不老ふ死温泉に向かった。

今回の旅行の目的の一つが、海岸に露天風呂のある、不老ふ死温泉に行くことだった。

夏は、観光客であふれるらしいが、今はまだ、五月下旬である。さすがに、風が冷たい。

旅館の部屋でしばらく休んだあと、橋本は、その寒さに送られるようにして、海岸にある露天風呂に出かけていった。

旅館から歩いて二、三分ほどで、海辺の露天風呂である。

湯は、茶褐色に濁っている。鉄分が多いのかも知れない。

橋本が入っていくと、すでに五、六人の先客があった。風は冷たかったが、天気はよかった。

湯に浸(つ)かっていると、目の高さに海が広がっていて、その向こうに、真っ赤な太陽が、ゆっくりと沈んでいく。

一緒に風呂に入っている人たちも、その時は黙って、沈んでいく夕陽を眺めていた。

夕食は、海で獲(と)れる魚を主とした海産物料理を食べ、もう一度、湯に浸かってから、橋本は、床についた。

翌日、ここに来る時に乗った「青池」編成ではなく、「橅」編成の「リゾートしらかみ3号」に乗りたかった橋本は、宿でくつろいで、もう一回露天風呂に入り、ウェスパ椿山駅まで宿の車が行くというので、それに乗って駅に向かった。

ウェスパ椿山の昨日と同じレストランで遅めの昼食をとった橋本は、そこにある物産館やガラス工房をひやかしながら、時間をつぶし、緑にぬられた「橅」編成の「リゾートしらかみ3号」に乗った。3号車から、昨日と同じように、1号車の展望ラウンジまで歩いていく。

途中の2号車で、橋本は、通路を歩いていて、不意に、ボックス席の中に見たことのある女性を見つけて、驚いた。

ひさしの広い帽子をかぶり、サングラスをかけている、中年の女性である。通り過ぎてから、橋本は、アッと思ったのだが、もう一度戻って、顔を見るというわけにも行かず、そのまま1号車の展望ラウンジまで歩いてしまった。

座席に腰を下ろして、日本海を眺めていると、自然に2号車で見た女の顔が思い出された。

自信はないが、あれは、三村しのぶではなかったか？

橋本は、女性弁護士から頼まれて素行調査をし、佐伯社長の女、三村しのぶのことも調べた。通路を歩きながら、一瞬、目に入っただけだが、そのとき、アッ、あの女ではないかと思ったのである。

橋本は、井上亜紀子という女性弁護士から離婚調停がうまくいったという話をきき、五十万円の成功報酬ももらって、その後は、その弁護士にも会っていないし、佐伯勇という社長がどうなったのか、また、その社長の女である三村しのぶがどうなったかも調べてはいない。

その女が、この「リゾートしらかみ3号」に乗っている。

とすると、佐伯社長も、乗っているのだろうか？

しかし、2号車で見た女の横には、佐伯社長の顔は、なかった。

橋本は、しばらくの間、そのことが気になって、海の景色を見ながら、頭の中では、2号車で見た女のことを考えていた。

井上弁護士は、離婚調停がうまくいって、多額の慰謝料を、別れた奥さんが手にすることができたといっていた。

その後、離婚した佐伯勇は、どうしているのだろうか？

普通に考えれば、奥さんと正式に別れたのだから、今まで付き合っていた女、三村しのぶと一緒になったと、考える。

その三村しのぶと思われる女が、一人で、この東北の、五能線に乗っていた。何となく、ハッピーエンドではなくて、不幸なストーリーを、頭に浮かべてしまう。

佐伯勇は、奥さんと離婚して独りにはなったが、それまで付き合っていた女、三村しのぶとは、一緒にならなかったのではないのか、橋本は、どうしても、そんなふうに考えてしまうのである。

佐伯と一緒になれなかった女が、一人で、この五能線に乗っている。もちろん、そんな想像が当たっているとしても、それが、今の橋本に関係してくるというものでもない。すでに、あの素行調査は、終わってしまっているのだ。

（考えても仕方がないこと）

と、橋本は、自分にいいきかせてから、もう一度、海の景色に目をやった。

三村しのぶと思われる女が、この五能線に乗っていたことにはビックリしたが、もう関係のない女である。

そう思うと、少しずつ、目の前の海の景色のほうに、気持ちが入っていった。

鯵ケ沢駅からは、津軽三味線の奏者が乗り込んできて、1号車の展望ラウンジで、津軽三味線をきかせてくれるというので、橋本は、カメラをとりに、3号車の自分の席に、戻ることにした。

2号車では、通路を歩きながら、さっき、三村しのぶと思われる女が座っていたボックス席に目をやったが、そこに、彼女の姿はなかった。

（途中で、降りてしまったのか？）

と、思ったが、もちろん、答えが出るはずはない。

橋本は、そのまま、3号車までいった。

橋本は、ボストンバッグからカメラを取り出し、ふたたび先頭の1号車のほうに向かって、歩いていった。

1号車のラウンジでは、すでに、津軽三味線の演奏が始まっていた。

津軽三味線を弾くのは、中年の男性で、女性のほうが、マイクを片手に、その三味線に合わせて、民謡を歌っている。乗客が、ラウンジに集まっていて、一緒になって手拍子をした。

車内は、津軽三味線、じょんがら節の世界である。

橋本も、それをきいているうちに、例の離婚調停のことも、三村しのぶのことも、忘れていった。

6

橋本は、五所川原で列車を降り、駅近くのホテルにチェックインした。

五所川原で降りたのは、そこから出ている、津軽鉄道に乗ってみたかったからである。

津軽鉄道は、冬のストーブ列車で有名で、もちろん、その頃に行ければいちばんいいのだが、今は五月である。それでも、橋本は、津軽鉄道に乗りたかった。

翌日、早めにホテルを出た橋本は、津軽鉄道の津軽五所川原駅に向かった。

ディーゼルカーに引かれた二両編成の列車に二十分ほど乗り、途中の金木（かなぎ）で降りた。

そこは、有名な太宰治（だざいおさむ）の生まれたところである。

太宰を好きな橋本は、前にも一度、金木に来て、太宰治が育った斜陽館を訪ねているのだが、今日も五能線に乗ったついでに、もう一度、斜陽館を訪ねてみる気になったのである。

金木駅で降りると、橋本は、まっすぐ斜陽館に向かった。

昔は、実際に泊まることもできたらしいが、今は、見学できるだけである。

橋本は、入館料を払って、中に入った。一階には、太宰治の写真や原稿、あるいは、太宰が書いた手紙などが、展示されている。明治四十年（一九〇七）に建てられた斜陽館だけに、中は廊下も柱も、磨かれてツヤが出ている。

しかし、歩くとギシギシ音がするのは、それだけ古い建物だからだろう。

太宰ファンらしい若い女性の姿が多かった。

斜陽館のそばには、津軽三味線会館が建っていて、そこでは毎日、実演が行われているというので、橋本は、そこにも入ってみた。

ステージでは、まず、中年の女性が出てきて、津軽三味線の由来や、普通の三味線とはどこが違うのか、などを話してから、演奏が始まった。

客席には、八分ほどの客が、入っている。

一時間近く三味線の演奏をきいた後、橋本は、会館を出て、その前にある土産物店に入っていった。

そこは、食堂もついていて、橋本は、早めの昼食を取った。食事をしながら、何気なく、テレビに目をやる。

ただボンヤリ見ていると、急に、その目が釘(くぎ)づけになった。

ニュースの時間で、テレビの画面に、見覚えのある女の顔が出てきたからである。

あの、三村しのぶの顔だった。

その写真の下に、テロップが「東京の三村しのぶさん、三十八歳」と伝えている。

橋本は、思わずアナウンサーの言葉に、耳を澄ました。

アナウンサーが、冷静な口調で、しゃべっている。

「昨日、五能線沿線の千畳敷(せんじょうじき)にある、太宰治の文学碑のそばで、中年の女性が首を絞められて殺されているのが、発見されました。所持していた運転免許証から、この女性は、東京都渋谷区の三村しのぶさん、三十八歳とわかりました。警察は、殺人事件と見て、捜査を開始しました」

ただ、それだけの、アナウンスだった。

橋本は、持っている観光案内を広げてみた。

五能線の沿線の地図で、千畳敷駅の場所を確認する。そこは、日本海の海岸線のそばにある駅なのだが、三村しのぶは、なぜそこで、殺されていたのだろうか？

橋本は、昨日、不老ふ死温泉を出て、ウェスパ椿山駅から「リゾートしらかみ3号」に乗った。その2号車の車内で、三村しのぶを見かけたのである。

彼女は、一人で乗っていたと、橋本は、思っている。

三村しのぶは、千畳敷の駅で、降りたのだろうか？　橋本は、それを見ていないから、断定はできない。

しかし、千畳敷の近くで殺されていたのだから、たぶん、千畳敷の駅で、「リゾートしらかみ3号」から、降りたに違いない。

しかし、なぜ、そんなところに行ったのだろうか？

そしてなぜ、殺されてしまったのだろうか？

橋本は、元々、捜査一課の刑事だった。その頃の気分は、まだ完全には抜け切れていない。

自然に、刑事の目、刑事の頭で、突然起きた殺人事件のことを考えてしまうのだ。だから昼食を取り終えると、千畳敷に行ってみた。

三村しのぶが殺されていたという、太宰治の文学碑の場所は、すぐにわかった。その碑の周りには、ロープが張られている。県警が、そうしたのだろう。

橋本は、碑に書かれている言葉に、目をやった。

「この辺の海岸には奇岩削立し、怒濤（どとう）にその脚を絶えず洗はれてゐる」

太宰治の文学碑には、そう書かれてあった。

確かに、この辺りは波が荒く、大きな岩がゴロゴロしている。なぜ、ここで、彼女は、殺されたのだろうか？

この碑に書かれた太宰治の言葉と、この事件とは、何か関係があるのだろうか？

そんなことを考えてしまうのだが、もちろん、そこで答えが見つかることではなかった。

橋本は、千畳敷の上に腰を下ろすと、手帳を取り出した。そこには、あの井上亜紀子という女性弁護士の携帯電話の番号が、書いてあった。

連絡が必要なときは、事務所ではなく、携帯電話のほうに、連絡しろといわれていたのである。

橋本は、携帯電話を取り出すと、その番号にかけてみた。

しかし、返ってきたのは、

「この電話番号は、現在使われておりません」

という機械的なメッセージだけだった。

（おかしいな）

と、橋本は、思った。

あの女性弁護士は、携帯電話の番号を変えたのだろうか？　現在使われていないというメッセージが流れる以上、彼女は、携帯電話の番号を変えたに違いない。

あるいは、この番号の携帯電話を解約してしまったのか？

しかし、それは、どうも考えにくい。

あの時、井上亜紀子が使っていた携帯電話は、ドコモの９０１ｉシリーズという新しい型の携帯電話だったはずである。

（どうも、何かおかしい）

橋本は、海を見ながら、考え込んでしまった。

今日は、風も弱く、目の前の日本海も、穏やかである。風がないから寒くはないし、むしろ暑いくらいだった。

今まで、別におかしいと思わなかったことが、おかしく思えてくるのである。

考えてみると、あの女性弁護士は、かけてくるときも、いつも携帯電話で、こちらに連絡してきていた。こちらから、彼女の法律事務所に訪ねていったことも、電話をかけたこともない。

いつも、彼女のほうから、電話がかかってきていた。橋本が採った録音テープや写真なども、考えてみると、彼女の法律事務所に持っていったわけではなく、新宿のホテルのロビーで渡したのである。

成功報酬をもらったのも、ホテルのロビーでだった。

その時は、それを別に、おかしいとは思わなかったのだが、今から考えれば、少しばかりおかしくも思えてくる。

彼女が初めて、橋本の探偵事務所を訪ねてきた時、名刺を渡された。

その名刺には、確かに、彼女の法律事務所の場所と、電話番号が書かれていたのだが、今は持ってきていない。

橋本は、一週間の予定で、今回の旅行に出てきているから、あと四日間、旅を楽しむことになっていた。こうなってくると、旅を楽しむというよりも、その四日間で、調べてみたくなってきた。

これもまた、刑事だった頃の気持ちの名残だろうか？

しかし、調べるといっても、現在、橋本は、現職の刑事ではなく私立探偵なので、これといった力もないし、恩恵も受けられない。

橋本は、もう一度、五所川原まで引き返して、同じホテルに泊まることにした。

夕刊が配られてくると、すぐ、それに目を通した。この地方の新聞だから、千畳敷で起きた殺人事件については、かなり大きく載っていた。

橋本は、夕食を取りながら、その記事に目を通した。

〈昨日、五能線の千畳敷付近、太宰治の文学碑のそばで殺害されていた三村しのぶさんについて、警察の発表があった。

それによると、三村さんは、東京で東南アジアの民芸品を販売している会社の女性社長である。十年前に始めた輸入雑貨のビジネスが順調で、現在は、年商五億円といわれている。

従業員の話によると、三村さんは、楽しみにしていた東北旅行に行くといって、五月二十五日に、東京を出発している。

五能線の車掌が、車内で、三村さんを目撃しており、三村さんが、昨日、「リゾートしらかみ3号」に乗っていたことは、間違いない。

しかし、その後の三村さんの足取りがまったくつかめず、警察は、聞き込みから、三村さんの足取りをつかもうと、捜査している。

三村さんは、現在独身で、マンション暮らしをしていた。一ヵ月に一度は、東南アジア、特にインドネシアに、ビジネスで出かけていた。

また、三村さんを知る人は、彼女が、殺されるほど、他人から恨まれていたということは、考えにくいという。

県警では、怨恨による殺人と、行きずりの殺人の、二方面から、この事件を調べている〉

それが、夕刊に載っていた、記事のすべてだった。

また、旅行バッグとハンドバッグは死体のそばにあって、現金三十万円と、キャッシュカードなどは、盗まれていなかったと、テレビのニュースは伝えているから、怨恨の線が強いと、警察は、見ているようである。

夕刊には、三村しのぶの顔写真が載っていた。改めて、美人だと、橋本は思った。

しかし、なぜ、彼女は五能線に乗ったのか、そして、なぜ、千畳敷で殺されていたのかは、今の段階では、はっきりとはしなかった。

第二章　罠（わな）

1

橋本の携帯電話が鳴った。

「私、弁護士の、井上亜紀子です。覚えていらっしゃいます?」

と、女の声が、いった。

「もちろん、覚えていますよ」

「今、橋本さんは、東北にいらっしゃるのでしょう?」

「どうして、知っているんですか?」

「あなたに、連絡を取ろうと思って、事務所に電話をしたら、留守番電話に入っていたんですよ。一週間、休暇を取るって。それで、前にお会いした時、東北の五能線に乗ってみたいといっていたのを思い出したんです」

「ああ、それでね」

と、橋本が、うなずいた。

「それにしても、三村しのぶさんが、五能線の沿線で殺されたというのを新聞で読んで、ビックリしたんだけど、あなたも、ビックリしたんじゃないの？」

「もちろん、ビックリしましたよ。その件で、あなたの携帯電話に連絡を入れたのに、つながらなかったのですが」

「それは、申し訳なかったわ。あの携帯電話は、失くしてしまったので、解約したの。それで、相談なんだけど」

と、井上弁護士が、いう。

「相談って、何ですか？」

「もう一度、お金儲けをしてみない？　また、成功報酬五十万」

と、井上亜紀子が、切り出した。

「今度は、どんな話ですか？　前と同じような離婚に関する調査ですか？」

「そうじゃないの。新聞によると、三村しのぶさんは五能線の千畳敷というところで、殺されていたというんだけど、そんな駅があるの？」

「ありますよ。その千畳敷という駅で降りると、太宰治の文学碑があるんですが、三村しのぶさんは、その碑のそばで、殺されていたんです」

「あなたは、そこに行ったことがあるの？」

「行ってきましたよ」

「それなら、都合がいいわ。もう一度、そこに行って、探してもらいたいものがあるの」

と、亜紀子が、いった。

「その近くに、ハートの形にダイヤを配したブローチが落ちているはずなのよ。何とかしてそれを探して、持ってきて欲しいの。もし見つけてくれたら、成功報酬五十万円を払います」

「詳しく話してもらわないとわからないんですが、どうして、そこに、ダイヤのブローチが、落ちているんですか？」

「そのブローチだけど、殺された三村しのぶさんが、よくつけていたものなの。彼女、千畳敷で殺されたんでしょう？　その時、犯人と争っていて、胸から落ちたんじゃないかと思うの。新聞をいくら読んでも、そのブローチのことは、出ていないから、きっと、殺された時に地面に落ちて、警察もまだ、それを見つけていないと思うわ」

「しかし、どうして、そのブローチを、弁護士のあなたが、必要なんですか？」

橋本が、不思議に思って、きいた。

「詳しく話さないとわからないと思うけど、その前に、あなたのおかげで、私が弁護していた香織さんは、有利な条件で、夫の佐伯勇と離婚することができたわ。改めて、それにはお礼をいいます。問題は、その後なんだけど、独りになった佐伯勇は、当然、三村しのぶさんと再婚すると、私は、思っていたのよ」

「僕だって、そう思っていましたよ」

「ところが、男と女の関係なんて、わからないものね。佐伯さんは、離婚が成立した後、三村さんと再婚するつもりだった。ところが、彼女には、他に男がいたのよ。そのことを知った佐伯さんが、三村さんと結婚しない、というと、彼女、佐伯さんに対して、一億円の慰謝料を、要求してきたわけ。自分は、八年間も佐伯社長に尽くしてきた。それも、奥さんと別れて結婚するという言葉に騙されて、ずっと尽くしてきた。その上、子供まで死なせてしまった。その間の慰謝料として、一億円を要求すると、いってきたのよ」

「それで、佐伯社長は、払うつもりになっていたんですか？」

「とんでもない。三村しのぶさんに若い男がいたとわかって、自分のほうこそ被害者だと主張していたわ」

「それと、ダイヤモンドのブローチと、どう関係しているんですか？」

「しのぶさんは殺されてしまったけど、今いった彼女の恋人、その彼が、しのぶさんと付き合っていたことを公（おおやけ）にするといって、慰謝料のかわりに、佐伯社長に一億円を要求しているのよ」

「それで、どうなりそうなんですか?」

「今もいったように、佐伯社長は、彼女は男を作っていた。そんな女に、一億円も払う必要はない。そう主張してたぐらいだから、彼女とは付き合っていなかったということにして、男に払う気なんかないわ。それで、ダイヤモンドのブローチだけど、実は、今年になってから、佐伯社長が彼女に、銀座の有名な宝石店で、買ってやったものなのよ。だから、そのダイヤのブローチが発見されたら、彼女と付き合いがあった決定的証拠になって、佐伯社長の負けで一億円払わなければならなくなる恐れがある。それで、佐伯社長は、何としてでも、そのブローチを見つけて、始末してしまいたいというわけ」

「今度はあなたが、佐伯社長の弁護をしているんですか」

「だから、人生って、わからないっていったでしょう」

「そのダイヤのブローチだけど、いくらぐらいするものなんですか?」

「あまり大きくないダイヤなんだけど、有名な、ピアジェの製品だから、値段は一千万。そんな高いブローチを、彼女に買ってやった。そのブローチが見つかったら、佐伯社長の不利になることは、明らかなのよ。だから、あなたに頼むの。あなたが、それを見つけてくれれば、今もいったように、五十万円の成功報酬を払うわ」

「ハートの形の、ダイヤのブローチですね？」

念を押すように、橋本が、きいた。

「ええ、そう。洒落たブローチだから、見つければすぐにわかるわ。警察に発見されなかったぐらいだから、たいへんかもしれないけれど、お願いだから、明日にでも、問題の千畳敷に行って、見つけてきて欲しいのよ。五十万の成功報酬以外にも、佐伯社長が、あなたにお礼として、百万ぐらいは払うと思うわ」

と、井上亜紀子が、電話の向こうで、いった。

2

翌日、五所川原のホテルで、朝食を済ませると、橋本は五能線の普通列車に乗り、千畳敷に向かった。

幸い、雨は降っていない。

井上弁護士がいったブローチを見つけることができたら、五十万の成功報酬が手に入るのである。悪くない。

千畳敷で、列車を降りた。まだ午前中のせいか、観光客らしい姿はない。

橋本は、まっすぐに、太宰治の文学碑に向かった。そのそばで、三村しのぶは、首を絞められて、殺されていたのである。

もう、昨日張られていたロープはなくなっている。

橋本は、その周辺を丹念に探していった。

井上弁護士の話によれば、問題のブローチは、ハート形に小さなダイヤを配したもので、大きさは三センチ四方ぐらい。

岩と岩との間に、はさまってしまっているのか、なかなか、問題のブローチは見つからない。

橋本は、少しずつ探す範囲を広げていった。

鈍く光るものがあったので、腰をかがめて地面に目を走らせると、それは、小さな貝殻が光っているのだった。

舌打ちをした時、背後に、人の気配を感じた。体を起こすと、そこに、背の高い男が立っていた。

年齢は四十歳前後という感じで、なぜかニヤッと笑って、

「君が探しているのは、これかね?」

と、いって、一本のボールペンを差し出した。

そのボールペンに、橋本は見覚えがあった。モンブランのボールペンで、例のモンブランのマークが、ついている。

男は、そのボールペンをかざすようにして、「ここに名前が彫ってある。YUTAKA HASHIMOTO、これは、君の名前かな？」

と、いった。

「どうして、そのボールペンが」

橋本は、訳がわからずに、呟いた。

そのボールペンは、橋本が私立探偵を始めたとき、昔の友人の刑事たちが、記念に名前を彫って、贈ってくれたものだった。

「どうして、それが？」

橋本が呟くと、男はまた、ニヤッと笑って、

「向こうに、落ちていたんだ。五月二十七日に、君が落としたんじゃないのか？」

「五月二十七日だって？」

「そうだよ。君がここで、三村しのぶという女性を、殺した日だよ」

男はいい、急に厳しい目になって、橋本を睨んだ。

「バカなことをいわないでくれ」

橋本が、いうと、男は、黒い警察手帳を取り出して、橋本に突きつけた。

そして、同僚の刑事を呼ぶと、橋本に向かって、

「殺人容疑で、署まで同行してもらう」

と、いった。

二人目の刑事が、橋本の腕をつかむ。反射的に、橋本は、その刑事を突き飛ばした。

「公務執行妨害！」

大声で、最初の刑事が叫ぶ。

その声をききつけて、また、二人の刑事が駆けつけてきた。

橋本はまだ、事態が呑み込めなかった。

「おとなしくしろ！」

最初の刑事が大声で怒鳴り、橋本を睨んだ。

「どうして、僕を任意同行させようとするんだ？」

「だからいっているだろう？　殺人容疑。五月二十七日、君はここで、三村しのぶを殺した。今、刑事を突き飛ばしたから、公務執行妨害で、緊急逮捕！」

また、刑事が大声で、怒鳴った。

3

橋本は、途中で抵抗を止めた。どうせ、すぐわかることだと思ったからである。

橋本は、パトカーに乗せられて、五所川原警察署に連行された。そこには、「千畳敷殺人事件捜査本部」の看板が掛かっていた。

橋本は、所持品をすべて没収され、取調室で谷本という青森県警の警部から、事情聴取を受けることになった。

谷本警部は、三十代の若い警部だけに、やけに張り切っていた。当然のことながら、最初から、橋本を犯人扱いである。

「まず、君の職業をきこうか？　名刺には、私立探偵となっているが、どんな私立探偵なんだ？」

「普通の私立探偵ですよ。調査依頼に応えて調査し、報告書を書いて渡す。依頼者からは前もって調査料の二十パーセントをもらっています」

「君の事務所には、何人の私立探偵がいるんだ？」

「僕一人ですよ」

「確かに、彼女のことは知っていましたよ。しかし、仕事上知っているというだけで、妙な関係があったわけじゃない」

「五月二十七日に殺された三村しのぶさん、彼女とは、知り合いなんだろう？」

「五月二十七日、君は、どこにいた？」

「青森に来ていましたよ。五能線に乗ってね。ああ、その前日、不老ふ死温泉に泊まりましたよ。五月二十七日には、五能線に乗って、五所川原まで行き、駅の近くのホテルに泊まりましたよ。ええ、ずっと一人です」

「五能線の『リゾートしらかみ』に、乗ったんじゃないのか？」

「ええ、乗りましたよ」

「しらかみに乗って、二十六日には、不老ふ死温泉に泊まっている。そうなると、君は、殺された三村しのぶと、まったく、同じコースをたどっているんだ。われわれが調べた結果、彼女も、五月二十六日には、不老ふ死温泉に泊まり二十七日には、『リゾートしらかみ』に乗った。君と同じコースだ。というよりも、君は彼女を尾行して、『リゾートしらかみ』に乗って、不老ふ死温泉に泊まり、五月二十七日には、同じように、彼女と同じ列車に乗り、彼女を尾行した。そして、千畳敷の太宰治の文学碑のそばで、君は、背後から彼女の首を絞めて、殺したんだ」

決めつけるように、谷本警部が、いった。

「そんなに簡単に、決めつけないでくださいよ。僕は、一週間の休みを取って、五能線を楽しみに来たんですから。そんな僕が、殺人事件を起こすなんて、あり得ないじゃないですか？」

「しかし、君は三村しのぶのことを知っていた。そして、彼女と同じ列車に乗り、同じ温泉旅館に泊まり、そして、殺人現場には、君のボールペンが、落ちていた。これが、君のそのボールペンだ。ここには、ちゃんと君のネームが彫ってある。自分のものじゃないなんて、ウソをいっても始まらんぞ」

谷本が、脅かすように、いった。

「そんなウソはいいませんよ。確かに、これは僕のボールペンです。しかし、今度の旅には、そのボールペンを持ってこなかった。だから、そのボールペンが、ここにあること自体、おかしいんですよ」

「正直に話したらどうなのかね？　君は、このボールペンを持って、青森にやって来たんだ。君は、ただ単に、五能線を楽しむために、来たんじゃない。顔見知りの三村しのぶを尾行して、東京から、やって来た。その理由は、はっきりしている。どこかで、隙をみて、彼女を殺そう。そう思って、君は、五能線に乗り、不老ふ死温泉に泊まり、そして、二十七日には、現場の千畳敷で、彼女を殺したのだ」

「困りましたね。第一、僕には動機がありませんよ。なぜ、僕が、親しくもない三村しのぶさんを殺すんですか？」

「動機については、だんだんと、わかってくるだろう。ただし、君のアリバイはまったくないんだ。それどころか、君が三村しのぶを殺したという状況証拠は、揃いすぎている」

「何度でもいいますがね。僕は、三村しのぶさんを知ってはいるが、話したこともないし、恨みを持ったことも、感謝したことも、ないんですよ。いってみれば、赤の他人なんだ。それをどうして、僕が殺すんですか？」

「君は、三村しのぶを知っていた。どうして知っていたんだ？」

「東京で、ある離婚調停があったんですよ。その弁護士に頼まれましてね。私立探偵として、三村しのぶという女性の素行調査をした。それだけのことです。最近やった調査だから、よく覚えている。本当にそれだけの話ですよ」

橋本は、繰り返した。

「どんな離婚調停だったんだ？」

「困ったな。私立探偵には、守秘義務がありますからね」

「そんなことをいっている場合じゃないだろう？　君には、殺人容疑がかかっているんだ。

こちらだって、今すぐ送検したっていいんだが、一応、君のいい分をきいてやっているんだ」

「じゃあ、いいますがね。東京に、佐伯工業という会社があるんです。そこの社長が、奥さんに離婚調停を起こされていた。奥さん側についていた、井上亜紀子という弁護士が、僕のところに調査を依頼してきたんですよ。佐伯勇が、もし浮気をしていれば、奥さんは、慰謝料をがっぽり取ることができる。それで、弁護士は、佐伯社長の浮気の証拠をつかんで欲しい。私立探偵の僕に、そういいましてね、調べたら、佐伯社長には、三村しのぶという女がいたんです。僕は、浮気の証拠をつかんで、井上弁護士に渡した。それで、井上弁護士が弁護していた奥さんが、慰謝料を取ることができた。それだけのことですよ。だから、僕は、三村しのぶという女性のことを知っているんです。しかし、何度もいいますがね。彼女と話したこともないし、彼女と親しく付き合ったこともない。ただ、頼まれて調査した。それだけのことです。だから、僕が、彼女を殺すはずはないんだ！」

橋本は、強調した。

「離婚調停か？」

「ウソだと思うなら、調べてくださいよ。僕に調査を依頼してきた、井上亜紀子という女性弁護士にきいてもらえば、すぐにわかりますから」

「じゃあ、その弁護士の、事務所の電話番号をきこうか？」

谷本にいわれて、橋本は、当惑してしまった。

「それがですね。いつも、弁護士さんのほうから、一方的に電話がかかってくるので、こちらからは、彼女の事務所に電話をしたことがないんですよ」

「どうも怪しいな。じゃあ、どうやって、その弁護士と連絡を取っていたんだ？」

「だから、いっているじゃありませんか？　彼女のほうから、一方的に電話がかかってきたんですよ。それでもうまく行きましてね。僕は、成功報酬として、五十万円もらった。携帯電話の番号は教えてもらっていましたが、その携帯を失くしたとかで、今はつながらないし、その後、新しい番号は、聞いていません」

と、橋本は、いった。

「どうも納得ができないな。君は、離婚調停の過程で、弁護士に頼まれて、夫側の愛人である三村しのぶを調べた。それなのに、その弁護士の事務所の電話番号も知らないという。おかしいじゃないか？」

「だから、いっているでしょう？　彼女の希望で、連絡は、彼女のほうから一方的に、電話で連絡を取ってきていたんですよ。もらった名刺には、事務所の電話番号が書いてありましたが、さっきいったように、こちらからかけたことがないし、かけるなといわれていたので、住所録にも書いていないんですよ。知りたければ、東京弁護士会で調べてもらってください。井上亜紀子という弁護士がいるはずだから」

と、橋本が、いった。

「よし、一応、調べてやろう」

谷本は、立ち上がった。

しかし、十分後には、谷本の表情が、一層険しくなっていた。

「東京弁護士会で調べてもらったら、井上亜紀子という女性弁護士は、いた」

「そうでしょう。いるはずですよ」

「確かに、いるにはいたが、しかし、君の話をしたら、そんな離婚調停で、私立探偵に調査を依頼したことはないと、いっているんだ」

「本当に、そういっているんですか？」

「相手は弁護士だぞ。ウソをつくはずはないだろう」

「離婚調停で、夫側や妻側の問題があるんで、調停のことは、表沙汰にしたくないのかも知れませんよ。だから、もう一度、電話してくれませんか？　内密にすることを条件にすれば、僕に調査を依頼したことを、認めてくれるはずですから」

橋本は、まだ楽観していた。

しかし、三十分後には、谷本警部が一層怒った顔で、

「なぜ、こんなデタラメをいうんだ？　君の言葉を一応信じて、もう一度、井上弁護士に電話をしたら、関係のないことをきかないで欲しいと、怒られてしまったぞ」

「あの弁護士、どうして、そんなウソをつくんだろう？」

橋本が呟くと、谷本警部が笑って、

「私にいわせれば、ウソをついているのは、君のほうだ。弁護士がウソをつく必要は、ないんだから」

「じゃあ、僕の携帯があったでしょう？　それを調べてください」

「君の携帯がどうしたって？」

「僕の携帯が押収されているはずですよ。それを調べてもらえば、昨夜遅く、井上亜紀子弁護士から、僕の携帯に電話が入っているんです。それがわかるはずですよ」

と、橋本が、いった。

「じゃあ、一応、君の携帯を調べてみよう」

谷本が、いった。案外、人がいいのかも知れない。

しかし、それもすぐ、谷本の怒りに変わってしまった。

「その携帯だがね。君を逮捕した時、君は携帯を放り投げた。それで、故障してしまって

いるんだ。君のせいだよ。君が地面に叩きつけたから、携帯が壊れたんだ。すぐには判らないよ」

4

午後になって、事情聴取が再開された。

谷本警部は、今度は、意外に優しい口調で、

「君は確か、三十歳だったな？」

「そうですよ。三十歳になったばかりです」

「結婚しているのか？」

「いや、まだ独身です」

「三十歳になっても独身なら、言葉は悪いが、女性に飢えているんじゃないのか？」

「どうして、そんなことをいうんですか？」

「君の動機だよ。君は、殺された三村しのぶのことを知っていた。彼女は三十八歳。君より八歳年上だが、しかし、なかなかの美人だ。色気もある。三十歳になっても、恋人がいなくて、女に飢えていた君は、三十八歳で色気たっぷりの三村しのぶに、のぼせ上がって

しまった。君は、彼女に関係を迫ったが、断られた。そこで、腹を立てた君は、彼女を追って青森に来て、彼女をつけ回したんだ。五能線の『リゾートしらかみ』に乗って、不老ふ死温泉に泊まり、たぶん、そこでも君は、彼女を口説いたんじゃないのか？　しかし、あっさりとヒジ鉄を食らってしまった。一層腹を立てた君は、翌日、五能線の千畳敷まで、彼女を追いかけていき、太宰治の文学碑のそばで、彼女の首を絞めて殺してしまった。つまり、可愛（かわい）さあまって憎さ百倍というわけだ。そのあと、自分のボールペンがなくなっていることに気づいた。そのボールペンには、自分の名前が彫ってある。殺人の現場から、それが見つかったら大変だ。そこで、今日になって、君は、殺人現場に行き、必死になって、ボールペンを探していた。ところが、君より先に、うちの刑事二人がそのボールペンを見つけ出してしまった。まあ、君には不運だったんだな。命取りになるボールペンを、警察に先に見つけられてしまったんだから」

「何度もいっているでしょう。そのボールペンが、僕のものだということは認めますよ。しかし、僕が今回、五能線に乗りたくて、青森に来た時には、そのボールペンは、事務所の机の引き出しにしまっておいたはずなんですよ」

「そのボールペンが、どうして、ノコノコと、この青森までやって来て、殺人現場に落ちていたんだね？　不思議じゃないか？」

からかい気味に、谷本警部が、いった。

「僕は、罠にはめられたんだ！」

橋本は、うなるように、いった。

谷本が、笑って、

「たいていの犯人が、せっぱ詰まると、自分は罠にはめられた、自分は被害者だと、そういうんだよ」

「ウソなんか、ついていませんよ。僕は、間違いなく、罠にはめられたんだ」

「じゃあ、きいてやるが、誰が、君を罠にはめたんだ？」

谷本警部が、また、皮肉な目つきで、橋本を見る。

「そんなこと、わかりませんよ。しかし、これはどう考えたって、罠に決まっている。いちばん考えられるのは、あの弁護士だ。井上亜紀子という、女性弁護士ですよ」

「どうして、その弁護士が、君を罠にかけるんだ？」

「さっきもいったように、昨夜遅く、井上弁護士から電話があったんですよ」

「どんな電話があったんだ？」

「きいてもらえますか？」

「君の言葉は信用できないが、しかし、君を起訴するまでには、まだたっぷりと時間があるからな。いいたいことがあれば、いいたまえ」

谷本が、いった。

「今いったように、昨夜遅く、彼女から電話があったんですよ。僕の携帯にかかってきた。そして、彼女、こんなことを僕にいったんです。殺された三村しのぶは、ダイヤのブローチをつけていた。そのダイヤのブローチはブランドもので、最低でも一千万円はする高価なもので、新聞を見ても、そのことに触れていないので、どうも殺された彼女が、そのブローチを、どこかに落としてしまったのではないか。そのブローチを何とかして見つけて、東京に持ってきてくれないか？　そうすれば、五十万円の成功報酬を払う。そういわれたんですよ。それで僕は、今日、殺人現場に行って、ダイヤのブローチを探していた。そうしたら、県警の刑事に捕まってしまった。だから、罠だというんですよ。あの女性弁護士は、僕に、ダイヤのブローチを探せといったんです。しかし、そんなものは、はじめから落ちていなかったんだ。あの依頼は、きっと、僕を殺人現場に行かせるためのウソだったんだ。そうして、僕が現場で、ありもしないダイヤのブローチを探しているところを、刑事が見たら、僕が犯人で、自分に不利なものを見つけ出そうと、必死になっているように見えますからね」

橋本が、悔しそうに、いった。

「五十万円の成功報酬に釣られて、罠にはまってしまった。君は、そういいたいのか？」

「その通りです。僕は、井上弁護士から、離婚調停のための証拠集めをして欲しい。もし、うまく行けば、成功報酬として五十万円払うと、そういわれたんですよ。そして、現実に僕は、五十万円もらっている。だから、昨夜も、井上弁護士から電話があって、今いったダイヤのブローチを見つけてくれれば、成功報酬五十万円を払う。そういわれて信じたんですよ。前にも、成功報酬五十万円といわれて、それをもらいましたからね。今度ももらえるんじゃないか。そんなふうに安易に考えて、殺人現場に行ったんです。そして、見事に罠にはめられてしまいました」

橋本は、小さく溜息をついた。

「君は、井上亜紀子という弁護士と、前から親しいのかね？」

「いいえ、先月調査依頼があって、初めて、井上弁護士と知り合ったんです。それだけの付き合いですよ。だからかえって、あの弁護士を、信じてしまったということもありますが」

と、橋本は、いった。

「しかし、どうにも、君の話は信じられんね。相手は、東京弁護士会に所属する本物の弁護士だよ。しかも、その弁護士と君とは、前からの知り合いではなくて、先月の調査依頼で初めて会った。つまり、君もその弁護士のことをよく知らないし、弁護士のほうだって、君のことを知らんのだ。そんな人間が、どうして、君を罠にはめるのかね？」

谷本が、首をかしげた。

「僕は、罠にはめられたほうですからね。わかりませんよ。彼女にきいてくださいよ」

「きいてみたら、君のことなんか、知らないといっているんだ」

「彼女がウソをついているんですよ。そうだ。それなら、佐伯勇という、佐伯工業の社長にきいてくださいよ。それから、佐伯の別れた奥さん。香織という、三十八歳の女性ですがね。彼女にきいてもらってもいい。実際に離婚調停があって、それを井上亜紀子という女性弁護士が担当していて、そして、僕に、調停に有利になるような調査を頼むといってきたんですよ。それで、僕は、三村しのぶを調査した。それがすべてですからね。調べてくれればわかることだから、すぐに調べてくださいよ」

橋本は、必死の表情で、いった。

「いいだろう。君のいう、佐伯工業の社長と、別れた香織さんという奥さんについて調べてやろう。ただし、今度もまた君のデタラメだったら、もう容赦はしない。すぐに君を、起訴してやる」

と、谷本は、いった。

5

三十分後、取調室に入ってきた谷本警部の顔を見て、橋本は、落胆した。前と同じ表情をしていたからである。

谷本が、音を立てて、橋本の前の椅子(いす)に腰を下ろすと、

「どうして、君は、わかりきったような、すぐにバレるようなウソをつくんだ？」

と、舌打ちした。

「どういうことなんですか？」

「確かに、佐伯工業という会社もあるし、社長は、佐伯勇だった。しかし、離婚調停なんか起こしていないといっている」

「じゃあ、離婚した奥さんの香織さんにきいてくれればいい。そのほうが、わかりやすいんじゃないですか？」

橋本が、いうと、谷本警部は、一層険しい表情になって、

「佐伯勇社長の奥さんは、今だって佐伯香織だよ。離婚の話なんて、一度もなかった。夫の佐伯勇もそういっているし、奥さんの香織も、そういっている」

と、いった。

「離婚はしたが、また再婚したんじゃないんですか？　だから、離婚調停のことは、隠そうとしている。すぐにまた一緒になったんだから、みっともないですからね。そうじゃないんですか？」

「離婚話なんて、一度もなかったんだよ。区役所でも調べたが、佐伯夫妻は、離婚なんてしていない。君が、デタラメをいっただけだ。いくら自分が助かりたいからといって、何も知らない人間を巻き込むような、ウソをつくんじゃない！」

谷本警部は、叱りつけるように、橋本にいった。

「僕は、ウソなんて、ついていませんよ。離婚調停は、本当にあったんだ。その調停の過程で、私立探偵の僕が、奥さん側に、有利な証拠を探すように頼まれて、夫が付き合っていた三村しのぶという女性のことを、調べ上げて写真に撮り、彼女と、佐伯勇の会話を、録音した。それによって、奥さん側の有利な離婚になり、正規の調査料のほかに、その成功報酬として、僕は五十万円ももらった。これは、絶対に間違いないことなんだ」

橋本が、くどくどといった。

「じゃあ、その調査報告書は、いったい、どこにあるんだ？　それに、君が、本当に調査料と成功報酬をもらったという証拠はあるのか？」

谷本が、続けてきいた。

「証拠ですか？」

「そうだよ。証拠がなければ、容疑者の話なんて、信用できるはずがないだろう？」

谷本が、脅かすように、いった。

橋本は、また自分が窮地に立たされたことを知った。

成功報酬五十万、それは、口約束でしかなかった。調査の報告書もないし、録音テープも、写真のネガも、井上弁護士に渡してしまっている。口約束でも、あの女弁護士は、五十万円の現金を橋本に渡した。しかし、その時に、請求書や領収書のやり取りなどなかったし、誰も目撃者はいない。

しかも、もらった五十万円を、すぐに銀行にでも預けていれば、預金通帳には、五十万円の証拠が残る。

しかし、橋本は、五十万円もらうと、正規の調査料とそれを現金のままで持っていて、今度の五能線の旅に使うことにしていたのだ。

となれば、あの井上亜紀子という女性弁護士から、正規の調査料と成功報酬の現金五十万円をもらったという証拠は、どこにもないことになってしまう。

「参ったな」

橋本は、思わず呟いた。

このまま行けば、自分は、殺人容疑で起訴されてしまう。かつては刑事だっただけに、現在の自分が置かれている立場が、はっきりと読めている。

「電話をかけさせてもらっていいですか？」

橋本は、谷本警部に、いった。

「ダメだ」

簡単に、谷本に断られてしまった。

「東京の知人に連絡したいんですが」

「君のはっきりとした自供が取れてからだ」

「僕は、自供なんてしませんよ。僕は、三村しのぶという女性を、殺してなんていませんから」

「自供はしないのか？」

橋本は、強い口調でいった。

「しないというよりも、できませんよ。殺してもいない殺人について、どうやって自供するんですか？」

「それじゃあ、君に、連絡させてやることはできない。連絡したければ、まず、殺人事件について、自供するんだ」

と、谷本が、いった。

丸二十四時間が、経過した。

「いい加減に、自供したらどうだ？　君には、逃げ道がないんだ。証拠は揃っている」

谷本警部が、そういって、橋本に、迫った。

「これは、間違いなく誤認逮捕ですよ。すぐに釈放したほうが、いいんじゃありませんか？」

橋本も、負けずに、いい返した。

「このまま行けば、もうしばらく、勾留することになるぞ。そして、被疑者否認のまま、君を起訴することになる。そうなると、裁判では君は、不利な立場に立たされることになるぞ」

「僕も、あなたにいいますがね。これは、明瞭な誤認逮捕ですよ。僕の無実が証明されたら、青森県警は、みっともないことになるんじゃありませんかね？」

「いや、そうはならないよ。捜査本部長も、今のままでも充分に送検できるといっているんだ。だから、君は、否認するだけ損なんだよ。早く自供して、情状酌量ということにしたほうが、得なはずなんだよね」

谷本警部が、いった。

6

谷本警部がいうように、橋本は、容疑を否認したまま、留置場に勾留され続けていた。そして、依然、外部と連絡を取ることは、許されていなかった。

弁護士を依頼するのは、法律で認められているので、橋本は、迷った挙げ句、谷本警部に頼み、東京の菅沼利也という弁護士に、連絡を取ってもらうことにした。菅沼は、警視庁の十津川警部の大学時代の友人で、橋本も私立探偵になってから、色々と世話になっている。

翌日の午後、東京から、菅沼利也弁護士が会いに来た。

「先生にご迷惑をおかけすることはわかっているんですが、ほかに、助けていただけそうな人がいませんでしたので」

「十津川にも、君から依頼があったことは話してある。それで、私に現在の状況を説明してもらいたいんだ」

「何から話したらいいでしょうか?」

「ともかく、最初からだ。君の知っていることを、全部話してくれないか？」

と、菅沼は、いった。

「四月に入ってすぐ、確か、四月七日でした。井上亜紀子という女性弁護士が、突然、私の事務所を訪ねてきたんです。彼女は、こんな話をしました。今、ある離婚調停を受け持っていて、奥さんのほうの弁護を引き受けている。ダンナは、佐伯勇といって、佐伯工業の社長、奥さんは香織という。ダンナのほうは、奥さんのほうから勝手に、離婚話を持ちかけてきたのだから、慰謝料は一円も払わない、そう主張している。そこで、弁護士の井上亜紀子としては、奥さんに有利となるような証拠が欲しい。そういって、私に、調査依頼の話を持ってきたんです」

「つまり、夫に愛人がいたことがわかれば、多額の慰謝料が、もらえる。その調査を、君に依頼してきたんだな？」

菅沼がきく。

「そうです。佐伯勇には、必ず女がいる。その女を見つけ出して、何とかして証拠写真を撮り、できれば、会話も録音して欲しい。そういわれたんです。四月末になってからやっと、佐伯勇に、三村しのぶという愛人がいることがわかりましてね。苦労した挙げ句に、二人の写真を撮り、二人の会話を、テープに録音したんです。それを、井上亜紀子弁護士に渡しました。感謝されましたよ。その後、離婚がうまく行ったのでといって、さらに成功報酬として、五十万円をもらいました。それで、この件は終わったんですが、僕は正規の調査料と成功報酬の五十万円を持って、一週間の休みを取り、青森に来たんです。前々から、五能線に乗りたかったものですから」

「私も前に、五能線に乗ったことがある。なかなか景色がよくて、素晴らしい路線だよ」

菅沼が、相槌(あいづち)を打った。

「僕は、その沿線にある、不老ふ死温泉に泊まったのですが、彼女も泊まっていたらしいんですね。そして、翌二十七日、『リゾートしらかみ3号』に乗りましてね。ところが、五能線に乗ったら、同じ列車の中に、三村しのぶが乗っていたんです。あとになって、ニュースで、三村しのぶが、五能線の千畳敷という駅の近くにある太宰治の文学碑のそばで、首を絞められて、殺されたことを知ったんです。何しろ、先月に離婚調査で調べたばかりの女性ですからね。何となく気になって、ニュースに注目して、殺人現場に行ってみたりしました。そうしたら、二十八日の夜になって、突然、井上亜紀子弁護士から、僕の携帯に電話がかかってきたんですよ」

「それで、彼女は、何といってきたんですか？」

「もう一度、成功報酬五十万円が欲しくないかといわれましてね。殺人現場には、三村しのぶのダイヤモンドのブローチが落ちているはずだから、それを見つけて、東京まで持ってきて欲しい。そうすれば、前と同じように、成功報酬五十万円を払う。彼女から、そういわれたんです。まあ、見つからなくても元々だと思って、僕は、殺人現場に探しに行きましたよ。そうしたら、そこに県警の刑事がいて、僕は捕まってしまった。その上、県警の刑事は、僕の名前の入ったボールペンを持っていて、それを殺人現場で拾ったというんですよ」

「つまり、刑事たちは、君が殺人現場に落としたボールペンを探しに来た。そう解釈したんだね？」

「そうなんですよ。その上、僕が、三村しのぶのことを知っているし、同じ五能線に乗ったり、不老ふ死温泉に泊まったりしていますからね。状況証拠は、真っ黒みたいなものです。おそらく、県警は、こんなふうに、この事件を考えたんだと思いますね。僕は、三十歳で、まだ独身です。だから、女が欲しかった」

「誰が、そんなことをいったんですか？」

「事情聴取をした県警の警部が、そんなことをいっていました。女に飢えていたから、三村しのぶをつけ回して関係を迫り、断られて殺してしまった。県警はそう考えて、僕を勾留しているんですよ」

橋本は、いった。

「君は、罠(わな)にはめられたみたいだな」

「間違いなく、罠にかかってしまった。僕は、そう思っています」

「しかし、君を罠にかけて、どうする気なんだろう？」

「三村しのぶを殺した真犯人がいて、おそらく、そいつが金を出して、僕を罠にはめて三村しのぶ殺しの犯人にでっち上げたんですよ。そう考えるよりほかに考えようがありませんん」

橋本が、ぶぜんとした顔でいった。

第三章　時刻表

1

菅沼弁護士は、東京に戻ってくると、すぐその足で十津川に会い、橋本豊のおかれた状況を報告した。

十津川は、黙ってきいていたが、きき終わると、

「つまり、橋本は、罠にはめられた。そう思っているんだね？」

と、いった。

「どう考えても、そうとしか思えないな。ものの見事にやられたと、彼は、思っているね」

「そうなると、橋本を罠にかけたのは、井上亜紀子という女弁護士になってくるんだが、果たして、弁護士が、そんなことをするだろうか？　その井上亜紀子という女性は、実在

なっている」

「何かやったのか？」

「いわば、一種の恐喝だね。弁護士というのも、人の秘密を知り得る立場にいる職業だからね。それを利用すれば、恐喝ぐらいは可能だ。井上弁護士は、自分では否定しているが、恐喝をやった。それで、一年間の資格停止になっている」

「井上亜紀子というのは、若い弁護士か、それとも、中年の弁護士なのか？」

「確か、二十代の若さの筈だ。若いからつい、簡単に金になる方向に走ったんじゃないか？　そんなふうにいって、彼女に同情する人間もいるんだ」

「その井上という弁護士が、現在、資格停止になっているとすると、その弁護士に頼まれて、橋本が調査をしたというのも、何かおかしいじゃないか？　最初から橋本を罠にかけるつもりで、接触してきたのかも知れないな」

十津川が、いった。

「その可能性は大いにあると、私も思っているよ」

「できれば、君が、その井上という弁護士に、会ってもらえないかな？　彼女が、誰かに頼まれて、橋本を罠にかけた。君が説得して、それを、正直に話してもらえれば、橋本は助かるんじゃないかな？　私が動ければいいんだが、青森県警の事件に、こちらが、口を挟むわけにはいかないからね。何とか、君に頼みたい」

「明日にでも、井上弁護士に会ってみるよ。一応、話してはみるが、説得できるかどうか、自信はないよ」

菅沼は、正直に、そういった。

2

翌日、菅沼は、朝食を済ませた後、弁護士会の名簿を見て、井上亜紀子弁護士の自宅兼事務所の住所を確認した。

住所は、青山一丁目のマンションになっている。

一応、アポを取ろうと、菅沼は電話をかけたが、留守なのか、相手が出ない。しばらく間を置いてから、もう一度電話をかけたが、相変わらず、相手が出る気配はなかった。

それでも、菅沼は、車で、青山一丁目に向かった。

青山一丁目の井上弁護士のマンションに着いた。七階建てのビルである。

着いてみると、マンションの入り口のところには、二台のパトカーが停まっていた。

何か事件でも起きたのかと思いながら、菅沼が車から降り、そのマンションに入ろうとすると、いきなり、後ろからポンと肩を叩かれた。

振り向くと、そこに、十津川が立っていた。

「君のいっていた井上という弁護士は、このマンションの五〇二号室に住んでいるんじゃないのか？」

と、十津川が、きく。

「弁護士会の名簿ではそうなっているな。君に頼まれた通り、彼女に会いに来たんだ」

菅沼が、いうと、十津川は、

「もうその必要は、なくなったよ。五〇二号室で、部屋の住人の井上亜紀子という女性が死んでいるという一一〇番があった。どうやら、その女性が、君のいっていた井上亜紀子という女性弁護士らしいんだ」

「君が来ているところを見ると、どうやら、ただの病死や自殺じゃないみたいだな。殺しなのか？」

「今のところ断定できないが、殺人の可能性があるので、われわれが来たんだ」

「じゃあ、私の仕事はなくなったな。帰らせてもらうよ」

菅沼は、苦笑しながら、いった。

「悪いな」

十津川は、いい、ほかの刑事たちと一緒に五〇二号室に上がっていった。

２ＬＤＫだが、一部屋の面積は広い。若くて、独身の女性が住むには、贅沢な広さだといえるだろう。

その広いリビングルームのソファの上で、この部屋の住人、井上亜紀子がうつ伏せになって死んでいた。ナイトガウン姿だから、昨夜遅く死んだと考えられる。

検屍官が、死体を仰向けにして調べていたが、十津川に向かって、

「首を絞められているね。窒息死だな。死亡推定時刻は、昨夜の十一時頃じゃないかと思うが、確かなところは、まだわからないね」

テーブルの上には、ワインの瓶が置かれ、ワイングラスが転がっていた。

一人で飲んでいたとは、思われない。彼女の首を絞めて殺した犯人も、ここに、いたはずである。

西本刑事が、キッチンを調べてみると、やはりそこに、きれいに洗われたワイングラスが一つ、置かれてあった。

ワインの瓶には、まだ半分以上ワインが残っていたし、テーブルに転がっているワイン

グラスにもワインが少し残っている。一応、それらを持ち帰って、調べることにした。

死体が発見された経緯は、次のようなものだった。

昨夜十時頃、いつも井上弁護士が利用している近くのタクシー会社に、彼女から電話があって、明日の午前九時に迎えに来て欲しい。そういわれていたので、今日、約束の時間の午前九時に、車で、運転手が迎えに来たが、応答がない。

管理人を呼んで、確認してもらったところ、ドアには鍵がかかっておらず、管理人が部屋に入って、リビングルームで倒れている、井上亜紀子の死体を発見したという。

十津川は、今朝、彼女を迎えに来たというタクシー会社の運転手に、

「井上さんがどこへ行くつもりだったか、わかりますか？」

と、きいた。

運転手は首を横に振って、

「わかりません。とにかく、午前九時きっかりに、迎えに来て欲しい。そういわれていただけですから」

と、いった。

「井上さんはいつも、そういう依頼をするんですか？」

「ええ、そうです」

「行き先はどういうところですか？」

「いろいろですね。東京駅ということもあるし、時には、千葉まで行ってくれとか、軽井沢まで行って欲しいとか、そういうこともあります。ですから、今回、どこに行かれるつもりだったのかは、わかりません。いつも、その日、迎えに行ってから、いわれますから」

若い運転手は、いった。

死体は、司法解剖のために、大学病院に送られた。

その後、十津川たちは、2LDKの部屋を丹念に調べて回った。

机の裏にあった小型の金庫の中には、一千万円の定期預金と百二十万円ばかりの普通預金の通帳、それに、現金が八万五千円見つかった。

「失業中の弁護士にしては、かなりの大金を持っていますね」

亀井が、首をかしげながら、十津川に、いった。

「それだけ、いろいろと収入があったということじゃないのかな？」

十津川が、小さく笑った。

「橋本は、この井上亜紀子という女性弁護士に騙されたといっているわけでしょう？　井上弁護士が殺されたとなると、橋本の言葉は、真実味が増したんじゃありませんか？」

亀井が、いった。

「確かにそうだが、その一方で、井上弁護士が死んでしまったから、橋本の言葉が正しいことを証明するのも難しくなったんじゃないか？」

十津川が、慎重に、いった。

十津川が、部屋の中に、見つけたかったのは、五能線関係の資料や写真だった。

橋本には、五能線の千畳敷という場所で、三村しのぶという女性を殺した容疑がかかっている。その橋本をブローチを探して欲しいといって千畳敷に行かせたのは、ここで殺された井上亜紀子である。

だとすれば、彼女のこの部屋に、五能線関係の資料や写真があってもおかしくはない。

そして、離婚調停を有利に運ぶための物証として、橋本が、彼女に渡した、佐伯（さえき）勇と三村しのぶの密会を記録したテープと写真も、当然、この部屋にあるはずである。

十津川は、そう思ったのだが、いくら探しても、そうしたものは何も見つからなかった。

なぜ、見つからないのか？

「こういう理由ではないでしょうか」

と、亀井が、いった。

「井上弁護士を殺した犯人が、浮気調査関係の資料を全部持ち去ってしまったのか、彼女自ら処分してしまったのでしょう。あるいは、橋本を罠にかけたのは、井上弁護士ではなくて、その背後にいる誰かではないかということです。その人間が、五能線を使った罠を考え、それを井上弁護士を通じて橋本に実行させた。そういうことが、私には考えられますが」

「その点は、同感だね。カメさんのいうように、井上弁護士の後ろに、別の真犯人がいるとすると、その人間は佐伯という男じゃないかな？　橋本から話をきいてきた菅沼弁護士によると、橋本が、今回の事件に最初に関係したのは、井上弁護士から突然話があった、佐伯工業の社長の佐伯勇と妻の香織の離婚調停だ。それで、ぜひ自分に力を貸してもらいたい。井上弁護士にそういわれて、橋本は、今回の事件に関係を持った。だとすると、井上弁護士のほかに考えられる人間は、佐伯社長、あるいは、彼の妻の香織ということになってくる」

「それではこれから、その佐伯社長か、彼の妻の香織に会いに行きますか？」

そういう亀井に対して、十津川は、少し考えてから、

「私は、それよりも先に、青森に行ってみたいね。青森に行き、橋本に会って話をきいてみたいんだ。菅沼弁護士に話をきいてきてもらったが、こうなると、直接、自分の耳で橋本の話をききたい。今なら、カメさんがいったように、橋本に堂々と会って、話がきける

からね」

「では、佐伯夫妻のほうは、どうしますか？」

「そちらのほうは、西本たちに当たってもらうことにするよ」

3

翌日、十津川と亀井は、新幹線と特急を使って青森に向かった。五所川原警察署に着いたのは、昼近くである。

まず、橋本豊の事件を担当している、青森県警の谷本という警部に会った。若い警部で、それだけに張り切っている様子が、顔の表情からも読みとれた。

十津川たちに向かっても、妙に勢い込んだ調子で、

「容疑者の橋本豊ですが、われわれは、彼が間違いなく、三村しのぶを殺した犯人だと思っています」

と、いう。

十津川は、その言葉には、別に肯定（こうてい）も否定もせずに、

「警視庁としては、東京で起きた事件と、こちらで逮捕された橋本とが深い関係を持って

いる。そう思ったので、まずご挨拶に来たわけです。当然、今後は合同捜査ということになってくる。そう思います」

と、丁寧に、いった。

「東京で殺されたという女性弁護士ですが、われわれが逮捕した橋本豊と、どう関係していると考えておられるのですか？」

谷本が、さぐるようにきいた。

「橋本が、こちらで証言したところによると、自分は、井上亜紀子という女性弁護士に騙された。今のところ、われわれの考えている関係というのは、そういうことです」

十津川が、いうと、谷本警部は、眉を寄せて、

「騙されたといっているのは、橋本の勝手な言い分で、われわれは、全く信じていないんですよ。われわれは、橋本と東京で殺された井上弁護士とは、全く関係がなかったと考えています。井上弁護士の名刺をどこかで入手して、彼女の名前を、言い訳に使っているだけです。橋本はこちらで殺された三村しのぶという女性にどこかで会い、好感を持ち、好きになった。たぶん、これは一方的な橋本の感情で、ストーカー的な行動に走ったんだと思います。橋本の事務所からは、三村しのぶの写真が発見されています。三村しのぶが東北の旅行に来て、五能線に乗った。それを橋本が追いかけてきて、関係を迫ったが断られ

たので、カッとなって殺した。そう考えています。どうも、橋本という男を見ていると、話す言葉に、時々、そうした一方的な思いこみが感じられます。感情が激してくると、それを抑えられない。そうしたところも見られるので、われわれは、橋本豊が三村しのぶを殺したと、そう考えています」

「その考えに対して、別に、われわれは反対はしません。ただ、東京の事件を解決するためには、橋本豊の証言も必要なので、ぜひ、彼に会わせていただきたいのです」

と、十津川は、谷本に、いった。

「それは一向に構いませんが、今もいったように、橋本は、東京の事件とは全く無関係ですよ。それに、橋本は、三村しのぶ殺しの第一の容疑者ですから、ここの取調室で会っていただきます」

「もちろん、そうします」

十津川は、約束した。

4

十津川と亀井は、署内の取調室で、橋本豊に会った。

「まず、君に伝えたいのは、東京で、井上亜紀子という女性弁護士が殺されたということだ」

十津川が、いうと、橋本は、顔を硬直させて、

「やはり、あの女性弁護士には、何かあるんですよ。だから、殺されたんじゃありませんか？」

「われわれも、そう思っている。それにもう一つ、井上亜紀子弁護士だが、現在、一年間の資格停止になっている。恐喝容疑で告訴されていてね」

十津川が、いうと、橋本は、目を大きくして、

「だとすると、彼女が離婚調停の弁護をやっていたというのは、ウソだったわけですね？」

「もちろん、ウソだ」

「そうすると、井上弁護士は、私にウソの話を持ってきたことになりますよ。しかも、私に三村しのぶという女性のことを調べさせて、その上、私の調査で調停が有利になったからといって、五十万円の成功報酬までくれたんです。架空の離婚調停話なのに、なぜ、私に調査を依頼し、五十万円もの成功報酬まで払ったんでしょうか？」

「悪く考えれば、すべて、君を罠にかけるための計画だったと思わざるを得ないね」

「私にとって、今は、有利に事が運んでいるということですか？」

「それは、何ともいえないね。井上弁護士が生きていれば、君のために、ウソをついたとか、罠にかけたとか証言してくれたかも知れないが、彼女は死んでしまったからね。君のために、もう証言できない」

「じゃあ、私は、まずい立場に立ってしまったわけですか？」

「それを、これから私たちが、調べるんだ。君は、突然、井上弁護士の訪問を受けたんだね？　そして、佐伯勇という社長と、その奥さんの離婚調停の件で、仕事を頼まれた。その前に、君は井上弁護士のことは、全く知らなかったのか？」

「ええ、そうです。初めて、あの時に会ったんですよ」

「そして、君は、頼まれるままに三村しのぶのことを調べ、正規の調査料のほかに、五十万円の成功報酬まで、もらったんだね？」

「ええ、そうです」

「井上弁護士は、君が、五能線に乗るのをなぜ知っていたのかね？」

「僕は旅行が好きで、前から五能線に乗りたいと思っていた。だから、調査料と成功報酬の五十万円を、ホテルでもらった時に、彼女に、このお金で、五能線に乗りに行く、ということを話したんです」

「それで、井上弁護士は、君が五能線に乗ることを知った。しかし、いつ五能線に乗るのか、そこまでは、彼女は知らなかったんだろう?」

「もちろん、その時はまだ、切符も買っていませんでしたから」

「それで、君は、切符の手配なんかは、どうしたんだ?」

「何しろ、最近、五能線というのは、人気のルートですからね。それで、私は、銀座の旅行会社に行って、五能線の切符を頼んだんです。できれば、秋田から乗れる『リゾートしらかみ1号』と、不老ふ死温泉に泊まり、違う編成の列車にも乗ってみたかったので、翌日の『リゾートしらかみ3号』の切符が欲しい。そういって、頼んだんですよ。そうしたら、三日後の『しらかみ1号』と、その翌日の『しらかみ3号』の切符があると連絡があったので、そこへ行って、手に入れました」

「そうした君の行動をずっと見張っていれば、君が、何日の五能線の、『リゾートしらかみ』に乗るかどうか、予定がわかる筈だね」

「そうですね。確かに、私は別に、誰にも旅行に行くことを隠しませんでしたから。五十万円の成功報酬をもらったのが嬉しくて、すぐに銀座に行って旅行会社に頼んだし、こちらから『リゾートしらかみ』の切符が欲しいともいいました」

「なるほどね。大体わかってきたよ。君が罠にかけられたとすると、相手は、君が、いつの五能線の『リゾートしらかみ3号』に乗るか知っていたことになる」

「私を罠にかけた人間は、見つかりますか？」

「見つけたいと思っているよ」

十津川が、いうと、橋本は、

「私自身、いろいろと考えましたが、井上弁護士が殺されたとなると、彼女を殺した犯人が、おそらく、私を罠にかけたんですよ」

「君は、その人間に、心当たりがあるのか？」

「たぶん、佐伯勇という佐伯工業の社長ではないか？　そう思っているんです」

「私も、最初は、佐伯社長夫妻のことを考えた。しかし離婚話は、なかったといっているんだろう？　青森県警の谷本警部がそういっていた」

「きっと、佐伯社長は、ウソをついているんですよ」

「いや、ウソはついていないと思う。今もいったように、井上弁護士は、一年間の資格停止になっていたんだ。だから、離婚調停に関係することはできない。となると、佐伯夫妻の離婚調停というのは、最初からなかったということになってくる」

「どうして、井上弁護士は、私に、あんなウソをついたんでしょうか？」

「それも、私たちが調べてみる。とにかく、真相がわかれば、君は釈放される。それを期待していてもらいたい」

十津川は、橋本を励ますように、いった。

5

その日、十津川と亀井は、弘前市内のホテルに泊まることにした。弘前城近くのホテルである。

チェックインした後、十津川は、東京の西本刑事に電話をかけた。

「君たちには、佐伯工業社長の佐伯勇に会いに行ってもらったが、どんな様子だった?」

「佐伯社長の自宅は、永福町にある、かなり立派な邸宅でした。そこに行って話をきいたんですが、奥さんと一緒に、今もそこに住んでいますね。私たちが、井上弁護士のことをいうと、そんな弁護士は知らないと、即座に否定しましたよ。もちろん、橋本豊という男のことも知らない。そういっています。佐伯社長も妻の香織も、揃って否定しているんです」

西本が、いった。

「やっぱり、そんなところだろうね。ところで、佐伯社長のやっている佐伯工業というのは、どんな会社なんだ?」

「佐伯工業は、本社が新宿にあります。工場は三鷹にあって、今流行の健康食品を作って、かなり儲けているという話です。佐伯社長自身も、仕事については自信満々の話し方をしています」

「佐伯夫妻の評判は、どうなんだ?」

「二人を知っている人たちに、いろいろときいてみました。佐伯勇、五十五歳、奥さんは一回り以上若くて、二人の間に子供はありません。一応、夫婦仲はいいということですが、まだ詳しい話をきくところまでは、いっておりません。ただし、離婚の話はなかったと、関係者は口を揃えていっていますから、この話は、本当になかったんだと思います」

西本が、いった。

「佐伯社長の女性関係については、何かわかったか?」

「それもまだです。明日にでも佐伯社長の交友関係を洗ってみようと思っています。会社はうまくいっていますし、それに、まだ五十五歳という若さですから、女性関係が出てくるかも知れません。そう期待しているのですが」

「奥さんのほうも調べてくれよ。一回り以上も若いのなら、奥さんのほうに、男がいるのかも知れないからな」

「その点については、私が調べることになっています」

北条早苗（ほうじょうさなえ）刑事が、西本に代わって、いった。

「もう一つ、千畳敷で殺された三村しのぶのことがある。彼女が、佐伯夫妻と、どんな関係にあったのか。それも調べておいて欲しいんだ」

十津川は、西本たちに、いった。

電話を終え、十津川たちが夕食を取っている最中に、谷本警部から、青森県警が、橋本豊を犯行否認のまま殺人及び死体遺棄容疑で、青森地方検察庁に、まもなく送検する方針だということを知らされた。

「われわれが東京から来たので、青森県警は、送検を早めるつもりなんじゃありませんか？」

食事をしながら、亀井が、いった。

「そういうこともあるかも知れないな」

「ひょっとして、橋本の身柄を拘置所に移して、われわれに会わせないつもりなんじゃありませんか？」

亀井が、怒りを見せて、いう。

十津川は、笑って、

「それはないと思うよ。橋本は、東京の殺人事件の参考人でもあるんだから、彼をわれわれに会わせないわけにはいかない筈だよ」

「それは、そうかも知れませんが」

「それよりも、明日、五能線に乗ってみたいんだ。橋本豊も、五能線の千畳敷で殺されたという三村しのぶも、同じ五能線に乗っている。だから、私も、二人が乗った五能線の『リゾートしらかみ』という列車に乗ってみたいと思っている」

十津川は、亀井に向かって、そういった。

「確か、警部は前に、五能線にお乗りになったことがあったんじゃありませんか？」

「ああ、そうだが、もう十年以上も前の話だよ。その頃は、五能線は、今のように有名じゃなかった。本当の僻地の小さな列車だった。それがなぜか、ここに来て、急に有名になってね。誰もが五能線に乗りたがるんだ」

「確か、五能線の唄も出ているんじゃありませんか？　そんなことを、どこかできいたような気がしますよ」

亀井が、そうした情報を口にして、笑った。

夕食を済ませると、十津川は、ホテルのフロントで時刻表を借り、まず橋本が乗ったという「リゾートしらかみ1号」の時刻、秋田発八時二十八分から、終着青森の十三時三十分までを手帳に書き写していった。

「五能線というのは、東能代からじゃないんですか？」

覗き込んで、亀井が、いう。

「人気が出たから、秋田発にしたんだろう。それだけ人気を集めているということだよ。そのほかは、まあ普通のリゾート列車という感じがするね」

十津川が、いった。

6

翌日、十津川と亀井の二人は、早めに朝食を取り、予約していたタクシーで、「リゾートしらかみ1号」の始発駅の秋田駅に向かった。

秋田駅に着いたのは八時前だった。

秋田駅にも五能線のポスターが貼ってあるのが、目に入った。

「元々、五能線というのは、五所川原の五と能代の能を取って、五能線となったんでしょう？　それをわざわざ秋田始発にしたのは、大変な優遇ですね」

亀井が、笑いながら、いった。

「だから、『リゾートしらかみ1号』は、最初、奥羽本線のレールを使って、秋田から東能代までの間を動かすらしい」

問題のホームに行くと、四両編成の「リゾートしらかみ1号」が、すでにホームに入っていた。白とブルーの車体の洒落(しゃれ)た列車である。

「リゾートしらかみ」は、下りが1号と3号、上りが2号と4号で、これから十津川たちが乗ろうとしている1号は、車体が白とブルーだった。3号のほうは、車体がグリーンに塗られているらしい。人気が高いのか、全車両指定になっていた。

十津川と亀井は、何とか手を回して、切符を手に入れることができたが、橋本が、銀座の旅行会社に頼んで、ようやく三日後の切符を手に入れたというのも、うなずけるような気がした。

二人が乗ったのは、1号車だった。1号車と4号車は普通の座席で、まん中の2号車と3号車はボックス席になっている。だが、普通の座席といっても、かなりゆったりとしていた。

座ってから、十津川は、

「私が昔乗った時は、全部狭い四人がけのボックス席でね。こんなにゆったりとはしていなかったよ」

昔を思い出すように、いった。

「しらかみ1号」は、ゆっくりと秋田駅を出発した。しばらくは奥羽本線のレールの上を走る。

東能代九時十八分、能代九時三十一分着。この二つの駅には、ホームにバスケットボールのゴールが設けられていて、好きな乗客は、シュートをやってみるという。

能代にはバスケットボールで有名な能代工業高校がある。高校総体などで優勝した高校である。そのために、この二つの駅には、ホームにバスケットボールのゴールが作ってある。

東能代で、列車は方向転換して、前後逆になる。ここから奥羽本線と別れることになる。

少しずつ、日本海が見え隠れするようになってくる。能代の次のあきた白神を過ぎると、ますます日本海が列車のほうに接近してくる感じで、白波や岩礁（がんしょう）が目に飛び込んでくる。

十二湖、十時二十一分。

「昔、五能線に乗った時は、この駅で降りたことがある」

十津川が、亀井に、いった。

「この駅には、何があるんですか？」

「近くの山に登っていくと、文字通り、十二の湖があるんだ。その湖が、それぞれ水の色が違っていてね。それは、神秘的な美しさだよ。それともう一つ、日本キャニオンがある」

十津川が、いうと、亀井は、

「日本キャニオンって、いったい何ですか？　アメリカのグランドキャニオンに似ているんですか？」

「似てないこともないよ。しかし、規模が小さいから、期待していくと、失望するね」

十津川が、笑った。

その後で、

「次のウェスパ椿山（つばきやま）で降りることにしよう。橋本の話では、二日目は、そこで降りて不老ふ死温泉に行ったといっていたからね。橋本の話す通りに、五能線に乗ってみたいんだ」

と、十津川は、いった。

十時三十四分、ウェスパ椿山で、二人は列車を降りた。

駅前には、広い駐車場と物産館があり、丘の上では、風車が回っていた。道路が整備されていて、その道路に沿って、温泉やレストラン、あるいは、コテージ、そして、ガラス工房や、なぜか昆虫館などが点在している。

「第三セクターで作られたリゾート施設みたいですね」

亀井が、周囲を見回しながら、いう。

「これも、私が前に来た時には、まったくなかったものだ。少しばかり賑やかになりすぎたな」

十津川は、そんなことを、いった。

十津川と亀井は、そこから車で、不老ふ死温泉に向かった。

「昔は、五能線の艫作という駅で降りて、不老ふ死温泉に行ったんだ。しかし、この『リゾートしらかみ1号』は、艫作駅には停まらないから、橋本は、このウェスパ椿山駅で降りたといっていた」

海岸沿いの道路を上がったり、下がったりしながら、二人を乗せたタクシーは、不老ふ死温泉の見えるところまで来た。

眼下の、海岸沿いに大きな温泉の建物が見える。十津川が前に来た時は、文字通り、秘湯と呼ばれるにふさわしい、小さな温泉だった。

それが今は、新しい建物がいくつも並んでいて、タクシーが下に降りていくと、大きな自然木の感じの門があって、それに「不老ふ死温泉」の名前が書かれている。

「とにかく、立派になったね」

十津川が、感心して、いった。

「警部、それって、皮肉なんじゃありませんか?」

亀井が、笑って、

「警部にしてみれば、いつまでも秘湯であっていて欲しかった。そういうことじゃないんですか?」

「確かに、少しは、そういう気持ちもなくはないね。こんなに立派になってしまうと、秘湯らしくないからな」

と、十津川は、いった。

ここも都会からやって来た客であふれていた。元々は、ひなびた湯治場というべき温泉だったのだ。

それが今は、日本で何番目かに有名な温泉になってしまっている。

和室が取れないので、仕方なく、二人はそれぞれ、シングルルームに一泊することにした。

立派になりすぎたことが、十津川には不満ではあったが、夕方になると、水平線に沈んでいく夕陽が見られて、その美しさだけは、彼が、以前にここに来た時と変わらなかった。

離れた海辺には露天風呂があるのだが、二人はそこには入らず、じっと沈んでいく夕陽を眺めていた。

7

翌日、十津川と亀井は、ウェスパ椿山駅に向かった。

橋本も不老ふ死温泉に泊まった翌日は、ウェスパ椿山駅から「リゾートしらかみ3号」に乗ったといっていたからである。

十五時二十二分。「リゾートしらかみ3号」は、次の駅の深浦に着く。

深浦は、駅も大きかったが、町も、この五能線の中では大きな港町である。漁船が何艘も停まっていたし、市場も開かれている。

十五時二十五分。十津川と亀井の乗った「リゾートしらかみ3号」が深浦を出発、次の千畳敷駅には十五時四十八分に着いた。

「時刻表によると、千畳敷は十五時五十八分発だから、十分間あるんだ」

十津川が、いった時、車内アナウンスがあった。

「この千畳敷駅には、十分間の停車ですので、列車から降りて千畳敷の景色をお楽しみください。発車の時刻が来ましたら、警笛を鳴らします」

ゾロゾロと、乗客が降りていく。

十津川と亀井の二人も、列車から降りた。

千畳敷は、小さな無人駅である。とにかく小さい。駅舎もない。ただ、ホームに丸太を削って作ったベンチが置かれているだけである。

駅を降りて道路を渡ると、その先が千畳敷と呼ばれる海岸になっていた。

海辺に行くと、大きな太宰治の文学碑が建っていた。そこには、太宰の『津軽』から取った文章が書かれている。その横にあるのは、大町桂月の碑である。

「このそばで、三村しのぶが死んでいたんですね」

亀井が、いった。

十津川が最初、事件のことを知った時は、駅からかなり離れた場所だろうと思っていたのだが、実際に来てみると、駅のすぐ近くである。

その文学碑の裏は、千畳敷と呼ばれる石畳のような海岸が広がっている。そばに、旅館があるのだが、戸が閉まっていて、誰の姿も見えない。どうやら、夏の間だけ開けるらしい。

それに、千畳敷を見物に来た人たちは、広い千畳敷の上に散らばってしまっているので、ここで誰かが三村しのぶを殺したとしても、気がつかないのではないか。そんな気がした。

少し離れたところには、海の家という感じの店が二軒並んでいて、イカを焼いたり、ラーメンを出したりしていたが、そこからは千畳敷の駅も見えなかったし、大きな岩が邪魔になって、太宰治の文学碑も見えなかった。

突然、駅に停まっている列車が警笛を鳴らした。出発を知らせる警笛だった。ゾロゾロと、乗客が千畳敷を後にして、列車のほうに歩いていく。

十津川たちは、最後に列車に乗り込んだ。

列車は、すぐに発車した。

8

列車は、十六時四十七分、五所川原に着いた。

橋本は、ここで降りたといっているから、十津川と亀井の二人も、五所川原駅で、列車を降りることにした。

ここから津軽鉄道に乗ると、太宰治の斜陽館や、津軽三味線会館がある金木駅に行くことができる。

橋本が泊まったという駅前のホテルに、十津川と亀井も泊まった。翌朝、金木駅に行ったと橋本がいっているので、十津川たちも、金木に向かうことにした。

二人は、金木で斜陽館を訪ね、そのあと、近くにある会館で、津軽三味線をきいた。

その後、会館の前の食堂に入った。

「橋本の話によると、ここで食事を取っている時に、テレビのアナウンサーが、三村しのぶの死体が千畳敷の太宰治の文学碑のそばで発見されたといっているのをきいているんだ」

十津川が、いうと、亀井が、

「それで、橋本は、その事件に興味を持って、自分で調べてみようという気になったんですね」

「何しろ、橋本は、元々刑事だからな。しかし、そんな行動を取れば、自分が疑われるということに、彼は、気がついていなかったんだ。その時、彼はまだ、井上弁護士が自分に罠(わな)をしかけているとは、夢にも思っていなかったのだから、仕方がないといえばそれまでだが」

十津川が、いった。

橋本は、その事件の現場を調べた後、五所川原に戻ってさらに一泊した。

十津川と亀井も、橋本と同じように、五所川原に行くことにした。

事件を調べるためでもあり、同時に、事件の真相を知るためでもあった。

（事件の真相がわかれば、橋本を助けられるのではないか）

十津川は、そう思っていた。

第四章　再び「リゾートしらかみ3号」

1

佐伯香織の運転する車の前に、突然、飛び出してきた女がいた。

あわてて、ブレーキを踏む。

自宅近くなので、スピードを落としていたから、女を轢いてしまうことはなかったが、香織が、いくらクラクションを鳴らしても、その女は、車の前からどこうとしない。

年齢は二十五、六歳だろうか？

ジーンズにスニーカーという軽装で、何をしている女性なのか、とっさには、判断がつかなかった。

香織が、もう一度、クラクションを鳴らすと、女は、車の横に回ってきて、運転席の窓ガラスを叩いた。

香織は、ウインドーを下げて、

「危ないじゃないの？　いったい、何をする気なの？」

「あなた、佐伯勇さんの奥さんの香織さんでしょう？」

女が、のぞき込むように、香織を見た。

「そうだけど、何の用なの？」

「ずっと、あなたに会いたくて、探していたんだけど、なかなか連絡がとれなくて」

そういって、女は、なぜかニヤリと笑った。

「あなたと、少しばかり話したいことがあるんだけど」

「私のほうは、そんな時間の余裕はないの、そこをどいてくれないかしら」

香織は、相手をにらむようにして、いった。

「あなたには、私と話す義務があるのよ」

と、女がいう。

「どんな義務があるというの？」

「私の友達の私立探偵、橋本豊が、あなたのおかげで、青森で逮捕されてるわ。それだけでも、あなたには、私と話す義務があると思うんだけど」

「何のことをいっているのか、よくわからないわね」

「その顔は、何もかもわかっているという顔じゃないの？　あなたの自宅は、この先でしょう？　そこでゆっくり話をしましょうよ」

「そんな時間はないといったら、あなたは、どうする気？」

と、香織が、きいた。

「さあ、どうしようかしら。あなたの家に、火でもつけてあげようかしら」

女が、笑いながら、いう。しかし、目は笑っていなかった。

「いいわ。話をきいてあげる」

香織は、急に態度を変えた。

車を、自宅の駐車場に入れてから、香織は、その女を、応接室に招じ入れた。

「コーヒーしかなくて、悪いけど」

と、いいながら、香織は、コーヒーを淹れて、相手に勧めてから、

「お話をする前に、まず、あなたの名前からおききしたいわね」

「阿部純子、二十五歳」

女は、短くいってから、コーヒーを口に運んだ。

「さっき、青森で逮捕された橋本という探偵のことをいっていたけど、あなたも探偵さんなの？」

「ええ、橋本さんとは、探偵仲間です」

「それ以上じゃないの？　例えば、彼の恋人だとか」

香織がきくと、阿部純子は、笑って、

「今は、とにかく探偵仲間」

といい、続けて、

「私は、何もかもわかっているの」

「いったい、何のことをいってるのかしら？」

「あなたが、弁護士の井上亜紀子を使ってやらせたことよ。その上、今度は、彼女の口から真相がもれるのを恐れて、彼女まで殺してしまった」

「まるで、私は恐ろしい悪魔みたいね」

香織が、笑った。

「とにかく、これから私と一緒に警察に行って、全て(すべ)を話して貰(もら)いたいんです。そうすれば、橋本さんは、釈放されるんです」

「橋本さんて、確か、青森で三村しのぶさんを殺した人でしょう。新聞で見て、知ってるけど、私とは、何の関係もありませんよ」

「三村しのぶさんは、知ってる筈(はず)ですよ」

「ええ、もちろん。私の主人の会社と付き合いのあった人ですからね。でも、それだけ」

「ご主人と、いろいろあったから、あなたが殺したんですか？」

「私が？」

と、香織は、笑った。

「彼女を殺したのは、あなたのお友達の橋本さんなんでしょう？　だから、警察に捕まってるんじゃないの」

「違います。全て、あなたが、井上弁護士を使ってやらせたんです。私には、わかってるんです」

「何のことをいってるのか、よくわからないわね。第一、私が、あなたに会うのも、今日が初めてなんだけど」

香織は、笑っている。

「私はね、橋本さんから、井上弁護士の件では、いろいろと聞いてるんですよ。だから、橋本さんは、間違いなく無実なんです。あなたや、井上弁護士に罠(わな)をしかけられたの」

「人ぎきの悪いことを、いわないで欲しいわ。日本の警察だって、バカじゃないわ。その警察が、殺人犯として逮捕して、橋本さんは、これから裁判にかけられるのよ。無実なら、きっと裁判で、証明される筈だから、それを待ったらどうなの？」

「いいえ、橋本さんの件は、誰が見ても、明らかに誤認逮捕だわ。それも、あなたや、あなたの仲間に罠にはめられたのに、警察は、それに気がつかずに、橋本さんを逮捕してしまったのよ」

「あなたのいってることが、わからないんだけど、どういうことなのか、説明してくれないかしら？」

「頭を働かせれば、今度の事件で、何があったのか、はっきりとわかるわ。私には、あなたやあなたの仲間が何をやったのか、はっきりとわかっているの」

「何もかも本当にわかっているのなら、それを警察にいったらどうなの？　私のところなんかに来ないで、警察に行けばいいわ」

「警察に話しても無駄だから、こうやって、あなたのところに会いに来ているんじゃないの。今もいったように、私には、あなたたちが何をやったのか、はっきりとわかっている。そのうちに、あなたたちは、自分たちの悪巧み（わるだく）が明らかになって、あなたも、あなたの仲間も、必ず逮捕されてしまうわよ。それを私はいいに来たの。追いつめられる前に、あなたたちは、警察に出頭して、証言しなさい。自分たちが何をしたのか、それをしゃべるだけでいいのよ」

「私には、よくわからないんだけど、あなたが、やたらに、わかっている、わかっているといっているのは、どういうことなのかしら？」

香織は、自分のコーヒーカップを手に持つと、ソファまで歩いて行き、腰を下ろして、目の前の女探偵に、目をやった。

2

「私にわかっていることを、これからお話しするわ」

阿部純子は、ゆっくりと、話を始めた。

「いったい、何がわかっていると、あなたは、いいたいの？」

「だから、いったでしょう。今度の事件のすべてが、わかったの。おそらく、最初から、あなたがたの離婚調停なんて、なかったのね。あなたたちは、一人の私立探偵を罠にはめるつもりで、架空の離婚調停をでっち上げたんだわ」

「何も知らないくせに、よくそんなデタラメがいえるわね。感心するわ」

「これから、もっとくわしく話してあげる。いいから、ききなさい！」

純子は、強い口調でいった。

「ええ、きいてあげるわよ。どんなホラ話が始まるのか、楽しみにきいてあげるわ」

香織は、余裕の笑顔で、いった。

「橋本さんが、いい仕事を請け負った。そういって話してくれたのは、二カ月前だった。何でも、女性弁護士から話があったというんだけど、その女性弁護士さんというのは、あなたのよく知ってる井上さんね。資産家の夫妻の離婚調停を、受け持っている。自分は、奥さんのほうの弁護士なので、夫が浮気をしていることが証明できれば、ガッポリと、慰謝料をもらうことができる。それを、私立探偵のあなたに頼むのだが、夫の浮気相手の女性を、何とか見つけ出して欲しい。その女性が見つかったら、彼女の写真を撮り、夫と二人の会話を録音してきて貰いたい。井上弁護士の持ってきた話というのは、そういう依頼だと、橋本さんは、いっていた。ここで、佐伯工業の社長の佐伯勇さんと、奥さんの香織さんという夫婦が登場する。たぶん、井上さんは、その佐伯工業の顧問弁護士なのね。何があったかは知らないけど、この佐伯工業、あるいは、佐伯夫妻の間に、三村しのぶという厄介な女が現れた。この三村しのぶという女が、どういう女なのかは、私にはわからない。佐伯社長と関係のあった女で、佐伯社長が、この女に強請(ゆす)られていたのかも知れないし、あるいは、何か会社の秘密を握られていて、それをネタに強請られていたのかも知れない。いずれにしろ、あなたがた夫妻、あるいは、佐伯工業にとって、この女性は、厄介者だった。だから、何とか始末しなくてはいけない。佐伯夫妻は、そう思って、顧問弁護士である井上弁護士に、相談したんだと思う。でも、ただ、三村しのぶを殺してしまったのでは、自然に、疑いは佐伯夫妻に向けられてしまう。そこで、どうしたらいいか、井上弁護士が知恵を授けたのか、あなたがた夫妻と三人で考えたのか、それはわからないけど、うまいことを考えた。つまり、三村しのぶを殺して、何も知らない私立探偵の橋本さんを犯人にしてしまおう。そういう計画が立てられたのよ。たぶんその相手は、橋本さんでも、ほかの探偵でも誰でもよかったのよ。とにかく、お金を欲しがっている、個人でやってる探偵なら誰でもよかったんじゃないかと、私は思ってる。まず、井上弁護士が、弁護士という肩書きを利用して、橋本さんに近づいていった。資産家の佐伯夫妻の間で、離婚調停が起きていて、私は、奥さんのほうを弁護する立場にいる。何とか、慰謝料をたくさん取りたいので、あなたに調査を依頼したい。成功報酬は五十万円。つまり、その離婚調停の夫のほう、佐伯勇さんに女がいる。その証拠をつかんでくれれば、慰謝料がたくさん取れるから、何とかして、女性を見つけて、写真を撮って、会話を録音して欲しい。橋本さんにしてみたら、これは簡単な仕事だと、そう思って引き受けたんだわ。探偵の常道として、佐伯勇さんの周辺を洗っていたら、問題の三村しのぶという女が現れた。橋本さんは、彼女の写真を撮り、彼女と佐伯勇さんとの会話を録音して、井上弁護士に渡した。井上弁護士は、それを受け取ると、これで、奥さんのほうが調停で有利になるからといって、後に離婚調停が成立してから、橋本さんに、調査料と五十万円の成功報酬を渡した。橋本さんにしてみたら、簡単な仕事だったし、疑うところは何もなかった。それは当然よね。離婚調停で、片方の弁護士が、私立探偵に、有利な証拠をつかんで欲しい。そういって依頼するのは、よくある話だし、それに、成功報酬までもらってしまったから、もうこれで、自分の頼まれたことは終わったと考えて、橋本さんは五能線に乗りに行ったのよ。たぶん、井上弁護士が、橋本さんが旅行好きで、お金が入れば旅行に行くことを、聞いていたんだ。そして、今度は五能線に乗ることもね。それで、あなたがたは、三村しのぶという女性にも、何らかの理由をつけて、五能線に乗りに行かせたのよ。そうしておいて、あなたがたの誰かが、五能線の千畳敷で、三村しのぶを殺した。それから、井上弁護士は再度、橋本探偵に、電話をかけてきた。もう一度、五十万円の成功報酬をつけるから、仕事をしないかと誘った。橋本さんは、前に簡単に五十万円の成功報酬が入ったから、今度もまた、簡単だろうと思って、これを引き受けた。そして、問題の千畳敷で、佐伯勇さんと三村しのぶとの関係が判るようなもの、例えばブローチを見つけて欲しいと、そう頼んだ。橋本さんは、千畳敷に出かけていった。ところが、そこには、青森県警の刑事たちが見張っていたわけよ。多分、橋本さんが事務所で使っていた、橋本さんの名前が刻まれた事務所開業記念のボールペンが落ちていたので、青森県警の刑事たちが、橋本さんがそれを拾いに来るのを、待ち構えていたんだわ。そのボールペンだって、あなたがた夫妻の離婚話で調べて欲しいと井上弁護士から頼まれて、橋本さんがその調査で動いている間に、誰かが彼のマンションに忍び込んで、そのボールペンを盗み出したんだわ。そうしておいて、殺人現場の千畳敷に、わざと落としておいた。青森県警のほうは、当然これは、犯人が落とした物だと思うから、橋本豊という男が、それを拾いに来るのを待っていた。そして、橋本さんは、まんまと罠にはまって、逮捕されてしまった。うまく考えたものだと思うわ。でも、これから、あなたが、本当のことを、警察に行って話してくれれば、警察だって、橋本さんを逮捕したのは誤認逮捕だとわかるから、すぐに橋本さんは釈放される。だから、これから、私と一緒に五所川原警察署に行ってもらいたいの。私の話は、これでおわり」

「ちょっと待って欲しいわね」

「また、何か企(たくら)んでいるんじゃないの？」

「そうじゃないわ。あなたは今、これがすべてだというようなことをいったけど、あなた自身、五能線に乗ったことがあるの？」

香織が、きいた。

「乗ったことは一度もないけど、五能線を舞台にして、何があったかは、わかっているつもりだわ」

任侠浴場

今野敏

日村誠司が代貸を務める阿岐本組の親分の元には一風変わった経営再建の話が次々持ちかけられる。今度の舞台は古びた銭湯！　人情味あふれるヤクザたちはお客を取り戻せるのか。〈解説〉関口苑生

こんな時代に、銭湯の建て直し!?

お待たせしました、大好評「任侠」シリーズ第４弾文庫化！

●720円

神を統べる者(一)
厩戸御子倭国追放篇

荒山 徹

3部作 3か月連続刊行

人には見えないものが見える。幼い厩戸御子は悩んでいた。彼に霊性を感じた崇仏派の蘇我馬子、排仏派の物部守屋は御子をそれぞれ取り込もうとするのだが。

●900円

五能線の女

西村京太郎

私立探偵・橋本は仕事の成功を祝い鉄道旅行を楽しんでいたが、千畳敷殺人事件の容疑者として拘束される! 複雑に仕組まれた罠に十津川警部が挑む。

●620円

新装版 奇貨居くべし(五)
天命篇

商賈の道を捨て、荘襄王とともに理想の国家をつくるため、大国・秦の宰相として奔走する呂不韋だが……。宮城谷文学の精髄、いよいよ全五巻完結!

●820円

作家生活30周年

孟嘗君と戦国時代

宮城谷昌光

古代中国の大国、斉に生まれた孟嘗君は、多様な力が国と人とを動かす時代に、智慧と誠実を以て燦然と輝く存在だった。孟嘗君の生涯を通し戦国時代を読み解く。

●780円

新装版

誘拐事件は解決したかに見えたが、依然として黒幕・ジウの正体は摑めない。事件を追う東と美咲。一方、特進をはたした基子の前には不気味な影が。〈解説〉宇田川拓也

新装版『ジウ』3部作 3か月連続刊行

日本を震撼させる巨大な闇

●720円

●各840円

「それは少し、甘いと思うわね」

「何が甘いの？」

「いい、三村しのぶという女性は、五能線に乗っていて、千畳敷というところで殺されたのよ。橋本さんも、同じ列車に乗っていたから、当然、疑われる。今、あなたは、それには裏があって、橋本さんは、罠にかけられたといったけど、実際に五能線に乗った場合、あなたのいうことが証明できると思っているの？」

香織は、少しばかり、バカにしたような顔で、純子に、いった。

純子の顔が、赤くなった。

「確かに、五能線にはまだ乗っていないけど、乗ってみれば、私の推理が正しいことが、証明される筈だわ」

「じゃあ、今度、一緒に、五能線に乗ってみようじゃないの。三村しのぶや橋本さんが乗った、五能線の列車に、二人で乗ってみましょうよ。私が『リゾートしらかみ』の指定券をとっておくわ。そして、その列車の中で、もう一度あなたの推理をきいてみたいわ。実際に現場に行ってみれば、あなたが間違っていることが、わかると思うわ」

「本当に、一緒に五能線に乗ってくれるんですか？　もし、私の推理が正しいことがわかったら、一緒に、五所川原警察署に行ってくれますか？」

「ええ、もちろん、あなたが正しいとわかれば、五所川原でもどこでも、一緒に行ってあげますよ。でも、五能線に乗った結果、あなたはたぶん、自分が間違っていることに気がつく筈よ」

香織は、自信満々に、いった。

3

三日後、探偵の阿部純子と佐伯香織は、約束した時間に東京駅で落ち合い、秋田新幹線に乗った。

秋田新幹線の車内に腰を下ろしてから、阿部純子が、

「ひょっとすると、あなたが逃げるかも知れないと思っていたんですけど」

と、いった。

「どうして、私が逃げなくちゃいけないの？　何もやましいことは、していないのに」

「私は、あなたがたが、五能線を使って、三村しのぶを殺した、そう思っているのよ。あなたがた夫妻は、資産家だそうだから、まず、自分では手を下さない。だから、大金を払って、井上弁護士に殺させたのかも知れない。そう思っているんです。だから、あなたは

来ないかも知れない。そう考えていたんだけど」

「それが、間違っているんですよ。私には、何もやましいところがないから、逃げも隠れもしないわよ」

　香織は、笑った。

　二人の乗った新幹線は、盛岡から分かれて、秋田に向かう。

　その間ずっと、純子は、買ってきた時刻表を見ていた。そんな純子に向かって、香織は、

「そんなものを見て、何かわかるのかしら?」

　と、からかうように、いった。

「ここに、問題の五能線の『リゾートしらかみ3号』の時刻表が載っているんです。これを見ると、例の千畳敷に、この列車が到着するのは、十五時四十八分。そして、発車するのが十五時五十八分になっている。十分の間があるわけ。つまり、この列車は、千畳敷には十分間も停車しているわけだから、その間、乗客は列車から降りて、千畳敷を見物できるのよ」

「それが、どうかしたの?」

「あなたがたは、この列車が千畳敷に着くと、三村しのぶと一緒に降りて、千畳敷まで行き、そして殺して、十分後に発車するこの列車に戻った」

「そうね。たぶん、十分もあれば、殺して列車に戻れるわね。でも、そんなことはしなかったけど」

香織が、笑いながら、いう。

それを見て、純子は、

「違うんだ」

と、急に、いった。

「何が違うの？」

「今、私がいったことよ。この列車は、問題の千畳敷に、十分間停車するから、その間に、乗客たちは、列車から降りて、千畳敷を見物に行く。その時、あなたがたも、三村しのぶと一緒に降りて、千畳敷に行って、彼女を殺してから列車に戻った。そう思っていたんだけど、これ、違うわね」

「あなた、何を一人で、ごちゃごちゃいっているの？」

香織が、笑う。

「この列車が十五時四十八分に千畳敷に着いて、十分後の十五時五十八分に出発するまでの間に、あなたがたが、千畳敷で三村しのぶを殺したと思っていたんだけど、違うわ」

「何をいっているの？」

「だって、この列車は、今とても人気のある列車だから、千畳敷に着いて、乗客が列車から降りて、千畳敷の見物に行くとすれば、大勢の乗客が、降りると思うの。そんな中で、密(ひそ)かに三村しのぶを殺せるとは、ちょっと思えない。誰かに見られてしまう恐れが、充分あるからだわ。だから、このやり方で殺したんじゃないわ」

「何か、いいたいことがあれば、今、ここでいったほうがいいわよ。どうせ、間違えているだろうけどね」

香織は、からかい気味に、いった。

純子はまた、しばらくの間、時刻表を見、また、用意してきた五能線周辺の地図に目をやってから、急に、

「わかった！」

と、大きな声を出した。

「おどかさないで。何がわかったの？」

「いいこと、『リゾートしらかみ3号』の時刻表を見ていくと、深浦(ふかうら)という駅があるわ。ここには、十三時四十二分に着いて、同駅を発車するのが、十五時二十五分になっているのよ。その間、一時間四十三分もある。つまり、この列車は、一時間四十三分、この深浦駅でお客を待ってくれるの。その間に、この列車に乗っていた乗客は、列車を降りて、こ

の周辺を充分に見て歩けるわけ。それがつまり、リゾート列車ということなんだと思うけど、あなたがたは、深浦駅で、三村しのぶと一緒に降りたんだわ。乗客は、バラバラに自分の見たいところに散っていった。そうして、発車時刻の十五時二十五分に、また戻ってくればいいんだから。その時、あなたがたは、彼女を連れて千畳敷に行ったんだわ。この時刻表を見るとね、深浦から千畳敷まで、列車で二十三分で着くことになっている。深浦駅での待ち時間は、一時間四十三分もあるんだから、悠々と千畳敷まで行ってこられるわ。だから、あなたがたは、深浦で列車を降りると、一時間四十三分の待ち時間を利用して、この周辺の名所を見て回りましょうよ、おそらく、そんなふうにいって、三村しのぶを誘い、千畳敷まで行って殺してから、何食わぬ顔をして深浦に戻って、もう一度、『リゾートしらかみ3号』に、乗ったんだわ。だから、誰も、あなたがたを犯人とは思わなかった。そうに違いないわ」

「あなたのいう通りかどうか、向こうに行って、調べてみればいいわ」

香織は、相変わらず笑いながら、いった。

「私の推理は、絶対に当たっているわ」

負けずに、純子は、いい返した。

4

二人の乗った秋田新幹線が秋田に着くと、うまく「リゾートしらかみ3号」に接続されていて、二人はすぐ、そちらの列車に乗り込んだ。

二人の乗った三両編成の「リゾートしらかみ3号」は、定刻に発車した。

東能代（ひがしのしろ）からは、五能線の本来の線路に入る。この辺りから、日本海の景色が見えてきて、リゾート列車の見どころである。

私立探偵の阿部純子のほうは、相変わらず、時刻表とにらめっこをしていたが、佐伯香織のほうは、楽しそうに窓の外を眺めたり、時々、純子をからかうように見て、

「この辺は、五能線の中でも、いちばんの見どころなんだから、時刻表ばかりにらんでいないで、もっと、景色を楽しみなさい」

と、声をかけたりしていた。

十三時四十二分、定刻通り、列車が深浦の駅に着くと、今度は、純子のほうが、声を大きくして、

「さあ、降りましょう。これから、殺人事件のおさらいをするんだから」

と、いって、佐伯香織の手を引っ張った。

駅から出ると、

「これから、十五時二十五分のあの列車の発車時刻まで、どの程度歩き回れるのか、それを調べたいの」

と、純子は、いった。

「それなら、車に乗ったほうがいいわ」

香織は、駅前で、客待ちをしていたタクシーの運転手に声をかけた。

いかにも、観光タクシーの運転手という感じの中年の男で、

「お客さんたちは、今着いた『リゾートしらかみ3号』で来たんでしょう？　それなら、発車まで、一時間四十三分も時間があるんだから、どこにでも案内しますよ。どこか行きたいところがあったら、遠慮なくいってください」

と、いった。

「じゃあ、千畳敷に行ってください」

と、純子が、いった。

「千畳敷だけで、いいんですか？」

「まず、そこに行ってみたいの」

純子が、いった。

二人を乗せたタクシーは、海沿いの道を走り出した。アッという間に、千畳敷に着いてしまう。

「十五、六分しかかかっていないわ」

純子が、満足そうに、いった。

海岸沿いに、海に向かって突き出すようにして、畳のような岩が、文字通り、千畳ぐらい広がっている。

タクシーが停まったところには、観光客目当ての土産物店が二軒並んでいて、何人かの観光客が店を覗いていたが、しかし、それにしても、数は多くなかった。

「案外寂しいのね」

純子が、案内した運転手にいうと、運転手は、笑って、

「お二人は、『リゾートしらかみ3号』に乗ってこられたんでしょう？　『リゾートしらかみ3号』はね、千畳敷の駅で、十分間停車するんだけど、ほかの快速列車、『リゾートしらかみ1号』は、この千畳敷の駅には、停まらないんです。だから、今は空いているんだと思いますよ」

千畳敷の入り口のところに店を構えている二軒の土産物店は、海辺の店がたいていそう

いる。

であるように、イカを焼く匂いをさせたり、貝殻を売っていたり、飲み物を扱ったりして
しかし、その近くには、問題の太宰治の文学碑はなくて、その二軒の土産物店から少し歩いたところに、文学碑は立っていた。

近くに旅館があったが、その旅館は、七、八月の夏だけ開けているらしくて、今は閉まっていた。

観光客も、この辺りには、あまりやってこないらしい。どうしても、土産物店のあるほうに、行ってしまうのだろう。

そんな寂しい風景を見回してから、純子は、

「ここは、格好の場所ね。大きな岩で陰になっているし、道路の向こう側に千畳敷の駅があるけど、無人駅だから誰も来ない。ここなら、人を殺すには絶好だわ」

と、いった。

「絶好なのはいいけど、私は、関係ないわよ。第一、私は、三村しのぶと一緒に、五能線でここに来たわけじゃないんだから」

香織は、笑っている。

タクシーの運転手が、二人のところにやってきて、

「まだ時間は、充分ありますよ。ほかの名所旧跡に、行ってみませんか？　例えば、不老ふ死温泉とか、十二湖とか、ウェスパ椿山なんかごらんになりませんか？」

「全然見ていないの。この人が、とにかく、この千畳敷を見たいといって、急ぐものだから」

佐伯香織が、文句をいった。

「それじゃあ、これから見に行こうじゃないですか？　まだ一時間以上も時間がありますよ。全部見てから、駅に戻ればいいじゃありませんか？　それだって、ゆっくり間に合うんだから」

運転手が、いう。

「じゃあ、是非、行きたいわ。あなたが、ここに残っていて、一時間以上後に来る列車を待っていたいんなら、勝手にしなさいな」

香織が、いった。

「いいわ。付き合いますよ」

純子も、応じた。

二人を乗せたタクシーは、また、海辺の道を深浦方面に向かって、戻っていった。その途中でタクシーが停まると、不老ふ死温泉の大きな看板が掛かっていた。

「ここが、有名な不老ふ死温泉ですよ」

運転手が、説明する。

「昔は、それこそ、秘湯中の秘湯だったんですけどね。今は、やたらに有名になってしまって、まるで、有名温泉ホテルみたいなものでね。その上、予約がないと、なかなか泊まれないんですよ」

「ほかに、見どころはないの？」

香織が、きいた。

「じゃあ、この五能線で、いちばん新しい場所に案内しますよ」

と、運転手が、いった。

海岸沿いのアップダウンのある道を走る。

前方に、大きな風車が見えてきた。

運転手は、車を徐行させながら、

「この五能線で、昔と今とで、いちばん違うのは、これからご案内するウェスパ椿山ですね。とにかく、新しい建物でしてね。ご覧のように、風車があったり、大きな展望台があったり、レストランも、なかなか立派ですよ。それに、温泉場につきものの、ガラス工芸だってあるんです」

「誰が、運営しているの？」

香織が、きく。

「第三セクターがやっていると、ききましたけどね」

「第三セクターだから、お金に糸目をつけずに、こんな大きな建物を造ってしまったわけね。ヨーロッパ風の建物を建てたり、風車を造ったり、こういうのって、あまり誉（ほ）められたもんじゃないわ」

「そうなんですけどね。やっぱり、政治家さんは、こういうものが造りたいんじゃないんですか？　うまくいって、たくさん観光客が来てくれれば、潰（つぶ）れずに済むんですよ。ご覧のように、物産店もあるし、レストランもあるんですよ。そうだ、ノドが渇きませんか？　ここで、お茶でもどうですか？」

運転手が、さそった。

「探偵さん、どうかしら？　あなたのお望みの千畳敷も見てきたんだから、ここで、コーヒーでも飲みませんか？」

香織が、誘った。

「ええ、いいですよ」

と、純子が、応じた。

タクシーの運転手を入れた三人は、喫茶店に入って、コーヒーとケーキを注文した。

「ちょっと失礼して、トイレに行って来ていいかしら？　私、便秘気味で、ここ二、三日、大変なの」

香織が、笑いながら、いった。

純子は、

「どうぞ」

と短くいって、コーヒーを口に運んだ。

香織は、なかなか帰ってこない。

純子が、

（まさか、逃げたんじゃないと思うけど）

と、思っているところへ、香織が戻ってきた。

「ごめんなさい。おなかがなかなか治らなくて」

ケーキを食べ、コーヒーを飲み終わっていた運転手は、

「車に戻っていますから、済んだら、きてください。あまり時間がありませんから」

と、いった。

急いで、支払いをして、二人は、タクシーに戻った。

「私たちの乗る『リゾートしらかみ3号』は、十五時二十五分発だから、なんとか間に合うわね」

香織が、運転手に、声をかける。

「ええ、間に合いますよ。こういうことには慣れていますから、心配しないでください」

と、運転手が、いった。

「ご主人は、今日は、どうしているんです？」

純子が、香織にきいた。

「いつもの通り、会社に行っていますよ」

「本当は、どうなんです？」

「本当って？」

「ご主人との離婚話は、橋本さんを罠にはめるための、でっちあげだと思ってますけど」

「私たち夫婦のプライバシーを、探偵さんに、話す気はありませんよ」

香織が、そっけなくいった。

二人を乗せたタクシーは、十五時二十三分に深浦駅に着いた。

「発車時間ぎりぎりだけど、ちょうどいい時間」

香織が、腕時計を見て、いった。

二人が、ホームに入っている列車に戻ると、ほかの乗客も、列車に戻ってきていて、土産物を見せ合ったりしている。

そのうちに突然、2号車のほうで、悲鳴が上がった。

「リゾートしらかみ3号」は、三両編成で、前後の1号車と3号車は、普通の座席になっているが、2号車は、ボックス席になっている。

2号車のボックス席は、海側にだけ造られていて、四人で一つのボックスを占領するような形になっていた。そのいちばん端のボックス席から、悲鳴が上がったのだ。

香織と純子は、悲鳴の起きた2号車のほうに駆けていった。

そのボックス席で、男が、床に仰向けに倒れていた。

その男の顔は、苦しさの表情が、そのまま凍りついたようになっていた。

固く結ばれた唇から、血が流れ出している。嚙みしめた時、唇を切ったのかも知れない。

駅員たちも駆けつけてきて、大騒ぎになった。駅前の派出所から警官もやってきた。

そのボックス席のある車両は立ち入り禁止になり、乗客たちに、列車の中にとどまって動かないようにと、派出所の警官が、いった。

一時間もすると、青森県警の刑事が、鑑識と一緒にやってきた。

青森県警の谷本警部は、千畳敷での事件も担当していた。続けて五能線内で起きた事件ということで、谷本が、今回の事件を受け持つことになったのである。

「どうして、こう、この五能線で、続けて事件が起きるんだ？」

谷本は、明らかに、苛立っていた。

検屍官が、床に倒れて死んでいる男を調べてから、

「これは中毒死ですね。青酸カリが使われたらしい。そばにコーヒーの缶が転がっていますから、たぶん、そのコーヒーを飲んで死んだのでしょうね」

と、谷本に、いった。

「じゃあ、自殺かな？」

「自殺かも知れませんが、殺人の可能性もありますよ。誰かが、青酸入りのコーヒーを、勧めたのかも知れません」

「まず、身許を知りたいね」

谷本が、部下の刑事たちに、いった。

刑事の一人が、男の背広を調べていたが、内ポケットから運転免許証を見つけて、谷本にわたした。

それには、小池康治という名前があり、東京世田谷のマンションが住所になっていた。

年齢は三十二歳。

名刺入れには、彼自身のものが、八枚。

〈月刊誌「信用と調査」編集長　小池康治〉

と、その名刺には、あった。

他に、別の名刺が、一枚。その名刺には、東京の住所と、女性の名前があった。

左手の小指には、大きなダイヤの指輪が、はめられている。

「何となく、カタギの感じじゃありませんね」

刑事の一人が、いった。

「そうだな。わざわざ列車の中で、自殺するとは考えにくいから、殺しかな」

谷本が、死体を見つめて、いった。

5

谷本は、小池康治の死体を、司法解剖のために、列車からおろし、大学病院に送ってから、「リゾートしらかみ3号」の車掌に事情を聞くことにした。

「2号車は、全席ボックス席で、死んだ小池康治さんのいた席も、ボックス席になっている。しかし、本来、四人の席なのに、どうして、あの男は一人でいたのかね？」

谷本は、疑問に思っていることを、車掌にきいた。

「実は、あのボックス席ですが、四人分の指定券を、あのお客さまが一人でお持ちだったんですよ。それで、四人分の席に、一人で座っていらっしゃったというわけなんです。『リゾートしらかみ』は、全席指定ですので」

と、車掌は、いった。

「彼が死んでいることに、いつ気がついたんだ？」

「それは、深浦駅を発車する間際(まぎわ)になってからです。あのお客さままでですが、前に見た時には、座席に体をもたせて、目をつぶっていらっしゃったようなんですよ。ですから、てっきり寝ていらっしゃるんだと思っていたんですが、発車間際になって、もう一度のぞいてみたら、コーヒーがこぼれていたので、起こそうと肩に手をかけたところ、床に倒れて、顔を見ると唇から血が流れていたんです。それで、ビックリして、連絡したというわけです」

車掌は、まだ声を震わせている。

その後、谷本は、1号車に、乗客全員を集めて、こういった。

「すでにご承知のように、2号車で、事件が起きました。乗客の一人、小池康治さんという東京からのお客さんですが、この深浦駅で停車中に死んでいるのが、発見されました。死因は、青酸中毒死だと思われます。今のところ、自殺なのか、それとも、他殺なのかはわかりませんが、他殺の線も、充分に考えられますので、この列車に乗っていらっしゃった皆さんに、これから、お話をおききしたい。まず、この中で、亡くなった小池康治さんのことをご存じの方がいらっしゃったら、名乗り出ていただきたいのですが」

谷本警部は、そういって、ゆっくりと乗客の顔を見廻した。

すぐには、手を上げるものがいない。

「では、こちらから名前をいいます。その方がここにいらっしゃったら、前に出て来てください。阿部純子さん。前に来てください。東京の阿部純子さん」

と、谷本が、その名前を繰り返した。

びっくりした顔で、若い女が、手を上げて前に出てくると、

「私が、阿部純子ですけど?」

と、いって、谷本を見た。

「あなたが、私立探偵の?」

「ええ」

「2号車のボックス席で死んでいた、小池康治さんをご存じですよね？」

「いいえ。全く、知りません」

「おかしいな」

「おかしいも何も、全く知らない人ですよ」

「これは、あなたの名刺じゃありませんか？」

谷本は、一枚の名刺を、阿部純子に見せた。

〈私立探偵　阿部純子〉

とあり、事務所と電話番号が刷ってある。

「確かに、私の名刺ですけど？」

純子が、いった。

「この名刺を、死んだ小池康治さんが、持っていたんですよ」

「そんなことって――」

「それでも、知らない人ですか？」

「ええ。ぜんぜん知りません」

「名刺を渡したこともありませんか？」

「ええ。渡した相手は、覚えています」

と、純子はいってから、こちらを見ている佐伯香織を睨んだ。

香織には、今日、名刺を渡したのだ。純子が、私立探偵で、橋本の友人だということを信じられないというので、名刺を渡したのだ。

「申しわけないが、あなたには、これから、署まで同行して頂きたい」

谷本は、厳しい顔で、純子にいった。

「でも、私は、死んだ男の人を、全く知らないんですよ」

純子は、抗議するように、いった。

「ぜんぜん知らない人が、どうして、あなたの名刺を持っているんですか？」

「そんなこと、私が知るもんですか」

「そんな無責任なことをいうと、ますます、あなたに対する疑惑が、深くなってしまいますがね」

「あの人が、きっと、私の名刺を男に渡したんですよ」

純子はいきなり、佐伯香織を指差した。

「彼女が、ですか？」

「ええ。今日、ここに来る新幹線の中で、名刺をあげたんですよ。それを男に渡したんじゃありませんか」

「ちょっと待ってください」

谷本は、大股で、佐伯香織のところへ歩いて行き、

「彼女が、あなたに名刺を渡したと、いっているんですが、間違いありませんか？」

「いいえ。名刺なんか、貰っていませんよ」

と、香織は、いった。

「東京から、一緒にいらっしゃったことは、間違いありませんか？」

「ええ。一緒でしたけど」

「では、申しわけありませんが、あなたも、署まで来てください」

と、谷本は、いった。

第五章　脅迫者

1

十津川たちは、青森県警の要請を受けて、五能線を走る「リゾートしらかみ3号」の中で毒殺された疑いのある小池康治のことを東京で調べていた。

小池康治は、ある意味で、なかなか有名な男だった。元々、彼は、興信所を一人でやっていたのだが、そこに調査を依頼する客はほとんどなくて、そのため、小池は、強請りで食べていくことを、決意したのだった。

彼は、その道具として、月刊『信用と調査』という雑誌を出すことにした。

しかし、その雑誌は、五、六ページの、雑誌とはいえないようなものだった。その薄っぺらな『信用と調査』という、雑誌というか、パンフレットが、小池の飯のタネだった。

何か問題のありそうな企業があると、小池は、そこに出かけていき、自分がその経済誌

の編集長であることを名乗ってから、

「あなたの会社で今起こっている問題を、次の号で、精一杯書かせてもらいますよ」

そういって、脅すのである。

相手は、薄っぺらな月刊誌を見て、苦笑はするが、しかし、脅されるのは困るということで、いくらかの購読料を払うことになる。

こうした購読料が、小池の収入になっていた。

「こんなケチな強請りで、名前が売れてきたんですが、以前に、傷害事件を起こしたことがあります。自分の脅した相手が、購読料を払おうとしないので、脅しのつもりが、金属バットで相手を殴ってしまい、傷害罪で告訴された。そういう前科です」

西本刑事が、十津川に、報告した。

「なるほどね。それで、小池と佐伯夫妻との関係は、どういうことなんだ？」

十津川が、きいた。

「小池は、佐伯勇のやっている佐伯工業、これを脅して、『信用と調査』一年間の購読料が三十万円、それの二冊分、六十万円を、購読料として受け取っていたのですが、三村しのぶが死んだあたりから、何か佐伯夫妻の弱味をつかんだのか、佐伯夫妻を強請っていたようなんです。小池の事務所では、アルバイトの女性が一人、働いていたのですが、その女性の証言によれば、今後も、あの佐伯工業は金になるから、絶対に食らいついてやる。小池は、そういっていたそうです」

「そうか。小池は、佐伯夫妻に取りついて、これからもずっと、食い物にしてやる。そういっていたのか？　それで、小池は、殺されたのか？」

「そういうことですが、しかし、青森県警は、小池を殺したのは、佐伯勇の妻の、香織ではなくて、阿部純子という私立探偵だといっているそうじゃありませんか？」

亀井が、いった。

「まだ詳しいことはわからないのだが、青森県警の谷本警部の電話では、今、カメさんがいった通りのことをいっていたよ」

「その、犯人だといわれている阿部純子という私立探偵ですが、橋本豊の友達だとききました。それは、本当なのですか？」

これは、日下刑事が、きいた。

「ああ、本当らしい。これも、谷本警部の話なんだが、阿部純子は、自分で、橋本の友人だといって、佐伯香織に、三村しのぶを殺したのは、橋本さんではなくて、あなたたち夫婦ではないのか？　それに、井上亜紀子という弁護士の口を封じたのも、あなたたちではないのか？　そういって、近づいたらしいんだ。それで、佐伯香織が、それなら二人で一度、五能線に乗って調べてみようじゃないか？　そう持ちかけたらしい」

「それで、その阿部純子が小池康治殺しの犯人だという証拠は、あるんですか？」

北条早苗刑事が、きいた。

「谷本警部の話通りだとしてだが、簡単に説明しよう」

十津川は、そういって、マーカーを持ってホワイトボードに向かった。

十津川は、まず、ホワイトボードに、

〈リゾートしらかみ3号〉


と、書いた。

「この列車に乗った三村しのぶが、最初の殺人事件の被害者だからね。それで、橋本豊の友人といっている阿部純子は、佐伯香織と一緒に、『リゾートしらかみ3号』に乗ることになった。この列車は、時刻表によると、途中、深浦に十三時四十二分に着く。そして、深浦発が十五時二十五分。その間、一時間四十三分の時間がある。列車の乗客たちは、その間、深浦駅から出て、近くの不老ふ死温泉や十二湖、あるいはウェスパ椿山といった名所を見て歩いて、また、深浦駅に戻ってきて、一時間四十三分後に発車する『リゾートしらかみ3号』に乗る。それで、阿部純子と佐伯香織の二人も、深浦駅でいったん降りてタクシーに乗り、近くを見て回った。もちろん、問題の千畳敷にもタクシーで行っている。そして、『リゾートしらかみ3号』の発車間際に、深浦駅に戻ってきた。そうして、列車に乗り込んだところ、2号車で乗客の一人が、青酸カリ中毒によって死んでいるのが、発見されたんだ。この被害者が、君たちに調べてもらった小池康治、三十二歳だ。阿部純子と佐伯香織が乗っていたのは、1号車でね。2号車というのは、三両連結の『リゾートしらかみ』の中では、少しばかり座席の配置が特別で、窓際に寄せたボックス席になっている。四人掛けのボックス席なのだが、殺された小池は、そのボックス席に一人で乗っていた。そして、青酸カリ中毒で死んでいたんだ」

「それだけでは、小池を殺したのが阿部純子だということには、ならないんじゃありませんか？　むしろ、こちらで調べたところでは、小池が強請っていたのは、佐伯工業というか、佐伯夫妻なのですから、佐伯香織のほうに、動機があるんじゃないですか？」

　三田村刑事が、きく。

「確かにそうなんだが、青森県警が調べたところによると、阿部純子の名刺を、殺された小池康治が、持っていたというんだよ」

「それだけですか？」

北条刑事が、きく。

「ああ、それだけだ」

「それだけで、阿部純子が小池を殺したと、向こうの警察は、考えているんですか?」

「たまたま、被害者が、阿部純子の名刺を持っていたというそれだけで、彼女を犯人だとするのは、おかしいのではありませんか?」

西本も、異議を口にした。

「そこは、こういう説明なんだ。阿部純子は、小池康治という人間は、まったく知らない。会ったこともないと、そういっていた。ところが、小池のポケットに、阿部純子の名刺が入っていた。つまり、向こうの県警は、阿部純子がウソをついている、そう思っているんだよ」

「佐伯香織のほうは、どうなっているんですか? こちらで調べたところでは、今もいったように、佐伯夫妻を小池康治が強請っていた。それがはっきりとしたわけですから、青森県警の見解も、変わるんじゃありませんか?」

亀井刑事が、そういった。

十津川は、すぐファックスで、小池康治について調べたことを、青森県警の谷本警部に報告した。

亀井がいうように、これで、阿部純子よりも、一緒にいた佐伯香織のほうが疑われることになるだろう。

十津川は、そう思っていたのだが、一時間ほどして、谷本警部から、捜査本部に、電話がかかった。

「先ほど、小池康治に関するファックスをいただきました。お陰で、捜査が進展するものと思われます。どうもありがとうございました」

谷本が、東北人特有の律儀（りちぎ）さで、礼をいった。

「これで、阿部純子よりも佐伯香織のほうが、容疑が濃くなるんじゃありませんか？　殺人の動機が、はっきりしているわけですからね」

「いや、それがですね、そうはいかないんですよ」

谷本警部が、いう。

「それは、どうしてですか？　被害者の小池康治が、たまたま、阿部純子の名刺を持っていたとしても、そんなものは、誰かからもらったのかも知れないじゃありませんか。阿部純子本人が小池に直接渡したのではなくて、阿部純子が誰かに渡した名刺が、巡り巡って、小池の手元に来た。そういうことだって、考えられるのではありませんか？」

十津川が、いうと、

「それがですね」

　と、谷本が、いった。

「阿部純子は、名刺を渡した相手を全部覚えている。そういっているんですよ。それから、佐伯香織ですが、確かに、そちらからのファックスで、彼女には、小池康治を殺すだけの明確な動機があったことはわかりました。しかし、佐伯香織が、例の『リゾートしらかみ3号』の車内で、小池康治と会っていたという証拠が、まったく、見つからないのですよ。こちらの捜査では、小池は、深浦駅の発車間際に、青酸カリ入りの缶コーヒーを飲んだと思われるのですが、佐伯香織には、それを渡すだけの時間的な余裕がないのですよ。これは、同行の阿部純子自身もそういっていますし、佐伯香織と阿部純子の二人を乗せたタクシーの運転手も、同じ証言をしているんです」

「しかし、佐伯香織にその時間がないとすれば、一緒に行動していた私立探偵の阿部純子にも、同様に、その時間的な余裕は、なかったということには、なりませんか？」

「確かに、そうなんですが、何といっても、死んだ小池のポケットの中に、阿部純子の名刺が入っていましたからね。その名刺ですが、指紋を調べたところ、阿部純子の指紋と小池康治の指紋しか検出されなかったんです。つまり、阿部純子が、事件のあった日、どこかで、小池に自分の名刺を渡していた。そういうことになってくるんですよ。この推理が成立しますと、その時に、青酸カリの入った缶コーヒーを渡すことができた。そういうことになってきますからね。阿部純子を、第一の容疑者と考えざるを得ないのです」

「阿部純子と小池康治の関係は、どうなっているんですか？　阿部純子は、小池康治という男には、一度も会ったこともない。確か、そういっているときいたのですが、阿部純子には、何か、小池を殺す動機があるんですかね？」

「今のところまだ、はっきりとした動機は見つかっていません。しかし、阿部純子が、小池には一度も会ったことがないといっているのは、明らかにウソですね。名刺を渡しているんだから」

谷本は、あくまでも名刺にこだわった。

「それで、現在、阿部純子はそちらに留置されているんですか？」

「阿部純子と佐伯香織の二人から事情をききましたが、今いったような理由で、われわれは、阿部純子が小池康治を殺した。その疑いを持っているので、彼女を留置して、佐伯香織のほうは帰しました」

谷本が、いった。

その後、谷本は、続けて、

「これからも引き続き、小池康治という男についての調査を、よろしくお願いします。ひょっとすると、小池康治と阿部純子の関係が、何か見つかるかも知れませんから」

2

十津川は、電話を切ると、刑事たちを集めて、

「もう一度、小池康治という男について、徹底的に調べてくれ。私立探偵の阿部純子という女性についても、同じように調べてみて欲しい。青森県警は、この二人がどこかで繋がっているんじゃないかと、そう思っているらしいんだ。だから、その繋がりも、できれば見つけて欲しいんだよ」

と、いった。

刑事たちは、小池康治、それと、阿部純子の二人について調べるために、また、きき込みに走った。

西本と日下の二人は、阿部純子のことを調べに、彼女の住んでいる杉並のマンションに出かけていった。

2DKの部屋が、住居兼事務所になっている。

二人は、管理人に立ち会ってもらって、その2DKの部屋を調べ直した。

壁には、「迅速・丁寧・正確」とモットーが書かれてある。二十五歳という若さだけに、彼女は張り切って、私立探偵という仕事をやっているのだろう。

机の引き出しの中からは、何枚かの写真が出てきた。その中には、橋本豊と一緒に写っている写真もあった。どうやら、若手の私立探偵たちが、グループで、どこかの温泉に旅行に出かけた時の写真らしい。

これで、阿部純子が、橋本豊の友人といっていることの裏付けは、取れたことになる。

しかし、肝心の小池康治との関係は、なかなか見つからなかった。

机の引き出しをなお調べていた日下が、何枚かの新聞記事の切り抜きを発見した。一年前の新聞記事の切り抜きである。

日下は、それを西本に見せた。

そこには、一年前、当時興信所をやっていた小池康治が、傷害事件で警察に逮捕され、懲役一年、執行猶予二年の判決を受けたと書かれてあった。

西本と日下は、その新聞記事の切り抜きを持って、捜査本部に帰った。

待っていた十津川に、その切り抜きを見せる。

十津川は、何枚かの新聞記事を見ながら、小さく、ため息をついた。

「ちょっとまずいことになってきたな」

十津川がいうと、亀井も肯いて、

「そうですね。橋本の友人ということで、何とか、彼女の味方になってやりたいと、私も内心そう思っていたのですが、これで少しばかり、形勢が悪くなりましたね」

さらに、亀井は、その新聞記事を手に取って、

「それにしても、どうして、阿部純子という私立探偵は、この切り抜きを大事そうに机の引き出しに入れていたんでしょうかね？　ただ単に、けしからんという義憤を感じて、新聞記事を取っておいたのでしょうか？」

「ひょっとすると、誰かの依頼で、小池康治について、調べていたのかも知れないよ」

十津川が、いった。

「それもありますね。誰かが、小池康治に強請られていた。そこで、私立探偵の阿部純子を雇って、小池のことを調べさせた。確かに、その可能性もかなり高いですね」

「そうなると、ますます、阿部純子という私立探偵は、不利になってくるじゃないか？　動機がはっきりとしてくるからな」

十津川が、少しばかり残念そうな顔で、いった。何とかして、橋本を助けたいのだ。だから、彼の友人も助けたい。

小池康治のことを調べに行っていた三田村と北条早苗の二人が、帰ってきた。

「銀行の支店に頼んで、小池康治の預金残高を調べてもらいました」

三田村が、まず報告する。

預金の出し入れが記載されたリストを、十津川に見せた。

「ご覧のように、小池の銀行口座には、時々、まとまった金が振り込まれています。最近では、佐伯工業から毎月、雑誌の購読料として五万円ずつ、それから、これが面白いのですが、三村しのぶが殺された直後に、二百万円が、佐伯工業から振り込まれています」

「つまり、その時に、小池が、佐伯夫妻を強請ったということか?」

十津川が、いった。

「そうなりますね。このリストを見るとよくわかるのですが、どうやら、強請られていたのは、佐伯工業や佐伯夫妻だけではないようで、ほかにも、まとまった金額が振り込まれています。たぶん、この人たちも、佐伯夫妻と同じように、小池から強請られていたのだと、考えていいと思います」

「小池と阿部純子の関係を示すようなものは、何か見つからなかったか? どんな小さなことでもいいんだが」

十津川が、二人にきいた。

「かなり念入りに調べたのですが、阿部純子という名前は、見つかりませんでした」

早苗が、答える。

「しかし、阿部純子の事務所を調べた西本たちは、彼女の机の引き出しから、新聞の切り抜きを見つけ出している。一年前、小池康治が傷害事件を起こした時の新聞の切り抜きだよ」

と、十津川が、いった。

それを受けて、早苗が、

「それはおそらく、小池の預金通帳のリストが示すように、何人もの人間を強請っていましたから、その中の一人が、強請りに耐えかねて、私立探偵の阿部純子に頼んで、小池康治のことを調べさせたのではないでしょうか？」

十津川は、うなずいて、

「西本たちも、同じことを考えているらしいよ。ただ、そうなると、阿部純子には、殺人の動機があったということになってくるんだ。私には、それが引っ掛かるし、何とも悔しいんだよ」

十津川は、正直に、いった。

せっかく、橋本豊の友人という女性が出てきたのに、彼女までが、殺人容疑で逮捕されてしまっては、どうしようもない。

「橋本は、どんな状況に置かれているんですか？」

日下刑事が、心配して、十津川に、きいた。

「青森県警のほうは、今のままでいくと、彼は、殺人を否認したまま、起訴されることになるらしい」

十津川が、いった。

「しかし、橋本自身は、引っかけられた。罠にはめられた。そう思っているんじゃありませんか？」

「確かに、橋本は、全面的に否認しているが、橋本の名前の入ったボールペンも殺害現場で発見されているし、三村しのぶの写真も事務所にあった。その上、同じ『リゾートしらかみ3号』に、乗っていたからね。状況証拠は、どう見ても、橋本に不利なんだ」

十津川は、そのことが、残念なのだ。

「井上亜紀子弁護士の件は、どうなんでしょうか？　彼女が殺された時、橋本は、すでに、青森県警に逮捕されていたわけですから、少なくとも、この殺人事件については、橋本は、はっきりシロとわかっていますよね」

西本刑事が、いった。

「その通りだ。もし、三村しのぶ殺し、井上亜紀子殺し、そして、今度の小池康治殺しの、三つの殺人事件が、同一犯の犯行であることが証明できれば、自動的に、橋本はシロになってくる。私としては、是非そうなって欲しいのだが、今のところ、そうは断定できないからね」

「今、西本刑事がいったように、弁護士の井上亜紀子殺しは、橋本とはまったく関係がない。それがわかっていますから、この事件について、詳しく調べてみてはどうでしょうか？　うまく行けば、この井上亜紀子殺しの事件を調べることによって、三村しのぶの件で、橋本豊のシロが証明できるかも知れませんよ」

そういったのは、亀井刑事だった。

「そうだな。井上弁護士殺しについて、もう少し詳しく調べてみることにするか」

十津川が、肯いた。

「井上弁護士は、橋本を罠にかけた張本人でしょう？　その弁護士が、なぜ殺されたんですかね？　動機は、いったい何でしょうか？」

亀井刑事が、きく。

「それを調べに、井上亜紀子のマンションに二人で行ってみようじゃないか？」

十津川が、亀井を誘った。

3

二人は、青山一丁目のマンションに向かった。

殺された時、井上亜紀子は問題を起こして、弁護士資格を、停止されていたはずだった。

そのマンションの一室を、井上亜紀子は事務所兼住居にしていたのだが、十津川と亀井が、その部屋を訪ねてみると、ドアが開いていて、中に、五十五、六歳の男がいて、部屋の整理をしていた。

十津川が、警察手帳を見せ、

「失礼ですが、井上亜紀子さんとは、どんな関係の方ですか？」

と、きいた。

男は、胸の弁護士の徽章をチラッと見せるようにしてから、

「私は、中井といいまして、現在、四谷で法律事務所をやっています。井上亜紀子君は、以前、私のところで働いていたことがあるんですよ。その時に、ちょっと問題を起こしてしまいましてね。申し訳ないといって、彼女はウチの事務所を辞めて、自分でこのマンションを借りた。そういうことがあるんです」

「それで、今日は、何のご用があって、いらっしゃったんですか？」

十津川は、丁寧に、きいた。

中井という弁護士は、

「彼女が、改めて勉強したいというので、判例集とか、参考資料のようなものを、貸していましてね。こんなことになってしまったので、それをまた、四谷の事務所に持っていこう。そう思って来たんです」

と、いった。

「今、先生は、井上亜紀子さんが先生の法律事務所に在籍していた時、ちょっとした問題を起こしたとおっしゃいましたが、それは、具体的に、どんな問題だったんですか？」

十津川が、きいた。

「彼女は、当時、新進気鋭の弁護士でしてね。若さにまかせて、自分が弁護をする被告人に、恐喝まがいのことをしてしまったんですよ。まあ、依頼人のほうも、少しばかり、おかしなところのある人だったので、彼女にも、同情すべき点もあったんですが、結果的には、井上君の弁護士資格は停止されてしまった。詳しいことは、彼女が亡くなってしまったので、申し上げにくくて。これで、勘弁してくれませんか？」

「それで、あなたの法律事務所から、このマンションに引っ越してきた。その後のことは、よく、ご存じですか？」

十津川が、きいた。

「いや、ほとんどきいていません。何しろ、弁護士資格を一時的に停止されていましたからね。仕事ができないいんじゃないか？　そう思って、心配はしていたんですよ。しかし、まさか彼女が殺されるとは、思ってもいませんでした」

「あなたの事務所で働いていた頃の井上亜紀子さんというのは、どんな弁護士だったんですか？」

十津川が、きく。

「今もいったように、若手の女性弁護士として、張り切って、仕事をこなしていましたよ。頭もいいし、将来有望だと思っていたんですけどね。何とも残念です」

「私の勝手な想像なんですが、若手の弁護士というと、正義感のかたまりという感じがするんです。彼女にも、そういうところがあったわけですか？」

「そうですね。確かに、彼女にもそういう一画があったかも知れませんね。依頼人ともめてしまったのも、それが原因だったと、私は思っていますよ」

中井は、いった。

もし、それが本当なら、弁護士資格を停止されて、悪の道にはしってしまったのか？

「ところで、先生は、佐伯工業という会社を、ご存じですか？」

十津川が、話題を変えて、相手にきいた。

「名前だけは知っていますが、それが何か？」

「亡くなった井上亜紀子さんは、この佐伯工業という会社と、付き合いがあったようなんですよ」

「付き合いというのは、どういうことですか？　弁護士としての付き合いということですか？」

今度は、中井のほうが、きいた。

「井上亜紀子さんは、弁護士として、いろいろと相談に乗っていたフシがあるんですよ」

十津川は、そんないい方をした。

「しかし、弁護士資格を停止されていたわけですからね。どんな相談に乗っていたんでしょうか？」

中井が、不思議そうに、いった。

「それがですね」

と、いってから、十津川は、どう説明したらいいのか、一瞬戸惑い、少し考えた後で、

「この佐伯工業の社長の佐伯さんなんですが、ちょっと問題を抱えていましてね。そのこ

とで、井上亜紀子さんに相談をしていたようなんですよ」

と、いった。

中井は、ちょっと考えて、

「それが原因で、彼女、殺されたんじゃないでしょうね？　警察は、どう見ているんですか？」

と、逆に、きいた。

「われわれは、この事件を捜査しているわけですが、今いった、佐伯工業の社長さんと付き合いのあった女性が、青森で殺されたんです」

「青森でですか？」

「そうです。井上亜紀子さんは、佐伯夫妻の相談に乗っていたので、この殺人事件をどう思っているか？　それをきこうと思っていた矢先に、今度は、井上亜紀子さんが、殺されてしまったんです」

「この事件は、少しばかり、複雑なようですね」

中井が、眉をひそめて、いった。

「そうなんです。井上亜紀子さんが、どうして殺されたのか？　その動機がわからなくて、われわれは困っています。おそらく、彼女が何かを知っていて、口封じのために、殺され

たのではないか？　一応、そう推理をしているんですが、これも、具体的にはわかってい
ないのです」

十津川は、そういってから、

「もし、何かわかったら、私のほうに連絡をしていただけませんか？　弁護士さんとわれわれ警察とは、いつも、仇同士みたいにいわれますが、私の方は、井上亜紀子さんを殺した犯人を、ぜひ捕まえたいと思っていますので」

と、十津川は、いった。

「動機は、口封じですか？」

といってから、中井弁護士は、また変な顔をした。

「しかし、彼女は、一時的に弁護士資格を停止されていましたからね。何の肩書きもなかったわけですよ。そんな人間が、口封じをされなければならないような重大な秘密を握っていたのでしょうか？　そこのところが、私には、どうにも解せませんでね」

「もう一つだけ、おききしてもよろしいですか？」

十津川が、いうと、

「構いませんよ。何でも、きいてください」

「井上弁護士ですが、先生の事務所からこちらに移ってきて、お金に困っていたというよ

うなことは、なかったでしょうか？　何しろ、弁護士資格を停止されていて、仕事ができないわけだから、お金に困っていたということも、充分に考えられるのですが」

「そうですね。弁護士資格がなかったのですから、仕事ができなくて困っていたということは充分考えられますが、彼女の実家は、わりと裕福なんですよ。ですから、お金に困っていたとしても、両親に話して、融通してもらっていたんじゃないか？　私は、そう思いますけどね。それとも何か、警部さんのほうで調べていて、彼女がお金に困っていたような、そんな形跡でもあったんですか？」

「いや、別にそういうわけではありませんが、いろいろな角度から、この事件を見てみたいと思っていますので」

十津川は、遠慮がちにいった。

4

中井弁護士は、探していた参考資料や書類を見つけ出すと、それを抱えるようにして帰っていった。

十津川と亀井は、中井を見送った後も、井上亜紀子の部屋に残って、捜査を続けた。

十津川が見つけたかったのは、井上亜紀子の別の預金通帳だった。

彼女は、橋本豊を罠にかけるために、最初に、調査料と、成功報酬として五十万円を払っている。その金は、いったいどこから出たものなのか？　まず、それを知りたかったのだ。

二人が調べていくと、家宅捜索では見逃したのか、机の引き出しの裏側に、テープで留めた預金通帳が見つかった。

その預金通帳を調べてみた。

井上亜紀子が、四谷の法律事務所から、このマンションに引っ越してきた後、作ったと思われる預金通帳だった。

調べていくと、毎月三十万ずつ、きちんと振り込みがあったことがわかった。おそらく、これは、佐伯工業から振り込まれていたのだろう。

そして、三村しのぶが殺された直後に、百万円が振り込まれているのがわかった。

しかし、考えてみると、井上亜紀子は、その直後に殺されている。

「金を払って、油断をさせておいてから殺した。そういうことですかね？」

亀井が、預金通帳のページをめくりながら、いった。

「そうかも知れないが、百万円では不足だといい、もっとよこせと井上亜紀子が要求し、それで相手は、口封じのために、彼女を殺したのかも知れないな」

　と、十津川が、いった。

「井上亜紀子が、橋本に払った調査料と五十万円の成功報酬、それは、この通帳には見当たりませんね」

　と、亀井が、いった。

「それはたぶん、通帳に残しておいてはまずいので、佐伯が直々、現金で井上亜紀子に渡したんじゃないのか。つまり、その時からずっと一貫して、橋本を罠にかけるつもりだったんだ」

　十津川は、強い口調でいって、預金通帳の金額を睨んだ。

「つまり、かなり前から、橋本を罠にかけることを考えて、計画していたということですね？」

　亀井も、いった。

「もちろん、佐伯夫妻と示し合わせてのことだと思うが、その計画は、今のところは、まんまと成功しているんだ。だからこそ、三村しのぶが殺された直後に、佐伯工業のほうから、百万円が、井上亜紀子の口座に振り込まれたんだろう。それなのに、振り込んでおいて、その直後に殺してしまった。殺したのは、やはり、佐伯夫妻かな？」

十津川が、考えながら、いった。

「ほかの人間は、思い当たらないんじゃありませんか？　三村しのぶを殺す動機を持った人間がですよ」

「そうなると、三村しのぶという女は、佐伯夫妻を強請（ゆす）っていた。そう考えたほうがいいかも知れないな」

「佐伯夫妻は、三村しのぶに、何か弱味を握られ強請られていた。そこで、二人は協力して、橋本を罠にかけ、三村しのぶを殺したんじゃないでしょうかね？」

「確か、三村しのぶは、東南アジアの民芸品の輸入や販売をしている会社の女性社長で、年商五億円ぐらいはあるということだったな？」

十津川が、確かめるように、いった。

「ええ、そうきいています」

「しかしだな、年商が五億円もあるような、そんな商売をしている会社の女社長が、果たして、ほかの人間を強請ったりするだろうか？」

十津川には、急に、それが疑問に思えてきた。

「そうですね。確かに、おかしいといえばおかしいです。井上弁護士は、橋本に対して、佐伯夫妻の間に、離婚話が持ち上がっている。そして、夫の佐伯に三村しのぶという女がいて、それで妻の香織が、離婚調停を起こしたと、そういっていたんですね？　そういう話のほうが、辻褄が合っているかも知れませんね」

亀井が、いった。

「確かに、そうなんだよ。辻褄が合っているからこそ、橋本も騙された。もう一つの筋書きのほう、つまり、三村しのぶが、佐伯勇を強請っていた。それで、強請られていた夫妻が、井上弁護士と示し合わせて、彼女を殺した。しかし、そういうストーリーは、何となく不自然なんだよ。何しろ、三村しのぶは、年商五億円もの売り上げを上げている会社の社長なんだからね」

十津川は、そういって、首をひねった。

「ひょっとすると」

「ひょっとすると、何だい？」

「ひょっとするとですね、何かの真相が明らかになってしまうのを恐れて、井上亜紀子の口が封じられた。そんなことも、考えられますね」

と、亀井が、いった。

「なるほどね。真相か。しかし、どんな真相があるんだろう？　佐伯工業という会社をやっている夫婦がいた。そこに、三村しのぶという女性がからんできた。何とか、その女性を排除しようとして、芝居を打った。これが真相なんじゃないのかね？」

十津川は、考えながら、いった。

「もう一度、三村しのぶという女性のことを調べてみるか？」

十津川が、急に、いった。

「そうですね。確かに、調べてみる価値があるかも知れません」

亀井が、すぐ、応じた。

5

三村しのぶの住所は、渋谷区宇田川町にあるグランコート宇田川八〇二号室だった。

十津川は、井上亜紀子の預金通帳を預かり、その足で、宇田川町に向かった。

渋谷区宇田川町には、豪邸も多く、二人が向かったのも、新築の豪華マンションといってよかった。

二人は、管理人に頼んで、八〇二号室のドアを開けてもらって、中に入った。

十津川は、ドアを開けてくれた管理人に向かって、

「この部屋なんだけどね、この前の捜索以来、誰かが訪ねてきて、開けてもらいたいと君

にいったことはなかったかね？」

「私の知る限りでは、そういう方はいらっしゃいません」

と、管理人が、いう。

「この二人も、来なかったかな？」

十津川は、そういって、佐伯夫妻の写真を見せた。

管理人は、あっさりと、

「いいえ、見たことがありません」

と、いった。

それをきいてから、十津川と亀井は、部屋に入った。

その部屋は、調度品も豪華で、いかにも女社長の住居という感じだった。

二人は、管理人に立ち会ってもらって、部屋の隅から隅まで、丹念に調べていった。

クローゼットには、ブランド物のドレスが、何着も掛かっていた。

三面鏡の引き出しを開けると、宝石箱があり、かなり大きめのダイヤやルビーの指輪などが入っていた。

宝石箱の中には、M銀行渋谷支店の通帳もあった。通帳は三通あり、それぞれの額面は、三千万円、五千万円、そして一億円の定期預金だった。

亀井は、それを口に出して、いった。

「一億八千万円でしたよね？」

「そうだよ、合計して、一億八千万円もの定期預金だ。ほかにも、宝石を持っているし、この豪華マンションも買ってあって、それに、真っ赤なベンツにも乗っていた。どう考えてみても、三村しのぶは、成功者の部類に入る女性社長だよ」

「そうなってくると、ますます、三村しのぶが佐伯社長を強請っていて、そのために殺されたというストーリーが、リアリティを失ってきますね」

亀井が、真剣な顔でいい、続けて、

「ひょっとすると、真相は、逆かも知れませんね」

「逆？」

「今まで、三村しのぶが、佐伯工業の社長を強請っていた。そう考えてきましたが、これが逆で、佐伯工業のほうが、資金繰りか何かに困っていて、三村しのぶから金を借りていた、それを催促されたので、殺してしまった。真相は、そういうことかも知れませんよ」

「なるほど。そういう意味の逆か。もし、カメさんのいうことが当たっているのなら、この前は見つけられなかったが、どこかに、借用書のようなものがあるはずだな。探してみよう」

しかし、いくら探しても、それらしきものは、見つからなかった。

だが、もちろん、見つからないからといって、佐伯工業が、三村しのぶから借金をしていなかったとは、断定できなかった。三村しのぶを殺した直後に、犯人が、このマンションに忍び込んで借用書を盗み出したかも知れなかったからである。

そこで、十津川は、定期預金の口座があるM銀行の渋谷支店に行ってみることにした。

十津川は、支店長に、会った。

警察手帳を見せると、支店長は、二人を支店長室に案内した。

「一つ、支店長さんにおききしたいことがあるんですよ」

と、十津川が、切り出した。

「どんなことでしょうか?」

少し不安げな表情で、支店長が、きく。

「最近のことですが、三村しのぶさんが、小切手を作ってくれと、あなたに頼みませんでしたか?」

と、十津川は、きいた。

(もし、三村しのぶのほうが、佐伯工業の社長に大金を貸していたとすると、それは小切手の形で渡したかも知れない)

そう思ったからである。

「よくおわかりですね」

支店長は、驚いたように、十津川を見た。

「三村さんは、やはり、小切手を作っていたんですか？　それは、額面、いくらの小切手でしたか？」

「一億二千万円です」

「作ったのは、いつ頃ですか？」

「今から、ちょうど一年前ぐらいだったと思いますね。正確な日にちが必要なら、今調べてみます」

支店長は、そういって、原簿にあたってくれた。

「正確にいいますと、今から、一年と一カ月前ですね。間違いなく、三村しのぶさまがこちらに来られて、一億二千万円の小切手をお作りしました」

「三村しのぶさんは、その小切手で何を買うとか、その使い道を支店長さんに話していましたか？」

亀井が、横から、きいた。

「いいえ、教えてはいただけませんでした。それに、こちらからおききするのも、失礼ですしね。しかし、あの小切手をお作りした後、三村さまが土地を買ったとか、あるいは、マンションを新しく買ったとか、そういう話はきいていませんから、土地やマンションを買ったということはないと思いますね」

「宝石を買ったということは、ありませんか?」

十津川が、きいた。

「それも、ないと思いますよ。以前に一度、三村さまと話をしたことがあるんですが、大体の宝石は全部揃ったから、もう興味はない。そんなふうにおっしゃっておられました」

「その後、その一億二千万円の小切手について、三村さんから、何かおききになりましたか?」

十津川が、しつこく、きいた。

「いいえ、三村さまが話されたことはありません。ただ、一年前に、その小切手をお作りした時ですが、三村さまは、こんなことをいっていたんですよ。一年したら、またこちらの定期にしますから、安心してくださいね。そういって、笑っていらっしゃったんですよ。ウチがやたらに、定期にしてくれ、定期にしてくれと、そういうものですから、私たちを安心させようとして、あんなことをおっしゃったんじゃないかと、そう思っているんですけどね」

支店長は、微笑した。

今の支店長の話は、十津川には、面白くきこえた。

三村しのぶは、一年前、一億二千万円の小切手を作った。たぶん、それを誰かに渡したのだろう。事業資金を用立てたということかも知れない。

その時、彼女とその相手とは、一年経てば全額を返済する。おそらく、そういう約束になっていたのだろう。

だからこそ、支店長に向かって、一年経ったらまた定期に戻すので安心しろと、いったのではないのだろうか？

「念を押しますが、その一億二千万円の小切手を作ってから一年経った時、三村しのぶさんは、その一億二千万円を定期預金にしましたか？」

十津川が、きくと、支店長は、苦笑して、

「実は、私どもも密かに期待をしていたのですがね、残念ながら、そういうことにはなりませんでした」

と、いった。

二人は、それだけの収穫を得て、M銀行渋谷支店をあとにした。

「三村しのぶが、一億二千万円の小切手を渡した相手は、やはり、佐伯工業の佐伯社長ですかね？」

歩きながら、亀井が、きく。

「三村しのぶの周りを調べても、おそらく、ほかにはいないんじゃないかな」

「一年前に、たぶん、一年間の約束で、一億二千万円の小切手を渡したのでしょう。ところが、約束の一年が経っても返してくれない。そこで、彼女が、返済を強く求めたのかも知れませんね。それで、殺されてしまった。確かに、三村しのぶが佐伯夫妻を強請っていたというストーリーよりも、このほうが、合点がいきますね」

「佐伯勇は、三村しのぶと関係があったわけではなく、金を借りたんだ。橋本が、録音したテープと写真の女は、三村しのぶとよく似た女を佐伯が雇い、演技をさせてみたんじゃないかな」

「それが、一番考えられる線ですね」

「もう一度、青森に行ってみる必要があるね」

十津川は、歩きながら、隣の亀井刑事に、いった。

「そうですね。何とかして、橋本を助けたいですよ」

「それに、向こうで、橋本の友達だという阿部純子という私立探偵にも、是非、会ってみたいね」

十津川が、いった。

「では、明日もう一度秋田に行って、五能線に乗ってみませんか？」

亀井が、提案した。

翌日、十津川は、西本たちに、佐伯工業の経営状態を、徹底的に調べておくように頼んでから、亀井と二人、東京駅から秋田新幹線で、秋田に向かった。

第六章　蜃気楼ダイヤ

1

東京を遅く出たので、秋田に着いたのは十二時〇一分だった。

問題の列車「リゾートしらかみ3号」は、すでに出てしまっていた。

この列車には、明日乗ることにして、十津川は、まず、五所川原に急ぐことに決めた。

五所川原警察署に、現在留置されている橋本豊と会うためである。

「とにかく、五所川原に急ごう」

ホームを歩きながら、十津川は、亀井に、いった。

二人は、奥羽本線で、弘前まで行くことにした。

秋田駅構内で食事を済ませてから、十二時四十三分、秋田発の「特急かもしか3号」に乗った。

弘前着は、十四時四十五分。そこで乗り換えて、五所川原に向かう。

五所川原に着くと、すぐ警察署に向かった。そこで、青森県警の谷本警部に会った。

「こちらに、橋本豊が留置されているときいたのですが、何とか会わせてもらえませんか？」

十津川が頼むと、谷本は、少し考えていたが、それでも、

「まあ、いいでしょう」

と、いってくれた。

その後で、

「県警では、三村しのぶ殺しは、間違いなく、橋本豊の犯行だと断定しているんですが、彼は、未だに否認していましてね。このままで行けば、否認のまま起訴することになるのではないかと、思っています」

と、付け加えた。

「もう一人、私立探偵の阿部純子は、どうしていますか？」

十津川が、きいた。

「彼女に関しては、今のところ、容疑はかなり濃いのですが、逮捕するまでには至りませんので、この近くの旅館に泊まらせています。とにかく、事件のシロクロがはっきりする

まで、この五所川原市内から出るなとはいってあるのですが」

谷本が、答えた。

十津川と亀井は、取調室で橋本豊に会った。橋本は、さすがに疲れた表情をしていた。連日繰り返される、尋問のためだろう。

それでも、橋本は、十津川と亀井の顔を見ると、

「この通り、元気ですよ」

と、いって、笑って見せた。

「君の友人の阿部純子が、この五所川原に来ているのは、知っているね？」

「ええ、知っています。尋問中に、県警の刑事にききましたよ。何でも、彼女にも、殺人の容疑が、かかっているそうじゃありませんか？」

「その通りだが、彼女は、逮捕されていない。この五所川原市内の旅館に泊まっていて、当分の間、この町から出るなといわれているらしい」

「確か、彼女には、『リゾートしらかみ3号』の中で、小池康治(やすはる)という男を殺した容疑がかかっているそうですね。小池というのは、私は会ったことはないんですが、なんでも、元興信所の人間で、恐喝か何かの前科のある男じゃないですか？」

「その通りだよ。青森県警の要請で、私たちは、小池のことをいろいろと調べたんだ。確

かに、今、君がいうように、恐喝の前科があるんだが、最近になって、佐伯夫妻を強請っていたと思われるフシがある。どうやら、三村しのぶが死んだことに絡んで、強請っていたようだね」

「それが原因で、小池は、殺されてしまったわけですか？」

「おそらく、動機は、そんなところだろうと思っている」

「私を罠にかけた、井上という女性弁護士が、東京で殺されたというのは、本当なんですか？」

「ああ、本当の話だ。つまり、君が逮捕されてから、事態が急に動き出したと、私は見ている」

「井上弁護士が殺された理由は、いったい何なんですかね？　彼女は、佐伯夫妻に頼まれて、三村しのぶを殺し、そして、私を犯人に仕立て上げたんですから、いわば、佐伯夫妻のために、尽くしたわけでしょう？　それなのに、なぜ、殺されたりしたんですかね？　私には、それがどうにも、わかりません」

橋本が、早口で、きく。

外と遮断されて留置場に入っていると、事件の推移がわからなくなってくる。だから、十津川の顔を見て、やたらに質問をぶつけたくなってくるのだろう。十津川はそんなこと

を考えながら、

「まだ、私にも、井上弁護士が、なぜ殺されたのか、完全にはわかっていない。ただ、何となく、想像はつくんだよ。井上弁護士は、君がいったように、三村しのぶを殺して、君を犯人に仕立て上げた。いわば佐伯夫妻にとっては、恩人のような存在だ。ただし、井上弁護士は、前に問題を起こして、弁護士資格を一時的に停止させられていたから、弁護士として、稼ぐ方法がなかった。当然、金が欲しかった。そこで、今度は、佐伯夫妻を強請ったんじゃないのかな？　それで、消されてしまった。私は、そんなふうに考えている」

「もう一つ、十津川さんに、おききしたいことがあるんですよ。私が殺したことになっている三村しのぶのことです。佐伯夫妻との間に、三角関係があったと、井上弁護士に聞かされていたんですが、本当にそうだったんですか？」

「私たちも、最初はそう考えていた。とにかく、三村しのぶというのは、なかなかいい女だからね。佐伯社長と不倫関係になった。それをネタに、佐伯社長が強請られていたんじゃないか？　そう思っていたんだが、いろいろと調べていくと、違っていることがわかった」

「どう違っていたんですか？」

「三村しのぶという女は、輸入雑貨の販売をやっていて、それも、年商が五億円もあることがわかった。つまり、金に困っていることは、全くなかったんだ。そんな女が、痴情のもつれで殺されたというのも、おかしいと思うようになった。さらに調べてみると、実は、三村しのぶが、佐伯社長にというか、佐伯工業にというか、一億円を超える金を貸していたのではないかということが、わかってきたんだ。だから、おそらく、その金銭的なもつれで、佐伯夫妻が、三村しのぶを消してしまったのではないか。最近は、そう思うようになってきた」

「こんなことをいっちゃ、不謹慎かも知れませんが、なかなか面白い展開になってきましたね。私はてっきり、三村しのぶが、佐伯夫妻を強請っていたと思っていたんです」

橋本が、笑っている。十津川は硬い表情のまま、

「とにかく、一日も早く、君を助けたいのだが、今のところ、それができない」

「別に、ガッカリはしませんよ。私は、三村しのぶを殺していませんし、事件に関しては全くの無関係なんですから」

「その通りだ。それに、君がここに留置されている間に、井上弁護士と小池康治という男が、相次いで殺された。しかし、君は、二人が殺された時ここに留置されていたという、これ以上はない完璧なアリバイがあるわけだからね。この事件が解決すれば、遡って君の無実も証明されるはずだ。だから、もう少し頑張っていて欲しい」

「大丈夫です。私より、阿部純子のほうを、一日も早く助けてもらえませんか？　彼女は、人を殺すような女性ではありません。友人である私を助けようとして、今度の事件に首を突っ込んだだけだと、私は思っていますから」

「わかった。私も、まず、阿部純子の無実を証明したいし、そう思ったからこそ、こうやって、ここまでやって来たんだ。彼女のシロが証明されれば、自然と君の無実も証明される。私は、そう確信しているんだよ」

十津川は、橋本を励まして、いった。

2

五所川原警察署を出ると、十津川と亀井は、今度は、阿部純子が泊まっている旅館に向かった。

駅の近くにある、小さな旅館である。

十津川は、今日は、この旅館に泊まることにして、その手続きをした後、旅館の中の喫茶室で、阿部純子に会った。

阿部純子は、

「今、イライラしているんです。とにかく、この町を出るな。そういわれていますからね。それなら、この町にいる間に、橋本さんに会わせてほしい。そういったんですけど、会わせてもらえません」

「ここに来る前、橋本に会ってきたよ」

十津川が、微笑していった。

コーヒーが運ばれてきた。

純子は、それを一口飲んでから、

「どんな様子でした？」

「県警も、橋本がずっと、否認をし続けているので、さすがに、少しばかり持て余しているらしい。私たちに会わせれば、少しは、橋本の気持ちも変わるのではないかという、そんな期待もあったみたいだな」

十津川は、笑って、いった。

「彼、私のことを、何かいっていませんでしたか？」

「橋本は、君には大変感謝している。自分のことを助けようとして、君が、今度の事件に首を突っ込んだ。そのため、一時的にではあるにせよ、殺人事件の容疑者にされてしまった。そのことを、橋本は申し訳ないといっていたよ。自分のことはいいから、君の無実を、一日も早く証明してくれと、頼まれたよ」

「私のことより、橋本さん自身のことが問題なんじゃありませんか？　今のままで行くと、青森県警は、橋本さんを起訴にもっていくと思いますから」

「橋本は、それは覚悟をしていた。今のところ、橋本の無実を証明するのは難しい。ただ、東京で井上弁護士が殺されたり、こちらの五能線の列車の中で、小池康治が殺されたりしたのは、すべて、一つの事件が続いているのだと、私は思っている。だから、それを一つ一つ片付けていけば、自然に、橋本の無実が証明できると、確信しているんだ。だから、明日から、君が関係した事件について、最初から調べてみたいと思っている」

「是非、お願いします。私と一緒にこちらに来た佐伯香織さんは、今、どうしていますか？」

　純子が、きいた。

「彼女なら、もう、東京に戻っているよ。容疑が君よりは薄いと見て、県警は、彼女を帰らせたんだ」

　亀井が、いうと、純子は、口をとがらせるようにして、

「私から見れば、逆にずっと、あの奥さんのほうが、容疑が濃いと思うんですけどね。それでも、私の名刺のことがあるものだから、県警は、佐伯香織さんだけを、東京に帰らせ

てしまったに違いないんですよ」

「その名刺の件だが、君は本当に、殺された小池康治に、名刺を渡した覚えはないんだね？」

確認するように、十津川が、いった。

「ええ、絶対に渡してなんかいません。第一、私は、小池康治などという男には、一度も、会ったことがないんですから、渡したくても、渡しようがありませんよ」

純子は、キッパリと、いった。

「小池康治には、一度も会ったことがない。そういったね？」

「その通りですから、そういいましたけど」

「しかし、青森県警の依頼を受けて、私の部下の刑事が、君の自宅マンションを、調べたことがあるんだ。そうしたら、君の机の引き出しの中から、小池康治に関する新聞記事の切り抜きが出てきた。一年前、小池康治が、恐喝で逮捕され、懲役一年、執行猶予二年の判決を受けた、その事件のことを報じた新聞記事だよ。この新聞記事が、君の自宅にあったということになると、誰が見ても、君が前から、小池という男を知っていたということになってしまう。少なくとも関心があったことになる。その点は、どうなっているんだ？」

十津川が、きくと、純子は、一瞬、エッという顔になってから、

「私、そんな新聞記事のことなんて、知りません」

と、いった。

「正直にいってもらわないと困るんだが、本当に、その新聞記事を集めたことはないのかね？」

「ええ、ありません。小池のことは、全く知りませんでしたよ。元興信所の人間で、恐喝で逮捕された。そういう人がいたことは、私も同業の私立探偵をやっていますから、きいていましたよ。しかし、興味を持って、そのことを調べたことなんて、一回もありません」

純子は、腹立たしげに、十津川に向かって、いう。

「そうなると、あの新聞記事の切り抜きは、誰かが、君のマンションの部屋に、置いていったことになる」

「おそらく、そうだと思います。誰かが、私を罠にかけようとして、そんなことをしたんだと思います。何しろ、私の住んでいるマンションは、セキュリティも万全ではないし、第一、管理人だって、一日おきにしか来ないんです。だから、誰かが私の部屋に忍び込み、新聞記事の切り抜きを、机の引き出しに入れておくことぐらい、簡単にできたと思います」

純子は、そういってから、しばらく何かを考えていたが、

「その新聞記事のことですけど、十津川さんは、こちらの県警に、そのことを、お話しになったんですか？」

「いや、まだ話していない」

十津川が、いうと、純子は、ホッとした顔になって、

「もし、十津川さんが、そんなことを、こちらの県警に話したら、間違いなく、私は逮捕されて、もう一度、留置場に放り込まれてしまいます」

「そういうことを考えると、何者かが、いや、佐伯夫妻がと、いったらいいかな？　最初から小池康治を、五能線の中で殺すことを計画して、佐伯香織が、君と一緒に、あの列車に乗ったんだ。そうしておいて、君のマンションに、何者かを忍び込ませ、小池康治が起こした恐喝事件の新聞記事の切り抜きを、机の引き出しに入れておいた。そんなことが、まず、考えられるね」

と、亀井が、いった。

「つまり、私も、橋本さんと同じように、まんまと罠にかかった。そういうことでしょうか？」

純子が、また腹立たしげに、十津川に、いった。

「そういうことだろうね。ところで、君は、小池康治に毒を飲ませて殺したのは、誰だと思っているんだ？」

「もちろん、容疑者は、一人しかいませんわ。私と一緒に、あの列車に乗った佐伯社長の奥さん、香織さんですよ」

純子が、キッパリと、いう。

「もし、佐伯香織が小池殺しの犯人だとすると、東京で、君のマンションに、小池の恐喝事件の新聞記事の切り抜きを放り込んだのは、夫の佐伯社長ということになってくるね。夫婦で小池を殺し、君をその犯人に仕立てあげたのかも知れないな」

と十津川はいい、亀井は、

「君が、犯人が佐伯香織だと信じる理由は、何なんだ？」

と、きいた。

「もちろん、私の名刺ですよ。私はあの日、自分の名刺を佐伯香織さんにあげたんです。最近、名刺を渡したのは、彼女だけですからね。その時、彼女は手袋をしていました。きっと、自分の指紋が、名刺につかないようにしていたんですね。彼女が、小池康治に青酸カリを飲ませて殺しておいてから、私が渡した名刺を、小池の上着のポケットの中に入れておいた。そうとしか思えません」

「そのことは、こちらの県警にも、話したんじゃないの？」

十津川が、きくと、純子は、またも口をとがらせるようにして、

「ええ、もちろん、いいましたとも。それで、県警の刑事さんが、佐伯香織さんにきいたんですよ。そうしたら、彼女、シラッとした顔で、私は、この人から名刺なんてもらっていませんよと、否定したんですよ。いくら私が、彼女に名刺を渡したと主張しても、彼女はもらっていないという。どこまでいっても、水掛け論ですよね。その上、どちらかといえば、こちらの県警は、最初から私の言葉より佐伯香織さんの言葉を、信じているんです」

夕食は、三人で、旅館の食堂で済ませた。

その後、十津川が提案した。

「明日、三人で、問題の列車『リゾートしらかみ3号』に乗ることにしよう。もう一度乗ってみれば、何か、事件解決の糸口になるようなものが、見つかるかも知れないからね」

「それじゃあ、明日は、警視庁の十津川さんたちと、秋田に行って、秋田から『リゾートしらかみ3号』に乗る。県警のほうには、そういっておきます。何しろ、しばらくの間、この町を離れるな。そういわれていますから」

と、純子が、いう。

「それは、こちらからも話しておこう」

十津川も、いった。

その後、三人は、自分たちの部屋に入った。

翌日、早めに朝食を済ませた後、三人は、タクシーをとばし秋田に出て、十一時〇四分、秋田発の問題の列車「リゾートしらかみ3号」に乗車した。

三人は、あの日、純子と佐伯香織が乗った1号車の切符を買って、乗ることができた。

ウィークデーのせいか、三両連結の「リゾートしらかみ3号」の車内には、ところどころに、空席があった。

「今日は、あの日と全く同じように、行動してください」

十津川は、純子に、いってから、

「この列車に乗った時、君はもう、名刺を佐伯香織に渡していたのかね？」

「ええ、秋田に来るまでの間に、渡してました。私が私立探偵をやっていて、橋本さんの友人ということが信じられないと、彼女がいうものですから、肩書き付きの名刺を渡したんです」

十津川が、きくと、純子は、苦笑して、

「列車が発車してからは、君は、佐伯香織と二人で、窓の外の景色を見ていたのかね？」

「いいえ、あの時、最初のうち、ずっと時刻表を見ていました」

「どうして、時刻表を？」

「何とかして、橋本さんを助けたかったんですよ。それで、東京から持ってきた時刻表を見ていたんです。その時刻表の中から、彼の無実を証明できるものはないかと思ったものですから」

窓から見える日本海は、相変わらず、美しい。

十三時四十二分、深浦に到着。

純子は、立ち上がって、

「ここで、降りたんです」

と、いい、自分が先頭に立って、さっさと、ホームに降りていった。五能線の中では、大きい駅である。

「この列車は、確か、ここには長い時間、停車しているんでしたね？」

ホームを歩きながら、亀井が、きいた。

「ええ、停車時間が、一時間四十三分もあるんです。私は、その時間を利用して、佐伯香織さんか、佐伯社長が、この路線の千畳敷まで行って、三村しのぶを殺したのではないか？　そんなふうに考えていたんです。ですから、この深浦に列車が停車している一時間四十三分の間に、何ができるか？　それが知りたかったんです」

「じゃあ、君が佐伯香織を引っ張るようにして、駅を出ていったんだね？」

「ええ、そうです。もし、佐伯香織さんがイヤだといったって、私は、この駅で降りて、千畳敷まで車で行ってみるつもりでした。だから、あの日は、ここで降りると、タクシーに乗ったんです」

「じゃあ、私たちも、タクシーを拾うことにしよう」

と、すぐに、十津川は応じ、三人は、タクシーに乗り込んだ。

「とりあえず、千畳敷まで行ってください」

純子は、運転手にいった。

タクシーは、海沿いの道路を走って、十五、六分で、千畳敷に着いた。

三人はいったん、タクシーを降りた。

「あの日も、深浦から、このくらいの時間で、ここに着いたの？」

確かめるように、十津川が、きいた。

「ええ、あの日も、十五、六分で着きました。それから、この千畳敷の周りを調べたんです。なんといっても、この千畳敷で、三村しのぶが何者かに殺されたんですからね」

純子が、まわりを見ながらいう。

三人はまず、店を開けている二軒の土産物店のほうに、歩いていった。

イカを焼く匂いがする。

「あの日も、観光客は、あまりいませんでした。千畳敷といえば観光の名所なのに、どうして、こんなに観光客が少ないのかときいたら、タクシーの運転手さんが、こういいました。この『リゾートしらかみ3号』の前に走っている同じ観光列車の『リゾートしらかみ1号』のほうは、この千畳敷には停車しない。だから客が少ないんだ、と」

純子は、歩きながらいい、そのあと、大きな岩をぐるりと回るようにして、太宰治の文学碑のほうに、歩いていった。

「三村しのぶは、確か、この文学碑のそばで、殺されていたんです。私は、初めてだったので、つい千畳敷の景観のほうに目が行ってしまったけど、文学碑の前に立って、ああ、ここで、三村しのぶは殺されたのか。ここからならば、千畳敷の駅が目の前にある。その上、千畳敷の駅は無人駅だ。だから、誰にも見られずに、ここで犯人は、三村しのぶを殺すことができたんだ。そう思いました」

「そのあと、どうしたんだ？」

亀井が、純子を促すように、きいた。

「タクシーの運転手さんが寄ってきて、まだ時間が十分にあるから、ほかの名所旧跡を回ってみませんか？　不老ふ死温泉とか、十二湖とか、ウェスパ椿山なんかを、ご覧になりませんか？　そういって、誘ってきたんですよ。私は、そういうところは、別にどうでもよかったんですけど、佐伯香織さんが、どうしても見に行きたいといったので、私も一応、彼女についていくことにしました。それで、タクシーの運転手さんに、お願いして、最初、不老ふ死温泉へ行くことになりました。秘湯だと思っていたら、大きくて、立派な温泉だったので、びっくりしました」

「そのあとは？」

「その後、運転手さんが、五能線の中でいちばん新しい名所にご案内しますよ、そういって、ウェスパ椿山に連れていってくれたんです」

純子は、そういって、運転手に、

「不老ふ死温泉のあと、ウェスパ椿山に行ってください」

と、いった。

また、タクシーが走り出す。

有名な不老ふ死温泉を見たあと、ウェスパ椿山に向かう。

やがて、前方に、大きな風車が見えてきた。

広い敷地の中には、点々と物産館やレストラン、ガラス工芸品の店などが建っている。

しかし、客の姿は、ほとんどなかった。

タクシーの運転手が、三人に説明してくれた。

「この施設は、第三セクターが運営しているんですよ。最近になって、五能線が急に有名になって、人気を集めるようになったので、もっとお客さんを呼ぼうと考えて、こんなものを建てたんですけどね。ご覧のように、あまりお客さんの姿はありません」

運転手は、苦笑しながら、いった。

「あの日ですが、ここでは、何かあったのかね？」

亀井が、純子に、きいた。

「ここでもタクシーを降りたんですけど、佐伯香織さんが、のどが渇いたから、お茶でも飲みませんかと、誘ってきたんですよ。それで、タクシーの運転手さんも入れて三人で、向こうに見える喫茶店に入って、ケーキを注文し、コーヒーを飲みました」

「じゃあ、われわれもコーヒーを飲むことにしよう。私も、少しばかりのどが渇いた」

十津川が、いった。

三人は、その店に入っていって、コーヒーを注文した。

「ここに入ったら、佐伯香織さんが、トイレに行ってきたい。そういったんです。何でも便秘気味で、ここ二、三日は、特に大変なの。彼女は笑いながら、そういいました。もちろん、私は、どうぞといいましたけど」

と、純子が、思い出していう。

「その日、君と佐伯香織が別々になったのは、その時だけかね？」

確かめるように、また、十津川がきいた。

「今考えてみると、彼女と離れたのは、その時だけですね」

「どのくらいの時間、離れていたの？」

「確か、十五、六分でした。その後、私と佐伯香織さんは、深浦に戻って、十五時二十五分発の『リゾートしらかみ3号』に乗ったんです。いや、正確にいえば、乗ろうとしました。深浦の駅に戻って、ホームに入っていくと、あの列車が待っていました。そこで、乗り込んで、1号車の自分たちの席に座ろうとしたら、途端に、2号車のほうで、悲鳴がきこえたんです」

「あ、確か、2号車の座席で、小池康治（やすはる）が死んでいたんだね？」

「そうです。もちろん、その時は、2号車で死んでいたのが、小池康治だなんてことは、全く知りませんでした。何回もいいますけど、私は、小池という人には、一度も会ったことがなかったんです。とにかく、自分たちの乗っている『リゾートしらかみ3号』の中で、人が死んでいるというので、ビックリしてしまいました」

「そうだろうね。それは、誰だってビックリしますよ」

亀井が、純子に合わせるようにして、いった。

「その後、青森県警の谷本という警部さんがやって来て、乗客を全部、1号車に集めて、事件のことを乗客に知らせたんです。その時突然、この中に、阿部純子さんという人がいたら、前に出てきてくださいといいました。私は、またビックリして出ていって、谷本警部さんに、私が阿部純子ですけどといいました。そうしたら、谷本警部さんは、2号車のボックス席で死んでいたのは、小池康治さんという人だが、あなたは、その人のことをご存じですねと、いきなり、いわれたんです。私は、そんな人は知りません。そういったんです。そうしたら、死んだ小池康治という男が、私の名刺を持っていた。そういわれたんです。その途端に、私が、容疑者第一号になってしまったんです。本当にバカバカしい」

純子は、吐き捨てるように、いった。

「その後、どうしたの？」

「谷本警部さんが、やたらと、名刺のことをいうので、私は、佐伯香織さんを指差して、ここに来る新幹線の中で、この人に名刺を渡した。そういいました。それで、佐伯香織さんも、私と一緒に、谷本警部さんの尋問を受けることになったんです。でも、きのうもいいましたように、彼女、私から名刺をもらったことはない。そういって、ウソをついたんです」

3

「では、私たちも深浦に戻って、『リゾートしらかみ3号』に乗ろうじゃないか?」

十津川が、すぐに応じた。とにかく、全く同じ行動をとる必要がある。

三人は、タクシーに戻った。

「深浦に戻ってください」

と、純子が、運転手にいった。

すぐ、タクシーが走り出した。

三人は、深浦駅に戻った。

改札口を通り、ホームに入っていく。途端に、

「あら?」

と、純子が、大きな声を出した。

「列車がいないわ」

確かに、ホームには、自分たちを待っているはずの「リゾートしらかみ3号」が見えな

かった。

「あの日は、ちゃんとホームで、待っていたんだね?」

亀井が、きいた。

「ええ、もちろん、それに間に合うように、私たちはあの日も、ここに帰ってきたんですもの」

「しかし、今日は、列車がホームに入っていないね。どうしたのかな?」

十津川が、いった。

「深浦の駅に戻ってきた時刻は、あの日と全く同じかね?」

亀井が、きいた。

純子が、時計に目をやってから、

「そういえば、あの日より、少しばかり、今日のほうが早いかも知れません。それにしても、本当に、どこに行っちゃったのかしら?」

純子が、不思議そうに、周囲を見ている。

その時、「リゾートしらかみ3号」が、ホームに入ってきた。ホームで待っていたほかの乗客たちも、ゾロゾロと乗り込んでいく。

三人が1号車に乗った後、十津川が、通りかかった車掌を呼びとめて、

「この列車、今までどこに行っていたのですか？」

と、きいた。

車掌は、穏やかな顔で、

「どこに行っていたのかときかれましても、時刻表の通りに、ちゃんと走っていましたよ」

と、いった。

「でも、十三時四十二分に、この列車が深浦に着いてから、私たちはタクシーで、千畳敷や不老ふ死温泉や、ウェスパ椿山を見てきたんですよ。先日も同じようにしたんだけど、その時は、ちゃんとホームで、私たちのことを待っていましたよ」

純子が、抗議でもするように、車掌に、いった。

途端に、列車は、動き出した。

「どうして、今日は、いなくなっていたんですか？」

十津川が、もう一度、同じことをきくと、車掌は、また穏やかに、笑って、

「蜃気楼ダイヤですよ」

と、いった。

十津川は、わけがわからなくて、

「それ、どういうことですか？」

「この『リゾートしらかみ3号』ですけどね。お客さまのために、少し変わった動き方をするんです。市販されている普通の時刻表には載っていない動き方をするので、今もいったように、蜃気楼ダイヤと、呼ばれているんですよ」

「申し訳ありませんが、よくわかりません。もう少しわかるように、説明してもらえませんか？」

と、十津川が、いった。

車掌は、手帳を取り出すと、深浦と書き、その横に、十三時四十二分と書いた。

「みなさんは、秋田からこの列車にお乗りになったようですから、深浦には、十三時四十二分に到着しています。それで、一時間四十三分の休憩を利用して、タクシーで名所旧跡を見て回られたのでしょう？」

「ええ、そうですよ。千畳敷に行ったり、不老ふ死温泉を見たりウェスパ椿山を見たりしていました」

「十三時四十二分に、この深浦に到着すると、七分後の十三時四十九分に、この列車は、深浦を発車するんです」

「じゃあ、お客を置いてきぼりにして、先に進んでしまうんですか？」

亀井が、いうと、また、車掌は、手を小さく横にふって、

「そうじゃありません。そんなことをしたら、大変なことになってしまうじゃありませんか？　もう一度、この列車は逆戻りするんですよ。今も申し上げたように、十三時四十九分に深浦を発車すると、岩館まで戻るんです。深浦から三つ前の駅です。その岩館に、十四時二十九分に着きます。それからまた、この深浦に戻ってくるのですが、その間に十二湖、ウェスパ椿山と停まって、十五時二十二分に、深浦に戻ってくるんですよ。ですから、十五時二十二分過ぎに、お客さんたちが深浦に帰ってくれば、ホームにちゃんと列車がいたはずなんです。みなさん、少しばかり早く、深浦に着いてしまわれたのではありませんかね？」

車掌が、のどかに笑った。

「なるほど。わかりました。それにしても、どうして、そんな、ややこしい運行をするんですか？」

十津川が、文句をいうと、

「すべて、お客さまのためなんですよ。秋田を十一時〇四分に出発したこの列車は、東能代を過ぎた後で、五能線に入るのですが、あきた白神、十二湖、ウェスパ椿山と名所に停車していきますから、その時、例えば、あきた白神で降りたお客さまは、ゆっくりと自

神山地を見たいじゃありませんか？　だから、そうしたお客さまを乗せるために、この列車は、深浦駅から岩館駅まで戻るんですよ。あきた白神でお降りになったお客さまは、車で岩館までお送りすることになっています。今も申し上げたように、この列車は、十四時二十九分に岩館に戻って、それから、十四時三十七分に岩館を出ますから、正式にあきた白神で十二時五十一分にお降りになったお客さまは、一時間半ほどの間、近くの白神山地を見たりして、ゆっくりとできるんです。ゆっくりと見学してから、あきた白神駅に戻れば、そこから送迎車が出ていて、岩館駅まで行きますから、もう一度、この列車に乗ることができるんです。これは、十二湖駅でも同じです。十二湖駅では、到着が十三時十六分ですけど、この列車は、今も申し上げたように、もう一度戻ってから、十二湖、ウェスパ椿山と停まっていきますから、十二湖駅でお降りになったお客さまは、一時間三十九分の間、周辺を見て楽しめるんです。ウェスパ椿山についていえば、一時間四十分、見て回る時間があります。そうして、ゆっくりと観光を楽しんだお客さまを、この列車がもう一度乗せて走る。そういうわけなんです」

と、車掌が、いった。

その間に、三人が乗った列車は、千畳敷に、十五時四十八分に着いた。

ここで十分間停車する。ここでも、その十分の間に、乗客は、駅の前に広がっている千畳敷を見て楽しんでくる余裕があるわけである。

しかし、純子は、千畳敷では降りようとせず、列車の中で、じっと考え込んでしまっている。

彼女が、何を考えているのか、十津川には、わかるような気がした。

「ウェスパ椿山でのことを、考えているみたいだね?」

十津川が、純子に、声をかけた。

「ええ、今の車掌さんの話をきいて、あの日、タクシーに乗ってからの佐伯香織さんのことを考えていたんです。さっき、警部さんもいわれましたよね? あの日、私が、佐伯香織さんと唯一離れたのは、コーヒーを飲みに入った、ウェスパ椿山の喫茶店だけだった。あそこで、彼女はトイレにいってくるといって離れて、十五、六分帰ってこなかったんです。今までは、そのわずか十五、六分で、彼女が小池康治を殺すことなんて、物理的にも不可能だ。そう思っていたんですけど、今の車掌さんの話で、佐伯香織さんに対する疑いが、濃くなったような気がします」

「私も同感だ。あの日、君と佐伯香織の二人が、深浦の駅で降りてから、タクシーで名所旧跡を回って、最後に、ウェスパ椿山に行った。そこで、喫茶店に入って、コーヒーを飲んだ。その間、トイレに行ってくるといって、十五、六分、佐伯香織は、あなたの前から離れた。一方、深浦駅で客を降ろした『リゾートしらかみ3号』だが、あの日も、今日と同じように、列車はいったんバックして、岩館駅まで行き、それから、十二湖駅、ウェスパ椿山駅と停車して、また深浦駅に戻っている。つまり、あの日、君と佐伯香織の二人が、タクシー運転手と、ウェスパ椿山の喫茶店でコーヒーを飲んでいる時、列車も、ウェスパ椿山駅に戻ってきていたんだよ」

十津川が、いうと、純子も、

「そうなんです。それなんですよ」

と、大声を出した。

「もし、あの時、ウェスパ椿山駅に『リゾートしらかみ3号』が戻ってきていたら、当然、その列車の中には、殺された小池康治も乗っていたはずです。ウェスパ椿山の喫茶店と駅は、目と鼻の先ですからね。十五、六分あれば、駅まで行って、佐伯香織さんが、2号車の小池康治に、青酸入りの缶コーヒーを渡して、飲ませることだってできたかも知れません。つまり、青酸入りの缶コーヒーを飲んで小池が死ぬと、小池の上着のポケットの中に、私の名刺を入れておき、私とタクシーの運転手がコーヒーを飲んでいる喫茶店に戻ってきて、何食わぬ顔で、一緒に深浦駅に戻った。そういうことかも知れません」

「私も、そう思う。この推理が当たっていれば、小池康治を殺したのは、間違いなく、佐伯香織だよ」

十津川は、しっかりとした口調で、断定した。

「しかし、問題は、何といっても証拠でしょうね」

亀井が、冷静に、いった。

確かに、問題は証拠なのだ。今、十津川がいい、そして、阿部純子がいった推理は、もし、佐伯香織が犯人なら、正しいことになってくる。

しかし、佐伯香織が、ウェスパ椿山駅で、「リゾートしらかみ3号」に乗っている小池康治に会い、青酸入りの缶コーヒーを飲ませ、その後に、小池康治の上着のポケットに、阿部純子の名刺を入れておいたということを、証明しなければならない。

当然、佐伯香織は、否定するだろう。

しかし、佐伯香織は、ウェスパ椿山でトイレに行っている。それも、十五、六分という長い時間である。

十津川が、考えを巡らせている間に、列車は、次の鰺ケ沢（あじがさわ）駅に到着し、駅に着くと同時に、車内で、津軽三味線の演奏が始まった。おそらく、これも、観光客に対するサービスの一つなのだろう。

五所川原に着いたのは、十六時四十七分。

ここで、三人は、列車を降りた。

三人は旅館に戻り、また一緒に食堂で、今日のことを話し合った。

「ビールが、飲みたくなりました」

夕食の前に、純子が、いった。

「じゃあ、私たちも、ビールを飲もうか？」

十津川が、亀井に、いった。

「いいですね。君は、ビールで乾杯か？」

亀井が、純子を見た。

「まだ、乾杯というところまでは行きませんが、しかし、今日の発見で、少しばかり、前途が明るくなったような気がします。まだ証拠はありませんけど、小池康治を殺したのが、佐伯香織さんだと証明できる可能性が、出てきたんですから」

と、純子が、いった。

仲居さんが、ビールを運んできてくれる。

それで、三人は、ささやかな乾杯をした。

その後、夕食の海鮮料理を食べながら、もう一度、今日のことを話し合った。

「それにしても、蜃気楼ダイヤは、よかったですね」

思い出したように、亀井が、笑う。

「君は、先日、佐伯香織と一緒に来た時に、初めて、五能線に乗ったんだろう？」

十津川が、純子にきいた。

「ええ、あの時が初めてでした。だから、私は、蜃気楼ダイヤなんて、全く知りませんでした。その後もいろいろと駆けずり回っていたのに、今日まで気がつかなかったんです」

「佐伯香織のほうは、蜃気楼ダイヤについて、知っていたんだよ。だから、それをうまく利用して小池康治を殺し、君を犯人に仕立てようとした」

十津川が、いうと、

「佐伯香織さんは、どうやって、小池康治を同じ列車に乗せたのかしら？」

と、純子が、きいた。

「もちろん、『リゾートしらかみ3号』に乗るようにいったのは、佐伯香織だろう。佐伯夫妻は、小池康治から強請られていた。だから、こういったんじゃないのかね？　東京で金を渡すと、誰かに見られる可能性があるから、秋田から『リゾートしらかみ3号』に乗って欲しい。ウエスパ椿山の駅で、金を渡すから。そういって、彼女は、2号車のキップを渡したんじゃないのか？　2号車は、ボックス席になっているから、四人分のキップを買っておいて、その一枚を、小池康治に渡した。もし、乗ってこなければ、お金は渡さない。そういったんじゃないのかな？　だから、小池は、いわれるままに秋田から『リゾートしらかみ3号』に乗った。2号車のボックス席に乗り込んだが、ほかの三人の客は、乗ってこなかった。今もいったように、佐伯香織が、その席のキップも買い占めておいたからね。そうしておかないと、小池に青酸入りの缶コーヒーを渡したり、小池の上着のポケットに、君の名刺を入れたりは、できないからね」

「しかし、小池はどうして、平気で青酸入りの缶コーヒーなんかを飲んだんでしょうかね？　相手を強請っていたわけですから、少しは用心していたんじゃないかと思いますけどね」

亀井が、首をかしげた。

それに対して、十津川が、答える。

「おそらく、こんなふうにしたんじゃないかと思う。今、いったように、2号車のボックス席に、小池康治を乗せる。そして、ウェスパ椿山の駅で、香織は、待っていた小池に会う。そのときまず、要求通りの金を渡した。それが何百万円かであっても、とにかく渡せばいいんだ。そうすれば、小池はホッとして油断する。そうしておいてから、彼女は、コーヒーでも飲みませんか？　そういって、青酸入りの缶コーヒーを渡した。自分も、もちろん、こちらは、青酸の入っていない缶コーヒーを、小池の目の前で飲んで見せた。小池は、金をもらっているし、香織も同じ缶コーヒーを飲んだので、安心して、何の疑いも持たずに、飲んだんじゃないのか？　途端に、小池は絶命してしまう。そのあと、佐伯香織は、渡した何百万円かの金を取り戻し、代わりに、阿部君の名刺を、小池の指紋をつけたうえで、上着のポケットに入れて、列車を降りたんだ。今はこのことも証拠はないが、おそらく、こんなふうにしたんだろう。私は、そう思うんだがね」

純子は、しばらく黙って箸を動かしていたが、目を上げて、十津川を見ると、

「今日わかったことを、青森県警の警部さんに話したほうがいいでしょうか？　それとも、しばらく黙っていたほうがいいでしょうか？」

と、きいた。

「そうだな」

と、ちょっと考えてから、十津川は、

「今日、あなたを連れて、この五所川原を離れたことは、青森県警の谷本警部に話してありますから、その結果を報告する形で、今日わかったことを伝えたほうがいいかも知れないね。しかし、だからといって、すぐには、君を無実だと考えて、自由にしてくれたりはしないと思う。たぶん、君がこの話をした後、谷本警部は、しかし、証拠がないじゃないかと、そういうに決まっている。それは覚悟しておいた方がいい」

「ええ、私も期待をしないで、話してみます。どうせ、今日、どこに行ったのか、詳しくきかれるでしょうから」

そういって、純子は、小さく笑った。

夕食が済んだ後、五、六分して、予想していた通り、青森県警の谷本警部が、部下の刑事一人を連れて、旅館にやってきた。

谷本は、まず阿部純子一人を呼び、

「今日の行動について、詳しく説明してもらいたいね」

と、いった。

純子は、十津川たちと一緒に、秋田から「リゾートしらかみ3号」に乗ったことを、まず、いった。

「小池康治という人が死んだ時と同じように、行動してみたんですよ。そうしたら、一つ、わかったことがあります。それを、これから警部さんに、お話ししますよ」

純子は、そういって、深浦で、蜃気楼(しんきろう)ダイヤについて、車掌からきいたことを、谷本警部に話した。

「だから、当日、私と一緒にいた、佐伯香織さんには、小池康治を殺すチャンスがあったんですよ」

純子は、キッパリといったが、谷本のほうは、小さく肩をすくめただけで、

「しかし、肝心の証拠が、全くないね。これでは、今すぐ、あなたを自由にしてあげるわけにはいかない。申し訳ないが、少なくとも、あと二、三日は、この五所川原の町にいて貰う」

十津川が想像していた通りのことをいった。

その後、谷本警部は、純子を部屋に戻してから、十津川のところに来て、確認するように、

「今日は、あの私立探偵の女性を連れて、秋田から『リゾートしらかみ3号』に乗られたそうですね?」

「ええ、乗りましたよ。何しろ、あの列車の中で、小池康治という男が殺されていますからね。あの小池は、東京に住んでいる男で、谷本さんにも報告した通り、恐喝の前科があるんです」

「その件ですが、今、彼女、やたらに興奮して、自分の無実を証明することができるとわかった。あの日、一緒にいた佐伯香織が、小池を殺したんだ。そういっているんですよ。何でも、例の列車『リゾートしらかみ3号』の蜃気楼ダイヤとかいうものを使って、佐伯香織が、自分を罠にかけた。そういってきかないんですよ」

「それで、谷本警部は、彼女の話を、どう受け取ったんですか？　今回の殺人事件に関して、彼女が、これでシロになったと、そう思われましたか？」

十津川が、きくと、谷本警部は、肩をすくめて、

「いや、それは、問題外ですよ。何しろ、彼女の話をいくらきいても、何一つ、証拠というものがないんですから。すべてが、いわば彼女の推理というか、空想にすぎません。証拠がなければ、佐伯香織を逮捕することもできないし、阿部純子が、無実だという確証にもなりませんからね。ですから、やはり今でも、今回の事件の第一の容疑者は、あの私立探偵ですよ」

そういって、きかなかった。

（やっぱりだな。われわれが、思った通りだった）

と、十津川は、思い、つい苦笑してしまった。

しかし、これで、小さいながら突破口ができたという思いは、変わらなかった。

（この穴を広げていけば、小池殺しの真犯人もわかるだろうし、あの阿部純子という私立探偵の無実も、証明できるだろう。そして、最後には、橋本豊の無実も、証明できるに違いない）

十津川は、そう確信した。

第七章　解決へのダイヤ

1

十津川は、五所川原の旅館の食堂で、亀井と私立探偵の阿部純子を交えて、今回の事件について、話し合った。

「問題は、蜃気楼ダイヤだな。佐伯香織が、この蜃気楼ダイヤを知っていたかどうか、それが、今度の事件の鍵になると、私は考えている」

十津川がいうと、純子が、

「彼女が、蜃気楼ダイヤを知っていたことは、間違いないと、思います。私は、まったく知らなかった。だから、彼女は、蜃気楼ダイヤを利用して、小池康治を殺し、私を欺いて、アリバイ証人にした上に、犯人に仕立て上げたんです」

悔しそうに、いった。

「しかし、彼女自身は、蜃気楼ダイヤについて、まったく知らなかったと、証言するだろう」

十津川がいうと、亀井がうなずいて、「もちろん、そういうでしょうね。もし、知っていると認めてしまったら、彼女の容疑が、一挙に濃くなってしまうわけですから」

と、いった。

十津川は、阿部純子に目をやって、

「君は、前に、佐伯香織と来た時、蜃気楼ダイヤに気がつかなかったんだね。どうして、気がつかなかったのかね？」

「小池康治を殺したのは、佐伯香織に間違いないだろうとは、思ったけど、証拠がなかったんです。今もいったように、蜃気楼ダイヤについて知らなかったし、いちばんの問題は、彼女と二人で、千畳敷に行ったり、不老ふ死温泉に行ったり、ウェスパ椿山(つばきやま)に行って、深浦駅に戻ってきた時、ホームには、すでに『リゾートしらかみ3号』が、停車していたんですよ。ですから、蜃気楼ダイヤで、あの列車が岩館(いわだて)駅までもう一度戻って、また、深浦に来たなんてことには、全然気がつかなかったんです。もし、今回のように、あの列車が、深浦駅のホームに停車していなかったら、おそらく、すぐ蜃気楼ダイヤに気がついたはずだし、佐伯香織が、小池康治を殺したと、はっきり、断定できたんですけど」

「確かに、君のいう通りかも知れないな。ここに、深浦駅のダイヤが、二つ書いてある。正規の『リゾートしらかみ3号』のダイヤによれば、十三時四十二分、深浦駅着、十三時四十九分、深浦発となっている。そして、蜃気楼ダイヤのほうはというと、十五時二十二分、深浦着、十五時二十五分、深浦発になっている。だから、十五時二十二分の後で、深浦に戻ってくれば、ホームにはちゃんと『リゾートしらかみ3号』が停車していることになるんだ」

「問題の殺人事件の日のダイヤは、その通りになっていたんだと思います。だって、深浦駅に戻ってきた時、『リゾートしらかみ3号』は、ちゃんと、ホームに停車していました」

純子が、繰り返して、いった。

「今回、われわれは、その時と同じように行動したつもりだったが、深浦に戻ってくると、『リゾートしらかみ3号』は、ホームにいなかった。ということは、われわれは、十五時二十二分の前に、深浦駅に戻ってきたことになるんだ」

「その点は、微妙ですね」

亀井が、いう。

「われわれが深浦駅に戻った時も、確か、五分も六分も前に戻ったんじゃありませんよ。十五時二十二分の、おそらく一分とか二分前に着いたんです。しかし、一分か二分の差でも、ホームには『リゾートしらかみ3号』は戻っていませんでした。もし、事件の日に、阿部君と佐伯香織が、今日と同じように、十五時二十二分の前に、深浦駅に戻ってきてしまっていたら、簡単に、君に気づかれてしまったはずです。だから、佐伯香織は、周到に時間を調べて、時間を気にしながら、深浦に戻ったに違いありません」

亀井が、純子を見ていった。

「ええ、その通りだと思います」

「事件の日のことを思い出してもらいたいんだが、君と一緒に行動しながら、佐伯香織は、しきりに、時間を気にしていた。そんなことはなかったかね？」

十津川が、きいた。

「やたらに、腕時計を見ていたといいたいんですけど、残念ながら、正直なところ、彼女、腕時計なんか、ほとんど気にしていませんでした」

純子が、いう。

「それは、ちょっとまずいね。君が、今いったように正直に証言したら、佐伯香織は、蜃気楼ダイヤを知らなかったことになってしまう」

十津川が、渋い顔で、いった。

「でも、彼女は、蜃気楼ダイヤのことを詳しく知っていたんだと思います。そうでなければ、おかしいんです」

純子が、断定するようにいった。

「じゃあ、もう一度、事件の日の、君と彼女の行動について、始めから検討してみようじゃないか」

十津川が、いい、コーヒーを、仲居さんに運んでもらった。

「もう充分に検討したし、その上、今度は、十津川さんや亀井さんと一緒に、『リゾートしらかみ3号』に乗ったじゃありませんか？　これ以上検討しても、何も出てこないと思いますけど」

純子が、疲れた表情で、いった。

十津川は、笑って、

「私立探偵の君たちは、何といっても、捜査のアマチュアだからね。われわれプロは、何度だって、同じことを検討するんだ。とにかく、コーヒーを飲んでから、もう一度、考え直そうじゃないか」

コーヒーを飲み終わると、十津川は、改めて純子に目を向けた。

「さて、事件の日、君は、佐伯香織と二人で、東京から秋田新幹線で来て、秋田で『リゾートしらかみ3号』に乗った。乗ったのは、確か1号車だったね？」

「ええ」

「その時、2号車のほうには、殺された小池康治が乗っていた。これも間違いないね？」

「ええ、間違いありません。青森県警の刑事が、そういっていましたから」

「十三時四十二分、君たちの乗った列車は、深浦駅に着いた。これは普通の時刻表に載っているダイヤ通りだ」

「ええ。ここで、一時間四十三分の余裕があると、そうきかされたんです。そこで、私は考えました。三村しのぶは、千畳敷で殺されていたけど、この列車が千畳敷に行ってから、殺されたのではない。深浦で一時間四十三分もの時間があるというので、おそらく、犯人が、彼女を深浦で降ろして、タクシーを使って、千畳敷まで連れていってから、殺したのではないのか？　私は、そう考えたんです。ですから、それが、果たして、可能かどうかを是非確かめたい。そう思って、佐伯香織を引っ張るようにして、深浦駅から出て、タクシーに乗って、千畳敷や、この周辺を走ってみたい。そう考えたんです」

「それで、君と佐伯香織は、深浦でタクシーに乗ったんだね？」

「ええ、そうです。タクシーで、千畳敷に行き、不老ふ死温泉に行き、ウェスパ椿山に行ったんです」

「細かいことになるが、君が、タクシーを停めて、佐伯香織を乗せたのかね？　それとも、タクシーを拾ったのは、君ではなくて、佐伯香織のほうだったのかね？　これも、はっきりさせておきたい」

十津川が、いうと、純子は、困ったような顔になって、

「さあ、あの時は、どうだったかしら？　とにかく、タクシーで千畳敷まで行ってみたい。そういったのは、私なんです。でも、実際に、客待ちしていたタクシーの運転手に声をかけたのは、私じゃなくて、彼女のほうだったような気がします」

「そこは、重大なことになってくるかも知れないからね。はっきりさせておきたいんだ。運転手に声をかけたのは、君なのか、それとも、佐伯香織なのか？　どっちなんだ？」

十津川が、厳しい口調で、きいた。

「どうだったかな？」

と、純子は、しばらく考えていたが、

「やっぱりそうです。タクシーの運転手に声をかけたのは、佐伯香織のほう。間違いありませんわ」

「タクシーに乗ってから、まず、君たちは、千畳敷に行った。最初に、千畳敷に行くようにいったのは、君なのか？　それとも、佐伯香織なのか？」

十津川が、きいた。

「それは、私がいったんです。私は、橋本豊さんを助けたくて、五能線に乗ったんですから、とにかく、まず初めに、三村しのぶさんが殺されていた、千畳敷に行ってみたかったんです。それで、運転手さんに、まず千畳敷に行って欲しい。そういったんです」

「千畳敷に着いてから、君と佐伯香織は、タクシーから降りたんだね？」

「ええ、降りました。私は、千畳敷周辺を歩いてみたかったんです」

「ということは、千畳敷では、君が主導権を取って、佐伯香織は、君のいう通りについて回った。そういうことになってくるね？」

「それは、その通りです。私たち、タクシーを降りてから、あの周りを歩きました。私は、三村しのぶさんが殺されたのは、この時だと、強く思ってたんです。時刻表によれば、『リゾートしらかみ3号』が千畳敷に着くのは、十五時四十八分になっています。それに、時刻表によれば、十分間、ここで、その列車は停まっているんです。三分前に警笛を鳴らされるので、乗客は間に合うように列車に戻れるそうです。ですから、最初は、その十分の間に、犯人は、千畳敷の太宰治(だざいおさむ)の文学碑のそばで、三村しのぶさんを殺した。そう思ったんですけど、タクシーで行ってみて、これは違うと、確信しました。犯人は、その前に、深浦から、タクシーで三村しのぶさんを千畳敷に連れていって、殺しているんです。私は、そう確信したんです。だから、これは、一つの収穫だと、その時、私は思いました」

と、純子が、いった。

2

「君と佐伯香織は、まず、タクシーで、千畳敷に行った。その後、確か、不老ふ死温泉に行ったんだね？」

続けて、十津川が、きいた。

「ええ、タクシーに乗って、海沿いの道を、不老ふ死温泉に向かいました」

「その時、千畳敷から不老ふ死温泉に行こうといったのは、どちらなんだ？　君がいったのか？　それとも、佐伯香織がいったのか？」

「いいえ、私でも彼女でもありません。待ってもらっていたタクシーの運転手さんが、私たちのそばにやってきて、まだ時間が充分にあるから、不老ふ死温泉や、ほかのところにもご案内しますよ、そういったので、二人で、もう一度、同じタクシーに乗り込んだんです」

純子が、思い出す感じで、いった。

「不老ふ死温泉では、あまり、時間をかけて見なかったようだね？」

「ええ、どうせ、そこで温泉に入る時間もありませんでしたし」

「それで、最後に、ウェスパ椿山に行ったんだね？　これは、君が誘ったの？　それとも、佐伯香織の意見だったの？」

「これも、タクシーの運転手さんの誘いなんです。まだ時間があるし、五能線の沿線で、いちばん新しくできた、第三セクターのリゾート施設があるから、そこにご案内します。そういわれたので、私と佐伯香織は、タクシーで、ウェスパ椿山に行ったんです」

「深浦駅と同じように、このウェスパ椿山が、大事な点だと、私は思う。佐伯香織が犯人だとすれば、最後にウェスパ椿山に行き、そこに停まっている『リゾートしらかみ3号』の車内で、小池に青酸入りの缶コーヒーを渡して、飲ませて殺したことになるからね」

「警部さんのいう通り、佐伯香織が犯人なら、ウェスパ椿山の喫茶店に入ったあと、トイレに行くといって出ていき、ちょうど裏に当たるウェスパ椿山の駅に停まっている『リゾートしらかみ3号』の車内で、小池に青酸入りの缶コーヒーを渡して、それを飲ませたに違いないんです。その時、私は、蜃気楼ダイヤのことをまったく知りませんでしたから、まさか『リゾートしらかみ3号』が、ウェスパ椿山駅に来ているなんてことを、ぜんぜん気づきませんでした。だから、彼女のトイレが長くても、別に何も怪しいとは思わなかったんですよ。でも、今になれば、彼女は、蜃気楼ダイヤのことを知っていて、その時、『リゾートしらかみ3号』がウェスパ椿山駅に来ていることを知っていたんですね」

純子は、また、悔しそうに、いった。

「蜃気楼ダイヤを確認してきたんだが、蜃気楼ダイヤで、『リゾートしらかみ3号』がウエスパ椿山駅に到着するのは、十五時〇七分。そして、発車するのは、一分後の十五時〇八分なんだ」

十津川が、いう。

「たったの一分間しか、ありませんね。佐伯香織が犯人で、この『リゾートしらかみ3号』に乗っていた小池を殺したとするなら、相当に、きわどい時間との戦いになるんじゃありませんか？」

と、いったのは、亀井だった。

「その時間というのは、二通り考えられるね」

と、十津川が、いう。

「第一の点は、佐伯香織が犯人なら、蜃気楼ダイヤで『リゾートしらかみ3号』が、十五時〇七分にウェスパ椿山駅に到着し、一分後の〇八分に発車することを彼女は知っていた。これが、第一の問題だ。犯人ならば、当然、知っていたことになる。もう一つが、今、カメさんがいった、一分間の問題だ。一分間で、果たして、小池康治に青酸入りの缶コーヒーを飲ますことができるかどうか？　まず、後者について、考えてみようじゃないか？」

「一分間というのは、短い時間ですけど、不可能ということはないと思います」

　純子が、きつい表情で、いった。

「その点を、どう考えているのか、君の考えをききたいな」

　十津川が、いう。

「おそらく、佐伯香織は、蜃気楼ダイヤで『リゾートしらかみ３号』が、ウェスパ椿山の駅に入ってくる少し前に、トイレに行くと私にはウソをいって、ホームに入って行ったんだと思います。そこに『リゾートしらかみ３号』が入ってくる。彼女は、ためらうことなく、２号車の小池のところに行きます。そして、用意してきた現金か小切手を渡してから、『これで、そちらの要求に応えたし、一件落着ね、コーヒーで乾杯しようじゃありませんか？』、そんなことをいって、青酸入りの缶コーヒーを渡したんじゃないかと思うんです。自分も、同じ缶コーヒーを手に取って、先に飲んで見せた。小池のほうは、強請っていたお金が手に入ったこともあったので、喜んで、何の疑いも持たずに、青酸入りの缶コーヒーを飲んでしまった。即効性がありますから、すぐに効いてくる。小池が苦しむのを見て、彼女は、小切手か、あるいは現金を奪い返して、私の名刺を名刺入れに入れ、すぐ、私が待っていた喫茶店に戻ったんだと思います。スムーズにやれば、一分ほどで、小池に青酸入りの缶コーヒーを飲ませることは、充分に可能だったと、私は考えています」

「確かに、一分間は、短くもあり、同時に、長くもある。君のいう通り、青酸入りの缶コーヒーを小池に飲ませるのは、可能だったかも知れない。特に、強請っていた金か、あるいは、同額の小切手を、小池に渡したあとなら、小池は安心して、そのコーヒーを飲んだだろうからね。だから、これは、一応可能であるとしておこう。もう一つは、『リゾートしらかみ3号』が蜃気楼ダイヤで、ウェスパ椿山駅に着くのは、十五時〇七分であるということだ。しかも一分停車だ。その時刻に合わせて、彼女は、君を喫茶店に待たせておいて、駅まで行った。その時刻を、正確に合わせておかないと、この計画は失敗する。そこで、もう一度、確認しておきたいのだが、君たちが、タクシーで千畳敷から不老ふ死温泉に行き、最後に、ウェスパ椿山に向かった。さっき、君は、タクシーの運転手が行こうと誘ったから行ったといったが、これは、間違いないのかね？　ウェスパ椿山に行こうといったのは、佐伯香織じゃなかったのかね？」

十津川は、確かめるように、重ねて、きいた。

「間違いなく、タクシーの運転手さんでした。その言葉も、今でも、ちゃんと覚えているんです。五能線でいちばん新しくできたリゾート施設にご案内したい。そういって、私と佐伯香織を、タクシーで、ウェスパ椿山まで送ってくれたんですから」

純子が、いった。

「もう一度聞きたい。タクシーで、ウェスパ椿山のリゾート施設に向かう間、佐伯香織は、時間を気にしていたかね？　自分の腕時計をずっと見ていたといったようなことは、なかったのか？」

亀井が、純子に、きいた。

「ほとんど見ていなかったと思いますよ。もし見ていれば、気がつきますから。もちろん、一度ぐらいは見たかも知れないけど、そう頻繁(ひんぱん)には見ていなかった。それは、間違いありません」

「さっき、君は、タクシーで深浦駅に戻る時も、佐伯香織は、ほとんど、時間を気にしていなかった。そんなふうにいっているんだ」

「ええ、彼女は、時間を気にしていた。犯人なら、時間を気にしていたのは当然ですから。そういいたいんですけど、彼女が時間を気にしていたという感じは、まったくなかったんです。それが、今でも不思議で仕方がないんです。彼女が犯人なら、間違いなく、ウェスパ椿山で、小池に毒入りの缶コーヒーを飲ませたに違いないし、また、深浦駅に戻った時、『リゾートしらかみ3号』は、ちゃんとホームに入っていましたからね。その時間もちゃんと計算して、私を連れ歩いたに違いないんです」

「ひょっとすると、タクシーの運転手じゃありませんか？」

突然、亀井が、いった。

3

「タクシーの運転手か」

「そうですよ。今、阿部君の話をきいていると、いくつか、気になったことがあったんです。一つは、事件のあった日、佐伯香織と一緒に、深浦駅で降りてタクシーに乗った。その時、タクシーを停めたのは、佐伯香織だった。そういいましたよね？　それから、最後に、ウェスパ椿山に行きませんかと誘ったのは、その運転手だった。そうでしたよね？」

亀井は、確認を取るように、純子の顔を見た。

「ええ、今も思い出して、間違いないと思うんです。深浦駅で降りて、一時間四十三分の余裕があるから、千畳敷まで行けるかどうか、それを試したい。そう思って、駅を出たのは、私です。でも、タクシーの運転手に声をかけたのは、佐伯香織なんです。それから、千畳敷の後、不老ふ死温泉に行って、そこで、五能線でいちばん新しいリゾート施設を見に行きませんか？　まだたっぷり時間がありますから。そういって誘ったのは、タクシーの運転手さんなんです。これも、はっきりと覚えています」

「その運転手の名前を、覚えていますか？」

　十津川が、きいた。とたんに、純子は、自信なげになって、

「それが、覚えていないんですよ。だって、そうでしょう？　私はあの時、佐伯香織のことばかり注意をしていて、タクシーの運転手さんがどんな人なのかなんて、全然注目していなかったですから。タクシーの運転手さんというのは、ただ単に、車を利用するだけの存在ですものね。もし、あの運転手さんが共犯だとわかっていたら、名前を確かめますよ。でも、そうは思わなかったから」

　純子が、また悔しそうな顔になった。

「しかし、今、カメさんがいったように、どう考えても、そのタクシーの運転手が共犯でなければ、佐伯香織が、スムーズに事を運んで、同じ『リゾートしらかみ3号』に乗っていた小池を殺すことは、まず不可能だと、私は考える。だから、どうしても、思い出して欲しいんだ」

　と、十津川が、いう。

「残念ですけど、思い出せません」

「年齢は？」

「確か、四十歳から五十歳ぐらいの男の人でした。中肉中背で、顔は丸顔でした」

「その運転手が、どんな服装をしていたか、それは覚えている？」

亀井が、きいた。

「ええ、会社の制服を着ていました」

純子が、いった。

「どうして、制服だと思うのかね？」

「だらしのない格好じゃなかったし、何となく、キリッとしていたような印象があるんですよ」

「それだけじゃ、会社の制服かどうかは、わからないな。それから、タクシーだが、個人タクシーだった？　それとも、法人のタクシーだった？　どっちだったか、覚えていないかな」

「個人タクシーじゃなかったと思います」

「どうして、そう思うんだ？」

十津川の質問は、しつこかった。

「だって、個人タクシーなら、すぐわかりますよ。あの時乗ったタクシーですけど、確か、深浦駅前に、ほかにも同じような色のタクシーが、何台か停まっていましたから。だから、あれは、どこかのタクシー会社のタクシーですよ」

「それは、間違いないのか？」

「そういわれてしまうと困るんですけど、少なくとも、個人タクシーではなかったと、私は思っています」

あまり自信のないいい方で、純子が、いった。

「それから、タクシーの運転手は、千畳敷の後、不老ふ死温泉に案内したり、最後には、第三セクターが運営するウェスパ椿山に、君たちを案内した。その時の口調なんだが、どんな口調だったのかな？　五能線の沿線のことを、よく知っているような口ぶりだったかね？」

「ええ、それはもちろん。だから、私も運転手さんに任せる気になって、そのタクシーで、最後にはウェスパ椿山に行ったんですから」

これには、純子は、自信ありげに、いった。

「ということは、他県のタクシーじゃないね」

「そうでしょうね。警部のいわれるように、他県のタクシーではないと思います。おそらく、五能線の沿線で、営業しているタクシーじゃありませんか？　だから、五能線沿線の観光や名所に詳しかった。私は、そう思いますよ」

亀井が、うなずきながら、いった。

「だとすると、その運転手を探し出すのは、そう難しいことじゃないし、もしかしたら、青森県警もその運転手のことは、すでに調べているかも知れないしね。谷本警部に聞いてみよう」

十津川も、やっと、顔をほころばせて、いった。

十津川は、阿部純子に、旅館で待っているようにいってから、亀井と二人、五所川原警察署に、谷本警部を訪ねた。

「谷本さんに、探してもらいたい男がいるんですよ」

十津川は谷本にいった。

谷本は、眉をひそめて、

「十津川さんは、未だに、橋本豊のことを犯人としては認めていらっしゃらないんでしょう？　だからといって、真犯人を探してくれといったような要望は、お断りしますよ。われわれは、あくまでも、三村しのぶを殺したのは、橋本豊で間違いないと思っていますからね」

十津川は、苦笑しながら、

「いやいや、そんなことは、お願いしませんよ。お願いしたいのは、五能線沿線で、営業しているタクシー会社の運転手を一人、探して欲しい、ということです」

「タクシーの運転手ですか？」

谷本は、拍子抜けしたような顔で、十津川を見た。

「小池康治が、『リゾートしらかみ3号』の2号車で殺された日のことです。その日、深浦駅で、阿部純子と佐伯香織の二人を乗せたタクシーの運転手を、探しているんです。あの日、『リゾートしらかみ3号』が深浦駅に着いたのは十三時四十二分です。ですから、阿部純子と佐伯香織の二人が、列車を降りて、駅前でタクシーを拾った時刻はおそらく、十三時四十五、六分じゃないかと思うのです。その時、二人を乗せたタクシーの運転手が誰なのか、それを知りたいんですよ。どうやら、個人タクシーではなくて、どこかの会社の車だと思うので、その点を考慮して、探していただけませんか？　五能線沿線のことを詳しく知っていた運転手だそうですから、少なくとも、他県のタクシーではないと、思っています」

「そのタクシーの運転手が、何か事件に関係があるんですか？」

谷本警部は、探るような目つきで、十津川を見た。

「いや、関係があるとは、別に思っていないんですよ。ただ、いろいろと調べたいことがあるので、何とか、その運転手を探していただきたいのです」

十津川は、丁寧な口調で、頼んだ。

「わかりました。その運転手には、もう事情を聞いていて、タクシー会社も判っていますから、明日にでも、連絡をとってみます」

と、谷本は、いった。

翌日、旅館にいた十津川のところに、谷本から、電話が入った。

十津川は、急いで、亀井と二人、谷本のところに行ってみると、谷本は、一枚の写真を二人に見せた。

「十津川さんのいわれたタクシーの運転手は、この男です。名前は安藤圭介。年齢は四十五歳です。深浦に営業所がある深浦交通の運転手で、深浦交通では、二年前から働いています」

谷本は、そう教えてくれた。

「この安藤という運転手に会うには、どこに行ったらいいんでしょうか？」

十津川が、きくと、谷本警部は、

「それがですね、もう、安藤は、タクシー会社にはいないんですよ」

「どうして、いないんですか？」

十津川の声が、つい高くなった。

「会社に電話をして、出頭してくれるように頼んだのですが、会社のほうでは、彼は、二日前に辞めてしまって、今どこにいるのかは、わからない。そんな返事だったんです」

「辞めたって、どうして、突然辞めたんですか？」

「それは、わかりません。会社の説明では、二日前、突然、安藤運転手が、事情があって辞めたいといってきたそうです。一応、引き留めたんだそうですが、決意が固そうなので、退職を認めざるを得なかった。そういっています」

「今どこにいるのか、わかりませんか？」

「今もいったように、タクシー会社を辞め、自宅も引き払ってしまっているようなので、現在、行き先は、まったくわかりません。ただし、彼の同僚に話をきいたところ、安藤は、同僚の二人には、東京にいい仕事が見つかったので、家族を連れて、東京に行く。そういっていたそうです」

「安藤運転手には、家族がいたんですか？」

「妻の久子、四十四歳、それから、娘の治美（はるみ）、二十一歳、この三人で暮らしていたそうです」

「東京に行ったというのは、間違いないんですか？」

「少なくとも、同僚の二人には、東京でいい仕事が見つかったから、東京に行く。そういっていたそうです」

「しかし、奥さんはともかくとして、娘さんのほうは、何か支障があったんじゃありませんか？　何しろ、二十一歳という年齢ですから」

亀井が、きいた。

「ええ、娘さんは、短大を出てから、五所川原の住宅建築の会社で、ＯＬをやっているということですから」

「その娘さんも、父親と一緒に、青森から引っ越してしまったのですか？」

「おそらく、そうでしょう」

「おそらくというのは、どういうことですか？」

「家族三人とも、つまり、安藤運転手と妻、そして、今いった娘の、三人ですが、三人とも、もう深浦のマンションには、住んでいないからですよ」

「でも、娘さんは、今までの仕事を続けたいから、父親とは一緒に引っ越さなかったんじゃありませんか？　どこか、この五所川原の別のところに、新しくマンションでも借りて、以前と同じ会社で、ＯＬの仕事を続けているんじゃありませんか？　その点は、調べてくれたんですか？」

「いや、そこまでは調べていません。十津川さんが、安藤運転手に会いたいというものですから、彼の会社に連絡をとって、今、ご報告しているんです」

「では、安藤治美がOLをやっていた、五所川原の会社の名前を教えてもらえませんか？　そこにいるかどうか、こちらで確かめますから」

十津川が、いうと、谷本は、手帳を取り出して、

「陸奥建設、それが会社の名前です。従業員五十人ばかりの、小さな会社ですよ」

そういって、その詳しい住所と電話番号を教えてくれた。

4

十津川と亀井は、すぐ、五所川原の街の北にある問題の陸奥建設に向かった。

谷本警部がいっていたように、会社の規模は、そう大きくはなかった。

受付で、十津川は、警察手帳を見せ、

「ここの会社で働いている安藤治美さんは、まだここにいるかどうか、調べてもらえませんか？　確か、短大を卒業して年齢は二十一歳で、深浦から通っていたはずなんですが」

と、いった。

安藤治美は、経理で働いていて今日も出勤している、という。

十津川と亀井は、すぐに彼女に会わせてもらった。ちょうど昼休みになったので、十津川と亀井は、安藤治美に、会社の外の喫茶店に来てもらった。

背の高いところを除けば、平凡な感じの娘だった。

「お父さんは、二日前に突然タクシー会社を辞めて、お母さんと東京に行かれたそうですね？」

十津川が、コーヒーを勧めながらきくと、治美は、うなずいて、

「突然、東京に行ってしまったんです。私も一緒に来るように勧められたんですけど、この五所川原や、五能線沿線が好きなので、会社の社員寮に空きがあったこともあって、寮に入って、今まで通り、陸奥建設で働くことにしたんです」

「ご両親が、どうして突然、東京に行くことになったのか、その理由をきいていますか？」

「それが、はっきりした理由を、いわないんですよ。ただ、父の口振りだと、父は昔から会社勤めがイヤで、いつかは、タクシー会社を辞めて、何か自分で商売を始めたい。そういっていたんです。タクシー会社に勤める前は、自分で小さな割烹（かっぽう）の店をやっていましたから。ここにきて、父に融資をしてくれる人が東京に見つかったので、決心をして上京をするんだ。そういっていましたけど」

「その融資をしてくれる人が、どんな人なのか、ご存じですか？」

「父は、はっきりとはいわないんですけど、何でも、タクシー会社で働いていた時、東京から観光に来ていた人を乗せて、五能線の沿線を案内した。その人に大変気に入られて、その人がお金を出してくれる。そんな話でした」

「その人の名前は、わかりませんか？」

「今もいったように、父は、あまりその人のことを話しませんでした。どうも、口止めされているみたいで」

と、治美が、いう。

「ご両親が上京してから、二日経(た)っているわけですが、今、どんなことになっているのか、わかりますか？」

亀井が、きいた。

「心配なので、二人が東京に行ってから毎日、父の携帯に電話をしているんですが、昨日、その東京の人が、一千万円融資してくれることに決まった。だから、これから適当な店を探すことにしている。そういって、すごく喜んでいました。だから、うまく行くんじゃないでしょうか」

「一千万円の融資ですか？」

「ええ」

「ご両親は、何かお金になるようなものを、持っているんですか？　それとも、いくらか貯金を持っていたんですか？」

十津川がきくと、治美は、首を横に振って、

「元々、割烹をやっていて失敗し、借金ができたんで、仕方なく、タクシー会社で働くようになったんですから、預金なんてなかったと思うし、金目のものを持っているとも、思えません。ですから、父の言葉を借りれば、たった一度乗せただけのお客さんから、気に入られたんだと思います。今もいったように、これといった抵当だってないのに、一千万円も、貸してくださるのですから」

「その一千万円の融資の話は、あなたが昨日、電話で、お父さんからきいたという、さっきの話ですね？」

「ええ、そうです。今もいったように、父は夢が叶って、本当に、喜んでいるようでしたから」

「今日はまだ、電話していない？」

「ええ、会社が終わってから、もう一度、電話をしてみようとは、思っていますけど」

「今、電話をしてみませんか？」

と、十津川が、いった。

治美は、変な顔をして、

「何か、危険なことでもあるんでしょうか？　父が、詐欺にでも引っ掛かっているというのでしょうか？」

と、きいた。

「それは、わかりません。ただ、何となく心配なので、昨日の話がどうなったのか、お父さんに、確認しておいたほうがいいと思いますよ」

十津川が、すすめた。

「それなら、かけてみます。刑事さんにそうおっしゃられると、何だか、心配になりましたから」

治美は、そういって、携帯電話を取り出した。

その携帯で、東京の父親に連絡を取った。

しかし、すぐ首を小さく横に振って、

「出ません。ホテルに携帯を置いて、母と一緒に外出でもしちゃったのかしら」

「お父さんはいつも、携帯を持っているとは限らないんですか？」

「ええ、いつも持っているとは限りませんけど、東京に行ってからは、私との連絡があるので、いつも、携帯を持っているといっていたのですけど」

「ご両親の新しい住所はどこか、わかりますか？」

　十津川が、きいた。

「仕事のことがはっきりするまで、東京では、ホテルに泊まっていると、両親はいっていました。新宿のSホテルです」

　と、治美が、答える。

「何号室か、わかりますか？」

「確か、一一二五号室だったと思いますけど。ツインの部屋で、そこに両親は泊まっているはずなんです」

「じゃあ、そのSホテルに電話をして、確認してもらってください。今、あなたのご両親が、そこのホテルにいるかどうか」

　と、十津川が、いった。

　治美はすぐ、新宿のSホテルに電話をした。

　治美は、フロント係と小声で何か話していたが、そのうち、十津川のほうを向いて、

「両親はもう、出掛けたみたいです。朝食の後、十時半過ぎには外出したそうで、どこに行ったのかは、わからないと、いっています」

と、いった。

「君の両親に一千万円を融資してくれるという人の名前は、本当にわからないんですか？」

十津川が、念を押した。

「ええ、父も母も、一言もいっていませんでしたから。その相手に口止めされているみたいなんです」

「危ないな」

亀井が、短かくいった。

「何が危ないんですか？」

治美が、十津川を睨むようにして、きつい調子で、きいた。

「あなたのお父さんが、悪人の罠にかかってしまった可能性があるんですよ」

「でも、どうして、父が？　父は、何も悪いことなんてしていませんよ。ただ、自分の店を持ちたかっただけで、いいスポンサーが見つかったと、喜んでいただけなんですよ」

「いいですか。一千万円もの大金を融資して、東京に店を持たせてあげる。そういわれて、あなたのお父さんとお母さんは東京に行ったんでしょう？　でも、そんなおいしい話が、あると思いますか？」

十津川が、きく。

亀井は、東京の捜査本部に電話をかけ、西本たちを呼び出して、すぐ、新宿のSホテルに急行し、そこに泊まっているはずの、安藤夫妻の行方を調べ、危険が迫っている場合には、助けるようにと、指示していた。

そうした切羽詰まった雰囲気が、治美にも伝わったのだろう。不安気に、

「父はなぜ、騙されたんですか？　騙されて、わざわざ、東京まで行ったんですか？　それも、母と一緒に」

十津川が、治美にきいた。

「最近になって『リゾートしらかみ3号』の車内で、東京の人間が毒殺されたという事件が起こったんですよ。それは、あなたも知っているでしょう？」

「ええ、知っていますけど、私や父と母には全く関係がないし、ニュースで聞いて、知っているだけです」

「問題は、その事件が起こった日なんですよ。最近、お父さんの様子に、何かいつもと変わった点は、ありませんでしたか？」

「いえ、別に、変わったことなんて、ありませんでした」

と、治美は、いってから、何かを思い出したように、

「そういえば、一つだけ、変なことがありました」

と、いう。

「どう変だったんですか？」

「多分、刑事さんがおっしゃった日だと思いますが、父は、お休みの日だったんです。それなのに急に、朝になってから、今日も働いてくる。そういって深浦の営業所に出掛けていったんですよ。そして、一日働いて、帰ってきました」

「お父さんは、休みの日なのに、急に働きにいったんですね？　そういうことは、前にもあったんですか？」

「いいえ、私が知っている限り、前にはそういうことは、一度もありませんでした。でも、あの日は急に、私には、お客さんの指名が入ったから、車に乗ることになった。そういって出掛けていったんですよ」

「その日、帰ってきてからのお父さんの様子は、どうでしたか？　どこか、変なところはありませんでしたか？」

十津川が、きいた。

「いつもの通りの父でしたけど、そういえば、少しだけ、いつもより興奮しているような感じがしました。でも、それは休みの日なのに出勤したから、それで興奮したんじゃないのか？　私は、そんなふうに思っていましたけど、父に何かあったんでしょうか？」

「いや、今のところ、まだはっきりとはしていません」

十津川は、慎重にいった。

5

会社の昼休みの時間が終わったので、治美は、帰っていった。

その後で、十津川は、東京の西本に電話をかけた。

「今、どこにいるんだ？」

十津川が、きく。

「現在、新宿のSホテルに来ています。安藤夫妻はまだ外出中らしく、留守でした。フロント係にきいたところ、行き先はわからない。そういわれました。これから、どうしたらいいでしょうか？」

逆に、西本が、きいた。

「事情を話して、安藤夫妻が泊まっている部屋を、見せてもらえ。そこに、携帯電話があるかどうかを調べて欲しいんだ。すぐに調べて、わかり次第至急連絡をしてくれ」

十津川は、そういった。

十二分後に、折り返し電話があった。

「安藤夫妻が泊まっている部屋を見せてもらっているのですが、ここには、携帯電話は、見当たりません」

西本が、いう。

「詳しく調べたんだろうね？　それでも見つからないのか？」

「夫妻の着替えや、身の回り品などは、見つかりましたが、いくら調べても、携帯電話は見つかりません。おそらく、安藤夫妻は、携帯電話を持って、外出したんじゃないでしょうか？」

「その携帯電話に、こちらから何回連絡をしても、安藤夫妻は一向に出ないんだよ」

と、十津川は、いってから、

「君たちはこれからすぐ、佐伯夫妻の自宅と、それから、佐伯工業のほうを調べてくれ。今のところ、あくまでも推測でしかないんだが、安藤夫妻は、佐伯夫妻に誘拐されたか、あるいは、監禁されている恐れがある。もし、そうなっていたら、助け出して欲しいんだよ。時間が経てば、殺されてしまう可能性もある。だから、急いでくれ！」

6

東京では、刑事たちが動員され、二手に分かれて、佐伯の自宅と会社に、急行した。社長の佐伯勇は、会社に出勤していなかった。秘書の話では、今日は、何の連絡もなく、休んでいるという。

自宅に急行した刑事たちも、佐伯勇も、佐伯の妻、香織も見つけることができなかった。二人とも、自宅にはいなかったからである。

ただ、自宅にいたお手伝いが、西本たちに、こう話した。

「ご主人も奥さまも、今日は、大事な人に会う約束があるので、夕方まで帰らない。そういって、ロールスロイスで十時半過ぎにお出かけになりました。いつもなら、運転手が運転するんですけど、今日は、社長が自分で運転して、出掛けていかれました」

「行き先は、わかりませんか?」

西本が、きくと、

「わかりません。ご主人も奥さまも、行き先については、一言もおっしゃいませんでしたから」

と、いった。

「佐伯さんには、東京の近くに、別荘がありませんか？」

日下(くさか)刑事が、こうきいたのは、

（別荘を持っていれば、ひょっとして、そこに、十津川警部のいっていた安藤夫妻を連れて行ったのではないのか？）

と、思ったからだった。

日下刑事の質問に対して、お手伝いは、

「箱根の宮ノ下に、別荘をお持ちです。以前に一度だけ、お掃除に、行ったことがあります」

「その詳しい場所を、教えてください」

日下がいい、お手伝いは、宮ノ下のその別荘の住所を、紙に書いてくれた。

刑事たちは、一斉にパトカーで、箱根に向かった。

そのパトカーの中から、西本が、五所川原にいる十津川に、連絡を取った。

「佐伯夫妻は、会社にも自宅にもおりませんでした。それで、現在、佐伯夫妻が箱根の宮ノ下に持っている別荘に、向かっています。ひょっとすると、警部のいわれた安藤夫妻は、その別荘に監禁されているかも知れませんから」

電話を受けた十津川も、

（問題の別荘に、安藤夫妻が監禁されているかどうか、おそらく、その可能性は五〇パーセントだろう）

と、思った。

（それと同じく、すでに、安藤夫妻が二人とも殺されている可能性だって、五〇パーセントあるのだ）

7

箱根宮ノ下に着いた西本たちは、すぐ佐伯の別荘に向かった。

その一軒だけが、少しだけ、ほかの別荘とは、離れたところにあった。

近づくと、刑事たちは車を停め、そこから歩いて別荘に向かう。

白樺（しらかば）の林の中にある、瀟洒（しょうしゃ）な二階建ての別荘だった。

周囲は、薄暗い。しかし、その別荘には灯（あか）りがついていた。外には、ロールスロイスが停まっている。

西本と日下は、ほかの刑事たちを別荘の裏手に回してから、門についている、インターフォンを鳴らした。

しかし、何回鳴らしても、相手が出る気配はなかった。

だが、目を凝らすと、別荘の一階も二階も灯りがついているのが、はっきりとわかった。誰かがいるのは、間違いないだろう。

西本は、裏手に回った三田村刑事たちに、携帯で連絡した。

「こちらでずっと、インターフォンを鳴らし続けるから、裏手に回った君たちは、裏口を壊して、家の中に入ってくれ」

西本は、三田村にそういってから、もう一度インターフォンを鳴らした。いや、鳴らし続けた。

そのうちに、目の前の別荘の建物の奥から、物音がきこえた。どうやら、裏手に回った三田村刑事たちが、別荘の建物の中に入り込んだらしい。

西本たちも、それに応えて、玄関から中に突入することにした。

玄関は、錠が掛かっている。

西本は、大声で呼びかけた後、パトカーから持ち出してきたスパナで、玄関の扉を叩き割った。

そうしておいて、日下と、建物の中になだれ込んでいった。

裏口から入った三田村たちが、西本たちよりも先に、二階への階段を駆け上がっていった。

二階には、猟銃を持った佐伯勇が身構えていて、そのそばに、青ざめた顔の香織が立っていた。

夫妻の背後には、中年の夫婦が、昏睡状態で倒れていた。

「殺したのか？」

三田村刑事が、猟銃を持っている佐伯勇に向かって、怒鳴った。

佐伯は、黙っている。

刑事の一人が、倒れている中年の夫婦のそばにしゃがみ込んだ。

倒れたまま反応はないが、しかし、息はあった。どうやら、麻酔を嗅がされているらしい。

西本が、十津川に電話をかけた。

「今、箱根宮ノ下の佐伯夫妻の別荘に突入しました。佐伯勇は、猟銃を持っていますが、撃つ気配はありません。抵抗はしない様子です。同じ部屋に、中年の夫婦が倒れていますが、どうやら、麻酔で眠っているようです。命には別状はないと思われます」

「その中年の夫妻が、青森からそちらに行った安藤夫妻かどうか、何かで、確認できないか？」

十津川が、きく。

「佐伯夫妻は、そのことを聞いても、何もしゃべりません」

西本がそういっていると、日下刑事が、中年の男のポケットから見つけ出した、運転免許証を渡した。

西本は、電話を続けながら、その運転免許証に、目をやった。

「間違いなく、警部のいわれた安藤圭介、四十五歳のようです。上着のポケットから運転免許証が見つかりましたが、今いった安藤圭介の名前がありました。住所は、まだ青森県になっていますね」

「では、その男は、間違いなく、安藤圭介なんだな？」

十津川は、慎重に、再度、念を押した。

「それは、間違いありません」

「よし。誘拐監禁容疑で、佐伯夫妻を緊急逮捕しろ！」

十津川の声が、急に大きくなった。

8

安藤夫妻は、いったん、箱根町の救急病院に運ばれた。刑事たちが考えたように、命には別状がなく、どうやら、麻酔を嗅がされたらしい。

夜遅くなって、刑事たちは、安藤夫妻に話をきくことができた。その話をそのまま、西本が、十津川に伝えた。

「安藤圭介からきいた話を、そのままお伝えします。安藤は、青森県の深浦に住み、深浦交通のタクシーの運転手をやっていましたが、ある日突然、自分の車に乗った東京の女性から、儲け話を持ちかけられたそうです。今度、若い女性と二人で、五能線に乗ることになった。深浦で降りてタクシーに乗るから、その時是非、安藤圭介の運転するタクシーに乗ることにしたい。そう話して、もし、自分のいう通りに運転してくれたら、そのあと、東京にきたとき一千万円の融資をして、あなたの希望している店を持たせてあげられる。そういって、その手付けとして、二十万円もらった。そして、手付け金をくれ、東京での融資を約束してくれた女性、それはどうやら、佐伯香織のようですが、その佐伯香織が、約束通り深浦駅に現われたので、すぐに彼女の近くに行った。そして、彼女と打ち合わせていた通りに、『リゾートしらかみ3号』の蜃気楼ダイヤを、よく頭に叩き込んでおいて、千畳敷、不老ふ死温泉、そして最後には、ウェスパ椿山に行き、時間を計って喫茶店に入る。その後、佐伯香織がトイレに立ち、そして、帰ってきたら、すぐに深浦駅に向かう。深浦駅に着くのは、十五時二十二分よりも後。一分でも二分でも、十五時二十二分の前に着いては、絶対にいけない。固く、そういわれていたそうです。そこで、十五時二十三分に着くように、タクシーを運転して、深浦駅に戻ったそうですよ。その後、何があったのかは、自分はまったく関係ないし、知らない。ただ、二日前に、東京から電話がかかってきて、今すぐ、東京に来て欲しい。一千万円の融資をする。そういわれたので、あわててタクシー会社に辞表を出し、妻と二人で、上京したんだそうです。娘の治美も、連れてきたかったのだが、彼女は、五所川原を離れるのはイヤだといい、会社の寮に入って、今まで通り、陸奥建設で働き続けることになったんだそうです。そして、自分たちは、二日前に上京し、新宿のSホテルに、部屋を取った。部屋代もすべて、佐伯香織が払っていたみたいですね。そして、今朝十時半に、電話がかかってきて、一千万円の現金を渡す。それから、これはと思う物件も用意しておいたから、すぐ夫婦でホテルから出てきて欲しい。そういわれたそうですよ。ホテルの前には、佐伯香織が車を停めて待っていてくれた。それで、感謝しながら、そのロールスロイスに乗ったのだが、ロールスロイスの中には佐伯香織のほかに、夫の佐伯勇が乗っていた。ところが、いきなり、安藤夫妻は麻酔を嗅がされて、倒れてしまった。気がついたら、箱根の別荘に監禁されていた。そう証言しています。これで、よろしいんでしょうか？」

西本が、きいた。

「ああ、小池康治(やすはる)殺しについては、これで解決したとみていいだろう。ただ、他の二件については、時間がかかるかも知れないな」

十津川は、そういった。

二件の殺人事件を、これから、解決しなければならないのだ。五能線の千畳敷で起きた三村しのぶ殺しと、東京での弁護士井上亜紀子殺しである。

どちらも、佐伯夫妻が、関係していることはわかっている。あとは、佐伯夫妻が、簡単に自供するか、粘って抵抗するかである。

（時間はかかっても、佐伯夫妻の自供に持ち込めるだろう）

その自信が、十津川には、あった。

この作品はフィクションであり、作品に登場する人物、団体、場所等は実在のものと関係ありません。

新書版　『五能線の女』（二〇〇六年三月、新潮社刊）
『五能線の女』（二〇〇八年二月、新潮文庫）

中公文庫

五能線の女

2021年2月25日　初版発行

著　者　西村京太郎

発行者　松田陽三

発行所　中央公論新社
〒100-8152　東京都千代田区大手町1-7-1
電話　販売 03-5299-1730　編集 03-5299-1890
URL http://www.chuko.co.jp/

DTP　嵐下英治
印　刷　三晃印刷
製　本　小泉製本

Published by CHUOKORON-SHINSHA, INC.
Printed in Japan　ISBN978-4-12-207031-8 C1193

中公文庫既刊より

各書目の下段の数字はISBNコードです。978－4－12が省略してあります。

に-7-59
鳴門の渦潮を見ていた女
西村京太郎
元警視庁刑事の一人娘が、鳴門〈渦の道〉で何者かに誘拐された。犯人の提示した解放条件は現警視総監の暗殺！　警視庁内の深い闇に十津川が切り込む。
206661-8

に-7-62
ワイドビュー南紀殺人事件　新装版
西村京太郎
十津川警部の部下・三田村刑事は、恋人と南紀へ旅行中に偶然、殺人事件に遭遇。それは連続殺人への幕開きにすぎず、やがて恋人も姿を消した……。
206757-8

に-7-63
わが愛する土佐くろしお鉄道
西村京太郎
高知への帰省当日に刺殺された女子大生。事件の鍵を握るのは、四国の鉄道事情と地元の英雄である龍馬の影⁉　十津川警部は安芸へ向かう。
206801-8

に-7-64
宮島・伝説の愛と死
西村京太郎
癌で余命いくばくもない一乗寺多恵子が殺害された。犯人はなぜ死期の迫った女性を殺めたのか？　事件解決の鍵を求めて十津川警部は宮島へ向かったが……。
206839-1

に-7-65
由布院心中事件　新装版
西村京太郎
温泉地由布院で、旅行中の新妻が絞殺され、夫に殺人容疑が。東京では妻のかつての恋人が白骨遺体で発見された。友人夫婦を襲う最悪の事態に十津川警部は⁉
206884-1

に-7-66
パリ・東京殺人ルート　新装版
西村京太郎
パリで殺害された日本人が内偵中の容疑者と判明し十津川警部は現地へ。だが謎の犯罪組織の罠に警部は窮地に。パリ警視庁のメグレ警部も捜査に協力するが。
206927-5

に-7-67
西から来た死体　錦川鉄道殺人事件
西村京太郎
広島発のぞみの車内で女性が毒殺された。彼女は二五年前に引退した女優で、岩国と日原を結ぶ「岩日北線」の全線開通を夢見て資金集めに奔走していたが……。
206992-3

老虎残夢　目次

第一集　行路難　9
第二集　山中問答　143
第三集　野田黄雀行　219
第四集　荘周夢胡蝶　257
最終話　臨路歌　297
解説　千街晶之　374

老虎残夢　おもな登場人物

蒼紫苑（そうしおん）　泰隆に師事する女武俠。湖上の楼閣・八仙楼にて修行中。優れた内功をもち、詩や兵法にも精通する。

梁泰隆（りょうたいりゅう）　碧い目をもつ江湖随一の武術の達人。三人の武俠の一人に奥義を授ける。通り名は「碧眼飛虎（へきがんひこ）」。

梁恋華（りょうれんか）　泰隆の養女。家族を殺され、路頭に迷ったところを拾われる。紫苑とは姉妹以上の絆で結ばれている。

蔡文和（さいぶんわ）　武俠にして江南一帯を支配する自警団・海幇の幇主。通り名は「烈風神海（れっぷうしんかい）」。

楽 祥纏　泰隆の妹弟子。終曲飯店を手広く展開する経営者でもある。通り名は「紫電仙姑」。

為門　三千の門下を従える浄土教の僧。その中でも随一の膂力を誇る。通り名は「孤月無僧」。

陳 覚阿　紫苑に詩作や兵法などの教育を施した元官吏。

蕭明　覚阿の娘。紫苑に礼儀作法や歌舞音曲を仕込んだ。

欣怡　泰隆の妹。祥纏とは同い年で幼なじみ。

桂樹　泰隆の妻。金国の野党に殺害された。

老虎残夢

第一集　行路難

金樽清酒斗十千
玉盤珍羞直萬銭
停杯投箸不能食
抜劍四顧心茫然
欲渡黄河冰塞川
將登太行雪暗天
閑來垂釣座溪上
忽復乘舟夢日邊
行路難　行路難
多岐路　今安在
長風破浪會有時
直挂雲帆濟滄海

金樽(きんそん)の清酒斗十千(とじつせん)
玉盤(ぎよくばん)の珍羞(ちんしう)あたひ万銭(ばんせん)
杯(さかづき)を停(とど)め箸を投じて食ふ能(あた)はず
剣(けん)を抜き四顧(しこ)して心茫然
黄河(くわうが)を渡らんと欲すれば冰(こほり)川を塞ぎ
将(まさ)に太行(たいかう)に登らんと欲すれば雪天を暗くす
閑来(かんらい)釣(つり)を垂れて渓上(けいじやう)に座し
たちまた舟に乗(の)つて日辺(じつぺん)を夢む
行路(かうろ)難し　行路難し
岐路(きろ)多し　今安(いづ)くにか在る
長風(ちやうふう)浪(なみ)を破る会(かなら)ず時有り
直(ただ)ちに雲帆(うんぱん)を挂(くわ)けて滄海を済(わた)らん

一

音さえも雪に覆われていた。

四辺を囲う湖面にも白い霧が立ちこめ、楼閣の窓から見下ろす景色からは、墨絵のように色が消えていた。

無風の中、小揺るぎすらしない様子は、さながら輪廻から抜け出した一枚絵のようである。

暖の取れた部屋から眺めるせいか、それは余計に現実離れして見えた。

「……不満か」

昔から何ひとつ変わらない声が、蒼紫苑の背中を叩く。

厳めしく、岩のように硬いが、妙に安心する声だ。

なのに今は、わずかに心が波立つ。

「師父がお決めになったことですから」

「つまり、不満なのだな」

重ねて問われ、唇を真一文字に結びながら振り向く。

広く、やたらと物が多い部屋だった。

まず目に入るのは、引き出しが多く付いた、胸の高さまである大きな棚だ。これが二つ並んでいて、その上には、薬草や茶を粉末にすり潰す道具、薬研（やげん）が並べられている。青磁（せいじ）でできているせいか飴色（あめいろ）の棚によく映えていて、まるで装飾品のようにも見えた。

隣の棚は、書物が積み上げられてある。その前には文机（ふづくえ）があって、文房四宝（ぶんぼうしほう）のうち、筆、墨、硯（すずり）が出しっぱなしになっていた。

部屋の中央には、大きな卓（たく）がある。地図が広げられており、小さな駒がその上にいくつも置かれていた。

隅には、小さな瓶なのか大きな鉢（はち）なのか、水を張った陶器が置かれ、赤と黒の金魚が静かに水面を揺らしていた。

書斎を思わせるが、寝台も置かれている。そのせいかきちんと整頓されているにもかかわらず、雑然とした印象があった。

部屋の主である男は、碧（あお）がかった灰色の瞳を細めていた。目と眉の間隔は狭く、口元に浮かぶ皺（しわ）も深い。宋人（そうひと）以外の、それも遠い西方の血が混じっているのは明らかだ。燃え尽きた炭を思わせる長髪と相まって、威厳を感じさせる。

世間では、親からの授かり物である己の身体に傷を付けることは、たとえ髪であろうと不孝（ふこう）とされる。ただし伸び放題では見た目にも生活にも不都合であるから、簪（かんざし）

で結うか、何かしらの方法でまとめるのが礼儀とされていた。

にもかかわらず、男は髪を垂らすどころか髭まで整えていた。

これは垂髪と呼ばれる髪型で、形だけの礼節に意味はないと、儒者や既存の権威に真っ向から反抗してみせているのだ。

気難しげで怒っているようにも見える。けれどもこれは、師が困っているときに見せる表情であることを、紫苑は長年の経験から知っていた。

服装はごく普通の襴衫だ。色も平凡な白を基調としていて、帯も飾り気の無いものを巻いている。唯一襟のところだけ牡丹の模様が刺繡されているが、派手さはない。

対して紫苑の服には、ほのかに異国の趣があった。

よく見れば、胡服を基調としながらも、普段使いに支障ないようまとめられていることが分かる。これは唐王朝の頃に流行った格好で、いささか時代がかって見えた。

胡服は、馬上での動きを考慮して作られている。一見男装しているかのようにも見えるが、赤い布地と、金糸で刺繡された鳳凰が艶やかな彩りを与えており、女性らしい優美さもしっかりと感じられた。

それでも紫苑には、愛嬌や可愛げより、研ぎ澄まされた剣のような美しさがある。

くっきりとした眉。

涼やかだが意志の強そうな瞳。

両耳の辺りで編み込んだ二つの三つ編み。

最近流行の纏足とは無縁な、がっしりとした足。

女性らしい丸みを帯びながらも、無駄なく引き締められた体軀。

なにより、武人特有の仕草が染みついた動き。臨戦態勢であれ平常時であれ、獲物を狩る肉食動物めいた危うさが紫苑にはあるが、身に纏う赤と、瑞兆を告げる鳳凰が、厳めしい雰囲気を和らげていた。

「不満などありません。弟子の私にどうこう言えるものではないと、心得てますから」

答えながら、両手を内側に向け、胸の高さで重ねて、わずかに頭を下げる。揖礼と呼ばれる礼だ。

前髪と両耳の横で編み込んだ髪が、表情を隠してくれた。今はそれがありがたい。

「お前がことさら素っ気なく振る舞うのは、不満を隠しているときだ。昔から変わらんな」

口は気難しげに曲げているくせに、碧がかった灰色の瞳が優しげに微笑む。

今度は紫苑が当惑する番だった。

そういうちぐはぐな表情こそ、師父である梁 泰隆が、何かを隠しているときの癖だったからだ。

紫苑は押し隠していた気持ちを口にした。

「そもそも私は、奥義の存在すら知りませんでした」

泰隆が伸びた髭をひと撫でして、視線をわずかに逸らした。

「名だたる武俠から一人選び、師父の奥義を授ける。そう聞いたときは堪えました。拝師して一八年。非才ながら日夜研鑽してきたつもりですが、継承すること叶わず、無念です」

さらにもうひと撫でして、泰隆は吐息しながら頭を振った。

「お前を内弟子にしたときに念を押したはずだ。ただの武人にはなるなと。なんのために、都から士大夫を招いて教育したと思ってる」

「詩や兵法が何の役に立ちましょうか」

卓の上に広げられた地図と駒へ、ちらりと視線が向かう。孫子や六韜、三十六計のような兵法書はもちろんだが、あれで、実際の戦を模倣した陣形や戦術を学ばされたものだ。

近いところでは、今から四〇年ほど前に海陵王が侵攻してきた采石磯の戦いや、岳飛将軍が襄陽六郡を奪回した戦いを。

古いところでは、諸葛亮の北伐から、司馬一族が魏を滅ぼし、帝位を簒奪する切っ掛けとなった高平陵の変まで。様々な戦いを学んだ。

だが、紫苑は一介の武侠である。兵を指揮する立場にはない。用兵の機会など、一生巡ってこないはずだ。

「詩は心を、兵法は視野を広げ育ててくれる」

泰隆が、三度(みたび)髭を撫でる。

「詩があるからこそ、人は様々なことを伝えられるのだ。言葉の奥にある心に触れられるのだ。英雄の気概も、庶民の他愛ない喜びも、悠久(ゆうきゅう)の自然の神秘さもな。兵法を学ぶからこそ、戦うこと、ひいては勝つことがどういうことなのかが見えてくるのだ。己の力と技ばかりを磨いても、使い道を誤れば、それはただの暴力でしかない。武侠であればこそ、武と侠(おとこだて)の使いどころを見誤ってはならんのだ」

「仰ることは分かりますが……」

今度こそ、声に不満が滲(にじ)む。

奥義を授かるということは、武術をすべて引き継ぐということだ。それはすなわち、流派の未来を託されるということであり、弟子としてこれ以上の名誉はない。

それが叶わぬだけなら、まだ紫苑も納得できた。

だが、武門も違えば顔を合わせたこともない者に譲る可能性があると言われては、面白いはずがない。同じ武人である師父にも、その気持ちが分からぬはずがない。

「私は師父の技を受け継ぐのに相応(ふさわ)しくありませんか？」

「お前に私の武術は必要ない」

突き放すような言葉に、赤い唇が噛みしめられる。

「試してみるか？」

泰隆が構えた。

ゆっくりと、されど隙なく、右手が突き出される。

その手の形は、人差し指と中指を真っ直ぐ伸ばして立たせ、他の指は握り込むというものだった。剣訣と呼ばれる形だ。仙人が術を発動させるような形にも見えるが、もちろんそんなものは存在しない。

反対の左手は弓矢を放つように引き絞られている。同時に腰が落ち、見る間に力がため込まれていくのが分かった。

だんっ、と床を蹴って泰隆が飛ぶ。まるで火薬が炸裂したような音だ。

棚の書物と、卓に並んでいた駒が一様に真っ直ぐ跳ねる。

心臓が鼓動する間もなく、泰隆が間合いを詰めた。

上半身がぶれない滑らかな移動は、動作の起点を摑みづらい。紫苑には、泰隆が空間をねじ曲げて移動したかのように感じられた。

左手に剣を握っているような構えだった。その左手を、一閃する。

『無影双掌打』だ。

衝撃が来る。胸に、みぞおちに、圧縮された空気の塊が叩きつけられたかのようだった。

しかし、既に紫苑は後ろに飛んで『無影双掌打』を無効化していた。身体に染みついた武術が、本能よりも早く反応したのだ。泰隆が突如として武術の稽古を始めるのも、これが初めてではない。咄嗟のことにも、心が乱れるようなことはいささかもなかった。

ふわりと、紫苑の細身が着地する。

同時に泰隆の蹴りが襲いかかるが、紫苑は巧みな足さばきで、蹴りの外側へと身をひねった。

そのまま回転を利用して、肘を泰隆の横面めがけて放つ。が、いつの間に手にしていたのか、ただの扇子で受け止められた。

跳ねていた書物と駒が、音を立てて棚と卓を打つ。

扇子が一呼吸遅れて開いた。と思ったら、ひらひらと落ちていく。既に泰隆の姿は消えていた。

足下から気配を感じて、考える間もなく上半身を反らす。一瞬前まで顎のあった場所を、掌打が通り過ぎていった。

伸びきった腕の手首を、紫苑が掴む。ふわりと体重がなくなったように飛び上がって、両足が肘を絡め取った。間髪入れずに、関節と反対方向に曲げようと引っ張る。無駄のない擒拿術（関節技）だが、泰隆はそれを、壁にたたきつけようと振りかぶった。

間髪の差で紫苑は技を解き、着地するように両足が壁を捕らえる。

次の瞬間には、紫苑は壁を走り出していた。

『飛檐走壁』、『壁虎遊墻』、『飛天術』、『軽身功』。流派によって呼び名はそれぞれあるが、これぞ『軽功』と呼ばれる武術の極意である。気脈の流れを操り、己の体重を極限にまで減らし、羽のように身を軽くする技である。

今の紫苑は、木の葉一枚分ほどの体重しかない。水面すら蹴って走ることができる。

たたた、と軽快な足音と共に紫苑の身体が壁を駆け上っていく。天井に達する寸前で回転し、泰隆の頭上に踵を落とした。

紫苑の『鳳落脚』を、泰隆は両腕を重ねて受け止めた。わずかに膝が曲がるが、裂帛の気合いとともに弾き返す。

紫苑が体勢を整える。その時には既に、泰隆の追撃が迫っていた。

空中で二人の掌打がぶつかり合う。力と力が拮抗するが、強引に泰隆が前に出た。

「呀！」

見えない圧力が放たれる。

さすがに受け止めきれないと、紫苑は大きく後ろに飛んで、一足一刀の間合いから離脱した。それでも両者は隙なく構えて、決して油断しない。

――なんて重厚な『内功』なの。

泰隆の一撃は、戦いの最中でも思わず感心する程の威力だった。

内功。内家功夫とも呼ばれ、軽功、外功と並んで、武術の三大要素と呼ばれる、基礎にして神髄とも言える技のことである。

その内功だけで攻撃を弾き飛ばすなど、凡人にできることではない。これで本気でないのだから、さすがは師父だと感心する。

老齢の達人が、巧みな技で若者をあしらうことはよくあるが、泰隆の武はそんな生やさしいものではなかった。虎が全力で獲物を狩るかのごとく、しなやかで力強い。空を裂く掌打は獅子の咆哮を思わせ、点穴を狙う指先は、かぎ爪のような鋭さがある。

碧がかった灰色の瞳は、野生の肉食獣にしか存在しない危険色に輝き、その姿はまさしく『碧眼飛虎』の通り名そのままだ。対する紫苑の動きの方が、まだ技巧的ですらある。

――次はどう攻める？

武術家の性か、紫苑は心が高揚するのを感じて唇を舐めあげた。が、気勢を削ぐように、何気ない所作で、泰隆が構えを解いた。

「これで十分だろう」

声は、呼吸の乱れもなく、相変わらず厳めしい。

「わしの武とお前の武。既に道は分かれている」

言われずとも、紫苑自身が一番分かっていることだ。

自分の武には、師父のような重さも力強さもない。

「外功さえ失わなければ、とっくに江湖随一の武術家として、名を馳せていただろうにな」

痛みではなく、弾けるような熱さを思い出して、紫苑は思わず左の乳房を庇った。

同時に、悔しさが唇を噛みしめさせる。

奥義を継承できない理由は、やはりそこにあるのか、と。

『外功』と『内功』。

武侠の力を大まかに分ければ、この二つに分類される。

外功とは、外面的な力、つまり膂力を意味する。筋力や破壊力、持久力や打たれ強さと言い換えてもいいだろう。

鍛え方も至極単純で、重い石を持ち上げたり、ひたすら走り込んだり、型を繰り返し練習したり、殴られ続けたりと、肉体的な強化をひたすらに目指す。

対して、身体の内側より生じる力を内功と呼ぶ。呼吸、血流、気脈などの経絡を鍛え、人が持つ潜在能力である気を自在に操る力のことである。

しかし内功は、それだけでは意味を成さない。何かと掛け合わせることで、初めて作用する能力である。

例えば、人が持つ自然治癒能力と掛け合わせれば、怪我などを早く治すことができる。

外功と掛け合わせれば、その威力を何倍にも何十倍にも増幅することができる。

故に、各流派それぞれの特徴こそあるが、武侠は外功と内功の二つを鍛えるのだ。

さらに付け加えるなら、内功の一種の究極型が、軽功である。

気脈の流れを調整することで体重を極限まで減らし、さながら仙人のように跳びはねる技のことである。

内功は、呼吸法、霊薬などを通じて鍛えることができるとされ、特に泰隆や紫苑は、呼吸と精神統一による鍛練によって、内功を身につけていた。

しかし今の紫苑は、とある事情から、一般女性と変わらない程度の外功しか身につけていない。どれだけ鍛えても、外功が身につかない事情があった。

そのため技や内功を磨いたが、磨けば磨くほど、泰隆の武から離れてしまったのは、皮肉としか言い様がない。

もし奥義の継承が叶わない理由が外功の喪失にあるのなら、師父の言う通り、諦めざるを得なかった。

やるせなさに肩が落ちた時、室外に人の気配が生まれた。

「紫苑姉様。お父様。ここにいらっしゃるんですの？」

声に続いて、返事も待たずに戸が開けられる。

まだあどけなさの残る女性が、二人の姿を見つけて駆け寄ってきた。

「やっぱりいた。どったんばったんしてたから、きっとここだろうと思ったんです。武術の稽古をなさってたの？　どうして一階の道場を使わないんです？」

師と弟子が苦笑する。本人たちは気づいていないが、笑い方がそっくりだ。

「稽古というほどではなかったからな。少し話し込んでいただけだ」

「よくまあ、こんな寒い部屋で二人そろって長話ができますね。金魚鉢が凍らなければいいんですけど」

少女の頬も吐息も、白く濁っていた。

話に夢中で気づかなかったが、火鉢の火が消えている。

「内功による気の巡りのおかげだ。それに、軽く動いたせいか、むしろ心地いい」

「私も内功を習えばよかった。そうすれば、寒くもないし、若さも保てるし、いいこと尽くめですものね」

「武術の基礎であり神髄でもある内功も、恋華にかかれば、暖を取るか健康の為の手段にすぎんようだな」

内功には、副作用がある。気の巡りが活性化するため、老けにくくなるのだ。生物としての限界を超えることはできないため、寿命が延びるようなことはないが、人によっては喜ばしい副作用だろう。

しかし泰隆に限れば、年齢通りか、あるいはそれ以上の老け方をしているように見える。口元の深い皺が、愉快げに緩んでいた。個人差はもちろん、内功を蓄えられる量や、蓄えた内功をどう維持するかという点が大きく影響するからだ。

泰隆の内功は、すべてが武に注がれている。気の巡りはすぐに武術として放出されるため、老いへの影響は少ない。

「そんな便利な術を、お父様は教えてくれなかったわ」

「弟子は、紫苑一人で十分だからな」

拗ねる娘をなだめる姿は、紫苑の目から見ても、仲睦まじい。血が繋がっていないとは、誰も気づかないだろう。

嫉妬がないと言えば嘘になる。弟子である自分には、あんな風に甘えることはできない。それでも、今の境遇に不満も後悔もない。口減らしのため捨てられた身だ。生きるためには、誰かにすがらなければならなかった。

下手をすれば、奴隷として売られていただろう。孤児や貧民を救うための施設である悲田院の存在を知ったのは、随分と大きくなってからだ。それにその悲田院に辿り着いたとしても、待遇や設備がよかったとは言いがたい。

拝師して内弟子になれた自分は幸運だ。修行は厳しかったが、衣食住に不自由はしなかった。

生みの親や弟の顔は覚えていないが、泰隆がごくまれに見せる嬉しそうな顔は、どれも鮮烈に覚えている。

「それで、何の用だ、恋華。何かあってわざわざ八仙楼まで来たのだろう？」

「そろそろ招待した武侠方が到着される頃ですよ」

「もうそんな時間か」

時間を告げる鐘の音も、雪のせいか届いていない。だが、腹の減り具合から、未の下刻（一四時二〇分～一五時）頃だろう。確かに、そろそろいつもの定期便が港に着く頃だ。招待した武侠は、その便で島にやってくることになっている。

「迎えに行かなくていいんですか？　私はおもてなしの準備で忙しいって言いましたよね」

子供がじゃれるように、恋華が紫苑の腕を引く。

「お嬢様。まだ師父がお話ししている途中です」

「いや、もう話すことはない。悪いが頼む」

「……分かりました」

「紫苑」

背を向けようとした弟子に、泰隆が硬い声を投げかける。

無言のまま振り向くと、瞳が揺れていた。

「お前は私の弟子だ。それだけは分かってくれ」

「……もちろんです」

揖礼して、紫苑は部屋を後にする。

そのすぐ後ろを、恋華が追いかけた。

二

楼閣には、桟橋(さんばし)が直接繫がっていた。

というより、桟橋以外、何もないと言った方がいい。

奇妙な建物だった。造りが、ではない。八角形の三層楼閣など、珍しくはあるが、奇妙と言うには及ばない。

立地場所が、湖の中央なのだ。

強弓を引き絞ったような、あるいは扇を広げたような形の湖だ。矢をつがえる弦の部分から矢の本体までの一番長い距離で、半里強（約三〇〇メートル。一里は約五七四メートル）はある。弓の本体部分に当たる場所は一里強（約六〇〇メートル）で、全長はだいたい二里半強（約一五〇〇メートル）だ。

その中央に、楼閣は建っていた。湖に支柱を打ち込んだのではなく、楼閣を建てるだけの土地があったようだ。いずれにしても、こんな場所に楼閣を建てるなど、酔狂以外の言葉では説明が難しい。

大海に浮かぶ八仙島のその中心に、この湖はあった。島の中の島とでも言えばよいだろうか。八仙島にあるから八仙楼なのか、八仙楼があるから八仙島と呼ばれるようになったのか、紫苑には分からない。ただ、八仙卓と呼ばれる四角い卓が存在することから、八角形であることと名前に関係はないようだ。

湖には、先ほど窓から見下ろした時と同じく霧が立ちこめていた。八仙島は全体が盆地になっているため濃霧が発生しやすい。陽の光も届きにくいから、今の季節、昼頃まで続くことも珍しくない。

そのため湖面がよく見えない。そこを、小さな手漕ぎ船がゆっくりと滑っていく。波紋すら見えず、まるで雲の上を進んでいるかのようだ。

仙界が存在するなら、きっとこんな場所なんだろうなと、紫苑は船を漕ぐたびに考える。

「はぁ……寒い寒いっ」

恋華が、綿をふんだんに使った外套を抱きしめる。

ただでさえ寒いのに、霧を浴びては斬りつけられているような痛みさえ感じるほどだ。

おかげで、たったそこまでの距離でも耐えかねて、恋華は船を漕ぐ紫苑に抱きついた。

「お嬢様。船で暴れると危ないですよ」

「でも、こうしてくっつけば、紫苑姉様も温かいでしょう？」

「落ちれば寒いどころの話じゃ済みませんよ、お嬢様」

桜色の唇が拗ねたように尖った。

「他に誰もいませんよ、紫苑姉様」

「……ですが、師父が見ているかもしれません」

「だとしても、声は聞こえてませんわ。じゃれ合うのはいつものことですし、何かあっても、寒くてくっついてたって言えば平気ですよ」

無邪気な声が、紫苑の心をくすぐる。同時に、桃を思わせる甘い香りがふわりと身を包んだ。恋華の香りだ。途端に血の巡りが昂（たか）ぶるのを感じて、紫苑は腕を握り返した。

「恋華ったら。困った子ね」

師父の養女を呼び捨てる声には、不敬ではなく愛おしさがあふれている。

「ばれるかばれないか遊んでるんでしょう？　感心しないわよ」

「だって、楽しいじゃないですか」

にやっと崩れた頬は、歳よりもずっと幼く見えた。

「私は紫苑姉様やお父様のように、武術で戯（たわむ）れることができないんですよ。こうやって、二人だけにしかできないことが欲しいんです」

「だからって、危険を冒すことはないのよ。あなたの悪い癖だわ」

「紫苑姉様が武術の稽古で怪我をするたびに、同じことを言ったはずですけど」

それを言われては言い返せないと、紫苑は降参するように苦笑した。やり込めて満足したのか、恋華はしてやったりと胸を反らせる。自分よりも膨らんでいる場所に若干の嫉妬を覚えるが、可愛さが勝って抱きしめた。

「確かに、こうしてると温かいわね」

お互いの体温を交換するように、腕に力を込める。

さっさと湖を渡りきってしまった方がいいとは、どちらも口にしなかった。

「ふふ。ぎゅってされると、紫苑姉様に愛されてるのが分かります」

「でも、時々怖いわ。この禁忌(きんき)が誰かに知られたら、どうなるか」

龍陽君(りゅうようくん)、断袖(だんしゅう)、分桃(ぶんとう)、磨鏡(まきょう)、鏡合わせ、などなど、同性同士の恋愛を指す言葉はいくつも存在した。古くは漢(かん)王朝の時代から、最近では唐王朝まで、あらゆる時代や場所でも存在を確認できる。兎児神(とじしん)という同性愛専門の縁結びの神までいるのだから、ここでいう禁忌とは、女同士の恋愛のことではなかった。

「師父の娘と添い遂げたいだなんて……知られれば江湖は私をさげすむでしょうね」

江湖。元は長江(ちょうこう)と洞庭湖(どうていこ)を指す言葉だったが、今では『世間』とほぼ同じ意味で使われている。だが狭義(きょうぎ)では、武侠たちが生きる世界である武林(ぶりん)のことを言い、紫苑もそのつもりで使っていた。

無頼(ぶらい)に思える武侠たちだが、彼らには彼らの掟(おきて)がある。

拝師もそのひとつで、これを行えば、師は親と同等の存在とみなされた。その娘となれば、養子であろうと姉妹同然だ。つまり二人は、江湖の掟では血肉を分けた姉妹も同じで、これが愛し合うとなれば、すなわち近親相姦にあたるのである。

実際の血のつながりは問題ではない。いや、時には血の濃さ以上の絆を求められるのが、師弟関係だ。

武術にしろ他の芸事にしろ、師は弟子に、自らが人生をかけて研鑽した技すべてを授ける。当然ながら、伝授する相手には慎重になろう。ほんの些細なコツから神髄を見抜かれることは、珍しいことではない。達人になればなるほど、それは顕著になる。場合によっては自らの命を脅(おびや)かしかねない。

家族同然か、それ以上の関係を築いた者にのみ伝えることで、技の流出と命の危険を防いでいるのだ。師から破門を言い渡すことはあっても、弟子から師弟関係を破棄することはできないのは、そのためだ。

拝師とはそれほどまでに重い誓(ちか)いであり、受ける方にも願う方にも相応の覚悟が求められる制度なのである。

拝師の儀式を経ていない者は、師に師父と呼びかけることはできない。同門であっても、教わる内容は異なる。

紫苑が奥義を授けられないことに不満なのも、これに起因する。ことは伝授の有無ではなく、師弟関係、ひいては親子としての絆の話でもあるのだから。

紫苑と恋華は惹かれあっていた。

この関係を師父に知られることを恐怖するのは当然のことであり、破門すら覚悟せねばならない。

そのとき自分は、江湖を捨てることができるのだろうか。何度か自問したが、答えは出ない。

「江湖の掟なんて、私には関係無いわ」

澄ました声に、現実へと引き戻される。

「内功どころか、力だってか弱いんだもの。なのに『碧眼飛虎』の娘だからってしきたりに従わなきゃならないなんて、馬鹿げてます」

だがそのしきたりに従い、今まで生きてきたのだ。師父を裏切ることへの罪悪感は、やはり拭えない。

「紫苑姉様は、蕭明姉様を覚えてますか？」

突然の問いかけに、紫苑はもちろんと頷く。

「忘れる訳ないじゃない。覚阿先生のご息女で、長い間いっしょに暮らしたのよ」

紫苑をただの武侠にするつもりはないと、わざわざ泰隆が都から呼び寄せた士大夫が、今まさに話に出た陳覚阿である。元は官吏だったが、宮仕えが性に合わず、ある程度の財を蓄えると隠居して私塾を開いた読書人である。四書五経はもちろん、兵法や詩作まで習わされたことを忘れるはずがない。受験資格もないのに科挙に通用するまで仕込まれたのだから、徹底していた。

蕭明とはその娘で、こちらからは主に、礼儀作法や楽器、舞を習った。とはいえ、歳は四つしか違わず、穏やかな性格もあって、姉のように慕っていた。家族同然に寝食をともにしたせいか、六年前に嫁いでいったときは、嬉しくもあり、寂しくもあった。

今は覚阿とともに、都の臨安で暮らしている。親子そろって筆まめな性格で、年に何度も便りがくるほどだ。特に覚阿からは、泰隆宛に月に何度も便りが届いている。

「蕭明姉様が嫁いでいったとき、はじめて思ったの。自分もいつか、誰かといっしょになるんだって。その相手は、紫苑姉様しか思い浮かばなかった」

嬉しさが胸に満ち、同じだけの罪悪感が口を苦くさせた。

抱きしめる腕には自然と力がこもっていく。

衝動的な感情が口から飛び出しかかったそのとき、船首がこつんと硬い物に触れた。

湖を渡りきったようだ。

どちらからともなく離れて、紫苑が桟橋に船をくりつける。

振り向けば、当たり前だが、八仙楼がたたずんでいた。

霧に覆われているせいか、突然何もないところから生えているようにも見える。

初めて見上げたときは幽鬼のようにも思えたが、今ではその印象はない。

紫苑にとって八仙楼は、師父である泰隆のごとき厳めしさと、城門のごとき堅牢さを兼ね備えた建物に見えた。

建物が変わったわけではない。見る者の感性が変わったからだ。

なにしろ長年しごかれ続けた場所だ。どんな鬼や妖怪より、師父の拳や蹴りの方がはるかに怖いことを紫苑は知っている。

拝師してすぐの頃は、気を失うまで修行させられた。幼さや不慣れなどは言い訳にならず、ひとつの技を、覚えるまで何度も何度も繰り返させられた。

少しでも気を抜けば容赦なく殴られたし、鼻血が溢れて呼吸ができなくなることもしょっちゅうだった。

幸い、一生残るような傷こそなかったが、心が休まるのは寝るときだけということも続いた。

ありもしない怪力乱神に怯える暇があれば、ひたすら稽古に打ち込み、ひとつでも多くの技を覚え、磨き、内功を鍛える毎日だった。

同時に、あの大きな手で頭を撫でられた初めての場所でもある。

頑丈な造りの構造に、木のぬくもりと塼（瓦）の無骨さが重なりあって、まさに泰隆の性格が形になったように思えるのだ。

「紫苑姉様。ぼうっとしてると、風邪を引きますよ」

恋華が腕を引きながら急かす。

常に内功を練る癖がついているため、ある程度の寒さは平気な紫苑だが、恋華の唇は青ざめ始めていた。

「ごめんなさい。行きましょうか」

小さなぬくもりを腕に絡ませ合いながら、二人は屋敷へと向かう。桟橋に下りたときから、屋敷は既に見えていた。たった一〇〇丈弱（約三〇〇メートル）ほどの距離だが、この時間を共有できるだけで、紫苑は幸せだった。

恋華の雪を踏みしめる音が心地いい。こういう他愛ない時間こそが、永遠に続けば良いのにと思う。

だから屋敷の正門をくぐったときには、残念ですらあった。

こんな田舎には不釣り合いな、立派な屋敷である。

堂々たる正門に続いて、垂花門と呼ばれる装飾門も置かれてあり、内庭と外庭に分かれている。正面には、来客をもてなしたり家族で食事を取るための正房が位置しており、反対側には倒座と呼ばれる向かい部屋が、左右には脇部屋が配置されてある。四合院と呼ばれる、都ではごくありふれた造りの屋敷だが、こんな田舎には珍しい。広さも十分に確保してあって、むしろ寂寥とした趣さえある。今日のような寒い日は、余計にそう感じた。

「もう少しだけこのままで。いいでしょ、紫苑姉様」

腕を離そうとしたのを察して、恋華が甘えてくる。

こういう言葉を、紫苑は素直に口にできない。求めてくれることがありがたくて、嬉しくて、抱きしめたい衝動に駆られる。

「もちろん」

息も白く、肌も縮こまるが、触れ合う場所だけは温かい。このぬくもりを、いつまで感じていられるのか。

幸せと不安が綯い交ぜになって、紫苑の胸を満たしていた。

三

八仙島は、最短距離を歩けば端から端まで一辰刻半（約三時間）から二辰刻（約四時間）程度の小さな島だ。外周をゆっくり歩いても、一日程度だろう。にもかかわらず、港は立派な設備が整っている。杭州の臨安に近いため、漁船や商船が行き来しやすく、この島で栽培しているお茶や薬草を運ぶため、頻繁に船が立ち寄るからだ。

中でも茶葉は、馥郁たる香りで味もよいことから、高値が付けられている。島民の総数はおよそ二〇〇〇に足りないぐらいだが、そのほとんどが茶農家だ。

この茶葉と港での労働力が島の主な収入源で、いくつかある村も、どちらで働くかでほぼ分かれていた。泰隆や紫苑のように、孤立するように暮らしたり、医者、行商人などの方が珍しい。

だからといってお互いの仲が悪いわけでもない。茶農家たちは港がなければ茶を売れず、港で働く者たちも、茶がなければ儲からないことは理解していた。だから祭りになれば島の者総出で盛り上げるし、各村同士の婚礼も頻繁にある。実際紫苑と恋華も、元宵節（げんしょうせつ）の際は夜店へ出かけたこともあるし、友人の婚礼を手伝ったこともあった。

　とはいえ、こんな小さな島で誰も餓（う）えずに済んでいるのは、国力が豊かなためである。最後にあった大きないくさも、四〇年ほど前だ。金国（きん）への歳貢（さいこう）は、貿易という形で何倍にもなって返ってきており、宋は建国以来の富と平和を享受していた。

　既に昼過ぎということもあって、港は随分と落ち着いている。屋敷の周囲は埋もれるほどの雪ばかりだったが、ここでは人の熱気が多くを溶かしていた。

　あらかた荷揚げも終わっているらしく、桟橋に停泊している船は一艘（いっそう）しかない。帆はたたまれている。出航まで時間があるのだろう。

　それでも人の数はそれなりにあって、露店やらが賑わっている。特に温かい茶や羹（あつもの）を出す店に人だかりができていた。一仕事終えた人たちが、家に戻る前に一息ついているのだろう。

　この中に待ち人がいる。

　人相は教わっているが、聞いていなくとも分かったに違いない。武侠には、独特のたたずまいがある。

一人の男が、すぐ目に付いた。

波打つような癖の強い髪を、結いもせずに顎の辺りまで垂らしている。泰隆と同じく垂髪だ。この辺りでは非常に珍しい髪型で、それで目に付いたのだろう。

肌は日に焼けて浅黒く、服はこの寒い中、わずかに着崩していた。店員から羹を受け取るよりも先に、身なりを整えた方がよいのではないだろうか。そんなことを思っていると、男が近くにいた女に助けを求めた。

「師姉（シージェ）！　助けてくれ。無一文なのを忘れてた！」

しゃべり方は、声が大きく、ゆったりしている。船乗りの特徴だ。船と船、あるいは同じ船でも風や波が強いと、どうしてもこんな話し方になる。

「なんであたしがあんたに奢（おご）ってやらなきゃならないんだい」

泣き付かれた女は、店員の表情が引きつるのを無視して、男をからかっている。

派手な装いの女だった。

髪には髪飾りがいくつも添えられており、ひとつひとつが存在を主張して並んでいる。なのに不思議と全体的な調和が取れており、綿密な計算の上でひとつの美しさを表現しているようでもある。

ただ、きりりとした顔立ちと、長身ですらりとした体軀によって、いやらしさはみじんも感じられない。おまけに胸は大きく膨らんでいて、艶やかさも失っておらず、一種の理想が体現されているように思えた。

「仗義疏財と扶危済困は武侠の嗜みだろう。師弟が困ってるんだ、助けてくれよ」

「五〇にもなって年下に奢られるなんざ、恥以外のなにものでもないだろう。大の大人に屈辱をくれてやるようなこと、師姉としてできると思うかい？」

からかう姿さえ、女の立ち振る舞いは洗練されていた。

店員の表情がどんどん強張っていく。

男は顔を青くするが、女は面白そうに財布を取り出した。

「しょうがないねえ。羹、あたしにもおくれ」

店員が安堵したように微笑んで、お椀を差し出してきた。受け取り、金を払うと、再び店員の頬が強張った。

「お客さん。一人分しかありませんぜ」

「あたしが二人に見えるかい？」

「こちらのお兄さんは、お連れさんでは？」

「連れなもんか。ただの腐れ縁だよ」

「師姉！　頼む！　金を貸してくれ！　必ず返すから！」

声は、うだつの上がらない亭主が、倹約家の女房に博打の負けを言い訳するような焦燥感に満ちていた。

ふざけたやり取りに周囲が沸く中、紫苑だけが、二人の身のこなしに目を見張っていた。

どれだけ動こうと、雪に足跡がつかないのだ。軽功により体重を極限まで減らしているのは明らかで、『踏雪無痕』と呼ばれる境地にまで達している。それを意識しない状態で行っているのだから、まず達人とみて間違いないだろう。

――もじゃもじゃと派手な美人。

泰隆から聞いていた人相とも合致する。

周囲を見回してもそんな人物は他にはいないし、島の住人でもない。間違いなく、待ち人だ。

「お代なら私が」

間に割って入ると、女の胡散臭げな視線が、紫苑を無遠慮に射貫いた。

「なんだい、嬢ちゃん。施しが趣味なのかい」

ぞんざいな対応だったが、声に滲んでいるのは、遊びを邪魔された不愉快さだった。むしろおかしくなって、紫苑は頭を軽く下げながら、左手で右手を包み込んだ。

抱拳礼、あるいは拱手と呼ばれる礼の一種だ。揖礼は普段の挨拶に使うが、こちらは自分よりも目上の者に向けたもので、武侠たちの間では敵意がないことを示す習慣にもなっている。逆に右手で左手を包めば、手加減せずに叩きのめすという意思表示になる。

「蔡文和様と楽祥纏様ですね？　師父より言づかって、お迎えに上がりました」

「お嬢ちゃん、泰隆の弟子かい？」

女の言葉に反応して、男が今にも泣きそうだった表情を明るくする。

「助かった。実は金がないのを忘れて、つい羹の匂いに誘われちまったんだ」

人懐っこそうな笑顔だが、同時に人を食ってしまいそうな隙のなさも感じる。滲み出る武侠としての格が、無風の圧力となって頬を打った。

五〇を超えているとのことだったが、一〇は若く見える。髪も真っ黒だし、なにより背筋がすっくとしている。練り上げられた体幹の強さから、どれだけ武術の研鑽を積んだのかがうかがえた。

「ちっ、余計なことを。せっかくこいつをからかって遊んでたってのにさ」

盛大に舌打ちする女にも、紫苑は礼儀を崩さない。

「楽祥纏様。『紫電仙姑』の名は、ここ八仙島にも轟いています。お目にかかれて光栄です」

「その通り名、あたしは嫌いなんだ」

美人が毒づくと、年齢不詳なことも加わり、冷然とした底知れなさが増す。先ほどの会話から文和より年下であることは分かっているが、それにしても見た目が若い。

「道教なんざ学んだこともないってのにさ。あんたも気をつけるんだよ、女で内功が達者だと、勝手に『仙姑』なんてあだ名が付けられちまう」

言いながら、祥纏は懐から小さな鉄筒を取り出した。

長さは大体四寸（約一二センチ）程で、奇妙な形をしており、片側は細く窄まって、反対側には何かを受け止めるような小さな皿がついている。

なんだろうと見ていると、祥纏は刻んだ葉っぱを皿の部分に詰めて、反対側を咥えた。それから燧石で火を付けると、軽く吸い込んで、煙を不味そうな顔で吐き出した。

「あの、それは？」

興味を刺激されて紫苑が尋ねる。

「あたしの通り名を知ってるんだ、あちこちで手広く商売やってるのも知ってるね？」

「確か、終曲飯店でしたか？」

「蒙古や西遼からも、いろいろ仕入れててね。その伝手で手に入れた異国の嗜好品さ。煙管っていうんだ。世の中にはほとんど出回ってないから、知らなくても当然さ。まあ、薬の一種みたいなもんで、これを吸うと気分が落ち着くんだよ」

物珍しさに好奇心がくすぐられる。武侠の多くは、伝統と同じぐらい新しい物に敏感だ。何が自分の武術を発展させてくれるか分からないからだ。

あれだけ小さく懐にしまえる道具なら暗器に使えそうだ、などと早速不穏なことを考えるが、すぐに目の前の店員のことを思い出し、金を払った。

店員はようやく安堵して、別の客の注文をさばきだす。今は、早くどこかへ行って欲しそうにすらしている。

「泰隆は元気か――っと、失敬。昔の癖で呼び捨てにするのは拙(まず)いな。弟子の前だ、師兄(シーシオン)と呼ばないとな」

「では、お二人は師叔(シーシュウ)にあたるのですか？」

「師叔と言えばそうだが、気さくに文和と呼んでくれ。かしこまられても、むずがゆいだけだ」

蝿でも追い払うよう手をひらひらとさせる文和に、祥纏がからかって背中をどついた。

「何がむずがゆいだよ。そもそも泰隆とあんたは、同門とはいえ、修行時代に顔を合わせたこともないじゃないか」

「そういう師姉は、泰隆といっしょに師について学んだんだろう。少しは言葉遣いを覚えたらどうだ」

「泰隆とは小さい頃からの付き合いだ。哥哥と呼んでも、師兄なんて恥ずかしくて呼べるかい」

「その歳で哥哥なんて呼ぶ方が恥ずかしいだろう。童女じゃないんだぞ、師姉。歳を考えたら——って、あいたたた！　悪かった！　悪かったから、耳！　耳！　ちぎれる！」

本当に引きちぎらんばかりに、耳が容赦なく引っ張られる。紫苑は思わず、奥義のことを忘れて噴き出した。

「お嬢ちゃん。あたしのことは通り名で呼ぶんじゃないよ。分かったね」

「では、文和様と祥纏様で」

文和がからかうように声をあげた。

「泰隆みたいな頑固者の下で、こんな素直な弟子が育つとはな。気苦労も多いだろ」

遠慮のない言葉だが、湿っぽさも皮肉の欠片もない。気の置けない友人と語らうように、ざっくばらんだ。

「確かに気難しい一面もありますが、私にとっては尊敬できる師父です。苦労など、考えもしないことです」

「お手本みたいな言葉だねえ。もしかして、台詞をあらかじめ用意しておいたのかい？」

意地の悪い質問に、紫苑もさすがに苦笑した。

「師姉。若いもんに絡むと、年齢から来る嫉妬だと思われ——あだだだだ！　痛い痛い痛い！　耳！　耳～！」

「ったく、相も変わらず口も性格も軽い男だね。五〇を超えればもう少し後先考えた言動ができそうなもんだけどね」

「あの、祥纏様。どうかそのぐらいで。本当に文和様の耳がちぎれてしまいそうです」

「こっちだって、くだらない馬鹿騒ぎはごめんだよ。さっさと泰隆の屋敷に案内しとくれ」

「そうしたいのはやまやまなのですが、もう一人、お招きしている方がいるのです」

「……そのもう一人ってのはどこにいるんだい？」

「同じ船で来ると聞いていますが」

どうやら二人は、残りの一人とは面識がないらしい。

再度、ぐるりと辺りを見回す。武侠らしき身のこなしの者はいない。だが、異質な格好をした男が目についた。

くたびれた僧衣の男が、別の露店の前で、麺をかっくらっていた。

このあたりで仏僧は珍しい。よほど腹が減っているのか、麺を食らう派手な音と、揚げた蟹（かに）をバリバリと嚙み砕く音がここまで聞こえてくる。

お椀を見つめる目も鋭く、僧衣の隙間から覗く身体は、驚くくらい筋肉質だ。相当鍛えているらしい。

もしかしてと声を掛けようと近づいたところ、向こうから、厳つい声を掛けてきた。

「泰隆殿の使いか？」

「弟子の蒼紫苑です」

仏僧の眉が、ぴくりと跳ねた。濃い眉毛の下で瞼（まぶた）がわずかに痙攣（けいれん）し、視線が突き刺さる。

一瞬、値踏みされるような気分になるが、すぐに視線がお椀に戻される。豪快に汁を飲み干してから、ぶっきらぼうな声が続いた。

「為問（いもん）だ」

泰隆から聞かされていた名だ。僧名なのか本名なのかは分からないが、本人がそう言うのだから、了解した。

「為問様。では、こちらへ」

「その前に、聞きたいことがある」

錫杖（しゃくじょう）が地面を叩き、遊環（ゆかん）がしゃりんと音をたてる。

本来なら、煩悩（ぼんのう）を払い智慧（ちえ）を得るために鳴らされる代物なのだが、為問の表情には、不満と不機嫌さが浮かんでいた。

「名だたる三人の武侠から奥義を授ける相手を選ぶとは、どういうことか。泰隆殿は一体何を考えている」

そんなものは、紫苑こそ聞きたいことだった。

ただ、師父の命令は絶対だから、今も仕方なく、その武侠を出迎えにきているのだ。

本人からどういうことかと問われても、戸惑いしかない。

「私は師父の使いです。話は、直に師父からお聞きください」

「貴殿はどうなのだ。それでよいのか。泰隆殿に会う前に、せめて貴殿の気持ちを聞かせてくれ」

思わず唇を噛みしめ、怒りを隠すため慌てて揖礼してごまかす。

いっぱしの武術家なら、相対しただけで相手の実力はある程度分かるものだ。もちろん油断はできないが、立ち振る舞いから滲み出るものはごまかしようもない。それを感じ取れるぐらいには、紫苑も修行を重ねている。

目の前の仏僧は、どう考えても自分より実力が下だ。

発達した筋肉は、無骨な軍人を思わせる荒々しさがあるが、それだけだ。せいぜい訓練を積んだ武術家でしかない。厳めしい顔つきだけは泰隆と張り合えるが、凄味(すごみ)は足りない。

なのに、その本人からどう思うと問われて、面白いはずがなかった。

泰隆が——師父が決めたことだから、苦汁を舐める想いで耐えているのだ。

あるいは、そんな心の乱れこそを、師父は見抜いているのだろうか？

だから自分に奥義は継承されないのだろうか？

考えれば考えるほど、紫苑は己の未熟さを思い知る。

「おい、あんた」

苦い思いを飲み込んでいると、後ろから声が飛んだ。

「何をごちゃごちゃ言ってるか知らんが、その子が困ってるのが分からんのか？　話があるなら、その子の言う通り泰隆に直接聞けばいいだろう」

「そなたは？」

「蔡文和」

「貴殿が『烈風神海(れっぷうしんかい)』か！」

「ほう、わしの異名は坊主にまで轟いてるのか。こいつは驚きだ」

「海幇(かいほう)の幇主(ほうしゅ)であろう。海賊風情が」

「そいつは誤解だな。わしらは、海賊を狩る海賊だ」

海幇。江南一帯を根城にする自警団でも、最も歴史が古く、規模の大きな組織だ。始まりは唐王朝にまで遡るが、今の形に落ち着いたのは、宋王朝になってからだという。

やっていることは、文和の言葉通り海賊たちから商船を守り、治安を維持することなのだが、いかんせん荒くれ者揃いだ。『幇』という組織の性格上、秘密主義的なこともあり、用心棒代を払うとなれば、外部からは海賊と同じように見えても仕方のないことだった。

「どっちでも構わぬ。いずれにせよ、貴殿には関係のないこと。余計な口出しは無用だ」

「そうはいかん。わしはお嬢ちゃんに助けられてる。一飯の恩は返さねばならん。それが江湖の掟――いや、武侠の心意気だ」

既に文和は構えていた。文句があるなら一戦も辞さずというところだ。どっしりと腰を落とし、下半身に力がため込まれていく。

「それにだ。この子は泰隆の弟子。つまりわしの身内でもある。余計に捨て置けん。だから文句があるなら、このわしに言いな」

しゃん、と遊環が音を立て、錫杖がもじゃもじゃ頭を狙ってねじり込まれた。

いきなりの無礼ではあるが、予想していたのか、文和の方も、わずかに首を傾げるだけで躱してみせる。

「愚僧は今、この者と話をしている。邪魔をせんでもらおうか」

「ほう、意外と鋭いな！」

声と表情が嬉しそうに弾けた。

なんのことはない。武人を前に、戦いたくてうずうずしていたのだろう。初めからこうなることを狙っていたらしい。

「陸に上がった海賊がどこまで戦える！」

「さて、試してみるといい」

言い終える前には、錫杖が文和の顔を狙って再び空を切っていた。

慌てず、身体を後ろに倒しながら、同時に握り手を蹴り上げる。だが、その程度で武器を取り落とすようなことはなく、逆に為問が文和の足首を摑んだ。

「うおおおおお！」

大仰な気合いとともに、文和の身体が振り上げられ、そのまま地面に叩きつけられる。が、軽功によって体重を極限まで減らした文和は、ふわりと両手で身体を支えた。逆にそのまま腕だけで頭の高さまで跳ね、為問の横面を蹴りつけた。

鈍い音が炸裂する。だが小揺るぎもせずに、為問は平然と受け止めていた。

「頑丈だな」

感心する声には、余裕があった。

突然始まった戦いに、周囲の人たちが慌てて距離を取る。

元々小さな島だ。貿易の拠点にこそなっているが、地元住民の数も娯楽も、そう多くない。あっという間に人だかりができて、はやし立てる声が沸いた。

「はん、阿呆臭い」

祥纏だけが、その喧噪から逃れる。それでもしっかりと観戦できる場所を確保して、また例の小さな筒から、不味そうに煙を吸って吐いた。

「おやめください、お二人とも！」

「いいから放っておきな」

ようやく紫苑が止めに入ろうとするも、祥纏がそれを制する。

「常識をわきまえてるような奴らなら、こんなところで殴り合いなんか始めやしないよ。馬鹿に常識を説くのも馬鹿馬鹿しい。納得するまでやらせるしかないのさ」

突き放しているような言葉だが、祥纏の言い様は、武侠の生き様を端的にあらわしてもいた。

常識をわきまえているなら、そもそも武侠になど身をやつさない。儒教に逆らっての垂髪などもせず、こんなところで喧嘩などおっ始めるようなことはない。それでもこうなったのだから、制止の声に従うはずがない。

仕方なく、紫苑は観戦に回ることにした。

文和の動きは、師弟を自称するだけあって、確かに泰隆の動きに通ずるものがある。技の型がよく似ているのだ。なのに、二人の動きには明確な違いがある。

泰隆の動きは猛々しく咆哮する虎を思わせるが、文和はさながら空を舞う鷹を連想させた。

一撃一撃が素早く、優美で、隙があるように見えて、実はすべてが計算されている。

それに、動きが自由自在だ。

地面を這うように低く潜ったかと思えば、空高く飛び上がり、足でも手でも、次々と技が繰り出される。

今も、猛禽類が滑空するような鋭さで為問の懐に入り込むと、足を引っかけ、突き飛ばし、為問の重心を崩して面白がった。

「へっぴり腰だな。船の上じゃあ、すっころんじまうぞ」

その一言に、足腰の強さの秘密が窺い知れる。

常に揺れ動く甲板が文和の主戦場なのだろう。

そこで鍛えられた平衡感覚は、陸地でしか暮らしたことのないものには身につかないものだ。

対して為問の動きは、あまりにも泥臭い。

剛力に任せて錫杖を振るい、近づけば殴り返し、組み付き、蹴りつけ、武術特有の洗練された動きがない。

それでも膂力は人並み外れており、振り下ろされる錫杖にぶつかった岩が、派手な音を立てて砕け散った。

「馬鹿力だな」

「喰らえば頭蓋骨ごと粉々だ！」

「だから馬鹿なのさ。人を倒すのに、そんな力はいらん」

文和の拳が、形を変えた。人差し指と中指を真っ直ぐ伸ばした、剣訣だ。

影すら残さず、拳が一閃する。

「ぬあ!?」

為問が呻(うめ)き声を上げて飛び退った。

左腕が、力をなくしてだらんと垂れる。

点穴を突かれたのだ。

気脈の流れが封じられ、腕に力が入らなくなっているらしい。

勝負あった。

かに見えたが、為問は動かなくなった左腕ごと文和にぶつかった。

予想外の動きに、文和が錐揉みしながら吹き飛ばされる。

空中で体勢を整えるが、既に為問は距離を詰め、錫杖を振るっていた。

文和の表情に、初めて焦りが浮かんだ。

着地すると同時に、咄嗟に旋回しながら飛び跳ね、足が振り上げられる。弓が引き絞られるように力が蓄えられていき、矢が放たれるように踵が落ちた。鋭くも重い『降龍脚』で、文和は為問の錫杖を防いだ。木材では出せない鈍い音が響く。

「鉄か。内功もろくに練っとらんくせに、わしの技を受け止めるとは、蒙古の技術か？」

今の技に絶対の自信があったのか、文和の声には驚きがあった。

未だ戦いに明け暮れる蒙古である。彼らの作る鉄は、改良に改良を加えられ、軽くて丈夫だ。宋の製鉄技術もかなりの練度に高められているが、実戦で鍛えられた物にはやはり敵わない。

続けざまに、為問が錫杖を突いてくる。

一突き一突きが、触れるだけで身体の肉をこそげ落としそうな威力を伴っていた。紙一重で躱すと、風圧によって服が波を打つ。

もはや文和に余裕の色はない。

為問の攻撃を嫌ったのか、身体をひねりながら後ろへ飛んだ。

逃すまいと錫杖が追いかけるが、それを狙っていたかのように、文和は腕が伸びきった瞬間を捕らえて、錫杖をひっつかんだ。力比べでもするように、二人が引っ張り合う。

二人の力は拮抗していた。

「やるな、坊さん。さぞかし名が通ってるんだろうな」

「『孤月無僧（こげつむそう）』。それが愚僧の異名だ」

「ほう、あの浄土教の？　確か、三〇〇の門下がいるという？」

「いかにも。愚僧の膂力は、その中でも随一と自負している。海賊ごときに簡単にやられはせん」

「確かに力自慢なのは認めてやるが、内功不足だな。外功だけでは限界があるぞ」

文和が言い終える前に、為問は武器に執着せず手を放す。あまりの潔（いさぎよ）さに文和の対応が遅れた。既に為問は地面に倒れ込みながら、文和の両足を、両脇で絡め取っていた。すかさず摑み、腰を蹴りつける。

両足が固定され、上半身を押されるのだから、内功や外功など関係無く、文和の身体は後ろへ倒れる。強引に尻餅をつかせられる格好になり、反対に為問はすかさず起き上がって、丸太のように太い足を文和の顔めがけて振り下ろした。

頭蓋骨を砕きかねない一撃ではあったが、間一髪、文和の両腕が受け止める。同時に思いっきり蹴り飛ばし、勢いを利用して後ろへ転がり、そのまま起き上がった。

二人の間に距離が生まれる。

自分に有利な間合いを取ろうと駆けだしたのは、ほぼ同時だった。

その時、赤いつむじ風が駆けて、二人の間に割って入った。

瞬間、ぴたりと二人の動きが止まる。

「お二人とも、それまでに願います」

凜(りん)とした声には、刃物のような鋭さがあった。

つむじ風は紫苑だった。文和と為問の距離が離れたわずかな隙を狙って、それぞれに剣と剣訣を突きつけていた。どちらも急所を寸分違(たが)わず狙い定めており、二人の男が冷や汗を流す。ほんの一瞬でも反応が遅れていれば、大怪我を負っていただろう。

「私のことで、私を差し置いて争われても困惑します。どうかこの場は、これにてお収めください」

「だから阿呆臭いって言ったのさ」

祥纏の一言に、文和がもじゃもじゃの髪を掻いて構えを解いた。同じく、為問も距離を取り、落ちていた錫杖を拾う。

「やれやれ、引き分けか」

文和の声は何気なさを装おうとしていたが、悔しさは隠せていない。

「修行時代から変わってないね。あんたは綺麗に勝とうとしすぎなんだよ」

武術の腕は確かに文和が上だったが、力と勝ちへの執念は為問に軍配が上がる。

何度も好機がありながら、倒しきれなかった理由だ。

とは言え、善戦した為問の顔にも、喜色は見られない。苛立ちを堪えるように両目を閉じている。

だがそれも、数秒のこと。

「さすが、泰隆殿の仕込みなだけはあるようだ。感服いたした」

紫苑に向き直り、揖礼したまま言葉を続ける。

「それと、『烈風神海』の言う通り、先ほどの振る舞いはいささか礼を欠いていた。答えを急ぎすぎたようだ。許していただけるなら、泰隆殿の所へご案内いただきたい」

「どうやら、人としての格も、あんたの負けみたいだね」

からかう祥纏に、文和は居心地悪げにもじゃもじゃ頭を掻くだけだった。

「私のような未熟者にはもったいないお言葉です。ご案内いたしますので、どうかこちらへ」

ようやく屋敷に戻れる。安堵したからか、忘れていた暗然とした感情が戻ってくる。それも、余計に強く。

この三人の中から一人を選んで、奥義を授ける。

やはり悔しさは拭えない。

それでも師父の言いつけを守るため、紫苑は屋敷への道を歩き出した。

四

客人のもてなしは、主に恋華の仕事だ。

家人は他におらず、家僕を雇うほどの余裕もない。

掃除や飾り付けはもちろん、部屋を暖めるのも忘れていない。

この時期、三日三晩雪が降り続けることも珍しくないから、火種には常に気を遣う。身体を内側から温められるよう、竹炉（箱火鉢）で湯を沸かし、いつでも茶を点てられるようにもしておいた。ついでに酒も。泰隆は滅多に口にしないが、だからと言って、客人に振る舞わない訳にはいかない。

陶器の急須に酒を入れて、竹炉の近くに置いておく。量は少ないが、一度に大量に温めると、飲みきれなかったときに酒がもったいないし、何度も温め直すと酒精が飛ぶ。面倒でも、少量ずつ温めるしかないのだ。

恋華がそうこうしているうちに、あっという間に陽は傾き始めていた。まだまだ昼は短く、急いで料理に取りかかった。これも、どれだけ人数が増えようと一人でこなす。

手が空いていれば紫苑も手伝ってくれるが、基本は一人だ。そもそも紫苑は、料理が下手だった。

その紫苑が、少し前に客人を連れて帰ってきた。

見ただけで分かるが、それぞれ一癖も二癖もありそうな武侠だ。と言うか、そうでない武侠の方が少ない。

泰隆自身が変わり者だ。何の縁もゆかりもない恋華を、引き取って育ててくれたのだから。

梁恋華は、元は揚州の生まれで、出生時の姓は馬といった。商家の末っ子で、躾こそ厳しくされたが、それ以外はのびのびと育てられた過去を持つ。

何ひとつ不自由のない生活だった。

両親の商売は上手くいっており、儲けている割には金遣いは慎ましやかで、かといって必要な物をけちったりしない気っぷのよさもあり、とても金銭感覚の優れた人達だった。

二人の兄と二人の姉も、街で評判の美男美女だったが、浮名を流すこともせず、とても優しくしてくれたのを、今でもはっきりと覚えている。

幼いながらも、恋華は家族を誇りに思っていた。

幸せな暮らしが音を立てて瓦解したのは、六歳の頃だった。

美人の姉に横恋慕をした金国の役人が、強引に身柄を攫おうと無実の罪をでっち上げ、馬一家を陥れたのだ。

まだ字を覚え始めたばかりの恋華には、どういう理屈であったのかも分からない。ただ、ある日突然金の役人がやってきて、両親と下の兄が捕らえられ、抵抗したところを殺された。

姉二人も捕らえられたが、穢されるぐらいならと、隠していた小刀で隙を見て自害する。二人とも婚約したばかりで、特に上の姉は、十日後に嫁いでいくことにもなっていた。

恋華だけが、上の兄の機転により逃げ出すことに成功する。しかし生家は一家の骸ごと燃え落ち、帰る場所は灰燼に帰した。

その後隣の州に住む叔父夫婦を頼ろうとしたが、六歳の足と記憶力で辿り着くのは、無理な話であった。道に迷い、元の街にも戻れず、このまま死ぬのかと幼いながらに覚悟した恋華であったが、生きる糧になったのは、皮肉にも金国への恨みだった。

家族を殺された怒りと憎しみが、復讐心と混じり合い、死への逃避を許さなかった。

必ず家族の仇を討つ。それまではどんなことをしてでも生き延びる。

畑や露店から盗みを働き、必死になって飢えを凌いだ。見つかって追いかけられたのも、一度や二度ではない。むしろ上手くいくことの方が少なく、殴られ、蹴られたことは山ほどあった。それでも恋華は、家族の仇を討つことだけを糧にして、生き続けた。

町には恋華と同じような幼子も多くいたが、自分より弱い相手から奪うことだけはしなかった。そんなことをすれば、家族を殺した金国人と同じになる。それだけは、幼いながらも最後の一線として、恋華は内に秘めていた。

反対に、金国人からは、容赦なく盗んだ。

食べ物はもちろん、商人であれば商品を盗み売り払うこともしたし、直接金を奪うこともあった。

当時の恋華には、相手にも家族がいることを、理解できていなかった。

それどころか、弱い相手から奪わない自分の方が、人としてまだましだとすら感じていたくらいだった。

そんなある日、盗みを見つかって逃げる途中、とある馬車の荷台に紛れ込んだことが、再び恋華の人生を変えた。

その馬車は、鏢局と呼ばれる一団の馬車だった。山賊や盗賊から荷台を守るため、護衛と運送、保険を担う一団のことである。その性質上、武侠たちの最も手軽な収入源にもなっていた。

安全な旅には欠かせない存在で、交通網は大陸全土に張り巡らされ、あちこちに支局が存在することから、星の数ほどあるのではないかと噂されていた。

その鏢局の荷台に紛れ込んだ恋華は、疲れから眠ってしまい、見つかったときには、既に揚州を遠く離れ、杭州の臨安近くまで来ていた。

鏢局を雇った行商人は、金国人だった。行商人は紛れ込んだ孤児を憐れに思って、食べ物と幾分かの金を恵もうとしたが、それを恋華が、暴言とともに蹴り飛ばす。それどころか、嚙みつこうとしたのを止められる始末だった。金国人というそれだけで、恋華の理性は怒りと憎しみに支配された。

施しを与えようとしたのに暴力で応えられては、行商人もどうすることもできなかった。仕方なく恋華を放り出そうとするが、そこを助けたのが、紫苑だった。修行の一環として、初めて鏢局での仕事を受け持ったのが、恋華の潜り込んだ荷馬車だった。

偶然か必然かは分からない。恋華は、後に運命の出会いだったと振り返るが、仗義疏財と扶危済困は武侠の嗜みだ。他に武林に連なる者がその場にいれば、助けていただろう。紫苑も、稼いだばかりの金を惜しむことなく使って、恋華に食べ物と宿を提供した。

ただ、養女とするかどうかは別だ。

行く当てのない恋華を紫苑が屋敷に連れ帰ると、泰隆でさえ、最初は戸惑ったように唇を結ぶだけだった。

なにしろ当時の恋華は、金国への憎しみを口にするだけではなく、金国の横暴を許した宋への批判も、憚らなかった。幼さ故の無知は仕方ないが、それでも皇帝陛下への暴言は、誰かが聞けば、大変なことになっていただろう。宋は文治主義なだけに、権威に敏感だ。子供相手でも容赦はしない。

そんな幼子を抱え込むなど危険だと、特に士大夫の陳覚阿は反対した。

あまりにもむごい事情を不憫に思ったのか、泰隆は最終的には引き取ることを決意して、恋華は八仙島で暮らすようになったのだ。

歳は、生まれ育った街を出てから、ひとつ増えて七つになっていた。

養女となってすぐの頃は、よく泣いた。覚阿の躾と教育が厳しかったせいもあるが、やはり生家が恋しかったのだろう。

亡き両親は商売で忙しくしていたから、日中家にいることはほとんどなく、顔を合わせるのも、夕餉が終わってからだった。その分子供全員に甘く、優しかった。

その代わりのように、上の兄が一番躾に厳しかったが、理不尽な怒りを見せることはなく、むしろ穏やかな性格だった。お行儀よくできたときや習い事に行った日は、必ずあめ玉をくれて頭を撫でてくれた。あの大きな手が、大好きだった。

下の兄はいつも冗談を口にして笑わせてくれたし、姉二人は嫌味なところがひとつもない優しい性格をしていた。両親の代わりに家を切り盛りしていて、暇があれば本を読み聞かせてくれたり、遊んでくれたりした。

元宵節に一家そろって出かけたことを覚えている。

そんな幸せな毎日が——当時はこれが幸せだということすら分かっていなかった毎日が——たった一日にして潰えた。他人の、権力を背景にした、身勝手な欲望によって。

涙を流すなと言う方が、酷であろう。

後に泰隆が調べて分かったのだが、恋華の家族を襲った金国の役人は、皇族に近い血筋の者だったらしい。あまりの横暴さと傍若無人ぶりに一族からも忌み嫌われ、わざわざ国境を越えて騒ぎを起こしていたようだ。しかし恋華の家族を惨殺したことが綻びとなり、その後東北の地へ左遷されたという。

当然だろう。金は、宋と蒙古という二つの大国に挟まれ、非常に危うい立場に追い込まれている。

蒙古の鉄木仁（テムジン）が、宿敵札木合（ジャムカ）を破り、高原の全遊牧民を支配下に置いたが、当初からその武名は轟いていた。草原全てを疾駆（しっく）する姿は、まさに『蒼き狼の生まれ変わり』という異名を体現していた。

金国にしてみれば、それがどれほど恐ろしく思えたことだろう。草原を平定するのは確実視されていたし、となれば、次に狙われるのは自分たちだということは、簡単に想像できたはずだ。

そんなときに、一方の宋で、反金の気運を高まらせるなど、あってはならないことである。蒙古と呼応して挟み撃ちにされれば、いかに金国とて、苦戦を強いられるだろう。皇族に連なる者とはいえ——いや、であればこそ余計に、捨て置く訳にはいかなかった。

文弱とまで侮（あなど）られた宋であるが、六〇年程前には、抗金の名将といわれた岳飛、韓（かん）世忠（せいちゅう）、張俊（ちょうしゅん）、劉光世（りゅうこうせい）の四人が活躍している。残念ながら、国土回復を目前に、当時の宰相（さいしょう）であった秦檜（しんかい）が和議を強行。主戦派筆頭の岳飛を、謀反（むほん）の疑いが『莫須有（あったかもしれない）』の三文字で謀殺（ぼうさつ）したことから勢いは衰えたが、その気になれば鼻っ柱をたたき折れることを証明して見せたのだ。何かしらの償いを、目に見える形で行わねばならないのは、当然だった。

だからと言って、恋華の悲しみが消えることはない。

憎しみも、一度として曇ったことはない。

それでも、紫苑と暮らせる毎日に、静かな満足を得ていた。少女ではあるが、十分に波瀾万丈と言える人生だろう。

その紫苑が、ここ数日、落ち込むように何度かため息をこぼしているのを、恋華は何度も目撃していた。あきらかに元気もない。恋華は無理に甘えて励ましてみたが、心ここにあらずといった様子だ。

励ましたくて、湯円を作ろうと決める。白玉餅を茹でて点心にしたものだ。喜んでくれるはずだ。武術なんかより、甘いお菓子の方が人を幸せにできると、恋華は信じていた。

「お待ちください、祥纏様」

紫苑の慌てた声が遠くから聞こえる。

続いて、乱暴な足音も。

客人がやってきたことを悟って、恋華は既に礼の構えを取っていた。

制止する声など聞こえていないかのように、祥纏が厨に入っていく。

「お待ちください、祥纏様。お客人は正房へ通すよう、師父に言いつかっております」

「いいから、料理はあたしに任せな」

恋華が礼をしているのも無視して、祥纏は鍋をのぞき込んだ。

「へえ、海鮮鍋巴（海鮮お焦げ丼）かい。ふうん、味は悪くないねえ。けど、寒いんだ、もう少し濃いめでも大丈夫だろう。そうだ、文和が土産に鮑の干物を持ってきてたんだ。海老とも良く合うはずだから、一緒に使っちまおう」

さすがは名の通った武侠だ。礼儀などお構いなしに、いきなり味付けに手を出し始める。包丁を手にし、鮑だけでなく烏賊をさばいて、火を通した。

その手さばきに、恋華は揖礼したまま目を輝かせる。

「寒いのが気になるのでしたら、生姜も混ぜてみますか」

「海老と鮑の風味が消えちまうじゃないか。もうひと味欲しいなら、きくらげか椎茸にしておきな。食感も増えるしね。第一、胃に重いだろう。それにしても……」

手を休めずに、祥纏がにやりと笑う。

「いい心懸けじゃないか、お嬢ちゃん。普通なら自分の仕事場を荒らされれば、誰が相手だって不満のひとつも見せるだろうに」

「あまりにも見事な手つきでしたから、勉強になると思ったんです」

「勉強ときたかい。可愛い顔して可愛くないねえ。そっちが弟子なら、あんたが泰隆の養女だね？　武術は学んでなくとも、泰隆の娘だねえ」

「恐れ入ります」

「お嬢様。かしこまってないで、止めてください。客人にもてなしの支度をさせたとあっては、師父に叱られてしまいます」

「そんなわけあるかい。泰隆は、昔からあたしの料理を、美味い美味いって喜んでたんだから。あの味が、終曲飯店の基本になってるんだよ」

「それって確か、あちこちにあるお店ですよね。八仙島にはありませんけど、臨安はもちろん、揚州や広州にもある有名な飯店兼宿場だって聞いてます」

「あたしはそこの創業者でね、店で出す料理は、全部あたしが考案したものさ」

「お父様ったら、そんな凄いお店のご主人様と知り合いだったんですね。もっと早くに教えてくだされば良いのに」

「知り合いも知り合い、泰隆には欣怡って妹がいるだろ。あたしと生まれた日が一〇日違いで、おかげで何かと仲良くしててね。だから、生まれたときからの付き合いなのさ」

「欣怡叔母様のことは存じてます。まだお会いしたことはないのですけど」

「地元には、もう帰ってないみたいだからね。欣怡の奴も寂しがってるよ。あいつの娘も大きくなったしねえ。紫釉ってんだ。知ってるかい？」

「まあ、紫苑姉様と同じ字が。きっと美人さんなんでしょうね」

「どういう理屈だい」

出会ったばかりだというのに、二人はまるで姉妹のように笑いあった。こういうところが恋華の魅力でもあると、紫苑は誇らしい気持ちと愛おしい気持ち、若干の嫉妬を胸に抱いた。

「泰隆の奴が秘密主義なのは昔からだけどね。っと、ほら、どうだい、確かめてみな」

皿に二人分、料理が盛りつけられる。少量ではあるが、ちゃんと全体の味が分かるよう、お焦げご飯に海鮮あんかけがかけられている。

艶やかな照りに誘われ、料理を口へと運ぶと、海老と鮑のふくよかな香りが口の中に広がった。

特に味にこだわりもない紫苑だが、その目が見開かれる。

「……美味しい。あの、それ以外言葉がありません。とても美味しいです」

「本当！　いろんな風味が喧嘩せず混じり合ってる。これが終曲飯店の味なんですね」

「馬鹿言うんじゃないよ。材料費を無視した味付けな上に、あたしが調理したんだ、店で出すより美味いに決まってるだろ」

得意気になって、祥纏が胸を反らす。細身のくせにやたらと女性らしさを主張していて、恋華と並ぶと迫力すらあった。

「それじゃあ、あと二、三品ほどつくるとするかねえ。酒の肴に、塩辛いのが欲しいからね。おや、白玉があるじゃないか」

「湯円を作ろうと思ったんです。甘いものがあった方がいいかと思って」

「上等だ。こいつの味付けもあたしに任せな」

「さすがにそこまではさせられません。お願いです、祥纏様。あとは向こうでお待ちください」

慌てて制するも、祥纏はてきぱきと準備を整えていく。

「いいから器を用意しな。この料理は火加減が命なんだ。邪魔するんじゃないよ」

問答無用で指示を飛ばされ、仕方なく従う。

恋華は面白く思っているようだが、紫苑は気が休まらない。

「紫苑姉様、ここは任せて、おじさまたちの相手をしてきて」

「そうだねえ。二人とも退屈してるだろうから、茶でも飲ませてやりな」

明らかに気を遣われて、追い払われてしまう。

仕方なく広間へ向かうと、恋華の気遣いが行き届いていて、部屋は十分に暖かくなっていた。内功を練ればある程度の寒さは耐えられるが、暖かいのは、やはりありがたい。

その暖かい部屋で、文和と為問が、無言のまま並んで座っていた。

二人だけでは特に会話もないのか、為問はうつむき加減で目を閉じ、文和は卓に頬杖をついている。

紫苑の姿を見つけて、文和がにやりと笑った。

「師姉に追い出されたみたいだな。傍若無人ぶり、直ってないな」

「いいえ、お嬢様に料理を教えてくださってるようです」

他に言いようもなく、曖昧な表情でこたえる。

「今、お茶を淹れますので」

手持ち無沙汰でもあるし、祥纏に言われたとおり、茶を淹れることにした。茶盤の上に茶壺を置いて、茶壺、茶杯と湯を移しながら、それぞれを温めていく。温まったら湯を捨て、餅茶を崩し、茶壺に茶葉を入れて、新しい湯をこぼれる寸前までなみなみと注ぐ。蓋をして、その上からも湯をかけ、頃合いを見計らって茶杯へ注ぐ。

どうぞ、と差し出せば、二人とも早速口をつけて、ほっとひと息吐いた。特に為問は、表情こそ変わっていないが、安堵したような声で詩をそらんじた。

「寒夜客来たりて、茶、酒にあたるとはこのことだな」

「杜秉の詩ですね。竹炉湯沸きて、火、初めて紅なり。尋常一様、窓前の月。わずかに梅花あって、すなわち同じからず」

茶杯を胸に抱くようにして、為問が頷く。

「愚僧は詩心を解さない無教養者だが、これだけは言葉を飾っておらず、心地よい。まるでこの茶のようだ」

「恐れ入ります」

「わしは、艶やかな詩の方が好みだがな。李白のように雄大で、紅灯緑酒を歌った、のんきで馬鹿馬鹿しい詩がな」

のんきな声の最後に、戸を開く音が重なる。

同時に厳めしい声がたしなめた。

「貴様は詩にかこつけて酒を催促してるだけだろう」

振り返ると、師父の泰隆が、足音もなく現れた。

早速為問が口を開こうとするが、泰隆が手で制した。

「早速文和と一悶着あったらしいな」

「なあに、ちょいとじゃれ合っただけだ」

もじゃもじゃ頭を掻きながら、文和が嘯く。

ため息と苦笑を同時にこぼす泰隆だが、瞳には懐かしさが滲んでおり、むしろ楽しげだ。

「相変わらずのようだな、文和」

「そっちこそ、偏屈なままか？」

「さてな。だが、この歳だ。今さら性格が変わるとは、我がことながら思えん」

「そのしゃべり方、変わっちゃいないようだな、泰隆。いや、師兄と呼ぶべきか」

「今さら師弟面されても面倒だ。今まで通りでいい」

気難しげに答えた時、ちょうど恋華が膳を運んできた。

祥纏は厨に残り最後の味付けをしているという。

膳の準備が整う頃にはやってきて、ゆるりと椅子に腰掛けた。

「師姉。また人の厨で無礼を働いたのか？」

「黙りな。終曲飯店の総支配人として、料理には黙ってられないんだよ」

「おかげで、とっても美味しくなりましたよ」

嬉しそうに恋華が微笑む。

「そうだ。文和様。鮑のお土産ありがとうございました。早速祥纏様と一緒にお料理させていただきました」

「そ、そうか。気に入ってもらえたなら、よかったがな。次は、もっとたくさん持ってくるとしよう」

あどけない少女に真正面から礼を言われて、文和もそれ以上強く言えなくなる。

祥纏が恋華に耳打ちするように口元を袖で隠すが、続いた声は、普段よりも大きかった。

「言っただろ。こう見えてこいつは女慣れしてないんだ。なんせ、未だに初恋を引きずってるような奴だからね。ちょいと優しく微笑んでやっただけでいちころさ。次の土産が楽しみだねえ」

「師姉！　仮にその通りだとしても、本人に聞こえないところで言ってくれ！」

口元を隠しながら、恋華は遠慮なく肩を震わせた。

「『烈風神海』なんて強そうなお名前だから、もっと怖い方かと思ってましたわ。でも、楽しい方なんですね、文和様って」

「一七の小娘に面白いと言われちゃあ、『烈風神海』も形無しだねえ！」

照れた文和を、容赦なく祥纏が笑い飛ばす。

「師姉にはかなわんな」

泣きそうな顔を浮かべる文和だが、怒ってはいないようだ。こんなやり取り、慣れているのだろう。むしろ安堵しているようにも見えた。

馬鹿なやり取りを眺めながら、泰隆が上座でゆるりと居住まいを正した。

「本日はみな、遠いところをわざわざ集まってくれて感謝する」

低い声に、笑いが消えた。

「見ての通り、八仙島は茶と海の幸しか名物のない島だ。たいしたもてなしはできんが、ひとまず旅の疲れを癒やしてくれ」

「泰隆殿。もてなしには感謝するが、話がある」

「為問殿」

慇懃に、泰隆が礼を取る。

「すまんが、話は明日改めて」

「そんな悠長なことを言ってる場合か」

「一〇年前に胃を患ってから、長く起きているのも辛いのだ。最近は、頭痛にも悩まされている。夜になると疼いてな。早く寝る以外、対処しようがないのだ」

確かに泰隆の顔色は青い。寒さのせいではなく、血の巡りが悪いためだ。

「今夜は旧交を温めたい。例の話は、明日に頼む」

「内功の達人も、病には勝てぬか」

悔しげに為問がうめく。

「内功はあくまで気の巡りを整え増幅するもの。多少の怪我や老いには有効だが、臓器そのものを壊す病に効果はない」

「武術家は内功ばかり偏重して鍛える癖がある。まずは愚僧のように、身体そのものを鍛えるべきだったな」

「その通りだ。内功修行に偏重しすぎたかもしれん。いずれにしても、今さらだがな。もはや、どうにもならぬ」

諦めるような口調に、為問が驚く。

「老いたな、泰隆殿」

「お互いにな」

煙るような微笑みに、髪の毛がはらりと被さる。燃え尽きた灰と同じ色をしているせいか、余計に年齢を感じさせた。

「一八年……こうして顔をあわせるのは、一八年ぶりなんだね」

感慨深げなつぶやきは、祥纏の薄い唇からこぼれたものだった。食事中はさすがに煙管は吹かしていないが、口寂しげにするめを噛んでいる。さっきまで厨で勝手に振る舞っていたのとは違い、粛然としていた。

「祥纏はちっとも変わらぬな。歳は取ったが、欣怡と遊んでいた頃と同じだ」

「童女の頃と比べてちっとも変わらないなんて、相変わらずお世辞が下手だねぇ」

苦笑するのと呆れるのを同時にやってのける祥纏だが、頬と瞳には、懐かしげな色が見えた。

泰隆が湯飲みを手に取った。

「本来なら、箏や歌でもてなすのが礼儀なのだろうが、見ての通り我が家にはわしを含めて三人しかおらぬ。第一、わしの弟子は武侠であって芸伎ではなく、娘も家僕ではない。いろいろ行き届かぬところもあるだろうが、許して欲しい」

「構うか。飯と酒が美味ければ文句はない」

率先して、文和が酒を竹炉近くで温めた瓶から陶器の杯に注ぐ。

為問と祥纏も、同じように手酌して、杯を掲げた。

泰隆が茶の入った湯飲みで答える。

「干杯」

宴が始まった。

まずは杯を干すとの言葉通り、全員が一気に杯の中身を飲み干す。すぐさま新しく注いで、甘い匂いが立ちこめだした。

「では祥纏様。お言いつけ通り、料理を運ばせていただきます」

紫苑が祥纏に確認する。この女傑は、勝手に味付けを変えただけでは飽き足らず、料理を出す時機や順番も指示していた。

まずは切りそろえた煮卵と、鶏肉の湯を並べる。塩とねぎがしっかりと利いていて食欲をそそった。文和などは、酒と混ぜて飲み干している。そういう食べ方もあるのかと、紫苑と恋華は顔を見合わせて驚いた。

温かい料理のおかげか、三人の会話も弾んでいた。

主に文和が最初におどけて、祥纏がからかい、泰隆がたしなめる。為問は黙々と料理を平らげているが、話しかけられれば、嫌がらずに答えていた。

酒が切れそうなのを見て、厨に戻る。

かなり多めに用意していたはずなのに、あっという間だ。文和が水のように飲む。為問も、暴飲していないように見えて、黙々と杯を傾けるから、たちどころに減っていく。

意外と飲まないのは祥纏だ。最初の干杯こそ一気に杯を空けたが、それ以降はあまり口を付けていない。頬に紅すら浮かんでおらず、料理にも、あまり手を付けていなかった。なんでも、作るだけで胸が一杯になるらしい。

大きな瓶から土瓶に酒を注ぐ。白酒（パイチュウ）と呼ばれる透明な蒸留酒だ。比較的新しい酒だが、香り高く爽やかな飲み心地のおかげで瞬く間に流行し、今では紹興酒のような黄酒（ホアンチュウ）と人気を二分している。

もっとも、紫苑は一滴も飲んだことがないので、すべて伝聞による評判でしかないが。

「紫苑姉様」

広間に戻ろうとしたところを呼び止められ、振り向けば、突然口の中に何かを押し込まれた。

驚きはしたが、恋華のいたずらであることは、とっくに声で分かっていた。慌てずに、されるがまま咀嚼すると、胡麻の甘みと餅の食感で満たされ、何かしらの点心を食べさせられたと気づく。

「……湯円ね」

「次のお料理を運ぼうと思ったら、なんだか疲れてるようでしたから。甘いもの、お好きですもんね」

確かに、甘味が身体に染み込んでいくのが心地良い。思いの外、気を張っていたようだ。

客人をもてなすのは、いつも一苦労だ。

準備に気は抜けないし、宴会が延びれば自分たちも付き合わなければならない。下手なことをすれば、師父の顔に泥を塗ることになる。緊張の連続だ。

師父は最初にああ言ってくれたが、弟子としては顔に泥を塗るわけにはいかない。奥義継承についての不満は関係ない。たとえ武を受け継げなくとも、自分は『碧眼飛虎』の唯一の弟子だ。そのことだけは、誇りにしたい。

「ありがとう、恋華。少しお腹が落ち着いたわ」

「お礼は形にしてください」

んっ、と背伸びをして唇が差し出される。

慌てて周囲を確認するも、人目はない。

くすぐったさを胸に覚えながら、紫苑は求められるままに桜色の唇に紅色の唇を重ねた。

柔らかくも弾力のある感触に照れくさくなって、どちらからともなく、くすくすと笑いあう。

「んふふ。甘い」

ぺろりと舌を覗かせる恋華に、どきりとするほどの色気があった。

「後もう少し頑張りましょう。終わったら、湯円、いくらでも食べていいですからね」

「その態度、まるで恋華の方が姉のようね」

「あら、だったら甘えてくださっていいんですのよ、紫苑姉様」

生意気にも恋華が両腕を広げて、待ち構える。

わずかに悩んだが、その胸の中に、紫苑は身体を委ねた。

ぎゅっと抱きしめられると、ふわりとした感触が心地良く顔を圧迫する。ずっとこうしていたい。

「ありがとう、恋華」

しばらく堪能して、ようやく離れる。

癒やされたのは自分なのに、恋華の方がにこっと目尻を緩めた。

「元気がでたわ。これで、もう少し頑張れそう」

白い吐息が頬に触れ、恋華はくすぐったげに首をすくめる。

「本当なら、年上の私がしっかりしないといけないのにね。いつも助けられてばかりだわ」

「紫苑姉様を支えるのが、妻の役目ですから」

「また生意気なこと言って」

たしなめる声も表情も、嬉しそうに緩んでいた。

そうやって笑っていると、本当に心がほぐれて、力が湧いてくる。まだ夜も長いのだし、気を引き締めて、紫苑は恋華とともに酒と料理を手に広間に戻った。

扉を開けると、匂いに気づいた泰隆が振り向いた。

恋華が用意し、祥纏が味を調(ととの)えた海鮮鍋巴の香りだ。

魚貝類の香りが広間に広がって、並べると早速箸が伸びた。

「ほう、これは美味いな。魚貝の美味さが渾然(こんぜん)となって調和している。お焦げにした米の甘みと香ばしさが調和して、素晴らしい味だ」

「言っただろう？」

してやったりと笑みを浮かべる祥纏に、紫苑は参りましたと苦笑を、恋華は友人の手柄を喜ぶような笑みを浮かべた。

確かに、匂いを嗅ぐだけで心が躍る。湯円を口にしていなければ、よだれが止まらなくなっていただろう。

だが、酒を注いで回った時、文和の箸が伸びていないことに気づいた。海鮮鍋巴は、綺麗なまま残っている。

「文和様。どうかされましたか？」

「ああ、わしは猫舌でな。少し冷めてからでないと、よう食わんのだ」

「もしや先ほどお酒と湯を混ぜておられたのも？」

「見られていたか。迂闊だったな。別に味に不満があったわけじゃないから、誤解せんでくれ。少し湯を冷ましてたんだ。だからこいつも、少し待ってから食うつもりだ」

「そうかい、だったらこうしてやるよ」

おもむろに祥纏が立ち上がり、庭に出て、降り注いだばかりの雪をひとつかみする。まさかと思っていると、想像通りに雪を鍋にぶち込んだ。

「なんてことするんだ、師姉!?」

「なにって、冷ましてやったのさ」

「だからって、これはやり過ぎだろ。せっかくの料理が台無しじゃないか」

「台無しかどうかは、食ってみてから言いな」

訝しげに眉をひそめ、恐る恐る口を付ける。

驚いたように文和の両目が丸くなった。

「この辺りは空気が澄んでるからね。降ったばかりの雪なら大丈夫なのさ。これが都なら、ほこりっぽくて、とても食べられたもんじゃないけどね」

「こいつは驚きだ。さすが師姉、料理にかけては天才だな。考えてみれば、氷室にだって雪を保存するんだ。当たり前か」

「そもそも人様に飯を作らせて文句言うんじゃないよ。あっちの坊主を見習いな。文句ひとつ言わずに黙々と食べてるじゃないか」

「味をどうこう言える程、愚僧の舌は肥えていない。美味いか不味いかそれしか分からぬし、この料理は十分に美味い」

美味いと言いながらも、為問は不味い飯でも食わされているように厳めしい顔をしている。

「おい、坊主が肉や魚を食ってもいいのか?」

「天地万物のすべてが等しく連なっている。命の糧から肉や魚だけをのぞくなど、愚かしさと傲慢さの極みだ」

「違いない。なんだ、お前さん、話せば分かるじゃないか」

為問の答えが気に入ったのか、文和が身を乗り出す。

「いきなり仕掛けてきたのはそっちだ」

素っ気ない態度だが、いちいち会話に答えるのだから、為問も悪い性格ではないのだろう。

初っぱなから一悶着あった二人だが、温かい食事の前では、落ち着いて話し合いができるらしい。

また戦い始めるのではないかと心配していただけに、紫苑はひとまず胸を撫で下ろしていた。

「しかし、本当に飲まんのだな。あの泰隆がなあ」

感心とも驚きとも取れる声につられて、視線が泰隆に集中する。

「さっきも言ったが、病を患ってから酒を断っている。夕食の前にも、薬湯を飲んだところだ。だが……」

胃の辺りを押さえながら、泰隆が頷く。

「だが、今日は一八年ぶりの再会だ。一杯だけ付き合おう」

慌てて紫苑と恋華がとめた。

「師父。お身体に障ります」

「そうです、お父様。また前のように血を吐きでもしたらどうするんですか」

「今日は調子がいいのだ。一杯だけ飲ませてくれ」

恋華が助けを求めるように紫苑に視線を寄越す。

止めてくれと懇願したものの、自分にも他人にも厳しい泰隆がわがままを言うのは珍しい。

それに、血を吐いたのは一〇年前だ。以来ずっと摂生しているし、今冬はまだ体調を崩してもいない。

一八年ぶりに再会する客の前で、主人が一人だけ酒を飲まない訳にもいかぬのだろう。

懊悩の末、紫苑は諦めたように嘆息した。

既に料理をほとんど平らげている。空腹というわけではないから、そこまで胃に負担はかからないはずだ。

「お嬢様。師父の言う通りにお願いします」

「……一杯だけですからね」

それ以上は絶対に飲ませないと、視線で示し合わせる。

「待っててください。用意しますから」

「いや、特別な酒を用意した。これを飲ませてもらう」

いつの間にか泰隆の後ろに、銚子が置かれてあった。さりげなく竹炉にも近く、触れば十分に温まっている。

どうやら最初から飲むつもりだったらしい。

二人に断りを入れるあたり、一応、気は遣ってくれているようだ。

「仕方ないですね」

恋華が、困ったように唇を尖らせながらも酒を注ぐ。

満たされた杯を、泰隆が掲げた。

「では、いただこう」

口元を隠し、ちびりちびりと杯を啜る。一口では飲み干さず、味を確かめるように、甘露を味わうように。あるいは単に胃に負担をかけまいとしているのか、紫苑には分からない。

「……美味い」

ただ一言に、染みるような感情が込められていた。

反対に、弟子と娘は気が気ではない。

もちろん、一杯飲んだからと言って、すぐにどうこうなりはしないのは分かっている。一〇年前といえば、二人はまだ幼子同然だった。紫苑は一三歳だったし、恋華は七歳で、養子として引き取られたばかりだった。浴びるように酒を飲む泰隆が、突然血を吐いて倒れたことを、鮮明に覚えている。

あの頃はまだ、食客の陳親子がいたからよかったが、そうでなければ、ただ泣いておろおろするばかりだっただろう。当時を思い出すと、やはり今日も飲ませるべきではなかったのではと、後悔が押し寄せてくる。

考えてみれば、あの日を境に修行の内容も変わった。ただただ厳しくあった修行が、効率と理論を優先するようになった。体力的には楽になったが、修行全体として見れば、むしろ疲労は増した。ただ、習熟は早まった気がする。

「五臓六腑に染みわたるとはこのことだ。酒精の熱さが、身体中を駆け巡っておる」

満足そうな声に、酒を飲ませたことへの罪悪感は薄れる。これほど嬉しそうな師父も久しぶりだ。

奥義の件で少しぎくしゃくしていたのは否定できない。贖罪と言うと大げさだが、気分がよくなってくれるならと、ほっとした。

「紫苑」

機嫌のいい声に呼ばれて顔を上げると、泰隆が杯をこちらに向けていた。

「お前も飲むといい」

「そんな……」

驚いて、言葉が続かない。

酒を勧められるのは初めてだ。酒を買い置いていないから当然といえば当然だが。おかげで生まれてこの方、紫苑は一度も酒を口にしたことがない。

嬉しさよりも困惑が勝った。

紫苑にとって酒とは、泰隆に血を吐かせた毒だ。

度を越えて飲まなければ害はない。そう承知していても、ためらってしまう。

「あら、私にはいただけないのですか、お父様」

「お前にはまだ早い」

ぴしゃりと、即座に泰隆がたしなめる。

「髪を下ろしていようと、子供に酒を飲ませるほど、わしは非常識ではないぞ」

「お父様。私はもう一七ですよ。お嫁に行ってもおかしくないんですからね」

「なら、嫁いだ先で飲むのだな」

拗ねて唇を尖らせる恋華だが、本心から酒を飲みたがっているようには見えなかった。単にじゃれているだけなのだろう。なのに真面目くさって叱る泰隆がおかしい。

「さあ、紫苑」

奥義の件を、師父なりに気遣ってくれているのだろうか？

自分に継承させない償い（つぐな）を、優しさで埋めようとしているのだろうか？

だとしたら、応えねば失礼にあたる。

「ありがとうございます。では」

杯を受け取り、畏(おそ)れ多くも酌までしてもらう。

わずかに濁った液体から、果実を思わせる甘い匂いが立ち上る。同時に目や鼻に染みるような刺激もあった。

これが酒の匂いかと、妙に感慨深いものがある。興味を持ったことがないと言えば嘘になるが、やはり鮮血を吐く師父の姿を連想してしまい、今まではためらっていた。

ここまできたら、飲まない訳にはいかない。

口元を隠して、ひとまず口に含んでみる。

途端に口の中が焼けるような感覚に襲われた。

初めての感覚に驚きながら、残った酒を喉へ流し込む。今度は喉が、胃が、熱さに抗議するように暴れた。

「ほう、いい飲みっぷりだ。さすが泰隆の弟子だな」

そんなところを褒められても嬉しくはなかったが、杯を空にして、紫苑は口元を拭った。

ふわりと、残り香が鼻から抜けていく。

「どうだ。初めての酒は」

「……よく分かりません」

甘いといえば甘いし、美味いといえば美味い気がする。苦みもあって、味覚が混乱したようでもあった。ただ、居場所を主張するような熱さに、違和感が拭えない。不味いとは思わないが、それほど好んで口にしたい味でもなく、なんとも不思議な感覚だ。

こんなものをどうして世間の人はありがたがるのだろうか？

首をひねりそうになるが、せっかく師父がくれたものだ。最後までありがたがって杯を返した。

「はは。正直だな」

杯を置いて、泰隆は湯飲みを手にした。温めていた茶を喉に流し込んで、ほっと一息ついている。

よかった。ちゃんと約束を守ってくれるようだ。

安堵していると、ぽっと、身体の内側に火が灯るような感覚があった。特に頬が熱い。

「この感覚……まるで、初めて内功が練れた時のような感覚に近いです。血の流れが速まるような、気脈の勢いに戸惑うような」

「そうか。慣れないうちは、そう感じるかもしれんな」

目を細めながら、泰隆が頷く。

為問は杯の酒を見つめ、祥纏はちびりと唇を湿らせた。

ちょうど文和が海鮮鍋巴を食べ終えたところで、恋華が点心を運んできた。湯円だ。配膳する間に、紫苑が茶を入れる。

それをさっさと平らげて、泰隆が席を立った。

「では、わしは先に失礼するとしよう」

「泰隆殿」

為問が背中に語りかける。

「明日こそ、ちゃんと話ができるのでしょうな？」

「もちろんだ、為問殿。今宵はゆるりと休まれよ」

踵が返され、慌てて紫苑は後を追いかけた。

「師父、桟橋までお見送りします」

返事を待たず、紫苑は既に腰を浮かせていた。

前もって用意していた提灯と傘を手にすると、祥纏がからかった。

「子供じゃないんだ、見送りなんて必要無いだろ？」

「私がしたくてしていることです。雪も、まだ止みそうにありませんから」

「できた弟子だねえ」

ぷかりと煙を浮かべながら、祥纏が呆れたように苦笑する。

ひょっとしたら、世間の師弟間というのはここまでしないのだろうか？

そんな疑問が浮かぶが、今言ったことも嘘ではない。

泰隆が血を吐いてから、可能な限り随伴するようにしていた。

外に出ると、音もなく粉雪がこぼれていた。

今の季節は、景色から雪が消えることがない。

きっと今日も、一晩中降り続くのだろう。

朝になれば止んでいることもあるが、そうなれば今度は、濃霧が辺りに立ちこめる。

ほんの数寸先が見えないことも多く、武術の達人といえども、一人で歩くのはやはり危険だ。

視界が悪い中、道を外れて足を踏み外すようなことでもあれば大変だ。慎重になって当然だった。

遠くの暗闇に、辛うじて影絵のような八仙楼が見える。

そこに向かって、二人は交わす言葉もなく、黙って歩く。

栈橋までも大した距離ではないが、見送りは、泰隆が八仙楼で寝泊まりするようになってから、ずっと続けていた。もう、五年ほどになるはずだ。

道中は無言であることが多い。

以前は武術に関する簡単な助言などを受けたが、ここ数年は、ただ肩を並べて歩くだけだ。

「相変わらずおめでたい服だな」

だから泰隆が珍しく声を上げたとき、紫苑は意外にすら感じて、足を止めた。

「……服、ですか？　なにか粗相がありましたでしょうか？」

「もう童女ではないだろう。好きな色や服を選べばよいのだぞ」

紫苑の眼前に、鮮やかな光景が広がった。時間が逆流したように身体が縮み、碧がかった灰色の瞳を頭上に見上げる。そこにいたのは拝師してすぐの頃の泰隆だった。髪はまだ黒い部分を残しており、全身からみなぎる気迫は、今よりもずっと荒々しい。

そんな泰隆から、拝師して初めて授けられたのが、赤い胡服だった。

「動きやすさは胡服が一番だ。それに真っ赤だから、どこにいてもすぐに見つけられる」

以来紫苑は、赤い胡服を好むようになった。

村の女達や恋華が襦裙で着飾る中、少々浮いてしまってはいるが、気に入ってこの格好を続けている。

「今さらお洒落など、よく分かりません」

苦笑しながら、足音すら立てずに、また歩き出す。

「なら、祥纏に習うといい。昔からあいつは、紅の色ひとつで大騒ぎしていたからな。簪を贈ってやっても、やれ素材が気に入らないだの、飾りが可愛くないだの、うるさかったものだ」

唐王朝の時代には、女たちの間で、胡服を華美に飾ることが流行ったらしい。三〇〇年以上も前の話だ。やはり、時代がかった格好であることは否めない。

「私も武侠の端くれです。いざという時に服が邪魔で動けなかったとなれば、師父の顔に泥を塗りかねません。それに、お嬢様の刺繡も気に入っています。この服が、一番私に馴染んでいますから」

「……そうか」

「もしかして師父は、祥纏様のような女性の装いがお好みですか？」

「いや。少なくとも、桂樹はそうではなかった」

思わぬ名前に、心臓が高く跳ねる。

それは、亡くなった泰隆の妻の名であった。

直接の面識はない。覚阿から何度か名を聞いたことがある程度で、泰隆からは、滅多になかった。

話のついでに、どんな人物だったのかを、何度か尋ねたことがある。その度に、泰隆は言葉を濁すばかりだった。言いたくないのか、思い出すのも辛いのか、懊悩する姿を覚えている。

師母（シームー）について知っているのは、既に亡くなったことと、美しい人だったということぐらいだ。どうして亡くなったのかも知らない。病とも事故とも聞かされていないから、何かしら訳ありなのかもしれない。そんな風に考えて、いつしか師母のことは、禁句のようになっていた。

「……どんな方だったのですか、師母は」

思い切って、今まではぐらかされ続けたことを尋ねる。

暗闇の中でも、皺の深い頬が緩むのが見えた。

初めて見る泰隆の表情に、思わず息を呑む。

続いた無音が、妙に胸をざわつかせた。

それでも紫苑は、泰隆が口を開くのを待った。

「明るく、よく笑う人だった」

短いが、はっきりと泰隆が告げた。

再び無音が続く。

結局泰隆が亡き妻について口にしたのは、それだけだった。

明るく、よく笑う人。

この言葉にどれだけの想いが込められているのか、紫苑には想像することしかできない。きっと自分とは、似ても似つかぬ人なのだろう。

「ここでいい」

思索にふけりかけたところを、声が遮った。我を取り戻し、辺りを見回して、軽く驚く。

てっきり桟橋に着いたのかと思ったが、まだ半分の距離だ。

何か言う前に、泰隆が続けて告げた。

「今夜はいつになく寒い。早くもどって、身体を温めるといい」

「ですが……」

気を遣ってくれるのは嬉しかったが、それ以上に紫苑は泰隆が心配だった。

酒を飲んでから、腹の奥でぐつぐつと何かが煮詰まるような感覚がある。気脈が活性化しているようで、不快ではないが、思い通りに操れないのが気になる。

もし泰隆が、同じように酒で気脈を乱しているのなら、ちゃんと楼閣に戻るところまで見届けないと。内功の達人相手に杞憂かもしれないが、それほど紫苑の心には、血を吐く泰隆の姿が、恐怖としてこびりついていた。

「お酒を飲まれたのですよ。何かあってからでは、大変です。酒精が軽功に悪い影響を与えるかもしれません。どうか最後まで見送らせてください」

軽功は、内功の究極型のひとつだ。酒精のせいで気脈が乱れる可能性がある以上、紫苑の心配はもっともだ。もちろん、多少の酒で乱れるような内功ではないだろうが、酒を初めて飲んだ紫苑には、その加減が分からない。

泰隆の頬と瞳が、わずかに強張る。

てっきり、師の軽功を侮るなと叱られるかと思ったが、泰隆は視線を逸らして、髭を撫でていた。紫苑にはそれが、気まずげに時間を稼いでいるように見えた。だが、どうしてかまでは分からない。

やがて、観念したように、泰隆が頷く。

「分かった。今日は軽功は使わず、船で八仙楼へ戻る。それでよいだろう？」

普段は軽功で湖を行き来する泰隆だが、ここ数年は、気まぐれに船を使うこともあった。力強く水面を蹴るのも気持ちがいいが、悠然と湖面を進むのも、気分が落ち着く。そんな理由を、紫苑は以前、泰隆の口から聞いたことがある。

師父が譲歩した以上、弟子である紫苑が、これ以上自分の意思を押し通すわけにはいかない。

「恐れ入ります」

揖礼して、引き下がる。

「紫苑」

呼ばれて顔を上げれば、碧の瞳が揺れているのが、暗闇の中でもよく見えた。

泰隆は、何か言おうとして口を開きかけるが、やがて苦笑とともに頭を振った。

「いや、なんでもない。今日は寒い。暖かくして、早く寝るのだぞ」

「はい。師父も、お休みなさいませ」

再度一礼すると、泰隆は振り返りもせず、歩き出した。

闇と、勢いを増し始めた雪のせいで、すぐに後ろ姿が見えなくなる。いつの間にか肩に積もった薄雪を払い、紫苑は今来た道を戻ろうとするが……数歩進んだところで、妙な胸騒ぎを覚えて、足を止めた。

滅多にない師母の話や、気遣うような言葉のせいだろうか。

普段と違う様子に、言葉にできない不安が首をもたげる。

やはり気になる。

紫苑は提灯の火を消し、桟橋へと向かった。

足跡のない雪道をおいかけ、桟橋の所で、ようやく追いつく。

見つからないよう、遠くから様子をうかがっていると、泰隆が軽やかに地面を蹴った。

見えない縄に吊されたように、身体がふわりと飛んでいく。

力強く、野生の肉食獣だけが持つ危険な美しさが、空を駆ける姿に重なる。

その身体が、湖面へとゆっくり滑り落ちていく。

普通ならそのまま沈んでいくはずの足が、いとも簡単に水面を蹴って、再度高く飛び跳ねた。

見惚(みほ)れるような軽功だった。

『碧眼飛虎』の名に違わず、虎が空を飛ぶ如く、泰隆の身体は宙を舞った。あっという間に八仙楼へと着き、中へと消えていく。

約束が破られたことなど、紫苑はすぐに忘れた。杞憂であったわけだし、なにより武侠であるなら、今の何気ない軽功がどれほど洗練されているか、分からないはずがない。

やはり師父は凄い。

素直に感心して、紫苑は自然と一礼していた。

考えてみれば、血を吐いたときの泰隆は、毎日浴びるように、眠るまで酒を飲み続けていた。不思議なことに、酔えば酔うほど不機嫌になり、その不機嫌さから逃げるように酔い続けていた。

あれから一度も酒を口にしておらず、摂生を続けた今、一杯の酒程度では、気脈が乱れるどころか、小揺るぎもしないに違いない。そう考えて、紫苑はさらなる研鑽を誓った。自分が師父にまだまだ及びもしないことを悟ったのだ。

それに、泰隆を心配するあまり忘れていたが、毎朝食事を運ぶのは恋華の役目だ。明日の朝、船がこちら側に繋がれていなければ、それもできない。

泰隆の姿は見えないが、もう一度一礼してから、紫苑は踵を返した。

「やっと終わりましたね」

片付けを済ませ、さすがの恋華も、頬に眠気と疲労を滲ませた。

袢纏が厨に乗り込んで来たときはどうなるかと思ったが、粗相なく終えられてほっとする。おかげでどっと疲れがやってきて、大きなあくびが浮かんだ。視界が涙で滲む。

客人たちは、既に部屋に案内してある。

長旅で疲れていたのか、為問と文和は、すぐに廊下にいびきが聞こえたほどだ。

「これなら、修行していたほうがまだ楽ね」

二人きりなので、言葉遣いを崩しながら、紫苑は恋華に苦笑してみせる。

「お腹空きましたでしょう。すぐに食事を用意しますね」

「せっかくだけど、もう寝るわ」

結局口にしたのは湯円ひとつと酒のみだ。いや、海鮮鍋巴も、味見のために一口食べたか。確かに空腹ではあるが、眠気の方が強い。

「恋華も疲れたでしょう。無理しないでもう寝たら？」

「じゃあ、いっしょの寝台で。いいですよね？」

言うなり、細い身体が抱きついてくる。

柔らかくて温かい感触と、無邪気な微笑みに、溜まっていた疲れが押し流されていくようだった。

でも、眠気には勝てない。

小さく頷き返して、紫苑はまたあくびを浮かべる。

今は、奥義のことを考えることなく、眠りたかった。

五

紫苑は不快感の中で、突然目を覚ました。

全身がじっとりと濡れている。自分でも分かるほど汗臭い。

気だるさと疲労感がずっしりと身体にのしかかり、見えない手のひらで押しつぶされているような気分だ。

口元が苦くて酸っぱい。いつの間に吐いたのか、布団には嘔吐物がこぼれていた。

幸い、動けない程ではない。もぞもぞと蠢いて横を見れば、変わらず恋華がすやすやと穏やかな様子で眠っていた。

空はまだ薄暗い。

恋華が目を覚ます前に、身支度を整えないと。

こんな様子を見られたら、心配させてしまう。

そう思って寝台から這い出ようとすると、頭の血管が切れるような痛みが走った。

思わず呻くが、その声がまた、頭蓋骨を震わせる。自分の声なのに、銅鑼を両耳のすぐ側で鳴らされたように響いた。

銅鑼のような頭痛――ハッとなって思い出す。

これは二日酔いの症状ではないだろうか？

かつて村の男連中が口にした症状と、まったく同じだ。

この不調は、酒のせいなんだ。

原因が分かれば、恐怖は消える。水を飲み、時間が経てば回復することも、知識として知っていた。

ようやくなんとか寝台から降りて立ち上がる。ただ、足元はふらふらだ。壁伝いに歩いて、寒い中、中庭に出て井戸へ辿り着く。雪は止んでいたが、霧が景色から色を失わせていた。

と、そこで刺すような痛みを足の裏に、痺れるような冷たさを全身に感じた。

――寒い。

いや、寒いなんてものではない。少し風に触れるだけで、身体が動くことを拒絶するように震えてしまう。その場にうずくまったら最後、もう立ち上がれなくなるような危うさすらあった。

紫苑は薄手の寝間着で庭に出ていた。それでも、昨日までは平気だったのだ。なのに、どうして今日に限ってこんなに寒いのか。

訳が分からないが、とにかく凍る寸前の井戸水で口をゆすぎ、顔を洗う。いつもならそれだけで目が覚めるが、今日はまだ身体が重かった。ついに寒さに耐えかねて走り出したそのとき、点々と自分の足元に続く足跡が見えた。

違和感が急速に全身を満たす。

これは間違えようもなく、自分の足跡だ。

どうしてこんなものが？

いつも無意識に使っていた『踏雪無痕』が、まったくできていない。

改めて意識を集中すると、内功が消えていた。それどころか、新たに練ることもemできないのだ。

訳が分からなくて、一瞬寒さを忘れる。

こんなこと、過去に一度もなかった。

思わず立ち尽くし、自失するが、鍛え抜いた理性と本能が、すぐに我を取り戻させる。何者かの攻撃か、罠（わな）か……それにしては自分は生きている。

とにかく一旦屋敷に戻らなければ。

裸足で飛び出していたせいで、床が汚れた。

慌てて厨へ駆け込み、麻で作ったぞうきんで拭き取る。足の裏も。

酒など飲むのではなかった。師父の勧めとはいえ、内功が練れなくなるなんて、武侠にあるまじき失態だ。

今誰かに襲われたら、素人相手なら擒拿術でしのげるだろうが、武侠が相手なら確実にやられる。

心臓が不規則な鼓動を刻んでいるような気分だ。

不可解なことが続いて、頭が簡単に混乱してしまう。

こういうときは、できることからやるべきだ。何かしら手を動かしていれば、心が落ち着くこともあるだろう。

まず、桶に水を汲み、部屋まで運んで、嘔吐物を掃除した。指に、手に、切れるような冷たさが染みる。

いつの間にか、空が白み始めていた。

急いで身支度を整えようとしたところで汗臭さを思い出し、身体を拭うため服をはだけた。内功が消えた今、文字通り丸裸にされたような心許なさがある。

無駄なく引き締まった身体だった。しかし、そこには、優艶(ゆうえん)な絵画に墨を叩きつける無粋さのごとく、左の乳房から右の腰あたりまで走る、大きな傷痕があった。

かつて恋華が誘拐されかけたことがある。

まだ養子に引き取ってすぐの頃で、恋華は紫苑以外には懐かず、生家のあった揚州に帰りたがって、よく泣いた。

そんな幼心を慰めようと、元宵節のお祭りに出かけた際、目の前で人さらいに連れ去られたのである。

大急ぎで追いかけ、辛うじて追いつき、後ろから不意を突いて一人を刺し殺し、驚いている二人目を金的で悶絶(もんぜつ)死させた。そこまではよかった。

最後の一人に、恋華の首筋に刀をあてがわれたところで、勢いが止まる。

剣を捨てるように命令され、跪(ひざまず)かされた瞬間、刀が容赦なく振り下ろされた。

熱のような痛みが走り抜けたのを、今でも鮮明に覚えている。鮮血が、筆を走らせたように地面を汚し、鉄の臭いに包まれるのも。

全身がばらばらになるような衝撃が、幼い紫苑を襲った。暴力の愉悦に、賊の口元が歪むのが見えた。瞬間、紫苑は全身の力を込めて跳ね起きた。

怪我のせいで、動きは普段ほどの冴えはない。だが、刀を振り切った賊も、すぐに反応することはできなかった。

賭けではあった。幼い紫苑にそこまでの考えはなかったが、武器を失い、体格差もある中での、破れかぶれでの奇襲だった。気を失う寸前まで、毎日修行を付けられていたのが功を奏した。意識のあるうちは、どんな苦境に陥ろうとも、諦めることは許されない。そう叩き込まれていたおかげで、強烈な痛みの中でも、限界を超えて動けた。

再度刀が振り下ろされるより一瞬だけ早く、剣訣がみぞおちを突く。

内功による一撃は賊を悶絶させ、その手から恋華と刀を解放した。壮絶な痛みに耐えながら、消えかけていく力を必死にかき集め、紫苑は刀を拾い上げた。

賊は点穴を突かれ、気脈の流れを封じられ動けない。血まみれの紫苑が、ゆっくりと刀を振りかぶるのを眺めることしかできず……頭を叩き割られ、息絶えた。

そこで紫苑の記憶はぷつりと途切れる。

次に気づいたときには屋敷で、泣きわめく恋華と、渋面（じゅうめん）で顔をのぞき込む泰隆が、すぐ側にあった。

三日三晩眠り続け、四日目の朝を迎え、熱も下がらず、医者でもある泰隆自身も諦めかけたその時、うっすらとまぶたが開いたのだそうだ。

朧気な視界の中でも、碧がかった灰色の瞳は、よく見えた。

気難しげな視線が、じっとこちらをにらみつけている。

叱られる……

喉が渇き、唇もかさかさだったが、辛うじて声が出せた。

「お嬢様を、危ない目に遭わせて、申し訳ありません。師父」

弾けるように、瞳が見開かれる。

何かを噛みしめるように、頰が引きつるのが見えた。

身体が動かないながら身構えたが、怒声はなかった。

「馬鹿者が」

代わりに、絞り出すような声がこぼれた。

心なしか、膝上で握った手が震えていたような気がする。

あるいは、自分の視界が揺れていたのか？

記憶は曖昧だ。

代わりに恋華がわんわんと泣きながら謝っていたのは覚えている。

殺されたはずの兄の後ろ姿を見たと思い、追いかけたところを、攫われてしまったらしい。

回復するまで恋華がかいがいしく世話を焼いてくれたが、師父の娘にそんなことをさせて、子供心に畏れ多く思ったものだ。

死の世界から門前払いを喰らったのは、鍛えていた外功のおかげだった。人並み外れた体力が、袈裟斬りにされた身体を、現世に繋ぎとめてくれたのだ。内功修行を怠り、力ばかりを鍛えていたことが、このときばかりはよい方向に働いたらしい。

泰隆が新旧両方の医術に精通していたことも幸いした。傷を縫い合わせ、化膿しないよう清潔さを保ち、薬草で熱をさげ、体力を補ってくれていた。

しかしこの一件で、紫苑は外功を失う。

上半身の筋肉を大きく切断されたせいか、力を込めることができなくなってしまったのだ。

生死の境をさまようほどの怪我だったのだから不思議はない。

どれだけ鍛錬を積み重ねようと、一般的な女性の体力と筋力を超えることはなかった。武侠としては致命的である。だから外功を鍛えることをやめた。

一生傷と外功を引き換えにして命を拾ったと、今は考えている。

以降、内功修行に重点を置いた紫苑だが、簡単に切り替えられる訳もなかった。箏が弾けるからといって琵琶も弾けるとは限らないのと同じだ。

そもそも内功と外功は陰と陽。陰と陽は同じであって異質である。陰極まれば陽となり、陽極まれば陰となる。片方だけを鍛えたところで、ちぐはぐな武術しか身につかない。

内功の達人である泰隆にしても、外功をおろそかにしている訳ではない。でなければ、老いてなお獅子のごとき戦い方など、できようはずもない。

それでも紫苑は必死に内功を学んだ。泰隆の命じるまま、詩や四書五経、兵法に真剣に取り組み始めたのも、この頃からだ。破門を言い渡されるかもしれないという恐怖が、幼心を突き動かしていた。

幸い、泰隆は根気強く、紫苑に内功の練り方を伝授した。同時に、外功の喪失を埋めるため、効率よく相手を破壊できる擒拿術を好んで学ぶようにもなった。

一目で内功の達人と見破られないため、内功を練りながらも体内に隠す技も身につけた。

内功を練りながら内功を隠す。この矛盾にも思える術を理論的に完成させ、身につけるのに、一〇年以上もの修行が必要であった。

二人の武道が分かれるのは必然だった。泰隆のように、圧倒的な武力で正面からねじ伏せるような力強さは、望むことすら叶わないのだから。

後悔はしていない。恋華を救えなければ、一生自分を許せなかっただろう。思えば、あの頃から恋華のことを何かと気にかけていた。自分が異性ではなく同性に恋愛感情を抱くことに気づいたのは、もう少し後になってからだが、ひょっとしたら当時から、恋華のことを愛おしく思っていたのかもしれない。

いろいろ思い出している内に、全身を拭い終わる。身を切るような冷たさのせいで眠気も吹き飛んでいる。新しい服に着替え、最後に両耳の横髪を三つ編みにして、身支度を終える。

ちょうど、寝台の上で細い身体が動いた。

あくびが続き、もぞもぞと寝返りを打って、薄く目が開かれた。

「おはよう、恋華」

声をかければ、恋華の頬がふにゃりと緩んだ。意識がまだ、夢の中に半分残っているようだ。

「おはようございます、紫苑姉様……？」

挨拶の語尾に、訝しむ表情が被さる。

「顔色が悪いですよ。どうされたんですか？」

一目で見破られて、紫苑は苦笑した。

ごまかすよりも先に、ついっと手が握られた。頬も。

恋華の細い眉に不安が宿る。

「冷たい。起きたばかりの私よりも」

「ちょっと水仕事をしたから」

「こんなに寒いのに？　お湯も沸かさずに？」

「……だって、物音を立てたら、お客様が起きちゃうじゃない」

「こんなに朝早くから、水場を使っておいて？」

鋭い追及に答えられなくなる。

「本当のこと言ってください、紫苑姉様。でないと、湯円を食べさせてあげませんよ」

言っていることは可愛いが、表情は真剣だ。

嘘をついてごまかせば、きっと拗ねるだろう。仕方なく、今朝のことを話した。

「実は、急に体調が悪くなって、少し吐いたようなの」

驚きに目と口が開かれる。何か言われるよりも早く、人差し指で唇に触れ、黙らせた。

「でも、もう大丈夫よ。少し動いたら、随分とましになったわ」

「もう、紫苑姉様ったら、どうして起こしてくださらないんです！　助けてあげたかったのに！」

「声が出なかったのよ。それに、動くのもやっとで」

「本当にもう平気なんですか？」

不安そうに、何度も頬が撫でられる。

その手を取れば、今度は額を額に擦りつけられて、震える声がこぼれた。

「紫苑姉様は無茶ばかりするんですから。大怪我したの、忘れてませんでしょうね」

「何年前のことだと思ってるの」

「お父様が血を吐いてすぐだったんですよ。屋敷に来たばかりの私がどれだけ心配したと思ってるんですか」

「そういえばそうだったわね。あのときの恋華の泣き顔は、とても可愛かったわ」

「紫苑姉様！」

「ごめんなさい、恋華。でもね、もう平気だから。それよりもほら、朝ご飯の準備をしないと。料理するのも師父にお粥を運ぶのも、あなたの役目でしょう」

なだめるように微笑みかけながら、寝癖の付いた恋華の髪を櫛で梳く。柔らかな髪で、ずっと撫でていたくなるが、布飾りで簡単にまとめて、名残惜しさを飲み込んだ。

恋華の方も、布飾りと髪型が気に入ったのか、幾分か機嫌を直したようだ。

「分かりました。なんともないようですし、もう気にしてません。でも、本当に体調が悪ければ、教えてくださいね」

ようやく朝が始まった。

六

広間にやってきて、竹炉に火を入れる。いっしょに湯を沸かして、その間に、紫苑は客人の部屋を尋ね歩いた。

朝であることを部屋の外で告げ、中からそれぞれ声が返ってきたのを確認してから、厨へと向かう。

泰隆の体調を考慮して、朝は粥と決まっていた。

早速恋華が、残っていた干し鮑と薬味を混ぜて調理する。

人数分用意すると、いつも通りひとつをお盆に載せて八仙楼へ向かう。

その間に紫苑も、簡単に朝食を済ませる。鮑から染み出た海の香りが、朝から贅沢な気分にさせてくれた。

最初に広間にやってきたのは、為問だった。

わずかに遅れて、文和と祥纏が現れる。文和は寝癖がついたままだが、祥纏は完璧に身なりを整えていて、隙がない。

挨拶を済ませると、為問の太い眉が訝しげに跳ねた。

「顔色が悪いようだが、どうなされたのだ？」

「おお、本当だな。昨日より青白いじゃないか」

嘔吐したことは伏せて、簡単に顚末を話した。

「特に眩暈がひどかったので、おそらくお酒のせいかと思います。これが噂の二日酔いでしょうか？」

文和が遠慮なく笑った。

「上手い冗談だ。お嬢ちゃんが飲んだのは、たった一杯だろ。あの程度で二日酔いになどなるものか。馬鹿みたいにしこたま飲まなきゃな」

自分の無知ぶりに、頬が熱くなる。

「そうなのですか？　だとしたら余計に不思議です。一体何が原因で、こんなにも身体がだるいのでしょうか」

「まあ、体質もあるから、絶対違うとは言い切れんが……」

もじゃもじゃの頭を掻きながら、声に勢いがなくなる。

「そうだな。初めて酒を飲んだのなら、そういうこともあるかもしれん。特に昨日の酒は酒精が強かったようだからな」

「疲れているのではないか。昨晩は、愚僧には過ぎたるもてなしを受けた。身体に負担がかかったのであれば、もう少し休まれてはいかがか？」

「確かに、うちの飯店に来る客にも、一杯どころか半分で、ぐでんぐでんになっちまう奴ってのはいたけどね……」

祥纏が煙管に火を付け、吸い込んだ。

「単純に風邪でもひいたんじゃないのかい」

簡単に言いながら、煙を吐き出す。

祥纏の意見が一番正しいような気がした。

奥義の件で気分は落ち込んでいたし、そこに寒さと気疲れと酒が重なって、体調を崩したのだろう。内功が練れないのが少し気になるが、今までも発熱した際には、威力が落ちることもあった。その類いかもしれない。

なんにしろ、わずかなだるさは残るが、今は普通に歩ける。これも熱病にやられたときと同じ症状だ。そのうち回復するだろう。あまり深刻になりすぎないよう、紫苑は意識して気持ちを切り替えた。

「師父から、朝餉が終わったら八仙楼に来るよう言づかっております」

予定通り伝えると、一同が頷いた。

泰隆に用意したものと同じ粥を出す。文和の粥も、既にある程度冷ましてあった。

「いい腕じゃないか。これならうちの店でも働けるよ」

一口食べて、祥纏が満足したように頷く。

「お嬢様に直接伝えてあげてください。きっと喜びます」

「あんたは料理しないのかい」

「私は、武術ばかりで」

「女だからって料理を作らなきゃならない理由はないけどね、毎日食べるもんが美味けりゃあ、それだけで生まれてきた価値があるってもんさね」

それは、なぜか妙に無視できない言葉に聞こえた。素直に料理を練習してみようかという気分になる。それに、恋華に教わりながら二人で料理をするのも楽しそうだ。

「茶の淹れ方も十分だ。うちで働くのが嫌なら、二人で店を出せばいい。まあ、美味いもんを作るのと店を切り盛りするんじゃあ、まったく別もんだけどね」

「……珍しいな、師姉が他人を褒めるなんて」

「終曲飯店の看板を背負ってるんだ。食べ物に関しちゃあ、あたしは嘘も冗談も言わないよ」

実際、三人ともがぺろりと粥を平らげる。為問も、心なしか箸の進みが早かった。今は茶を啜っている。

三人がゆったりとしている今の間に、各部屋に足を運んで、布団を片付ける。本調子でない中、かなりの重労働だったが、動いているうちに身体が温まってくる。気のせいかも知れないが、全身にずっしりとのしかかっていただるさが、少しは晴れた気がした。

掃除の必要はないだろう。客人は三人とも、部屋を綺麗に使ってくれていた。祥纏に至っては、きちんと寝台の布団を整えてくれており、育ちのよさがうかがえるほどだ。

一応、念のために竹炉に火が残っていないか確かめる。どの部屋も、使われた形跡すらなかった。

「ひゃー、寒い寒い！」

広間に戻ると同時に、ドタドタと足早に近づく足音が聞こえた。

扉が開くと、青い顔をした恋華が飛び込んでくる。客人の前で無作法だが、竹炉の前に陣取り、お盆を置いて、濡れた服の裾を乾かすように自分の身体を火に近づけた。

「もう、どうしてこの時期は雪ばっかりなのかしら。膝まで埋まりそうだったわ」

大げさに震える恋華に頬が緩みそうになったところで、粥がそのままなのに気づいた。

「どうしたのですか、お嬢様？　師父は朝餉を召し上がらなかったのですか？」

人前なのでかしこまって尋ねると、恋華が小首を傾げた。

「それが、船が向う側にあって」

「……八仙楼の桟橋に？」

「はい。湖を渡れなくて、そのまま戻ってきたんです」

「おかしいですね」

昨晩、船で湖を渡ると約束しながら、軽功で泰隆が湖を渡ったのを見ている。

見間違えでも記憶違いでもない。

とはいえ、恋華が嘘をつく理由も見当たらない。

「分かりました。なら私が持っていきます」

内功が練れないことも忘れて、ついお盆を手に取った。粥はすっかり冷めていたが、これについては問題ない。八仙楼にも火鉢はある。向こうで温め直せばよいだけだし、今までもそうしていた。元々、文和たちに出した粥よりも、少しだけ米を固めにしてある。

「ちょうどいい、わしも行こう。飯も食い終わったからな」

「愚僧も」

「なら、あたしも行こうかねえ」

つぎつぎと、武侠たちが腰を上げた。

どうせこの後、一同が顔を揃える予定だったのだ。

構わないだろうと考えて、紫苑は剣を背負って歩き出した。

先日のように、泰隆はいきなり修行を始めることがある。武器を使うことも多い。そのための武装である。

ざくざくと雪を踏みしめながら、四人が桟橋へ向かう。空が明るみ始めたにもかかわらず、昨晩と同じように、八仙楼の姿は薄ぼんやりとしか見えない。濃霧のせいだ。

足元は確認できる。往復分の足跡は恋華のものだろう。そこに為問の足跡が追加されていく。

気が逸(はや)っているのか、先頭を歩いているのは為問だった。祥纏と文和が後ろに続き、どちらも『踏雪無痕』を使っている。一本道だから迷うことはないが、案内役のはずの紫苑が、最後尾を歩いている。誰にも見られないのをいいことに、紫苑は遠慮なく苦笑した。

『踏雪無痕』が使えないことを知られたくなくて、紫苑は為問の足跡に自分の足を重ねて歩いていた。

相手が誰であれ、油断はするな。それが泰隆の教えだった。

視界の悪い中、湖にあと十歩程という距離まで近づいて、ようやく船が楼閣側の桟橋に繋がっているのが見えた。

「本当に船が向こう側に。一体どうして？」

紫苑はその不可解さを説明した。

「昨晩師父をお見送りしたときは、軽功で湖を渡られました。船がこちら側に繋がれていたのも確認しています。それがなぜ八仙楼側に？」

「間違いないのかい？」

「はい。実は、お見送りの途中で戻るように言われたのですが、お酒を飲まれていましたので、心配になって後を付けたんです。間違いなく、軽功で八仙楼へとお戻りになりました。見間違えるはずがありません」

「となると考えられるのは、泰隆殿が一度こちら側に戻られて、再度八仙楼へ向かう際に船を使ったということか」

「師父は気まぐれで船を使うこともありましたから、その可能性もありますが……」

だが、真夜中に湖を行き来する用事など、紫苑には思いも付かない。屋敷に戻ってきたことも、今まで一度もなかった。

第三者が船を使った可能性も、恋華の足跡しか存在しないから、あり得ないだろう。

おかしな状況だが、とにかく向こうに渡れば分かることだろう。

「それにしても泰隆の奴、腕は衰えておらんようだな。師姉は、この距離を軽功だけで渡れるか？」

「人間は道具を使う生き物だよ。船があるのに使わない奴の方が馬鹿なのさ」

「そっちのお前さんは……聞くだけ野暮（やぼ）か」

無言で為問が頷く。

為問は外功に偏重して身体を鍛えているようだ。

武侠としては、内功と外功の両方を鍛えることが、もちろん望ましい。

だがその割合も、各流派でやはり異なる。

「で、どうするんだい？」

栈橋に着くころには、湖からの寒気にあてられてか、さすがの袢纏も震えていた。

「まさか泳いでいこうってわけじゃないだろうね？」

体調が万全なら、自分が軽功を使って湖を渡り、船を漕いで戻ってくるのが一番手っ取り早いが、今はそれができない。

実は、向こう側へ渡る手段はまだある。

それを口にする前に、文和が唇の端をつり上げた。

「見たところ、輪っかにした縄を杭に引っかけて、船をつなぎ止めてるようだな」

「はい。力のないお嬢様でも扱いやすいようにしてあるんです」

「なら、わしの出番だ」

よっこらしょっと取り出したのは、釣り竿だった。

具合を確かめるように軽くしならせて、剣訣を作り、糸に内功を込めていく。

師父の内功も重厚だが、文和のものも、なかなか鋭い。

だが、いくら内功を込めたところで、釣り竿で何をするつもりなのだろうか？　糸は白く、麻ではないようだ。まさか絹でもないだろう。あれは一体？

視線に気づいたのか、文和が自慢するように竿を構えた。

「この糸は、蒙古から仕入れた羊毛でつくってある。伸縮性もあって頑丈だから、内功を込めれば、ちょっとやそっとでは切れん。だから、こんなことも可能でな。そりゃ！」

釣り竿がしなる。すると不思議なことに、糸がどんどんと伸びながら飛んでいった。

優に三倍の長さに伸びただろうか。先端の釣り針が、杭に引っかけてある縄にかかり、ひょいと輪っかを杭から外した。

そのまま糸を引き寄せると、今度は針が船に引っかかり、ゆっくりとだがこちらに近づいてきた。

陸側の桟橋から八仙楼側の桟橋まで、だいたい五〇丈（約一五〇メートル）はある。この距離で釣り針を正確に投げ飛ばすことも、糸が三倍に伸びても切れないほどの内功を込めるのも、馬鹿馬鹿しいほどに常識離れしている。しかしそれをやってのけるのが、江湖の武侠だった。

「船を一本釣りとは、恐れ入ります」

「毎日船の上で暮らしてれば、この程度」

謙遜する言葉とは裏腹に声は得意気だった。

途端に糸が切れた。

「しまったな。さすがにこの距離では無理があったか」

気まずそうに、頬が引きつる。

内功を失った羊毛糸が、元の短さに戻って、霧の中に消えていく。

船は、あと三分の一ほどの距離で動きを止めた。

「で、どうするんだい？」

先ほどと同じ言葉を、煙混じりの声で祥纏は繰り返す。皮肉なのか呆れているのか、一聴しただけでは分からなかった。

「心配には及ばんよ。この距離なら……呀！」

気合いを入れて文和が飛んだ。

常人には不可能な高さに跳躍したが、泰隆よりは低い。勢いも足りず心配していると、案の定、船まであと少しという所で、身体が湖へ落ちていった。

「ほっ！」

だが、その湖面を蹴って、再度文和が飛び跳ねる。辛うじて、船に飛び乗った。

ゆっくりと戻ってきた顔には、苦笑が浮かんでいた。

「危ない危ない。危うく、どぼんといくところだった。修行不足がばれてしまうな。泰隆に比べたら、わしの軽功なんぞ、児戯に等しいわい」

「泰隆と比べることが馬鹿な話だよ。この距離を軽功だけで渡れる奴なんざ、江湖広しといえども、そうはいないからね」

軽い驚きが紫苑の胸で弾ける。

「そうなのですか？　武俠であれば、誰もがこのくらいの距離を軽功で行き来できると思っていたのですが」

「その言い草、それでは紫苑殿は、この距離を軽功で渡れると言うのか？」

「はい、可能です」

今度は為問たちが驚いた顔を見せた。

今は不調で内功が練れないが、紫苑自身も、この湖を軽功で行き来している。

祥纏の言葉や為問の反応から察するに、どうやら自分の軽功は、江湖でもかなり上位にあるようだ。

他流試合などしたことがないから分からなかったが、もしかして自分は、既にそれなりの実力を身につけているのではないだろうか？

慌てて頭を振って、紫苑は否定した。増長に繋がる考えだ。

昨日の文和と為問の私闘を思い出す。

為問は文和より、明らかに格下の実力しかないが、執念と気迫が勝り、最後には為問を侮る文和を圧倒していた。

やはり慢心と怠惰こそが、最大の敵だ。

「こいつは、出しゃばったかな。下手な軽功を、披露しただけだったかもしれんな」

文和の苦笑する声に、思索から現実に引き戻される。

一同が船に乗り込むのを見て、紫苑も最後に続いた。

すると、櫂を手にした文和がいたずらめいた表情を弾けさせた。

「全員、しっかりと摑まるんだぞ」

応える間もなく、文和が櫂を蹴る。

途端に船が、矢のように放たれる。霧に覆われた水面が切り裂かれ、一瞬のうちに湖を渡りきった。

「これが『烈風神海』の由来だ。わしが漕げば、どんな船も快速船に早変わりってわけだ」

「がきみたいなことするんじゃないよ。寒いだろ！」

祥纏がばっさりと切り捨てる。

「見な。服が濡れちまったじゃないか。ったく、はしゃぐような歳かい、この男は」

「そんなきつい言い方ないだろう、師姉。こっちは皆を楽しませようとして、ちょいと脅かしただけなのに」

「この程度で取り乱すような輩は、この場にはいない」

為問の声には、不敵さが滲んでいる。

「そもそも、貴殿が良からぬことを企んでるのは、顔を視れば一目瞭然。備えはできていた」

「ふん、つまらん」

拗ねながら切れた糸に針を付け直す文和に、紫苑は苦笑を浮かべることしかできなかった。

こんな大人を見るのは初めてだった。

とにかく、あらためて栈橋に船をくくりつけ、八仙楼の扉を開ける。

錠前のような高級品はついていない。そもそも湖の中央に建っているのだから、鍵など無意味だ。

「ほう、こいつは立派だな」

扉を開けると、感嘆の声が大きな道場に響いた。

柱のない板張りの間で、建物の外観は八角形なのに、中は円形になっている。一度に二〇人ほどが乱取りできる広さがあった。都なら、名のある道場と同じ規模だ。

壁には様々な武器が掛けられてある。

唐の時代に流行った、刀身から柄まで一直線に繋がった環首刀。

非業の死を遂げた名将、岳飛将軍も使ったとされる、三尺（約九〇センチ）以上も刀身がある斬馬刀。

剣の形を模してはいるが、金属製の角棒である鐗。

真っ直ぐの刀身と、鋭利な先端を併せ持つ刀矛。

穂先と柄が一体化された鉄杆槍。

遊牧民の騎兵に対抗するため考案された、長柄の大型刀である青龍偃月刀、などなど。

もちろん弓や矢などもあって、ちょっとした武器庫のような趣さえある。物騒さよりも凛然とした空気を感じるのは、寒さのせいか、道場然とした趣のせいか。

壁に沿うように、階段が拵えてある。空間を最大限に利用するためだろう。二階へと向かいながら、文和がしきりに感心した。

「どの武器も使い込まれているようだな。お嬢ちゃん、まさか全部に精通してるのか？」

「一通り扱えますが、一番手に馴染むのは剣です。師父も、剣を得意としていますから」

手の内をさらすのは、武侠たちを信用しているからではなく、下手な嘘や小細工で侮られないためだ。それに、手の肉刺を見れば、どんな武器が得意かはすぐにばれる。その程度の小賢しい嘘でどうにかできるような相手でもない。

紫苑は、不意討ちや闇討ち、奇襲などが道義に悖るとまでは、考えていなかった。

それも戦い方のひとつであり、どうしても勝たねばならぬときは、ためらわずに奇策や権謀術数を巡らせるべきだとさえ思っている。兵法を学んだことが、正々堂々とした戦いから、紫苑を自由にしていた。ただしそれが、武侠として正しいかどうかは分からない。

いずれにしろ、仮にこの三人と戦うときが来たとしても、その時々で最善を尽くすしかない。そう思えば虚勢を張る必要もなかった。

「こちらです」

階段を上ってすぐの扉で、紫苑は足を止めた。

「こちらが師父の書斎兼寝室です。普段はここに籠られて、雑務と寝食を済まされます」

屋敷に顔を出すのは昼と夜の食事のみで、それ以外は、紫苑に稽古を付けるか、薬を調合するか、書をしたためていることが多い。数年前までは近くの村への往診にも行っていたが、今はそれもやめていた。

「師父。紫苑です」

呼びかけるも、返事はない。

何度か繰り返すが、返ってくるのは沈黙ばかりだ。

まだ眠っているのだろうか？

「泰隆殿。お目覚めか？」

待ちきれない様子で、為問が声をあげる。びっくりするほどの大声だったが、これにも部屋は沈黙を貫いた。

「泰隆！　悪趣味ないたずらはやめろ！　おかげで粥が冷めちまったぞ。美味い料理を台無しにするなんざ、師姉が怒り狂っちまう」

「師父。開けますよ。よろしいですね？」

やはり反応はなく、紫苑は覚悟を決めた。

「お三方は、ひとまずここでお待ちください」

言い含めて、部屋へと入る。

扉を閉じた途端に、不穏なものを鋭敏に感じた。

まるで空気が澱(よど)んでいるような違和感が、肌と鼻をくすぐる。

実際、妙な匂いが漂っていた。

甘いような、肺腑が重く感じる匂いだ。

冷たい風が頬を撫でた。窓が開いているらしい。火鉢も消えていて、今にも空気が凍りそうだ。内功を練れない今、余計に寒さが身に染みる。

その部屋の中央で、人影が胡座をかいているのに気づいた。

わずかにうつむき、表情はうかがい知れないが、泰隆であることは間違いない。

「師父？」

返事はない。瞑想しているわけでも、内功を練っているわけでもなさそうだが、眠っているのとも違う。

「あの、師父……？」

再び呼びかけた紫苑の声が、なぜか硬い。

理性ではなく本能が、異変を嗅ぎ当てていた。

何がこんなに心をざわつかせるのかが分からない。

泰隆は、普段と変わらない厳めしい表情のまま、瞼を閉じ、微動だにしていない。

「変な冗談はおやめください。それとも、私に何か粗相がありましたか？」

尋ねながら、手にしていたお盆を、適当にその辺に置いた。

そのとき、こつんと、爪先に何かが触れた。

耳杯と呼ばれる、楕円形で両側面に羽状の耳がついた杯が転がった。中身がこぼれた痕がある。

視線をたどれば、泰隆の手が、杯を取り落としたように開いたまま、固まっていた。視線をあげていくと、口元から、黒く変色したものがたれて、こびりついているのが見えた。

血だ。

最初に思ったのは、やはり昨夜の酒がよくなかったのだ、ということだった。

これからはどれだけねだられても、断固として断らないと。

そんなことを考えると、全身が寒気に似た嫌悪感に襲われる。

胡座を組み、うなだれ、口元から血を流し、ぴくりともしない姿は、まさか、まさか、まさか。

「師父！」

駆け寄り、その身体に触れる。

あまりの冷たさに、雷に弾かれたように手が離れた。

「師父。師父。返事をしてください、師父」

叫んだつもりだったが、喉を絞められたように、吐息のような小声がこぼれる。

「悪い冗談はおやめください。こんなの、笑えません」

やっぱり酒のせいだ。酒がすべて悪いのだ。

師父が血を吐くのも、自分の内功が練れないのも、軽功を使えないのも、何もかも酒が悪いのだ。

もう二度と師父には酒を飲ませない。

だから、こんなこと、間違いであって欲しいと、心の中で叫び続ける。

「そんな……嘘ですよね、師父。何かの冗談ですよね」

すがるような言葉にさえ、泰隆はぴくりとも反応しない。

感情が、ついに炸裂した。

「師父！　師父！」

「どうした、お嬢ちゃん」

文和が飛び込んでくる。

そちらに一瞥をくれることもなく、紫苑は泰隆に声をかけ続けた。

「師父！　目を覚ましてください師父！」

「おい……こりゃ一体どういうことだ」

さすがに文和の声も、感情を押し殺しそこねたように、揺らいでいた。

「どうしたのだ？」

「泰隆はいたのかい？」

無遠慮な声が近づく。

それから息を呑む音が二つ聞こえた。

さすがに言葉は続かない。

呼吸さえしなくなった泰隆を前に、武侠が四人も集まって、なすすべもなく、ただずむことしかできなかった。

「師父が……死んでいます」

決定的な一言に、空気に亀裂が入る。

「馬鹿な。なぜだ。なぜ泰隆殿が死んでいるのだ」

理不尽に殴られたように、為問の声は怒りに震えていた。

文和と祥纏に至っては、声も出せずに、泰隆を凝視していた。

「どきな」

自失から回復した祥纏が、紫苑を押しのけ、泰隆の腕を取った。脈を診ているようだが、すぐに頭が振られる。じゃらりと、髪飾りが音を立てた。

「間違いないのか、師姉」

祥纏はこたえないが、沈黙すら痛ましく重い。

足元の感覚がなくなるように、紫苑の膝が折れる。

そのとき、先ほど蹴飛ばした杯が目に入った。

胸騒ぎが増した。

昨晩こそ珍しく酒を口にした泰隆だが、普段は病気のせいもあって、薬酒すら一滴も飲まない。なのに、手からこぼれたであろう杯が酒の匂いを漂わせている。甘い匂いの正体はこれか？

思うところがあって、紫苑はその杯を金魚鉢に沈めた。

途端に、金魚が腹を見せて浮かんだ。

「毒か！」

後ずさりしながら、為問が嫌悪もあらわに声をあげる。まるで存在そのものが汚らわしいと言わんばかりだ。

反対に紫苑は、怒り以上の疑問に、心が一瞬で冷えるのを感じた。

「毒……そんな馬鹿なこと。あり得ません」

文和と祥纏の二人が頷く。

「泰隆は内功の達人。毒など効かんはずだ」

そう。内功を極めれば、気脈の流れを逆にすることで、体内の毒素を放出することすら可能だ。

泰隆の重厚な内功はこの場にいる全員が知るところである。だとすれば、考えられることはひとつ……

「お嬢ちゃんは、泰隆が自害したって思っているんだね？」

「馬鹿な！　信じられん！　泰隆殿が自害だと！　それもわざわざ、我らを集めてなど……ありえん！」

「だったら、この状況をどう説明するんだい？」

状況を把握しようと、気丈にも目の前の出来事を整理する。

「船は楼閣側の桟橋にくくりつけられてただろ？　つまり、侵入者はいないってことだ。毒の効かない内功の達人が毒で死んでるなら、自害じゃないのかい？　お嬢ちゃんが軽功で侵入して、泰隆を殺したって言うなら話は別だけど……まさかそんなことあり得ないだろう？」

「当然です」

「しかし、泰隆殿が自害する理由など――」

為問の語尾に、息を呑む音が重なる。

瞳が大きく見開かれ、一点を凝視し、唇が震えた。

腹部が、わずかにだが膨らんでいた。

恐る恐る服をめくれば、そこには、匕首が突き刺さっていた。

一同の表情に、亀裂が走る。

「……なんだい、これは」

さすがの祥纏も、色を失っていた。

「師父の匕首です。間違いありません。柄に麒麟の飾りが彫られていますから」

匕首とは、簡単に言えば短い刃物のことだ。主に暗殺に使用される隠し武器で、それらを総じて、暗器と呼ぶ。

これで、自害の可能性はほぼ消えたと言っていいだろう。

仮に自害するにしても、名だたる武侠が、最後の武器に暗器を使ったりしない。

武侠であるならその心情は理解できるはずだ。

何も匕首をいやしい武器だと軽んじているからではない。暗器とは、刹那を見極め、一瞬のうちに事を成し遂げることに美を見いだす武器だ。失敗すれば、ただ虚しく果てるのみ。滅びの美学に殉ずる側面もある。

窮地に立たされた上での自害ならともかく、堂々と割腹して果てるなら、別の刃物を普通は選ぶだろう。道場にあれほど大量の武器があるのだから、自害するに相応しい刃物などいくらでもある。なのに匕首を選ぶことに、武侠なら違和感を覚えて当然であった。

「そもそも毒を飲んでるんだ。自害するつもりなら、それで事足りるからな」

泰隆は医者だ。新旧の医術を学び、鍼はもちろん、薬にも精通している。服毒自殺なら、その毒の量を見誤るはずがない。

「つまり、泰隆殿は、毒を飲まされ、解毒しようとしたところを刺し殺されたのか？」

「解毒してる間は、内功がそっちに持っていかれるからのう」

つまり解毒中は、解毒作業に内功を割く必要があり、本領を発揮できなくなるのである。

仮に誰かに殺されたのだとしたら、その可能性が高い。

「師父が、殺された……」

突然のことに打ちひしがれながらも、違和感が紫苑の胸を占めていく。

昨夜泰隆が酒を飲んだことも、誰かに毒を盛られたことも。

何より、船が八仙楼の桟橋に繋がれていた時点で、普通に考えれば誰も出入りはできなかったはずだ。

文和と祥纏の軽功では湖を渡ることはできず、為問はそもそも軽功を使うことができない。紫苑も、なぜか内功を失い、軽功が使えない状態で、恋華は武術そのものを習ったことがない。

いわば八仙楼自体が、閉じられていたことになる。

――厳密には、行き来する方法がない訳ではないが、それを知る者は、泰隆、紫苑、恋華の三人のみだ。

この状況で、毒の効かない内功の達人が、毒を盛られ、刺し殺された。一体誰が、なんのために？

分からないことだらけだが、今しなければならないことだけは分かる。

「賊がまだ八仙楼にいるかもしれません」

一同に緊張が走る。

「船がこちら側の桟橋に繋がっていたのです。師父が殺されたのなら、賊がまだ潜んでいる可能性が高いはずです」

「確かにその通りだね」

窓から覗けば、真下に船が見える。桟橋に繋がったままだ。

「坊さん、わしと来てくれ。道場を探すぞ。師姉とお嬢ちゃんは、二階と三階を探してくれ」

的確な指示だ。

仮に賊が潜んでいた場合、一人よりも二人の方が対処しやすい。

「よかろう」

頷くと同時に、為問は走り出していた。既に文和も、部屋を飛び出している。

紫苑と祥纏も、誰かが潜んでいないかを調べた。

隅々までとはいかないまでも、人が潜んでいれば分かる程度にはあちこちを覗き込むが、二階には他人の気配すら感じなかった。

続いて、三階へと駆け上る。

一階の道場と同じく、柱のない円柱型のひと部屋があるだけだった。踏み入れた途端に、ふわりと花の香りがした。微かに漂うような薄い香りだったが、この寒さの中で感じるのだから、昨晩のうちに香でも焚いたのだろうか。

半ば物置として使っていたようで、壁には、書画や陶芸品などがいくつも並んでいる。おかげで隙間が多く、隠れられる場所も多いが、どれだけ探しても、賊は見つからなかった。

諦めて、文和たちと合流すべく、一階へ向かう。

だが、二階で二人が階段を駆け上ってくるのが見えた。

向こうもこちらに気づいて、二人同時に頭を振っている。

「そっちはどうだった、師姉？」

「誰もいないよ。間違いないね」

「こっちもだ。そもそも道場には、誰も隠れられる隙間なんてなかったからな」

今八仙楼にいるのは、間違いなく、紫苑を含めて四人だけ。

「ならば、答えはひとつです」

言うなり、紫苑は書斎へ戻ると、灯り用の油壺をひっつかみ、それを窓から投げ捨てた。ちょうど真下にあった船が油まみれになる。

一同が呆気にとられているうちに、続けて蠟燭に火をつけて投げ放つ。

一瞬の後に、船が炎に包まれた。

「あんた、なにをするんだい！」

最初に我を取り戻したのは、祥纏だった。

殺気立った視線が紫苑を射貫くが、さらなる気迫を込めて、泰隆の弟子は剣を抜いた。

「師父の仇は討たねばなりません」

言葉の意味するところは、宣戦布告だ。

すなわち――

「貴様！　愚僧達の中に泰隆殿を殺した者がいると言うのか！」

「それ以外に考えられません」

為問の怒りを、紫苑はこともなげに受け止める。

「誰が師父を殺したか分かるまで、皆様にはここにとどまっていただきます。もし出て行くというのなら、一戦もやむなし。たとえ勝てずとも、ただではここから出しません」

はったりもここまでくれば上出来だ。内功の練れない今、仮に誰が泰隆を殺したか分かったとしても、紫苑が勝つことは難しい。

それでも、この三人をこの場につなぎ止めておくため必死だった。

「もっとも、この八仙楼の周りは湖に囲まれています。向こう岸までは、どれだけ短くても五〇丈（約一五〇メートル）。この距離を軽功で渡れるというのなら、試してみるのも一興かもしれませんが」

船は簡単に燃え尽き、崩れた。

第二集　山中問答

問余何意棲碧山　余に問ふ　何の意ありてか碧山に棲むと
笑而不答心自閑　笑つて答へず心自から閑なり
桃花流水杳然去　桃花流水杳然として去る
別有天地非人間　別に天地の人間に非ざる有り

一

澱んだ空気が、窓からの風によってわずかに吹き流される。それでもまだ、甘くて重い香りが沈んでいた。

死の臭いだった。

酒でもなく、老人の呼気でもなく、腐敗する直前の死臭だ。

身じろぎもしない師父をかばうように、紫苑は武俠たちと対峙している。

弟子とはいえ、自分のような小娘から嫌疑をかけられ、宣戦布告まで受けて、名だたる武侠が面白く思うはずがない。

冷たく澱んだ空気に、針で突けば炸裂するような危うさが混じり始め、紫苑の身体を絡め取るようにまとわりついた。

温和な文和でも、どうしたものかと思い悩むように、しかめ面で顎を撫でている。ありもしない髭を弄っているようにも見えた。

分かりやすいのは為問だった。怒気に眉をつり上げ、不快さを隠そうともしていない。

祥纏だけが、感情を消したような表情で、紫苑を見つめていた。とはいえ、それも長い時間ではない。不意に、細身がふわりと動いた。一触即発な中、物怖じしないごく自然な動作で、さすがの紫苑も反応が遅れた。

祥纏は懐から火付け道具を取り出し、燧石を擦った。かつん、という音がして、一発で火種が赤く灯る。煙管に詰めた葉っぱに火をつけた。

煙管を吸い、不味そうな顔で煙を吐き出すが、次に浮かべたのは意外なことに笑顔であった。

「いい度胸だねえ、お嬢ちゃん。そこの坊主はともかく、兄弟弟子のあたしらにまで、泰隆を殺した嫌疑をかけるっていうんだね？」

灰になった葉っぱを火鉢に落とした瞬間、紫苑の視界の中で、紫電(しでん)が閃(ひらめ)いた。

咄嗟に身体を半歩分反らせる。

致死性の威力を秘めた小刀が、音も残さず駆け抜け、寝台の柱に突き刺さった。

右側の三つ編みが、はらりとほどける。

冷や汗が遅れて噴き出し、背筋を湿らした。

小刀は、どんな技法か分からないが、黒く染められていた。

あまりの速さに、紫電が駆けたように見えたのだ。

「どうせ文和に知られてるから教えてやるけど、あたしの得意技は小飛刀でね。五〇歩の距離なら、百発百中で的を貫けるのさ」

「つまり、わざと外した。そう仰りたいのですか？」

「とんでもない。言ったろう、的を貫けるって。動く奴はちょいと難しくてね。確かに、毒を飲んでうずくまった相手でなきゃあ、遠間(とおま)から当てるなんて無理だねえ。実際、あんたにもかるーく躱されちまった」

今の一撃は、どう考えても心臓を狙っていた。手加減は加えていない。殺気がないだけ余計に躱しづらく、身構えていなければ死んでいただろう。

寝台に刺さった飛刀を抜きながら、文和が呻いた。

「相変わらずえげつない技だな、師姉(シージェ)。刀身が黒いから、闇夜に紛れると、まず見えん。明るい場所でも、紫電が走ったようにしか思えず、喰らった相手は飛刀と気づかず死ぬだろうよ」

「か弱い女が生き残るには、知恵と工夫が必要なのさ。飯店経営と同じだよ」

「『紫電仙姑(しでんせんこ)』……通り名の由来、しかと拝見いたしました」

「……言ったろ。その通り名は嫌いなんだ」

いつの間にか、煙管からまた煙が立ち上っていた。それこそ、仙姑のような鮮やかな手つきだ。

「──で、手の内をわざわざ明かされたのは、ご自身がやったとお認めになるためですか？」

「泰隆に刺さってる匕首(ひしゅ)がどうなってるか、もう一度確認してみな」

直接は答えず、煙を吐き出しながら、細い顎がしゃくられる。訝しげに眉を寄せるも、すぐに言いたいことに気づいた。

「匕首は、服の内側です」

最初に確認したときもそうだった。

腹に不自然な膨らみを見つけ、服をはだけさせて、匕首を見つけたのだ。血も、わずかだが服の内側に付着している。

「その通り。遠間から飛刀で刺したんじゃあ、こうはならない。同じように、揉み合った末に刺したって訳でもなさそうだ。でなきゃ、服ごと貫いてるはずだからね」

ぽとりと灰を火鉢に落とし、祥纏は不味そうな顔で言葉を続ける。

「第一、うずくまってんなら、近づいて刺せばいいんだ。あたしでなくとも、簡単だよ」

祥纏の口元が、三日月を思わせる形に歪んだ。

なのに目は、欠片も微笑んでいない。

「この技のせいで、後から余計な疑いをかけられるのが嫌だから、先に教えただけさ。でなきゃ、泰隆の弟子といえど、小娘ごときに手の内をさらすもんか」

声に、隠しきれない怒気が滲んでいる。

「あんたも泰隆と付き合いは長いんだろうけど、こっちは、生まれたときからなんだ。泰隆の妹の欣怡（きんい）とは、一〇日違いの生まれだからねえ。母親同士意気投合して、家族ぐるみの付き合いってやつまでして、あいつを哥哥（グァグァ）とまで呼んでたんだよ」

両眼に怒りが帯電し、危険な色に変色している。それこそ『紫電仙姑』の通り名を体現しているようだった。

「そのあたしを疑うんだね。突然の死に、悲しむことも、動揺を静める間もなく、内弟子とはいえ小娘が疑いをかけてくる。それ相応の覚悟があってのことなんだろうね」

ぶつけ所のない怒りと遣る瀬なさが、重く鋭い槍となって紫苑を貫かんとしていた。

だからといって、屈する訳にもいかない。

「失礼があれば、いずれお詫びさせていただきます。ですが、今は非礼を承知でも、師父（シーフー）の仇であるかもしれない方を逃がしません」

もしここで三人を帰せば、再びまみえることは、ほぼ不可能になる。終曲飯店の創業者である祥纏だけなら、居場所をさぐることは可能かも知れないが、他の二人については、中華全土を使った鬼ごっこをやらされるようなものだ。

「わしとしても、あまりいい気はせんが……だがまあ、お嬢ちゃんの気持ちも分からんでもない」

もじゃもじゃの頭を掻きながら、文和が口を開いた。

「だが、そのお嬢ちゃんの気持ちを汲むためには、どうしても最初にハッキリさせねばならんことがある」

なんのことか分からず、眉をひそめる。

文和が吐息をこぼした。

ため息をついたのかもしれない。

「お嬢ちゃんが泰隆を殺してないという証明だ」

「私が師父を⁉」

思わず声が高くなるが、一理あることはすぐに理解できて、怒りを飲み込んだ。自分が手を下した本人以外、泰隆を殺した人物が誰か分からないのはみな同じだ。自分が武侠たちを疑うように、彼らもまた、自分を疑っている。

あるいはその本人が、自分への疑いを逸らそうとして、こちらに罪をなすりつけてくることもあるだろう。そんなことも思いつかなかった。身体のだるさに心が引っ張られているようで、まだ頭がちゃんと働いていないようだ。

「わしらを疑うなら、まずは自身の潔白を先に証明するのが筋ではないか？」

「その通り。そもそも、軽功で湖を渡りきれるのは、泰隆殿と紫苑殿だけ。ならば真っ先に疑われるのは、そなたではないか。余計に、証明が必要なのではないか？」

同調する為問に反論できず、肩が落ちた。

「……仰るとおりです」

疑われるなど、露ほども思っていないことだった。

弟子としては屈辱だったが、自分も同じことをしていたのに、ようやく気づく。

「ご無礼があったことは身に染みました。申し訳ございません」

「で、どうなんだ。証明できるのか？」

文和の声は、いつもの調子を崩さず、あくまで軽い。

だが眼光は鋭く、韜晦を許さない厳しさがあった。

「……いえ」

証明というからには、絶対的な、反証すら許されない、揺るぎないものが必要となるだろう。

だがそんなもの、あるはずもない。

「昨晩はずっと眠っていましたから。恋華……お嬢様といっしょに」

「ほう、随分と仲がいいんだな。その歳でいっしょの寝台を使ってるのか？」

「下衆な勘ぐりするんじゃないよ！」

祥纏が文和のもじゃもじゃ頭をどついた。

「何も言ってないだろ、師姉！　そういう師姉こそ、よこしまなことを考えたから、わしをどつくんじゃないのか？」

こんな状況でも、二人が喋れば馬鹿馬鹿しい気配が漂う。だが、骸を前にしては、さすがに続かない。

見ている方も耐えられなくなるのか、ことさらしかつめらしい表情で、為問が尋ねた。

「恋華殿が証人にはならぬのか？　眠っていたといっても、同じ部屋で物音がすれば、目が覚めるだろう？」

「いえ。お嬢様は寝付きがよく、一度お眠りになると、朝までは絶対目を覚まされません」

「分かりゃしないんだから、黙って頷いてりゃよかったのに。二人いっしょに朝まで語り合ってました、なんて適当にでっちあげりゃあいいんだよ。この馬鹿正直者」

「師父の無念を前に、弟子の私がいい加減なことを言えるはずがありません。やましいことは何ひとつないのですから、すべて正直に答えるべきです」

「ふん、そういう融通の利かないところは、泰隆にそっくりなんだね」

祥纏の瞳に、哀れみが滲んだ。

「下手な嘘をついて疑いを持たれるのは本意ではありません。私は師父の仇を討つために、皆様を引き留めているのです。自分の罪をごまかすためではありません」

毅然（きぜん）とした反論は本心からだが、同時に、どう思われようとも構わなかった。

自分が疑われることなど、毛ほども痛くない。だが、下手なことを言って恋華まで疑われてしまうのは、それこそ、紫苑の望むところではなかった。

とはいえ、身体の不調があったことは、黙っておく。

いくら脱出する手段が消えたとはいえ、これから尋問するのに侮られては、不都合が出てくるかも知れない。

「つまり、疑いを晴らすことはできぬというわけか」

反論できず、唇を嚙みしめる。

「気にすることはない。わしも、昨晩はずっと眠っていた。つまり、お嬢ちゃんと同じということだ」

かばってくれているのか、たんに事実を口にしただけなのか、紫苑には文和の心底が見えない。

「それを言うなら愚僧も同じだ。疲れていたらしい。夜中に一度も目覚めなかったのは久しぶりだ」

「つまり、ここにいる全員、夜中に何をしてたのか、分からないって言うんだね」

「ですが、桟橋へは、お嬢様の足跡のみが残っていました。『踏雪無痕』を行えるのは、ここにいる者だけ」

「であれば、愚僧は違う。軽功など使えぬ」

「口ではなんとでも言えるがな」

からかう文和に、為問は憮然と口を引き結ぶ。

「それに、足跡はともかく、湖を渡る手段なら船以外にもあるだろ」

「どんな方法ですか？」

「簡単すぎて逆に思いつかんか？　泳げばいいんだ」

得意気な文和とは逆に、紫苑は髪を左右に揺らした。

「この極寒の中を泳げば、生死に関わります。すでにお話しした通り、八仙楼から陸地まで、どれだけ短くとも五〇丈（約一五〇メートル）はあります。一〇〇歩ほどもあるのです。この寒さの中、この距離を泳ぎ切るのは、至難の業（わざ）かと」

冷水が体力を奪う速度は尋常ではない。ましてや湖は海水とは違って身体が浮きにくい。ただ浮くだけでも、それなりの訓練が必要だ。もし服を着たままなら泳ぐこともままならないし、陸地に上がるのも、水を吸った重みでほぼ不可能になる。

「よしんば無事に戻れたとして、その後はどうするのですか？　昨晩は風も強く、身体を拭っても、すぐに凍傷を負ってしまいます」

どれほど屈強な武人でも、吹雪（ふぶき）の日にびしょ濡れになれば、四半刻（約三〇分）と耐えられないはずだ。

「昨晩から今朝にかけて、お湯を沸かした様子も、屋敷のどこかで火をおこした形跡もありません。泳ぐなど、それこそ自殺行為です」

「内功を練れる者は寒さに強いと聞くが？」

「内功は、あくまで気脈の流れを活性化させるもの。身体を動かして温めるのと、やってることはあまり変わりません」

かつて師父に教わった内容を、そのまま伝える。

「ある程度の寒さには効果的ですが、寒すぎれば、余計に身体を冷やしてしまいます」

「酒で血の流れが速まると、余計寒さにやられやすくなる。それと同じというわけか。万能とはいかぬようだな」

「だが、絶対に無理という訳でもなかろう。例えば、半分だけでも軽功で飛んで、残りを泳げば……」

「そもそも湖を泳いで渡る理由がありません」

紫苑の言葉に、文和は虚を突かれたように目を瞬(しばたた)かせる。

なぜか祥纏が嬉しそうに笑った。

「ふん、浅知恵だったねえ、文和」

「どういうことだ、師姉」

「泰隆は軽功で船を使わず八仙楼と陸地を行き来したんだ。つまり、昨晩船は、陸側にあったのさ」

「その通りです。普通に船を使って八仙楼へ渡れたのです。帰りだけ、命の危険を冒してまで、極寒の中を泳ぐ必要はありません。船に異常はなかったのですから」

しまったと言わんばかりの表情で、文和はもじゃもじゃの頭に片手を突っ込んだ。

「うかつだったな。そう言われればそうだ。行きだけ船を使って、帰りだけ泳いで帰ってくるなんて、そんな馬鹿な話はない」

「お腹に匕首が刺さっていました。自害でないのは明らかです。ならば、船に訳の分からない小細工を施す必要もありません」

「分からぬぞ。こうやって愚僧たちを攪乱するのが目的かも知れん」

「攪乱されたのは、男ども二人だけじゃないか」

容赦のない言葉に、文和は恥じ入るようにうつむき、為問は頰を強張らせて、ことさら無表情を作ってみせる。

「それとも何かい？　こんな幼稚なやり方で、あたしたちを攪乱したつもりになってたのかい？」

むっとして、為問は声を唸らせた。

「愚僧は泳げぬ。下手な勘ぐりはやめてもらおうか」

激高こそしなかったが、両眉にはしっかりと不機嫌さが浮かんでいる。それをまた、文和がからかった。

「軽功も泳ぎもできんとな。この状況で、いささかお前さんに都合のいい話だな」

「都合がいいだと？　仲間を殺したという嫌疑をかけられ、痛くもない腹を探られ、閉じ込められ、都合がいいとはどういうことだ！」

今度こそ気色ばんで、錫杖が床を叩く。

その時には、祥纏が音もなく距離を詰めていた。

「確かめてやるよ。そら！」

「な!?」

ふわりと、為問の身体が浮く。

驚くべきことに、祥纏は自らの身体にではなく、為問の身体に軽功を仕掛けていた。軽功は、気脈を巧みに操作することで体重を減らす技だ。理論上、相手の気脈を操ることができるなら、確かに可能な技だ。不意を突いたからこそ、実現できたのだろう。実際、放り投げた次の瞬間には、為問の身体は体重を取り戻し、開いた窓から勢いよく落ちていった。

野太い悲鳴に、派手な水音と飛沫が続く。

鍛えられた身体は、簡単に水底へと沈んでいった。

馬脚をあらわすかと様子をうかがうが、しばらくすると、呼気すら泡立たなくなった。

「こりゃいかん」

慌てて文和が、釣り竿をしならせる。

船を一本釣りするぐらいだ。人一人を二階の高さまで引っ張り上げるなど造作もない。だが、釣り上げられた為問は、白目を剝いて呼吸もしていなかった。

「どきな」

　さすがにやり過ぎたと思ったのか、横になった為問の胸に、祥纏が掌底を叩き込む。

「ごぼっ⁉」

　激しく咳き込み、大量の水が口から溢れ出した。

　意識を無事取り戻し、自分が助かったことを悟ると、為問は人目もはばからず僧衣を脱ぎ捨て、すがるように火鉢に取りついた。

「どうやら本当に泳げないらしいねえ」

「貴様！　貴様ぁ！」

　怒りと寒さ以上に、恐怖で身体と声が震えている。唇は紫色に変色しているが、顔は今にも殴りかからんばかりに真っ赤だ。それでも火鉢から離れられないらしく、がちがちと歯を鳴らしながら、仏僧にあるまじき怒りの形相でにらんでいる。

　にらまれた方は、むしろ悠然とした態度で煙管に火をつけ、ゆっくりと煙を吐き出しながら微笑み返した。

「ちなみにあたしも泳げなくてね。そもそも沐浴ならともかく、濡れるのは嫌いなのさ」

「海幇にいたせいでつい忘れちまう。泳げるもんの方が珍しいんだってことをな」

　本気ではなかっただろうが、人一人を死なせかけておきながら平然とする祥纏に、紫苑は薄ら寒さを覚えた。最初から傍若無人なところがあったが、まさかここまでとは。武術はともかく、性格的には敵いそうにもない。

同じように感じたのか、為問が矛先を変えるように唸った。

「そういう文和殿こそどうなのだ。貴殿の技があれば、少なくとも同じ状況を作り上げることはできるのではないか」

「どういうことだ？」

疑われて怒るどころか、興味を持ったように文和が身を乗り出す。そんな方法があるなら教えて欲しいと言わんばかりだ。

「先ほどやって見せたように、船を栈橋から栈橋まで蹴り飛ばし、釣り竿を使って縄を杭に引っかければ、同じ状況が作れるのではないか」

なるほどなあ、と文和は顎を撫でた。

「あとは『踏雪無痕』を使って屋敷に戻れば、同じ状況は作れるだろう」

「残念だが外れだ」

いとも簡単に、文和は否定する。

「あれは船を蹴ったんじゃない。櫂を蹴ったんだ。力の伝達が一切損なわれないようにな。だからあの速さで船が動いたんだ」

「それは私も見ていました。少なくともあの技では、舵を握っていないと、狙った場所になど進めないのでは？」

「ほう、よく見ているな。感心だ」

「結局誰も、このおかしな状況を説明できないって訳だね」

それはつまり、自分も含めて、誰が師父を殺したのか分からないということだ。

油断なく、紫苑は武侠たちから距離を取った。

どんな技を使うか分からない以上、何があっても対応できるように、離れている必要がある。

さりげなさを装いながら、紫苑は唇を強く嚙みしめた。

「それでも一同をここからお出しする訳には参りません。仇は討たねばならぬのが江湖の掟。名だたる武侠が、まさか異論を挟まれますまい」

「ああ、異論はないよ。異論はないけどね」

すうっと、祥纏の目が細くなる。

瞬間、だんっ、と火薬が弾けるような音が聞こえた。

「異論はないけど、あたしらにも仇を討つ資格があるってこと、忘れるんじゃないよ、お嬢ちゃん」

雪よりも冷たい声と指が、紫苑の鼓膜と頬を撫でた。一瞬遅れて、背筋が凍るような恐怖が紫苑の背筋を駆け上っていく。

いつの間にか、距離を詰められていた。一瞬前まで、祥纏とは五歩ほどの距離を保っていたはず。

なのに気がついたときには、視界が祥纏の顔で埋まっていた。

口元が歪み、目は欠片も笑っていない、凄惨なまでに美しい顔だった。

慌てて大きく後ろに飛ぶ。

焦ったせいで不必要に距離を取り、安堵してこぼしたため息は震えていた。

――今のは一体？

声すら出せずに喘いで、紫苑は改めて祥纏の技を分析した。

かつて泰隆が見せた、空間をねじ曲げるような歩法に似た技かもしれない。あれをさらに突き詰めた動きに思えた。同門で、しかも文和が言うには、同時期に学んでいたという二人だ。師父と同じ技を使っても不思議はない。

飛刀の時は前もって予見できたが、今回のは反応することもできなかった。もしや、本人が嫌う『紫電仙姑』という通り名は、本当は今の技が由来ではないだろうか？

背中を幾筋もの冷や汗が伝っていく。その不快感を堪えていると、ぷかりと、煙が浮かぶのが見えた。

「忘れるんじゃないよ。怪しいのは、あんたも同じなんだ。そもそも船を使わずに湖を行き来できるのは、あんたと泰隆だけなんだからね」

酷薄（こくはく）な声に、紫苑は吐き出す息まで冷たくなった気分だった。

「紫苑殿。頬が……」

為問が唇を震わせる。何事かと手をやれば、指先にぬるりとした感触が触れた。

頬の皮膚が薄皮一枚だけ切れていた。傷ともいえない傷だが、その気になれば首すら刎（は）ねられるに違いない。

油断していたつもりはなかった。それでも簡単に距離を詰められ、実力の違いを見せつけられた。

内功が戻ったとしても、勝てるかどうか。

自らの未熟さが恥ずかしくなる。

それでも紫苑は、乾いた血をこそぎ落としながら、啖呵（たんか）を切るように言い返した。

「もちろんです。私が師父を殺したという紛れもない証拠があれば、斬っていただいて結構。代わりに私も、誰が師父を殺したのか分かれば、直ちに斬り伏せます」

「怖いねえ。美人が凄（すご）むと余計だよ」

同じ言葉をそっくりそのまま言い返したいが、紫苑は声を飲み込んだ。そんなことをすれば、冷笑か皮肉が返ってくるに違いない。

それにしても、からかうような態度は、自分が泰隆を殺した人物ではないからなのか、どうせばれないという自信からくるものなのか。少なくとも、役者としては袢纏の方がはるかに上手（うわて）であることを、認めざるを得なかった。

　そのとき、ようやく身体が温まったのか、為問が火鉢から離れた。濡れた服は乾いていないが、部屋も暖まってきたので、下着姿のまま数珠（じゅず）を取り出す。じゃらりと鳴らして、未だ座したままの泰隆に黙禱（もくとう）を捧げて言った。

「ひとまず泰隆殿を楽にしてやろう。このままにしておくのも、忍びないではないか」

「師父に触るな！」

　為問の伸ばした手を、素早く紫苑がつかみ取る。反射的に振り払おうとする動きに反応し、手首をひねりながら後ろを取った。すかさず膝裏を蹴り、ひざまずかせる。

　野太い悲鳴を上げながら、為問が苦悶に顔を歪める。

咄嗟に擒拿（きんな）術で組み伏せたが、今になって、内功が使えないことがばれないか、心臓が激しく鳴った。

　さすがに関節の極まったこの状況から反撃されることはないだろうが、師父が奥義を授けると認めた武侠たちだ。どんな奥の手を隠し持っているか、想像もできない。反撃を試みられる前に、背中を蹴り飛ばし、距離を取った。

　もんどり打ちながらも、為問が体勢を立て直す。腕をさすりながら錫杖（しゃくじょう）を構えた。

「もう我慢ならん！」

ついに怒りを爆発させて、錫杖を突き出す。

しかし直情的な動きでは、紫苑を捉えることはできない。遊環（ゆかん）を揺らす音だけが、虚しく響いていく。

対する紫苑も、避け続けることしかできなかった。反撃する隙はあるが、下手に手を出せば、内功を失っていることがばれてしまいかねない。擒拿術でごまかし続けるのにも、限度がある。

それに、あんなもので殴られれば、ただでは済まない。まともに食らうほど間抜けではないが、気は抜けなくて、焦り始めた。

「ちょこまかと！」

憤怒（ふんぬ）のままに錫杖が振りかぶられる。力みすぎたのか、為問の身体がわずかに前のめりに崩れた。

咄嗟に伸びきった腕を掴み、引っ張る。

体勢が崩れて、為問はそのまま壁に向かって、錫杖を振り下ろす形になった。

「つあ⁉」

普通なら、壁が破壊されるほどの威力があっただろう。だが崩れ落ちたのは為問の方だった。悲鳴すらあげて、殴られたように身体が転がる。痺れでもしたように、全身がぴくぴくと痙攣した。

「なんだ、今のは？」

あり得ない現象に、文和だけでなく祥纏も目を剝く。

「八仙楼には、八天奇門陣が敷かれてあります。外功内功問わず、与えられた力を建物が跳ね返してしまうのです」

「ぐぬっ……」

手首をさすりながら、為問が口惜しげに錫杖を構え直そうとするが、寸分早く、紫苑の剣訣が為問の眉間に触れた。

内功も込められておらず、点穴を突いた訳でもない。ただ触れただけだったが、その正確さと素早さに、為問の表情から血の気がようやく消えた。

「この一撃に内功を込めていれば、命はありませんでした」

内功が練れないのを、そんな言葉でごまかす。

「戦っても意味のないことは明らかです。それでもまだ続けるおつもりであれば、師父の仇か否かを問わず、覚悟していただくことになります」

はったりに次ぐはったりに、他ならぬ紫苑本人が肝を冷やす。

冷や汗が背筋を伝った。

為問が、悔しげに頬を強張らせながら、唇を震わせる。瞳には、怯えと屈辱と怒りがまだらのように浮かんでいた。

「どっちもそこまでにしておけ。争ったところで無意味だ」

文和が軽くたしなめる。

ほっとしたのは、むしろ紫苑だが、おくびにも出さずに、従う振りをして構えを解いた。それから為問も、緊張を解くように力を抜いた。

「お嬢ちゃん」

文和の声は、この場には不釣り合いなほど優しい。

「泰隆を殺した奴を、わしも知りたい。頑固で偏屈な奴だったが、それでもわしの数少ない友人だ。いや、友人だった。そう言わねばならぬのが残念なほどにな。だから、仇を討ちたいのも同じだ」

本心なのか、演技なのか……。

「だからひとまず、状況を整理しよう」

そう言って、指折り数えていく。

泰隆は、誰にも侵入できない八仙楼で、毒を飲んだ。

八仙楼には船でしか行き来できず、その船も、八仙楼側の桟橋に繋がれてあった。

解毒を試みたあとがある。

腹には匕首が刺さっていた。

匕首は服で隠れており、飛刀や揉み合いの末に刺されたのではない。

湖を泳いで渡ることはできない。

湖を渡れるほどの軽功を身につけているのは、泰隆と紫苑のみ。

「こんなもんかのう」

頷き返しながら、紫苑は心の中でもう一つ付け加えた。

『自分以外の誰かが師父を殺した』と。

文和が吐息して、肩が凝ったように首を回した。

「喋りすぎたせいか、喉が渇いたな。ここにとどまるのはいいが、せめて何か飲ませてくれ。長引くようなら、飯もな」

「愚僧も、温かい飲み物と着替えを借りたい」

「昨晩の湯円（タンユエン）がまだ残ってるだろう？　ついでに温め直して持ってきておくれ」

一同、この状況で図々しく注文するのだから、やはり肝の据わりようが常人とは違う。

だが、願ってもない好機だ。屋敷に戻る口実がやっとできた。

「分かりました。少し時間がかかるかもしれませんが、屋敷から運んで参ります」

感情が顔に出ないよう注意しながら、紫苑は部屋を後にした。

急いで階段を駆け下り、道場を突っ切って外へ出ると、桟橋に立つ。

船は焼けて崩れている。

向こうへ渡る方法は、一見してないように見える。

湖は相変わらず白い霧で覆われ、底どころか水面も見えない。

仕方がない。意を決して、紫苑は霧に向かって飛んだ。

水面を弾く音がして、紫苑は凍ってもいない湖面を蹴った。

二歩、三歩、四歩……続けて駆け抜けていく。

内功はまだ戻っておらず、回復の兆しすらない。つまり、軽功も使えないということだ。

なのに水面を走れるのは、なんのことはない、この湖に、丸太を杭のようにいくつも打ち込んでいるからだった。

文和たちには話していないが、初めて軽功を修行したのが、この湖だった。だが、いくら修行のためとはいえ、幼い子供が底の見えない湖に足を踏み出すのは、勇気がいる。まずは恐怖を克服することが、泰隆の元での最初の修行だった。そのために、丸太を打ち込んで、その上で軽功修行を行っていた。

知っているのは、自分と師父と恋華だけだ。正確には、かつて食客として寝食を共にした陳(ちん)親子も含まれるが、まさかどこかに隠れていて、泰隆を殺したということはないだろう。

　よしんば偶然近くを訪れていたとしても、『踏雪無痕』は使えないし、普通に近づいた形跡もない。雪が証明してくれている。

　軽快に、律動的な動きで、紫苑は丸太の上を走っていく。端から見れば、軽功によって湖面を走るのと区別はつかないだろう。ましてや湖面には濃霧が漂っている、くるぶしまで濡れていることも、楼閣の窓からでは見えないはずだ。

　音だけはあまり派手にならないように気をつけながら、紫苑は色の消えた真っ白な中を駆けていく。

　それを眺めていた文和が、感心したように言った。

「大した軽功だ、霧のせいもあるが、あれだけ派手な服が、もう見えんようになってしまった」

「『烈風神海(れっぷうしんかい)』殿。窓を閉めてくれ。寒くてかなわぬ」

　頷き返しながら、文和が尋ねた。

「師姉はあの距離を軽功のみで渡れるか？」

「無理に決まってるだろ。あんたの貧相な軽功よりはましだけど、半分が限界だよ」

　一瞥もせず、袢纏(はんてん)は火鉢に手をかざす。

　ぱちりと木炭の爆ぜる音がした。

二

「恋華！　恋華、どこ！　恋華！」

屋敷に戻って、紫苑は真っ先に恋華を探す。

正房、倒座、脇部屋、厨……厠に風呂場まで探すが、結局見つけたのは、恋華の部屋だった。

「あら、今戻ったんですか？　遅かったですね、紫苑姉様」

椅子に腰掛けて、書物を紐解いている。あれは孫子だ。

おおよそ年頃の女の子が好みそうにないが、八仙島は恐ろしく退屈な島だ。娯楽がほとんどないのだ。少し前までは刺繍に凝っていたようだが、それも、今紫苑が着ている鳳凰を縫い上げたところで、意欲が失われたらしい。

手持ち無沙汰だから、あんなのでも読んでいた方がましなのだろう。それに、恋華もかつて、兵法について、覚阿から一通り教えを受けている。当時の恋華は、つまらないと文句ばかり言っていたが、今になって興味が湧いたのかもしれない。

いや、よく見れば、ぱらぱらとめくるだけで熟読している様子ではない。視線も、字を追っているのではなく、紙の上をすべっているようにも見えた。やはり、つまらないのだろう。わざわざつまらないものを読む必要なんてないのに。

などとどうでもいいことを考えてしまうのは、心の逃避行動だ。取るに足らない考えごとで頭を埋め尽くし、師父の死について考えないようにしているだけだ。

それが分かる程度には、紫苑は自分を客観視することができた。師父である泰隆の教えが、いついかなるときも、冷静さを残してくれた。

今はそれが、少しだけ疎ましい。

何も考えず、ただ泣き崩れてしまう方が、どれほど楽か。

「恋華――」

紫苑の声には、動揺からくるかたさがあった。

それに気づかぬはずがなく、恋華は書を閉じると、細い眉をひそめて小首を傾げた。

「どうかしたんですか？　もしかしてまだお身体の調子が？」

「いえ、違うわ。その……なんでもないの」

ごまかすように微笑んで、髪をかきあげる。

はらりと、視界に被さる髪が目についた。

「編み込みが片方、ほどけてますよ？」

そうだった。祥纏の飛刀でやられて、そのままになっているのも忘れていた。思い出すと急に気になって、指先で弄ってしまう。

だが、いつまでもここでまごついていられない。

「お願いがあるの、恋華」

「なんですか？」

……言葉が続かない。

そもそも、なんと言えばいいのかが分からない。

小首をかしげる恋華はこんなにも愛おしいのに、自分はこれから、その恋華を殺そうとしているのだから。

「……目を、閉じてくれるかしら」

辛うじて、声を絞り出す。

喉はからからだった。

心臓が冷えるような苦しさがある。

足から力が抜けて、立っているのもやっとだった。

「まあ、一体何を企んでるんですか、紫苑姉様」

気が触れそうな重圧に苦しみながら、恋華が無邪気に微笑むのを眺める。疑う素振りもなく、瞼が閉じられた。

何を期待しているのか、頬はほんのりと赤らみ、唇の端が嬉しそうにつり上がっている。

紫苑は、音を殺しながら、剣の柄に触れた。

船が八仙楼側に繋がれていた以上、湖を行き来できたのは、丸太の存在を知る恋華だけだ。

腹に刺さっていた匕首も、恋華なら、普段どこにしまわれていたのか知っている。

考えれば考えるほど、恋華しかいない。

なぜ師父を殺したのか……原因は、ひとつしか思いつかない。

自分たちの関係のせいだ。

近親相姦と同じ禁忌を、自分は、よりにもよって師父の娘と犯している。いくら垂髪し、無頼を気取っている師父でも、許してくれるはずがない。江湖の掟は、武俠にとって絶対なのだ。この掟を破るとき、それは江湖との決別を意味する。

もともとまともに生きられない連中が集まって作られたのが、武林であり江湖だ。中には、真面目に武術修行を目的とする武俠もいるが、大多数は爪弾き者たちである。そんな彼らが、江湖と決別して生きていけるはずがない。盗賊の類いに身をやつすのが関の山だ。辛うじて落伍者とならぬよう受け止めてくれているのが、江湖でもあるのだ。武俠にとって江湖との決別は、人としての最後の一線を破るのと大差ない。

もっと現実的な理由も、存在する。

江湖の掟を破ると、江湖すべてが敵になるのだ。

同門から命を狙われるのはもちろん、その首に懸賞がかけられることもある。そうなれば二度と、心安まる瞬間は訪れない。食事や睡眠はもちろん、風呂や厠にいるときですらだ。賞金稼ぎを生業とする武侠は、少なくない。

過去に一度、女の師と男の弟子が結ばれようとしたことがあったらしい。今、その二人の行方はようとして知れない。一門の恥さらしとして同門達に処分されたとも、追っ手を逃れて遠い異国に渡ったとも、様々な流説があるが、真相は闇の中だ。

やはり禁忌を犯すのには、それほどの覚悟が必要だということでもある。

きっと自分たち二人の関係がばれたのだ。

気持ちを抑えきれなかった自分のうかつさを、今日ほど呪ったことはない。

恋華に求められるのが嬉しくて、恋華を求めるのが楽しくて、隠れて逢瀬を楽しんでいたつけが、一気にやってきたのだ。一番最悪な形で。

ひょっとしたら、奥義が伝授されなかった理由も、そこにあるのかもしれない。だとしたら、恋華も師父から、何かしら咎められていた可能性もある。

だから、昨晩のうちに、毒を飲ませ、刺したのかもしれない。

まさか恋華がそんなことをするとは思えない。

思えないが、師父がどうしてあんな殺され方をしたのか、どれだけ考えても、他に思いつかない。

師父も、娘に毒を盛られるとは考えまい。折り悪く、昨晩は酒を嗜まれた。あの一杯で我慢ができなくなった可能性もある。

なら、やはり恋華が師父を殺した……そう考えるのが妥当だ。

丸太の仕掛けには、遅かれ早かれ気づかれるだろう。そうなると、あの武侠たちにも、恋華に泰隆を殺害することが可能だったと知られてしまう。

となれば、黙って見過ごしてくれるはずもない。

師父の仇は討たねばならない。

江湖の掟だからではない。

弟子として、復讐は当然のことだからだ。

ましてや原因が自分たちにあるのなら、この手で片をつけなければならない。

だが……柄に手を添えたまま、ぴくりとも身体が動かない。

仇を討てるのか？

自分に、恋華を殺すことができるのか？

仮に仇を討って、心は晴れるのか？

恋華を失った自分が生きていけるとも思えない。

ならば、恋華を殺して自分も死ぬ。

覚悟を決めて、今一度剣を抜こうと、手に力を込める。

目を閉じた恋華は、まるで夢をみるような微笑みを浮かべていた。

その唇に、自らの唇を重ねる。

こんな時にもかかわらず、心が温かな感覚に満たされるような感動があった。恋華の唇は、何度味わっても、新鮮な感動を与えてくれる。

それが今は、無性に涙を誘う。

「んふ……」

重ねた唇の隙間から、吐息が漏れる。

甘く柔らかな感触。

いつまでも身を委ねていたくなるような心地よさに身体が蕩けそうだが、剣を握る手は、恐怖に似た緊張感で震えていた。

せめて楽に死なせてやりたい。

綺麗なまま、心臓を一突きにして、何が起こったかを理解するより早く……

それが、自分にできる、唯一の優しさだ。

だが次の瞬間、手から力が抜けて、鞘ごと剣が床を叩いた。

どうしても、剣を抜くことができなかった。

甲高い音に、恋華が目を見開いて、びくりと身体を震わせる。

床を転がる物に気づいて、細い眉が困惑に染まった。

「どうしたのですか、紫苑姉様？」

このまま恋華を攫って逃げ出したいと、衝動的に思いつく。

――一緒に逃げましょう。

そう言ったつもりが、声が出ない。

様々な感情が胸で、頭で、ぐちゃぐちゃになって、まるで喉が引きつるように上手く動いてくれない。

「紫苑姉様？」

「恋華……恋華」

辛うじて絞り出した声が、悲しいまでに震えている。まるで捨てられるのを恐れる子供のようだ。恋華のよく知る、強くて凛々しい紫苑の姿は、そこにはなかった。

「お父様になにかあったのですか？」

「どうしてそう思うの？」

「様子を見にいって、時間がかかった上に、戻ってきたのは紫苑姉様一人だけ。おまけに、血相を変えて飛び込んできたのに、どうしたのですかとお尋ねしても、何も答えてくださらないから」

理路整然とした考え方に、言葉が詰まる。

「それに、紫苑姉様がそんな顔をしてるなんて……何かよくないことがあったんじゃありませんか？」

そんなにもひどい顔をしていたのかと、紫苑は自分の頬に触れる。確かに強張っていて、唇は震えていた。

その震える唇に、恋華が小さな手で触れてくる。

「紫苑姉様。私は紫苑姉様の言葉に従います。どんなに理不尽でひどいお願いでも、紫苑姉様に愛される方法がそれしかないなら、喜んで受け入れます」

何かを予感したのか、声はすでに、悲痛な響きを帯びていた。

「でも、その前に教えてください。一体何があったんですか？　お父様は？　他の武侠の方々はどうしたのですか？」

沈黙が部屋を満たす。

無音が重くのしかかり、喉が引きつる。

言いたくない。本能が、未だに現実を忌避していた。

それでも言わない訳にはいかず……唇を噛みしめ声を絞り出した。

「師父が……亡くなられたの」

「……どういうことですか？」

「それは……」

声に感情の昂ぶりが重なり、言葉が詰まった。

口にした途端に、抑え込んでいた感情が溢れだす。

奔流のように、抱えきれないものが胸を圧迫した。

だが、恋華の前で泣き崩れるわけにはいかない。辛うじて涙と嗚咽(おえつ)を堪え、紫苑はもう一度、事実だけを伝えた。

「師父が亡くなられたの。毒を飲んで、お腹に匕首が……」

無言のまま、恋華が転がった剣を拾い、指で弾くようにして、鞘から抜いた。

そのまま刃を自分に向け、柄を紫苑に突きつける。

「殺してください、紫苑姉様」

「恋華？」

「ここで私を殺さないと、私が紫苑姉様を殺すことになります。私に、お父様の仇を討たせないでください」

「――待って」

悲壮な決意を見せる恋華だが、紫苑は頭が混乱するのを感じた。

お父様の仇？　つまり恋華は、自分が師父を殺したと思っているということになる。

「紫苑姉様が、奥義を授けられないことに不満をお持ちなのは知っていました」

はっきりと口にした覚えはなかったが、態度に出ていただろうか。師父にも、不満かと尋ねられたことを、紫苑は思い出す。

「その奥義について、今日、話し合う予定だったんでしょう？　だから、昨晩のうちに、直談判したんじゃありませんか？　私が一度眠ると、朝まで起きないから」

あっ——と、閃くものがあって、恋華が何をどう勘違いしているのかが分かった。それは、文和も指摘していたことでもあった。

「船は、八仙楼側の桟橋に繋がれてました。紫苑姉様なら、湖を軽功で渡って帰ってこられます」

毅然とした声に、打ちのめされる。

そう考えるのは、仕方ないことなのかもしれないが、最愛の人に師父を殺したと疑われるのは、さすがにこたえた。

「今朝吐いたのも、お父様を殺した後悔で、気分を害されたからでは？」

「つまり、私が師父を殺したと思ってるのね」

「だから私を殺すのでしょう？　後の禍根を断つために。復讐は、江湖では当然のことですから」

恋華が服の上から紫苑の胸に触れ、そっと指を滑らせていく。

傷痕を撫でていることに、すぐ気づいた。

かつて恋華を攫おうとした賊に斬られた、消えることのない、一生の傷だ。

「紫苑姉様に殺されるなら本望です。この命は、かつて紫苑姉様に助けていただいたもの。どのようにお使いになっても、感謝こそすれ、恨みはしません。でも……」

恋華は、無理に笑おうとして、失敗していた。

「できれば、ひと思いにお願いしますね。痛いのは嫌いですから」

剣を握る手も、唇も、足も、髪も、震えていた。

「待って。待って、恋華」

細い肩を両手で摑んで、紫苑は盛大に頭を振る。

「あなたが師父を殺したんじゃないのね？」

「……どういうことですか？」

二人の表情が訝しげに歪んだ。

同時に、お互いが泰隆を殺したのだと勘違いしていることに気づく。

「紫苑姉様。一度落ち着きましょう」

少し考える素振りを見せてから、恋華は言葉を続けた。

「私たち、昨晩から今朝まで、ずっと一緒だったじゃありませんか。お客様をもてなしているときからずっと」

その通りだ。

「お父様は、どうやって殺されていたんですか？」

「毒を飲まされて、刺されたの。お腹に匕首が刺さってたから。多分だけど、解毒中に、動けないところを……」

少し考え込むようにうつむいて、恋華は再度尋ねた。

「では、お父様の体温はどうでしたか？」

「あっ！」

それだけで何を言わんとしていたのか気づく。

「冷たかったわ。驚くぐらいに」

死んだ人間は、徐々に体温を失っていき、約一日をかけて、外気と同じ温度に落ち着く。そのことを、紫苑は経験と知識の両方で知っていた。医者である泰隆は、遺体を検分することもあって、それに何度か付き合わされたことがある。法医検屍と呼ばれるものだ。

泰隆の骸は十分に冷たかったが、外気よりはまだわずかに体温の方が高かった。身体を揺すれば、骨格が固まったようにかたかった。

死体は、血の流れが止まった瞬間から、固くなっていく。だが、一辰刻（約二時間）や二辰刻（約四時間）程度では、あれほど固くなったりしない。最低でも三辰刻

（約六時間）は必要だ。

昨晩泰隆が八仙楼に戻ったのは、子の初刻（およそ二三時）頃。

今朝、船がないと恋華が屋敷に戻ってきたのは、辰の初刻（およそ七時）頃。

逆算すれば、死んだのは、どれだけ遅くても丑の初刻（およそ一時）頃ということになる。八仙楼に戻ってから、たった一辰刻（約二時間）の間に殺されたのだ。となれば、紫苑と恋華には、犯行は不可能だ。その頃まで、二人して片付けを行っていたのだから。眠ったのも体調がおかしくなったのも、それからだ。

恋華が紫苑の目を盗んで犯行を行ったと仮定しても、やはり難しい。昨晩は吹雪いていた。あの中を、武術の嗜みすらない恋華が、丸太を飛び跳ねて移動するのは、あまりに危険すぎる。よしんば可能だったとしても、雪にまみれていただろう。紫苑が気づかぬはずがない。

紫苑は安堵して、膝から床に崩れ落ちた。

「良かった。恋華じゃなかった。私は、てっきり……よかった」

「じゃあ、紫苑姉様でもないんですね。よかった」

同じように、恋華も崩れ落ちるように膝をつく。

「だって、丸太のことを知ってるのは、私以外には、あなたしかいないから」

「それで、私がお父様を殺したと思ったんですね」

「ええ。だから、あなたを殺して私も一緒に死のうと思って。でもできなくて……」

「紫苑姉様に殺されるなら、どんなひどい理由であっても、お恨みしませんわ」

「いいえ。私が許せないわ。どんな理由であれ、あなたを手にかけるなんて」

手にしていた剣を、放り投げる。今まではどんな文具よりも手に馴染んでいた剣が、途端に恐ろしいものに思えたからだ。

「こんなの、一度で十分よ。お嬢様を疑うのも、恋人を斬ろうとするのも」

肺の中身が空になるように吐息すると、張り詰めていた緊張感が緩んでいく。だが、目の前の恋華が、何かに気づいたように頬を青ざめさせた。

「でも、だとしたら、紫苑姉様」

声は、恐怖にかたくなっていた。

「だとしたら、お父様を殺した人は、まだ八仙楼に？」

再び、血が凍るような感覚が全身を駆け巡った。

そうだった。恋華が師父を殺したのでないと分かった今、手を下したのはあの三人の誰かということになる。

ならば、戻らねばならない。八仙楼に。

師父の仇は討たねばならない。

恋華でないと分かった今、その思いはより強いものに変わっていた。放り投げたばかりの剣を拾って、紫苑はすっくと立ち上がった。

刺し違えてでも、仇を討つ。

その想いを新たにしたところで、服が引っ張られた。

「待ってください、紫苑姉様」

恋華が決意を湛えた瞳で、紫苑を見上げている。

「私も八仙楼へ連れていってください」

「どうして？」

「お父様の仇を討つつもりなのですよね？　私にも手伝わせてください」

当然のことではあった。弟子である自分が師父の仇を討つと決意するように、養女とはいえ娘なら、そう思うのは当たり前だ。

だが、恋華に、師父の遺体と対面させるべきか否か、決断が付かない。それに、仇はあの三人の中の誰かだ。内功の消えた今、何かあったとき、恋華を守れる自信が無い。

「私だって、『碧眼飛虎（へきがんひこ）』の娘なんですよ。養子で、武術を教わったこともありませんけど、金国の人間に家族を殺されてから、ずっと面倒を見ていただいたんです。お父様を殺した相手を捕まえたいのは同じです」

その一言が、紫苑の武侠としての誇りに響いた。

「だったら、恋華に伝えておかないといけないことがあるわ」

深刻な様子を見て取ったか、無言で恋華は続きを促した。

「内功が使えないの」

「え？」

睫毛が弾かれたように揺れた。

「理由は分からないわ。ひょっとしたら、昨晩の体調不良が何か関係してるかもしれないけど、とにかく今の私は、内功を操れないの。だから、軽功を使うこともできないわ」

「そんな……」

武侠にとって、基本であり神髄でもある内功が使えない。

ましてや紫苑は、外功を失って以来、内功を重点的に鍛えてきた。おかげで『碧眼飛虎』の弟子として恥ずかしくない程の実力を得たというのに……血の滲むような訓練を知っているだけ、恋華は本人以上に動揺を見せた。

「何があってもあなたを守るつもりだけど、でも、守り切れないかもしれない。その時は、私を置いてでも必ず逃げるって約束して」

「いいえ」

きっぱりと、恋華は拒絶する。

「その時は一緒に死にます」

覚悟を込めた瞳と挑むような表情が、泰隆にそっくりだ。少なくとも紫苑はそう思った。養女であっても、やはり似るらしい。

「お父様の仇を討てなかったときも、紫苑姉様に何かあったときも、私は死を選びます。八仙楼へは、不退転の覚悟で参ります」

矛盾する感情が、紫苑の胸を満たした。

恋華と一緒に死ねる嬉しさと、自分の迂闊(うかつ)さで恋華を死なせてしまうかもしれない恐怖。陰と陽のごとく渦を巻いた感情に、ついに紫苑も覚悟を決めて、ほどけたままの三つ編みを結わえ直し頷いた。

「なら、約束するわ。私も、死ぬときは一緒だって」

三

「遅かったじゃないか。湯円は持ってきただろうね」

開口一番、祥纏が甘味を気にするが、すぐに表情が硬くなった。

「大丈夫ですよ祥纏様。忘れずに持ってきましたから。ただ、温め直すのはこちらでやらせてもらいますので、今少しお待ちください」

た。

蒸籠を手にした恋華がこたえると、舌打ちでもしたそうな表情で、煙管をふかし

「なんだ、恋華お嬢ちゃんも来たのか？」

文和が、いたずらを咎められた子供のような表情を浮かべる。

「どういうことか、紫苑殿」

為問の声と表情も、かたい。

「泰隆殿の骸を見せるなど、酷ではないか。それに、凶徒の正体も分かっていないのだぞ。危険だ」

「お父様……」

一同の声を無視して、恋華は胡座姿のまま果てている泰隆の前に跪いた。

「お父様、どうして……」

泰隆の死を聞いても、紫苑に殺されそうになっても、気丈に振る舞っていた恋華だが、やはり骸を前にすれば、平静ではいられなかった。声は震え、目尻に涙がたまり、嗚咽を堪えるように、肩が震えている。

家族を殺され、生まれた街から逃げ出した自分を最初に助けてくれたのは紫苑だが、養女として育ててくれたのは泰隆だった。読み書きやそろばん、四書五経、兵法などを、士大夫から直接教授されるよう取り計らってくれたのも、泰隆だ。世間一般

の女では望みようもない教育は、一人でも生きていけるようにとの心遣いだろう。

本当の両親同様、泰隆は親であり、恩人であった。失って平気でいられるはずがない。

「この無念、必ず紫苑姉様と一緒に晴らします」

誰もが粛然と恋華の祈りを眺める。

その間に、紫苑は食べ物と茶、それと着替えを用意した。

「為問様。こちらをどうぞ」

「かたじけない」

為問は下着姿のまま受け取り、早速袖を通す。

為問に服を貸すのは構わなかったのだが、問題は、泰隆の服では身長の違いから丈が足りず、かつての食客、陳覚阿が忘れていった官服しか用意できないことだった。

これが恐ろしく為問に似合わない。

「馬子にも衣装と言うが、坊主が官服とはな」

科挙を経て、皇帝陛下の勅命によって抜擢される以上、基本的に官僚は儒者だ。少なくとも、儒学に通じている。となれば、官服姿には髭面長髪が当たり前となるのは当然だった。

それに、政務に勤しめば、自然と身体は衰えていく。はち切れんばかりの筋肉に、剃髪し、髭も剃っている為問が着ると、ちぐはぐさはどうしても否めない。

「ふん。笑いたければ笑え」

本人も自覚しているのか、それ以上文句は口にしなかった。

ただ、さすがは官服。質は良くて、為問は何度も服を撫でては、濡れたままの僧衣と見比べ、ため息をついた。

「これほどまでに分かりやすく、金のあるなしを実感したことはない。たかが服一枚で、こんなにも違うのか」

文字通り肌で感じた贅沢さだった。

「愚僧も、生まれが違えば、別の人生があったのかもしれんな」

呟いた声には、余人にはうかがい知れない感情がひそんでいる。何かしら思い詰めているようにも見えた。

「……ところで、ちょいと気になることがあるね」

煙を燻らせながら、祥纏が紫苑に詰め寄る。

「雪景色に飽きてたせいで、戻ってくるところを見逃したけどね。あのお嬢ちゃん、一体どうやって湖を渡ったんだい？　まさか、船がもう一艘あるなんて落ちじゃないだろうねえ？」

為問が眉間に皺を刻んだ。

「そんなことになれば、先ほど賊がいないかを探したのが、無意味になるぞ」

「それともまさか、そっちのお嬢ちゃんも軽功が使えるのかい？　どうなんだい？」

「いえ。先ほどの、祥纏様の技を参考にさせていただきました」

用意していた嘘を、慎重に、されどさりげなく口にする。

「他人の気脈を操り、自分ではなく、触れた相手に軽功を仕掛けるあの技です」

「参考にだって？　まさか、見ただけで真似たってのかい」

切れ長の目が余計に鋭さを増した。

描いたように整った眉が跳ね、舌打ちしそこねたように、唇が嚙みしめられる。

「さすが泰隆の弟子だ。内功に関しては、やはり非凡な才能があるな」

文和が褒めるが、実際には、恋華をおぶって丸太の上を飛んできただけだ。

嘘をつくのは心苦しいが、今は背に腹はかえられない。

そのとき、一通り黙禱を終えた恋華が振り返って言った。

「私も、紫苑姉様と同じで、お父様の仇を討ちたいと思います。お父様の旧友であるお三方には不都合をおかけし申し訳ありませんが、今しばらく八仙楼に留まっていただきたく存じます」

養女の言葉に、真っ先に為問が不満を口にした。

「愚僧にとっては、疑われるだけでも腹立たしい。そもそも、先ほどの文和殿の言葉ではないが、そなたがやったのではない証拠はあるのか？」

そこで紫苑が、恋華との先ほどの話を繰り返す。

師父が亡くなったであろう時間とその根拠を聞かされ、武侠たちは一様に身じろいだ。

「私と紫苑お姉様がいっしょにいたことを証明するのは不可能ですけど、お父様が亡くなった時間はごまかしようがありません。人の身体の反応は、みな同じですから。ですよね、紫苑姉様？」

「はい。師父は法医検屍を行うこともあり、私も助手を務めたことがあります」

法医検屍と呼ばれる医術的な死体の検査が始まったのは、唐王朝の時代からだ。当時の技術は稚拙そのものであったが、今は死後の変化など、ある程度が体系立ててまとめられている。

「人が死んでからの反応は、おおむね同じです。師父の死を前に、気が動転して、失念していました。もう少し早く思い出せばよかったのですが」

答える声は、悔しさに沈んでいた。

「気にすることはない。わしらとて、動揺は免れんかった。弟子のお前さんを、誰が責められる」

「それにしても、まさかあの後まもなくとは……何があっても、引き留めるべきであった。この為問、一生の不覚」

「けど、これでまた分からなくなったね」

ぷかりと、煙が輪っかを作った。

「泰隆が死んだのが昨晩別れてまもなくだって言うなら、誰一人、自分が無実だって証明できないじゃないか」

その通りだ。客の三人が眠っていたと主張する時間だったのだ。紫苑と恋華も、片付けの最中に不審な物音を聞いたり、影を見たりはしていない。

また、武侠たちを部屋へ案内したのは紫苑だが、鍵がかかっているわけではない。その後中を確かめたわけでもなかったから、出入りは自由にできた。

とはいえ、恋華が泰隆を殺した可能性はほぼ消えた。武侠たちは疑いを完全に払拭してはいないだろうが。それだけでも、紫苑にはありがたい。

「ところで、皆さんは、奥義継承のために集まったんですよね？」

恋華が尋ねる。

「その奥義、結局誰も授かってないんですか？」

「あらためて、本日話し合う予定であったからな」

「昨日から不思議だったのですが……」

憮然と答えた為問に、紫苑が眉をひそめた。

「為問様は本当に、師父から奥義を譲られると連絡を受けたのですか？」

「どういう意味だ」

「ご無礼を承知で申し上げますが、武俠の技には興味がないようにお見受けしましたので」

確かに為問は、内功を鍛えてはおらず、もっぱら外功のみに頼った戦い方をする。武俠が扱う奥義なのだから、内功を無視して放てるものではないだろう。

何か言い返すより、論より証拠と思ったのか、為問は僧衣と一緒に乾かしていた荷物から、紙を取り出した。

「泰隆殿からの信書だ」

濡れたままの紙を、丁寧に広げる。

墨こそ滲んでいたが、泰隆の字だと分かる程度には判読できた。

時節の挨拶や近況などが書き綴られ、最後、『奥義を譲る準備ができた。ついては八仙楼までご足労願う。ただし奥義は、三人の信頼できる武俠の中から選んで伝授する』とある。

「譲ると言われてほいほいやってきたのか？　物乞いと変わらんぞ」

「愚弄（ぐろう）するか、貴様！」

「怒るな。わしだって、同じようなもんをもらったんだからな」

「こっちもね」

文和と祥纏が、それぞれ信書を取り出す。

開いてみれば、為問が受け取ったものと同じで、軽い挨拶や近況を知らせる内容が綴られ、最後についでのように、三人の中から一人を選んで奥義を譲る旨が添えられていた。一言一句まで同じではないが、大まかな内容は共通している。

「奥義って、さぞかし凄いんでしょうね」

「いや」

恋華の呟きに、文和がもじゃもじゃ頭を左右に振った。

「そもそもわしらの流派に奥義など存在せん」

「どういうことですか？」

思わず、紫苑が身を乗り出す。

奥義の継承を巡って、師父との間に見えない溝ができていた。なのにそれが存在しないと言われて、聞き流せるはずがない。

「誰も彼もが、奥義書で強くなれると勘違いする」

語尾に、武術界全体を憂う壮大な嘆きが続いた。

「そんなものよりも、毎日の鍛錬が己を高めるのだ。泰山の霤は石を穿ち、単極（井戸）の航は幹を断つ。お手軽に強くなれる方法など存在せん」

奥義の存在そのものを否定して、さらに文和は話を続ける。

「ひたすら研鑽した凡百の技こそが奥義になる。本当の武術というのは、そうなってからが始まりだ。奥義を授けてもらおうなんて奴は、単に手を抜きたいだけの連中でしかない」

武術論的には一理ある。

師父の強さの秘密は、複雑な技術でも、相手の裏をかく読み合いでもない。極限まで練り上げられた内功による一撃だ。あれほど重厚であれば、どんな相手も圧倒できる。

「その点、紫苑お嬢ちゃんは大したもんだ。一目見ただけで、しっかりと修練を積んだと分かる。恐ろしいほどの努力を積み重ねたんだな」

「……師父には、しごかれましたから」

なんとも形容しがたい表情で、紫苑は頷く。

かつての泰隆は、激高しやすい性格で、修行内容もずっと苛烈だった。おかげで平均的な達人より、基礎や粘り強さは鍛えられている自負はある。だが……

「どうした、そんな顔をして？　言っておくがお世辞ではないぞ。泰隆も鼻を高くしてただろう」

「いいえ、師父には、少なくとも武術に関しては、一度も褒められたことがありません」

——わしの武とお前の武。既に道は分かれている。

泰隆が口にした言葉が、苦みを伴いながら脳裏に蘇る。

「ふん。あの偏屈者め。弟子に対しても、素直になれんかったらしいな。安心しろ、お嬢ちゃん。わしが太鼓判を押す。少なくともお嬢ちゃんの腕は、その辺の達人よりずっと上だ」

「ありがとうございます」

その言葉は師父から聞きたかった。

もはやかなわぬ願いに、心が沈みそうになる。

「じゃあ、奥義を伝授されても、最強にはなれないんですか？」

恋華の素朴な疑問を、文和は闊達に笑った。

「最強という言葉は、あくまで便宜上の言葉に過ぎん。槍に刀に剣に棍。様々な武器が存在するのはどうしてだ？　それぞれに得手不得手があるからだ」

武器を構えるように、文和が全身を動かしてみせる。

「槍の突きは恐ろしく洗練されているが、本気で極めようと思うと、これほど動きが多彩で難しい武器はない。刀は剣より軽くて素早いが、威力は劣る。斧は膂力さえあれば簡単に扱えるが、剣の多彩な技の前には、動きが愚直すぎる。棍は握り方次第で様々な武器の特徴を兼ね備えるが、逆に言えば、様々な武術を学ばなければならん、途方もない武器だ」

口にしながら、それぞれの武器に対応した型を披露する。動きは鋭く、無駄がない。素人目にも、気の遠くなるような修練の跡が見て取れた。

「武器だけではない。様々な流派が世の中には存在する。どれも一長一短で、特定の技だけを取り出しても意味のないこと。

武術には無限の可能性が存在する。仮に最強の奥義が存在すれば、それ以外の技は無意味ということになってしまう。だがそれは、思考の硬直を意味し、己の可能性を狭めるだけだ。そんなものは最強でも何でもない」

文和の語る内容は、技術論を超え、思想的なことに属するものだった。おかげで武ではなく、芸術を語るようにも聞こえた。

「では、おじさまにとって、武術とはなんなのですか？　どうしてそんなものを学んでいらっしゃるの？」

「死を視（み）ること帰するが如し」

短く告げられた言葉に、ぴんときたのは紫苑だけだった。

「大戴礼記（だたいらいき）にある、曾子（そうし）制言（せいげん）の一節ですね」

「左様、その境地に辿り着くことこそが、わしの目標だ。簡単に言えば、笑って死にたい。そのための鍛錬だ。奥義の有無は重要ではない」

「ならば余計におかしいではないか」

官服を着ているからか、為問の声も動作も、妙に厳かだ。

もちろん為問が変わったのではなく、見る方の印象が変わったのだが。

「奥義が存在せず、重要ですらないとまで言いながら、その奥義を求めて島へやってきたのはどういうことだ。矛盾するぞ」

「その通りだ。だから本当は、来るつもりはなかった。信書をもらったときは、ついに耄碌（もうろく）したかと心配したぐらいだ」

「ならばなぜ！」

「理由は二つある。わしは、泰隆が遠回しに和解を申し出てるのかと思ったんだ」

「和解……ですか？」

「ああ。一八年ほど前、奴と大げんかをしてな。それ以来、お互い信書も出さなんだ。今になってありもしない奥義で呼び出すなんて、和解以外考えられんだろう」

一八年前と言えば、ちょうど紫苑が拝師した頃だ。

しかし文和との面識はない。少なくとも記憶にはないから、その前のことなのだろう。自分も師父も、八仙島から出ることは、滅多になかった。

「お父様とけんかだなんて、理由はなんなんですか？」

無邪気に問うた恋華に、文和が顔をしかめる。

「言いたくない」

珍しく頑固な口調でそっぽを向く。

「言いたくないが……この状況では、黙っていると、ありもせん疑いをかけられるからのう」

文和は肩を落とすように吐息した。

「まあ、いいだろう。この場にいる連中は、馬鹿みたいに吹聴したりせんだろうしな」

いつもなら率先してからかう祥纏も、しんみりとした文和の言葉を黙って聞いたまま、煙管に火を付けた。

「わしは、泰隆の妻である桂樹(けいじゅ)殿に惚れておったんだ」

「師母(シームー)に？」

「懐かしい名前だよ」

つぶやくように言って、祥纏は不味そうに煙を吐き出した。

「欣怡と三人でよくつるんだもんさ。医者、商人、官僚……よくもまあ、これだけばらばらな家の娘が仲良くできたもんさね」

医者の娘というのは欣怡のことだろう。泰隆は父親から医術の基礎を、都で最新の知識を学んでいる。祥纏は飯店経営をしているところから、商家の娘であることが分かる。となれば、残った桂樹が官僚の娘であったようだ。

「そういえば、烈風のおじ様は初恋を引きずってるって。まさかそのお相手が？」

祥纏が噴くように笑った。

「その通りだよ。おかげで新しい恋に消極的で、師姉として、見るに見かねてるんだよ」

反論せず、文和は頬を赤らめている。

五〇の武侠が見せる反応ではない。さながら純朴な少年のようで、恋華が興味深げに笑った。

「どんな方だったんですか、お母様は」

好奇心を抑え込めない少女の疑問に、祥纏が応える。

「よく笑う子だったよ。春の日差しだって、あの子の笑顔には敵わなかったね。蕩けるような笑顔ってのは、ああいうのを言うんだろうよ」

遠い日を懐かしむ祥纏の声は、どこか物悲しい。

「けど、お嬢様の癖して、性格はやんちゃでねえ。まあ、だからこそ商家の娘なんかと馬が合ったんだろうさ。小さい頃は、上等な着物のままあちこち走り回って、泥だらけになるのも平気で、蛇や鶏を捕まえては、家族に悲鳴をあげさせたもんさ。三人揃って怒られるのは毎度のことだったよ。言っとくけど、あたしらは巻き込まれたクチだったんだからね。率先していたずらするのは、いつも桂樹だったんだ。

それが、年頃になった途端に、あんな可憐な女になっちまうんだから、世の中ってのは不公平だよね。桃の花みたいに可愛いかと思えば、蓮の花みたいに純潔で、桂花みたいに良い匂いがして。所作のひとつひとつが流麗でね。嫌に思うところがひとつもなかったよ。側にいるだけで心がほぐれて、あの子がいるだけで、羽化登仙の心地だったもんさ」

あの祥纏にここまで言わせるとは、さながら西王母のような人なのだろうなと紫苑は感心する。

鼻を啜るように鳴らして、文和が遠い目を浮かべた。

「桂樹殿に出会ったあの頃、わしは家を追い出されたばかりの風来坊でな。腕に自信はあったが金はなかった。そこで、盗賊や山賊を見つけては、仲間になったふりをして、わざと悪巧みを失敗させるという遊びをやっておったんじゃ。悪党は懲らしめられるし、金は手に入るし、退屈しのぎにもなると思ってな」

「……あまり趣味がよい遊びとは言えんな」

たしなめながらも、珍しく為問が唇の端を吊り上げている。

「今になってわしもそう思う。だから、罰が当たったんだろうな。とある強盗の計画を潰そうとして、逆に窮地に陥ったことがあった。それが、桂樹殿の家を襲う話だった」

苦味と懐かしさを両方嚙みしめながら、文和はようやく自らの過去を語り出した。

「とある役人が、金の役人から賄賂（わいろ）を受け取り国益を損なっている、だから夜襲して財産を奪う計画がある、なんて言われてな。両方を懲らしめてやろうと、ほいほいと付いていった訳だ。

夜中に忍び込んで、盗賊どもをふん縛（じば）ったところまではよかった。金目の物をいただいて、そいつらのせいにして逃げるつもりだった。当時のわしは、正義を行っていると思っていた。ところがだ」

膝を叩いて、文和は微苦笑を浮かべる。

「忍び込んだ屋敷に、やたらと強い奴がおってな。あっという間にぶちのめされた。これでも腕に覚えはあったんだ。その辺の武侠にだって負けるつもりはなかったのに、腐れ役人の家人に後れを取ったことに打ちのめされたわ」

しかし文和の頬には、嬉しさが滲んでいる。

「同門であることはすぐに分かった。同じ技を使うんだから当然だな。だが、練度が桁違（けたちが）いだった。そいつの内功は、重く鋭かった」

「もしかして、それが師父だったのですか？」

「そうだ。あれが泰隆と桂樹殿との、初めての出会いだ」

もじゃもじゃの髪が掻きむしられる。

「骨は外されるわ、剣で斬られるわ、死を覚悟したよ。だが間一髪のところで、桂樹殿が止めてくれたんだ。ふん縛った盗賊を見つけて、なにか裏があると察してくれてな。慌てて企みを話したわしを、腹を抱えて笑ってたよ。かと思ったら、いい加減な噂で動くから罰が当たったんだと説教されて、帳簿を見せられたんだ。賊のわしに、士大夫のお嬢様が、わざわざ帳簿で無実を証明してみせたんだ」

思い出して笑う文和の目に、わずかに光る物が滲む。

「最後には、叱られたよ。正しいことは、正しい方法で行いなさいとな。こんこんと説教されたんだ。まるで、自分の子供を叱る母親みたいだった。そういえば、二人が師姉と顔見知りだと知ったのも、そのときだったな」

「賊が入ったって知らせを聞いて駆けつけたら、この馬鹿が死にかけてたんだ。蹴り飛ばしてやろうかと思ったよ」

実際に蹴る真似をしてみせる祥纏だが、おどけているようで、表情は苦い。桂樹の迎えた最期、文和の恋の行方、どちらも知っているがためであろうか。

「笑ったかと思ったら叱ってくれて、凜としたかと思ったら子供みたいにはしゃいで。あんなに表情がくるくる変わる人を、わしは他に知らん」

「明るく、よく笑う人だった。師父も、師母のことをそう仰ってました」

「ああ、その通りだ。おまけに、周囲にいる人たちも明るくするような人だった。あの明るさに、わしは否応なしに惹かれた。だが相手は婚約中だ。しかも師兄(シーシオン)がその相手ときてる。わしにできることはなかった。厄介な恋をしたと、今も昔も思う」

「私、てっきり烈風おじ様は、祥纏様のことが好きなのかと思ってましたわ。祥纏様も、きっとまんざらでもないんだろうなって」

「よしとくれ。ただの腐れ縁だよ」

間髪入れずに祥纏が否定する。

「それに、残念だが江湖の掟では、師弟間と弟子同士の色恋沙汰は御法度(ごはっと)だからな」

文和としては、冗談を口にしたつもりなのだろう。だが紫苑には、どきりとする内容だった。おそらくは、恋華にも。

「ひどい掟だよ、まったく。何が同門は家族同然だ。そういうことは、入門する前に教えて欲しかったね」

ぷかりと、煙が輪っかを作った。

「と言うと、まさかそなたも、同門の者を?」

為問の問いかけに、祥纏は噛みつくような表情でこたえた。

「悪いかい? まあ、江湖の掟じゃあしょうがない。すぐに諦めたけどね。知ったときには、ひどい詐欺に遭ったと思ったもんさ」

一息入れるように、煙管を吸い込む。

煙を吐き出す仕草は、やはり不味そうだ。

何故そんなに不味そうなものを吸い続けるのか、紫苑には不思議で仕方がない。

「何の因果か、あたしが惚れる相手ってのは、道ならぬ恋ばかりでねえ。師兄に既婚者……我ながら嫌んなっちまうよ」

いかにも傍若無人とした袢纏でさえも、師兄への思いを断ち切っている。そのことが、紫苑の心を知らず知らずのうちに締め付けた。

「それで、おじ様とお父様とで、お母様を取り合ってけんかしたんですか？」

「残念ながら、わしは桂樹殿にはまったく相手にされんでな」

ほろ苦い笑みとともに、文和は否定する。

「最初から勝負になどならんかったよ。そもそもわしが桂樹殿を知ったときには、泰隆と婚約していたからな。ただ、泰隆の師弟として、優しく接してくれただけだ」

「そのくせ、未だに引きずってるんだよ。笑っちまうだろう」

「いいえ。一途なのは素敵だと思います。私も、好きな人を一生想い続けたいですから」

「若いねえ。若すぎて、眩しいくらいだよ」

「それで、師母を取り合ったのでなければ、一体どんな喧嘩をなさったのですか？」

「桂樹殿の死を、わしは泰隆のせいにした」

予想していた質問だったのか、ためらいを断ち切るような声で、一気に言う。

反対に紫苑も恋華も、予想しなかった内容に、言葉を呑んだ。

「桂樹殿について、二人は何か聞いているか？」

「いえ、なにも。拝師したときには、すでにお亡くなりになられていましたから」

「私も。お父様に尋ねると、悲しそうな顔でごまかされるばかりだったから、いつしか話題にも触れないようになって……」

頰を撫でながら、文和は困ったように、大きく吐息した。

「泰隆が死んだ今、勝手に話してよいのかどうか。だが、ここまで話して黙っておくのも、かえってよくないか」

普段のひょうひょうとした態度や、祥纏との馬鹿馬鹿しい会話からはみられない、年相応の深みを感じさせる瞳が、遠くを見つめた。

「殺されたんだ。金国の野盗にな」

「金国の……」

文和が重く唇を結ぶのと同時に、硬い声が恋華の唇を震わせた。

思いもしなかった師母との符合に、無意識のまま後ずさっている。

心配になって顔を覗き込むと、恋華の顔から色が消えていた。

息を呑み、恋華が紫苑の腕にすがってくる。

紫苑も、伝わる小さな震えを強く握り返した。

遠い目をする文和に代わって、祥纏が話を引き継ぐ。

「さっきも言ったように、桂樹の父親は官僚でね。けど、失脚しちまったんだ。金国の役人と通じてるって疑いをかけられて、襄陽府への配置換えになっちまったのさ。その移動中、金国の山賊にやられたんだ」

襄陽府は、今から八〇年程前、襄州から昇格された新興の都市である。しかしその歴史は古く、昔から交通の重要拠点として栄えていた。魏、呉、蜀の三国時代にも、重要な係争地として各国が奪い合いを繰り返したし、孫堅と劉表の間で行われた襄陽の戦いは、歴史的にも有名だ。

今は金国の国境近くにあることもあり、いわば前線基地のようになっている。こんな場所に、臨安府からの配置換えとなれば、ようするに厄介払いだ。権力闘争に負けたのは、明らかだった。

「桂樹殿とその家族は、一家そろって襄陽府へと移ることになった。夫である泰隆もな。その道中で、襲われたと聞いている」

「師父が同行しながら、賊にやられたのですか？」

「泰隆は当時、別の患者を診るため、旅には同行していなかった。遅れて追いかける予定だったらしい」

紫苑には、師父の悔しさが手に取るように分かった。

恋華が攫われそうになったあの時、もし助けられなかったら、きっと同じ思いを抱いただろうから。

「泰隆が同行していたなら、桂樹殿を守れたはずだ。わしは、そう言って責めた。今になって、ひどいことを言ったと後悔しておる。奴は、医者としての務めを果たしただけだったんだからな」

粛然としていた声に、怒りが加わりはじめる。だがその怒りは、自分自身に向けられていた。

「誰よりも、あいつ自身が苦しんでいたはずだったんだ。それを、わしは……」

普段の陽気さからは想像もできない苦悩が、文和の眉根にしっかりと刻まれていた。

「あのときのことを謝りたかった。その切っ掛けをくれたんだと、わしは思うことにした。ありもしない奥義なんてものを授けてくれるんだからな」

湿っぽさを追い払うように、声は無理に明るさを装っていた。

紫苑も、意図して別の話題を口にする。

「では、もう一つの理由はなんでしょうか?」

「いい加減馬鹿な意地を張るなと、師姉に叱られたからだ」

照れくさげな表情とともに、笑い飛ばすような明るさが、声に戻っていた。

「わしも既に五〇を超えた。この先何があるか分からん。いや、この身だけでなく、世間だってどうなるか」

天を仰ぐように、文和は両腕を広げてみせる。

「長江で暮らしてると、いろんなことを肌で感じる。人の流れが激しいからな。金国も蒙古もきな臭くなってるし。宋にしても、自分たちが謀殺した岳飛将軍を、今になって鄂王と追封しよった」

「すべて韓侂冑の企みよ。岳飛将軍の名誉が回復されるのは良いことだが、何に利用しようとしているかは、明らかだ」

為問が厳かな格好で唸る。

「誰ですか、それは?」

恋華の疑問に、さらにかしこまって、為問はこたえる。

「現在の平章軍国事だ。宰相よりも権限が強い、皇帝に次ぐ権力者でもある」

官服姿で官位を告げる姿が、妙に堂に入って見えた。

「兵権を握ってるんだ、皇帝よりも力を持ってるって見方もできるねえ。主戦派が平章軍国事なんて、何に備えてるのやら」

　からかう様な口調で世情を揶揄すると、官服姿の為問がむっと眉根に皺を浮かべた。

「岳飛将軍の名誉が回復しないよりはいい。とはいえ、秦檜の王爵を剥奪するのはともかく、諡を『繆醜』と改めるのは、死者に鞭打つようで、いささかやり過ぎの気もするが」

「坊さん、詳しいみたいだな」

「宋人なら、岳飛将軍の無念は誰でも知っている。秦檜の悪逆非道もな」

　当時から、岳飛将軍の誅殺は、冤罪であったとの噂はあった。にもかかわらず、秦檜は、主戦派の官僚や講和に否定的な民衆に対して弾圧を行い、金国との和議を望んだ。宋が金の皇帝に対し臣下の礼をとり、毎年銀二五万両と、絹二五万匹の歳貢を送ることまで約束している。

　そのため、当時も今も、秦檜には売国奴との評判がついて回っていた。悪名高い故人に、わざわざ『醜い過ちを犯す』と諡するのだから、韓侂冑が開戦を望んでいることは、まず間違いないだろう。

「まあ、そんなわけで、近頃世間がきな臭いってわけだ。いつ何があるか分からんからと、顔を見にきたんだ。だが――」

居心地が悪そうに身じろぐ。

「――だが、この歳になると、素直になるのが難しい。いざ泰隆と対面しても、一体何を話せばいいのか分からんかった」

「それでお父様とおじ様の会話は、どこかぎこちなかったのですね」

「ああ。少なくともわしは緊張していた。それでも最後に少しだけ話ができた。今となっては得がたいことだ。だから師姉には感謝してる。でなければ、悔やんでも悔やみきれんかっただろう」

苦笑というには苦すぎる笑みが、文和を老けさせて見えた。五〇にしては若々しいと思っていたが、ふとした瞬間に歳が見える。

内功によって老いを押さえ込めるとは言え、積み重ねてきた様々なものが、過ごした年月を浮き彫りにするのだろう。

泰隆の骸を見つめる瞳には、哀しみ以上に、遣る瀬なさが浮かんでいた。

「しかし、坊さんにも同じ信書を送っていたとなると、話は変わってくるな。泰隆が本当に独自に奥義を編み出していた可能性もある」

「そもそもあんたは、泰隆とはどういう関係なんだい？」

ようやく、蒸籠の中の湯円が温まったようだ。

蓋を取ると、湯気と甘い匂いが溢れる。

ただし、数が少ない。昨日の作り置きだから仕方がないが、一口程度の大きさのものが、三つしかなかった。

「おかしいって言うなら、坊主がなんのために奥義を欲しがるのか、そっちの方がおかしいねえ」

「救世のためだ」

衒いなく、為問は断言する。

「救世とは、そいつは大きく出たな、坊さん」

「笑いたければ笑え。愚僧はこれでも、真剣に世を憂えている」

「あんた、念仏唱えてるだけじゃあ、満足できなくなったくちだね」

目を細めた祥纏に、為問はかっと両目に力をみなぎらせた。

「そもそも愚僧と泰隆殿は、二〇年ほど前に知己を得た。その頃から、いつかこの世を救いたいと、話し合っていたのだ。奥義を授けるとは、すなわちそのときが来たのだということだと理解した。そのため愚僧は、はるばるやってきたのだ」

「あちち！　ちょいと蒸しすぎたかねえ。餅が軟らかくなりすぎちまってる。まあ、この寒さだ。すぐに冷めるか」

自分で聞いておきながら、興味なさげに、祥纏は湯円の状態を確かめていた。ムッとした為問は声を高くする。

「二〇年だ。二〇年待ったのだ。この日が来るのを、ずっと待ち望んでいた。なのに、信書には三人の中から継承者を選ぶとあった。それだけならまだしも、こんな結末……納得できん！」

「ふん……さすがに昨日のだと、味は落ちるね。けどまあ、悪くはないか」

「貴様ァ！」

湯円を頬張る姿に、為問の顔は真っ赤だった。

「昨日から坊主のくせに短気だねぇ。門下生がこれだと、仏様の徳もたかが知れちまうよ。控えな」

「貴殿こそなぜここに来た！　奥義を求めてか！」

からかわれて、ついに激情のまま、床を踏みならす。

「であれば、拙僧とそなたは敵だ。一戦も辞さん！」

「いらないよ、そんなもん」

素っ気ないほどに、祥纏の声は冷たい。まだ目の前の湯円に向ける視線の方が、熱を感じるほどだ。

「ならなぜ！」

「言ったろう。あたしが惚れる相手は、道ならぬ相手ばかりだって。だからこそ余計に、会いたいなんて連絡が来たら駆けつけちまう。それが女心ってもんさ」

ハッとなって、紫苑が目を見開いた。

「もしかして先ほど仰っていた道ならぬ恋をした師兄とは、師父のことですか？」

「ああそうだよ。なんだい、おかしいかい？　小さい頃からいっしょだったんだ。すぐに憧れたよ。武術を習ったのも、少しでも泰隆といっしょにいたいからだ。そうしたら……チッ」

盛大に舌打ちして、湯円が口の中に放り込まれる。

「何が弟子同士の色恋は御法度だよ。知ってりゃあ、同門になんか入るもんか」

あっという間に、すべての湯円が消えた。

「江湖の掟って奴は厄介でね。もし違えれば、江湖すべてが敵に回るんだ。あたし一人なら別に構わないけど、うちは飯店やら宿場やらを経営してるから、もしそうなれば致命的だったのさ」

甘いあんこを食べておきながら、苦味を嚙みしめるような表情が痛々しい。

「親や兄妹だっている。子供はいないけど、甥（おい）や姪（めい）は可愛い。なら、涙を吞むしかないだろ」

結局、一人で湯円を全部平らげて、祥纏は唇についたあんこをぺろりと舐め上げた。場違いな色気を感じて、それが紫苑には、恐ろしくも思えた。

「それに、どうせあたしは相手にされてなかったからね。文和が言っただろ。泰隆は、桂樹と結ばれたんだ。お互いべた惚れだったからね。入り込む隙間なんてなかったのさ」

祥纏は笑っていたが、その声は突き放すような物言いだった。

「けどさ、かつて惚れた相手から、理由はなんであれ、会いたいなんて信書をもらったら、来ない訳ないだろ。違うかい？」

「分かります」

真っ先に恋華が同意する。

「私だって、好きになった人が相手なら、たとえこっぴどく捨てられた後だとしても、駆けつけます」

「それはそれで心配だねえ。変な相手に引っかかるんじゃないよ」

「ご心配なく。恋華お嬢様は、命に代えても、私が最後まで面倒を見ますので」

紫苑の力強い言葉に、祥纏は何か言いたげに唇を引き結ぶ。

「……さよかい」

が、結局口にしたのはそれだけだった。

「考えれば考えるほど分かりません。奥義を譲ると手紙を出した師父の意図も、それを求めているのが為問様だけというのも、奥義など存在しないという主張も」

文和は奥義など存在しないと言い、祥纏は興味がなく、内功に疎いため武侠の技から一番縁遠い為問だけが強く欲している。

師父はなぜこの三人に、奥義を譲るなどと信書を送ったのだろうか？　そもそも本当に奥義は存在するのか。存在するならどんな技なのか。存在しないのなら、師父はなぜ嘘をついたのか。

いくら考えても、答えは出てこない。

「奥義が本当に存在するのか、確かめた方がいいかもしれません」

「お父様が殺されたのは、奥義のせいかもしれませんものね。その奥義を見つければ、仇のことが分かるかも」

なるほど、と文和が腰を浮かせた。

「まあ、じっとしてるよりはましか」

「奥義が見つかるなら、愚僧も異論はない」

寒さを覚えて窓の外を見れば、雪がまた降り始めていた。

鈍色（にびいろ）の雲に空が覆われ、おかげでどれだけ時間が経ったのかが分かりづらい。そんな空模様が、よりいっそう紫苑の気を重くさせた。

第三集　野田黄雀行

遊びては炎洲の翠を逐ふ莫かれ
棲みては呉宮の燕に近づく莫かれ
呉宮火起って巣窠を焚かん
炎洲の翠を逐へば網羅に遭はん
蕭条たる両翅　蓬蒿の下にあれば
縦へ鷹鸇有るとも　汝を奈何せん

遊莫逐炎洲翠
棲莫近呉宮燕
呉宮火起焚巣窠
炎洲逐翠遭網羅
蕭條兩翅蓬蒿下
縦有鷹鸇奈汝何

一

ひとまず泰隆の遺体を寝台へ寝かせる。

すでに身体はかたくなっていたが、多少強引に寝かせて、これ以上腐敗が進まないよう、火鉢の火を消した。

それから五人で書斎を探ったが、それらしいものはでなかった。泰隆の書斎兼寝室は、基本的には医術に関するものばかりが置かれてあった。医術書だけでも、薬の調合方法を記した『太平恵民和剤局方』や、疾病記録を識別して収めた『普済本事方』、子供の治療に主眼を置いた『小児薬証直訣』などなど、当代の最先端治療の知識が集められている。

他にも、自らの手によって様々な所見がまとめられていたが、奥義どころか武術に繫がるような記述はひとつもなかった。

紫苑が半ば予想していたことでもある。

師父は、本当に大事なものや貴重品は、三階に収納している。

書斎を調べたのは念のためだ。

そもそも医術書などは、紫苑や恋華にも、閲覧が許されている。そんなところに、武術家にとって大事な秘伝を放置しているはずがない。ましてや紫苑に奥義を継承しないと決めたのだから、目に付くところには置かないはずだ。

一同にも同じように告げて、三階へと移動する。

先ほど、賊が紛れ込んでいないかと探し回ったせいで散らかってしまったが、普段からきちんと整理整頓していたおかげで、乱雑さはない。

「見ての通り、師父はこの部屋に、書簡や貴重な書籍を保管しています。他にも、書画や美術品も。武術書の類いがあるとすれば、ここかもしれません」

「何がどこにあるか、把握してるわけじゃないんだね？」

「私は滅多にここには入りません。師父に、きつく言いつけられていましたから」

「私も、お掃除のときぐらいです。それも、お父様が立ち会って、丁寧に指示を受けながらでしか、触らせてくれないものばかりでした」

「おやおや、こいつはすごいね」

祥纏が何かを見つけて、小首を傾げた。

平べったく、径の長さ四寸（約一二センチ）、高さ一寸強（約三センチ強）、程度の、形だけみるならなんの変哲もない香炉だ。

見たところ青磁のようだが、色が普通ではない。

「黄色い青磁とは珍しいな。初めて見たぞ」

文和の瞳が好奇心に輝く。

色と、存在を主張しない形のせいもあって、香炉には玉か貴婦人のような、見る者の心を蕩かせる気品があった。

「いい趣味してるみたいだね。こういう黄みがかった青磁を、米色って言うんだ」

香炉はしばらく使われていないのか、灰すら残っていなかった。

そう言えば、先ほどこの部屋を調べたときに、花の香りがした気がする。

「こちらには、信書がまとめられてあるな」

為問が、漆塗(うるしぬ)りの箱を見つけて、手渡してくる。

蓋を取れば、確かに紙の束が出てきた。

内容は多岐にわたり、薬草や食材の請求書から、以前治療した患者への助言、家族とのやりとり、中でも妹である欣怡(きんい)から体調を心配する信書が多く届いていた。

欣怡はもちろん、師父の家族と対面を果たしたことは、未だ一度もない。武侠にとって、世俗との関わりよりも、己の修行の方が大事だからだ。師父自身も、あまり生家に帰りたいと思っていないようだった。

それでも、こんなことになった以上、報告は必要だろう。初めての挨拶で、師父の死を伝えねばならないとは……苦味が口の中を満たす。

ひとまず今はそれを飲み込み、奥義を探す。

信書は、かつての食客、陳覚阿(ちんかくあ)とのやり取りが多いようだ。

都での生活や近況など、中には娘の蕭明(しょうめい)が生んだ子、つまり覚阿の孫の様子などが書かれてある。読んでいるだけで、目尻の緩んだ覚阿の顔が想像できた。

覚阿は、勉学には厳しかったが、とても穏やかな性格をしていた。懐かしさがこみ上げてきたそのとき、そろそろ紫苑を嫁にやってはどうか、という一文が目に入った。

紫苑は既に二三歳。嫁にいくには、むしろ少し薹が立っている。だがよく読めば、その信書には五年前の日付が書かれてあった。確かにその頃なら、ちょうどよい年頃だ。

覚阿が、娘の婚礼に合わせて臨安へ移住したのが六年前。その一年後に出されたということは、何かしら感化されてのやり取りだったのだろうか。

泰隆が出した返事は、手元には残っていない。

それでも、覚阿の返事からおおよそ察しは付いた。

どうやら、まだ早いと渋っていたようだ。にもかかわらず、覚阿からの信書には、折に触れ、何度も紫苑の嫁入りを心配する文言が書かれていた。

「覚阿先生……そんなに嫁に出せ出せと書かれては恥ずかしいです」

本人がいるわけでもないのに、ばつが悪くなる。

そもそも嫁になどいくつもりのない紫苑だ。泰隆に打ち明ける機会を永遠に失ったが、恋華と添い遂げたいと思っている。

その恋華は、面白くなさそうに、黙って明後日の方向を睨んでいた。思うところはあるのだろうが、他人の目もあって、口をつぐんでいる。

断袖や磨鏡は珍しくないが、自分たちの関係は、江湖では近親相姦に等しい。他人にあれこれ言われるのは面倒だから、紫苑もその方がありがたかった。

ただ、後が怖そうではあるが。

気を取り直して、信書を読み進める。

相変わらず、都の様子や親子の近況、紫苑の嫁入りを心配する内容が多い。それだけ話題に上ると、泰隆の心情がどう変化していったのかが、ある程度は分かった。

当初はまだ早いと渋っていたが、ある時期から、紫苑の修行の成果を喜び、もう少しすれば、どこに出しても恥ずかしくないと期待を見せ始めた。

かと思えば、やはり未熟であると厳しい言葉が出てきたり、徐々に嫁に出すことすら悩み出し、最後には、本当に嫁に出していいのだろうかと疑問を投げかけている。

そこまで悩まれると、いくら嫁ぐ意思がないとはいえ、落ち込むものがあった。

横からのぞき見ていた袢纏が尋ねた。

「あんた、誰かいい人に嫁ぎたいと思ったことはないのかい？」

「考えたこともありません。師父も、そんな話、一度もされませんでしたから」

世間一般では、既に子供がいてもおかしくない歳だが、江湖では独り身で過ごす女性は珍しくない。中には男との交流さえ禁じる、女性のみで構成された武門もある。

ましてや紫苑には、恋華がいる。

深く考えたことはなかったが、あらためて問われると、婚姻というのは一大事であるように思えた。

師父は最終的にはどうするつもりだったのだろうか？

女の幸せは嫁ぐことだと考えていたのだろうか？

だとしたら、自分は二重の意味で不孝者だ。その願いを叶えることはできないし、恋華との関係も隠したままなのだから。

最後まで知られずに亡くなられてしまったことが、よかったのか悪かったのかも分からない。

飲み下しきれない感情が、肺腑を重くする。

だが、新たな信書に目を通したときだった。

『今となっては、紫苑を可愛いと思うあまり手放せない。あれは私の宝だ。自分の都合で嫁がせるのではなく、本人が心から望む相手と添い遂げさせてやりたい』

泰隆の信書から抜き出したであろう覚阿からの一文が目に飛び込んでくる。

思わず呼吸が止まって、二度、三度、四度、五度と読み直す。

当然だが、どれだけ黙読し直しても、内容は変わらない。

一緒に目で追っていた祥纏が、おかしそうに笑った。

「可愛すぎて嫁に出したくないなんて、溺愛されてるじゃないか」

咄嗟に言葉が返せず、ひとまず大きく息を吸った。

動揺が外に出ないよう、ゆっくりと……

吐き出すと同時に、止まっていた心臓が、再び動き出したような気分になる。

「驚きです。まさか師父が、そんなこと書くなんて」

ようやく、声が出た。

自分でも驚くぐらいに、震えている。

歳とともに性格は丸くなった師父だが、拝師してすぐの頃は、激昂することの方が多かった。手が飛んでくることなど当たり前で、顔を殴られたことも、一度や二度ではない。

未だにその頃の記憶が強く、普段の厳めしい顔つきもあって、信書の中の泰隆は、まるで別人のように思えた。

「師父が、私を、こんな風に……」

戸惑いの方がまだ大きい。

もし面と向かって言われたら、どんな顔をしただろうか。なぜかそんなことを考えた。

変な汗が滲んだことは間違いない。

「師父がこんなことを書くなんて、なんだか不思議な気分です」

「確かに今まで口にされたことはありませんでしたけど、そう思ってても、不思議じゃありませんよ。だって、お父様が紫苑姉様を見る目は、とても優しそうでしたから」

それもまた驚きの発言だ。

いつも厳しい目で見つめられている記憶しかない。

「私、いつも二人の間に入れなくて、ちょっと妬いてたんですよ」

「お嬢様が私に？」

声は、裏返りそこねたように、調子を外していた。

「それは、私の方こそ感じていたことです。お二人は本当に仲がよくて……私はお嬢様のように、師父に甘えることはできませんでしたから」

じゃれ合う二人を見て、何度うらやましく思ったことか。

だが恋華は養女、自分は拝師したとはいえ弟子でしかない。

そんなものだと諦めていたのに、その恋華から、うらやましかったと言われて驚かないはずがない。

「じゃあ、私達お互いをうらやましがってたんですね」

――私は紫苑姉様やお父様のように、武術で戯れることができないんですよ。

ふと、昨日の言葉を思い出す。あれは、自分を慰めようとしてくれたのではなく、本心だったのか？

「あっ、紫苑姉様、先を読んで。面白いですよ」

促されて文字を追うと、覚阿の慌てた様子が書かれてあった。

可愛くて嫁がせたくないという内容に対し、驚いて手にしていた鉄鍋を落としたとある。へこんでしまい、冷や汗をかいたようだ。

自分たちはもう若くない。驚かさないで欲しい。紫苑もいい年なのだから、ちゃんと嫁がせるべきだ。

鉄鍋で思い出したが、以前から頼んでいた蒙古の鉄剣がそろそろ仕上がる。最良の鉄で作られた剣だ。かつてない威力を秘めた剣を愛でるのが楽しみだ。

最後に、とてもいい磁器の瓶が二つ手に入ったので泰隆に贈る。とても手間暇がかかったものなので、これを見て初心を忘れず、大事に扱うように。なんなら、紫苑の嫁入り道具に持たせるのもいい――そんな内容だった。

日付は、今から一月ほど前だ。これにどう返信したのか、あるいはまだ返事は送っていないのかは、分からない。

「鉄鍋を落としておろおろしてる覚阿先生の姿が目に浮かびますね」

こんな状況だが、想像して恋華が笑う。落ち込んでいるよりはいいかもしれない。それに、笑っている恋華を見ていると、こっちが癒やされる。まだ奥義の存在も、師父を害した仇の手がかりも見つかっておらず、気ばかりが焦りそうになるが、不必要に落ち込むことを防いでくれて、隣にいてくれるだけでありがたかった。

「その磁器の瓶って、これじゃないですか？」

戸棚を開けた恋華が、ごそごそと中から瓶を取り出す。確かに二つ、同じ形で模様の違う磁器の瓶が出てきた。

ひとつは、白地に黒の蔓草(つるくさ)模様。

もうひとつは反対に、黒地に白抜きの蓮が描かれている。

派手なのか地味なのか、判断に困る模様だ。

中を見れば、どちらにも、癖のある匂いの液体が満たされてあった。昨日飲んだ酒に似ている。

「こりゃあ、アルヒだな」

文和が声を弾ませる。

「馬乳酒(ばにゅうしゅ)を蒸留させて作る蒙古の酒だ」

「物知りなんですね、烈風のおじさまは。そういえば、蒙古の糸もお持ちだとか？」

「海幇(かいほう)に落ち着く前は、いろんな所を旅したからな。蒙古にも二年ほどいたんだ。荒っぽいが気の良い奴らばかりで、仲良くなると、こいつを飲ませてくれたんだ。癖はあるが、美味い酒だ」

だが、手をつける様子はない。泰隆は酒に混じった毒で死んだのだから、うかつに飲む気にはなれないのだろう。

それよりも気になることがあって、紫苑は眉根に皺を刻んだ。

「どうして中にお酒が？　覚阿先生が一緒に送ってきたのでしょうか？　師父が飲まないのを知ってるはずなのに」

何しろ血を吐いた現場にいたのだ。その後は、一滴も飲んでいない。酔った姿はもちろん、酒臭さすら纏ったこともない。

それとも、ここで隠れて飲んでいたのだろうか？

恐る恐る、為問が酒に鼻を近づけた。

「泰隆殿が飲んだ毒入り酒とは、これでは？」

「確かに、乳臭い匂いが似てるねえ。うちの店でも出したことがあるから覚えてるよ。こんな匂いだ」

甘い香りは死臭かと思ったが、馬乳酒の匂いも混じっていたのかもしれない。

「磁器にアルヒか。確かに貴重と言えば貴重だな。手間もかかっている。何も矛盾はしとらんが……」

引っかかるものがあるのか、文和が声を低くする。

「それにしても、なんとも不気味な模様だ」

「どこがですか？　よくある蔓草と、蓮の柄じゃないですか」

「よく見ろ、恋華お嬢ちゃん。これは蔓草でなく、荊だ」

言われて目をこらせば、文和の言う通り、蔓草と思われた植物には、棘がいくつも描かれていた。それも、あえて棘と分からぬように描いている風にも見える。

「蓮も、下を向いてるのばかりだ。縁起物が下を向いてるんだぞ。おかしいと思わんか」

「言われるまで気づきませんでした」

念のために確認してみれば、蓮の花は全部で一四個描かれてあるが、ひとつを除き、他すべてが下を向いていた。

「こんな不気味な柄の瓶を、いくら貴重だからといって、弟子の嫁入り道具にしろと送ってくると思うか？　その覚阿という士大夫は、常識を知らんのか？」

「そんな……とても博識で、礼や作法には厳しいお方でした」

「なら、余計に不思議だな。そんな立派な士大夫が、こんなものを送ってきたなんて」

「……何か事情があるのか、この模様に特別な意味があるのでしょうか？」

「これは、一昔前に流行った柄だ」

為問の声が、一同の鼓膜を打った。

「今はほとんど見かけないが、愚僧が小さい頃には、まだ隠し持つ人がいた。懐かしい」

「隠し持つ？　何か曰くがある柄なのですか？」

慣れてきたせいか、官服姿の為問が頷くと、妙に貫禄があるように見える。

「これは、岳飛将軍が無罪で捕まったことを暗喩した柄なのだ」

姓は岳、名は飛、字は鵬挙。

今から六〇年ほど前に活躍した武将である。

「まあ、岳飛将軍の？」

恋華が興味深げに目を見張る。

宋人なら、岳飛たち抗金の名将に好意的な反応を示すのは当然だが、紫苑だけは、恋華の反応に少しだけ不穏なものを感じた。

生い立ち故仕方がないかもしれないが、金国人への負の感情が目を曇らせないかが心配だ。

宋人にも最低な人はいるし、金国人にも素晴らしい人はいる。

当たり前のことではあるが、その当たり前のことを、人はよく忘れるものだ。

瓶を撫でながら、為問が説明を続ける。

「黒く見えるが実際は白い。白く見えるが実際は黒い。処刑された岳飛将軍は冤罪で、裁いた秦檜こそが、蛇結茨のごとき売国奴である。この模様は、そう暗喩しているのだ」

宮人の格好で無念を語る姿は、まるで国を憂えているような悲愴さを感じさせる。

「一説には、岳飛将軍の副葬品にも、これと同じものがあるのだとか。それを知る者が、この模様を広めたと聞いている」

「流行った割には、あたしは初めて見るねえ。六〇年前なら、現物がもっと残っていても良さそうだけど」

「秦檜は反対派に対し、民衆相手といえども徹底した粛清（しゅくせい）を行った。くだらない言いがかりを付けてでもな。それでこの模様の焼き物も、あらかた破壊されたのだ。まだ残っていたとはな」

「……なぜそんな模様の瓶を、覚阿先生が？」

岳飛と秦檜は元より、今まで三度にわたって締結された金宋和議も、紫苑にとっては生まれる前の話だ。なにひとつぴんと来ない。

そうでなくとも、宋は今、建国以来最盛期を迎え、隆盛を極めたかのような趣さえある。

時折口惜しげに和議を語る老人を見かけるが、金国相手の貿易で儲けているのは、他ならぬ宋なのだ。既に納めた歳貢以上の儲けは出ているだろう。

こんな辺鄙（へんぴ）な場所に住んでいながら、信書がきちんと届き、港に船が来て商売が滞りなく行えるのは、国と民が豊かな証拠でもある。

唐王朝の皇帝憲宗（けんそう）が伝えるように、勝負は兵家（へいか）の常勢だ。戦の結果以上に、終わった後の行動こそが国の行方を左右する。

　となれば、これだけ栄えたのなら、秦檜の和議も評価すべき点はあるのではないだろうか？

　疑問をそのまま口にすると、意外と簡単に為問は頷いた。

「そういう一面は、確かにある」

　両目には、まだ怒りがみなぎっていた。

「だが……だが！　こともあろうに秦檜は、政策の正しさを盾に、自らの保身をはかった。私財を蓄え、要職には息子や一族をあてがった」

「恨まれてる自覚があったんだろうね。自分の立場を固めなきゃあ殺されるのが分かってたのさ」

　せせら笑う祥纏だが、言っていることは的確だ。それだけに、他人事ながら身を切られるような鋭さを感じた。

「和議が本心から国を思ってのことであったとしても、乗じて私腹を肥やし、地位を固めたとなれば、奸臣（かんしん）の誹り（そし）は免れぬ。ましてや無実の国士を、汚名を着せて謀殺するなど、許されることではない」

　為問の評価は、当時も今も、ごく一般的な世評と一致する。失地回復まであと一歩と迫っていただけに、宮中でも民間でも、秦檜の和議の断行は、多くの人の心証を悪くしていた。冤罪を暗喩した模様が広まるのに、そう時間はかからなかったということか。

だが、忠臣名将の処刑をためらわない男が、民間に流布する自分への批判を黙って見ているはずがない。現に、庶民の私財を破壊することをやってのけているのだから、恨み辛みはもちろん、怨嗟の声はあちこちにあって当然だった。

「分かりません。いえ、為問様の主張は納得がいきます。秦檜の悪逆非道には、怒りも感じます。分からないのは、覚阿先生が、これを私の嫁入り道具として送ってきたことです」

瓶を撫でてみれば、つるりとした感触が手のひらを心地良くする。磁器だけあって、さすがの高級感だ。

「そのような曰くがあるのなら、覚阿先生もご存じのはず。だからといって、まさか私に、岳飛将軍の仇を討てとおっしゃってる訳でもないでしょうし」

「秦檜が死んだのだって、あたしらが生まれる前だよ。仇なんか討ちようもないだろう」

為問は分厚い唇を引き結んだ。

結局何も分からないままだ。

徒労感が漂い始めたところで、鈴のような声が、沈黙の中を転がった。

「もしかしたらお父様の言う奥義って、岳飛将軍から伝わったなにかじゃないですか？　思いつきだから、自信はありませんけど」

「面白い発想だが、わしらも泰隆も、岳飛とはなんの関係もない。仮にそんなものがあるなら、直系一族か、当時一緒に戦った仲間たちに伝わってるはずだ。それとも、まさか坊さんがそうなのか？」

無言のまま、為問は頭を振った。黙っていると、どこか貫禄があるように見える。

「生まれたとき、秦檜はまだ存命ではあったが、見たことすらない」

秦檜が亡くなったのは、紹興二五（一一五五）年のことだ。となると、為問は最低でも五二歳。意外なことに文和と歳が近い。文和の見た目が若いせいもあるが、一回り以上老けて感じる。

「――で、結局奥義の情報はなしかい？」

煙管に詰める葉っぱが切れたのか、煙管だけ咥えて、祥纏は呆れたような声をこぼした。

手詰まりめいた閉塞感が部屋に満ちていく。

同時に、焦りが募るのを感じて、紫苑は奥歯を嚙みしめた。

既に寒波は到来している。

昨晩も吹雪いていた。

数日もすれば、湖が凍ることもあるだろう。そのとき、八仙楼を去って行く三人を引き留めることができるかどうか。

内功は、まだ戻っていない。練り続ける癖がついているから、復調すればすぐに気づくだろうが、未だ兆しすら感じなかった。

悔しさに床をにらみつけ……そのとき、くず籠が目に入った。

違和感が胸を満たす。

部屋は片付いているのに、くず籠だけごみでいっぱいだ。

「お嬢様。この部屋を最後に掃除したのはいつですか？」

少し考えるように、恋華が宙を睨む。

「……三日前ですね。でも昨日の朝、朝餉を運んだ時、ついでにごみ捨てを頼まれました」

昨日師父と話し合ったのは、その直後だ。

あの後、ここに来たということだろうか？　一人でか、あるいは昨晩、仇と一緒にか。

紫苑の視線を、恋華が追う。

くず籠を目にして、小首が傾げられた。

「あら？　昨日空にしたはずなのに、もうこんなにたくさん」

「くず籠？　それだ！」

まるで何かに弾かれたように、為問がくず籠に駆け寄る。

「ちょっと、為問さん！　散らかさないでください！」

「筆と墨がそこにあった。先ほどの信書への返事をしたためていた可能性はある。書き損じが、あるいはここに……」

恋華の制止も聞かずに中をひっくり返し、捨てられていた紙を広げる。竹から作られた安物ばかりとはいえ、気前よく捨てているのが、少し気になった。普通は木片に下書きしてから紙に清書するものなのだが、横着をしたのか、それとも書き上げてから気が変わったのか。

「間違いない、泰隆殿の字だ」

くず籠の中身が卓上に広げられ、一同が素早く視線を滑らせた。

「これ、先ほど見た、覚阿先生から来た信書へのお返事では？」

恋華の声を、紫苑は聞いていなかった。

「どういうことですか、これは」

長い睫毛と声が震えている。

信書は、いつも通り簡単な挨拶から始まっていた。

送られた瓶への礼や、蒙古の剣について、最も優れた鉄で作られた剣の噂は聞いている、龍吟がここまで轟いていると絶賛する文言が続いている。

龍吟とは、剣を指でたわませ、弾いた際に鳴る音のことだ。この音で、達人は剣の善し悪しを判断する。

比喩にしても大げさだが、それだけに師父の期待が伝わってくる。

そこから紫苑の嫁入りの話題になり、まだ紫苑を嫁がせるかどうかを悩んでいると綴られ……

最後に、こう記されていた。

代わりに、信頼できる三人の中から一人を選んで、恋華を嫁がせることにする、と。

二

「……見つけたぞ」

為問の声は、砂金を探り当てたような響きを伴っていた。

「そんな。何かの間違いです」

対する紫苑の声は、打ちのめされたように強張っている。

血の気が引き、頬どころか唇さえ真っ青だ。寒さにやられたわけでもないのに、身体が震えている。

念のために字を確かめるが、師父の字に見えた。

「間違いない、泰隆殿の字だ。三人の中から恋華殿を……そうか、奥義とは、恋華殿のことだったのか」

「奥義……お嬢様が？」

心を抜き取られたような声がこぼれた。

「意味が分かりません」

艶を失った髪が、はらはらと何度も目の前を往復する。

「まさか泰隆の奴、この三人の中から、娘の嫁ぎ先を選ぶつもりだったのか」

事態が飲み込めていないのか、恋華は信書を見つめている。誰かに嫁ぐなら紫苑姉様しか考えられないと、昨日呟いていたばかりだ。青天の霹靂以外の何ものでもないのだろう。

「私が、お嫁に……」

「おかしいです、こんなの」

馬鹿馬鹿しいと本当は言いたいのを堪えながら、紫苑は髪を振り乱した。

「どうして私の嫁入りの話から、恋華の――いえ、お嬢様の話になるのですか？」

「それは、泰隆殿がこうなってしまった以上、分からんことだ」

危うく剣を抜くところだった。

為問の正論が、紫苑の心を逆撫でする。

「話が繋がらないと言っているのです。だいたい、この信書はくず籠に捨てられていました。そんなものが、師父の本心であるはずがありません」

三つ編みが頬を打つほど、強く髪が振り乱される。

「それ以前に、恋華が奥義？　繰り返しますが、意味が分かりません」

恋華と呼び捨てにしてしまったことにも、気づいていない。

ちぐはぐさ、回りくどさが、紫苑を混乱させていた。

「確かにその通りだ。嫁入りなら嫁入りと言えばいい。わざわざ奥義と暗喩するのは、わしにも意味が分からん」

「ひょっとしたら、私が嫌がるかもしれないから……」

恋華が呟いた。

婚姻は親が決めるもの。自分で相手を選べるはずなどない。ある日突然、相手を連れてこられて、問答無用で嫁がされるものだ。

「だから黙ってたってのか？　お嬢ちゃんたちにだけでなく、わしらにも？」

「烈風のおじさまは、私を嫁がせたいと言われて、島まで足を運びましたか？」

齢五〇になっても未だ初恋を引きずり続ける男は、気まずそうに口を結ぶだけだった。

「だから、嫁にやるなんて言葉を使わず、お三方を呼び寄せたのでは？」

「ありえることだ」

為問の声は、自信に満ちている。

「お待ちください。仮にそうだとして……奥義がお嬢様を嫁に出すことの暗喩であることを、百歩譲って認めるとしても、祥纏様をお呼びした理由が分かりません」

「それをお嬢ちゃんが言うかい」

含みのある言葉を解していないのは、為問だけだった。

祥纏の表情は、悲しいまでに澄んでいる。

「分かるもんなんだよ。同族ってのはね」

「まさか……」

声が震えているのか、足が震えるから自分の声がそう聞こえるのか、咄嗟に判断が付かない。

祥纏の言う同族とは、まさか……

「同じ、なのですか？　いえ、ですが祥纏様は先ほど、師父に恋心を抱いていたと」

「紫苑姉様。祥纏様は、お父様の他に、既婚者にも恋心を抱いたと仰ってました。まさかその既婚者が……」

「そうだよ。人生で二人目に惚れた相手が桂樹だよ。まあ、知り合った頃はまだ婚約すらしてなかったけどね」

「にわかに信じられません。突然過ぎます」

紫苑の動揺に、酷薄な笑みが返る。

「季節の挨拶から始めて、無難に天気の話題から家族の近況を尋ねて、商売の調子を探り合ったあとで話せば、疑いなく信じるっていうのかい？」

「こんなときにくだらない冗談はやめてください！」

「お嬢ちゃん」

癇癪を起こしかけた紫苑を、文和の優しい声がなだめる。

「間違いない。わしと師姉は、お互い同じ相手に失恋したんだ。その傷を慰め合ったこともある」

「何が慰め合っただよ。酒飲んで潰れたあんたを、あたしが介抱してやっただけじゃないか。ゲロまで吐いて、みっともないったらありゃしない」

「ちゃっかり酒代をこっちに払わせたのは師姉だぞ。おまけに馬鹿みたいに高い酒だったんだ。ちゃらでいいだろう。だいたいどうして、自分の八〇〇倍は稼いでる富豪に奢らなきゃならんのだ」

事ここに至っても、二人の会話は、ふざけあっているように聞こえる。あるいは、わざと馬鹿騒ぎしているのかも知れないと、紫苑は疑い始めていた。

「おふざけは、ご遠慮いただきたい！」

冷静さを保とうとはするが、御しきれない怒気が、声を震わせる。

対する祥纏は、悠然と構えるように、煙管を吸い込んだ。

「みいんな自分を基準に考えるのさ。その癖、自分は他人と違うなんて悲愴ぶってみたりね」

ぷかりと煙が輪っかを描く。どうやら葉っぱが切れたのではなかったらしい。

「あんたは同性でなきゃ駄目みたいだね。でもねえ、男と女、両方が恋の対象になる奴もいるのさ」

「師姉。それはつまり、その……」

文和の視線が、紫苑と恋華の間を、何度も往復した。

ここまで話した以上、隠しきれるものではない。

隠したまま、恋華を守れもしない。

覚悟を決めて、紫苑は頷いた。

「……私とお嬢様は、愛し合っています」

無言のままに、恋華がしがみついてくる。

細い腕が震えていた。

「分かっているのか、二人とも。そいつは、江湖の掟では……」

文和は最後まで口にできず、暗い表情で椅子に腰掛けた。使い込まれて飴色になった椅子が、ぎしりと音をたてる。

一人だけ、得心がいったように、為問が頷いた。

「なるほど、祥纏殿も紫苑殿も、断袖というわけか」

「それは男同士に使う言葉だよ。由来を知らないのかい？」

漢の哀帝(あいてい)が昼寝から目覚めたとき、寵愛(ちょうあい)する男、董賢(とうけん)が帝の袖を下に敷いて眠っていた。普通なら不敬ものだが、哀帝は董賢を起こさないように気遣い、袖を断ち切って起きたという。以来、男同士の愛情行為を、断袖と呼ぶようになった。

「愚僧に必要なのは教養ではなく実利だ。恋華殿が奥義というなら、それをもらい受けるのみ」

じろりと、大きな目が紫苑と恋華を見つめる。

「それに、二人の関係は、どうやら江湖にとって望ましいものではないらしい。余計に、この愚僧がお嬢様を引き受けた方がいいのではないか？」

「同門での色恋禁止は、あくまで師弟と弟子同士だけの話だよ」

「……何が言いたい」

為問が祥纏を睨めつける。

「同じ女としても師叔としても、この子が不幸になるのを黙って見過ごす訳にはいかないって言ってるのさ」

「貴殿が男女問わず恋情を抱く性分であることは分かったが、だからといって泰隆殿のご息女が嫁げるわけではない。大人しく男の元へ嫁がせる方が幸せだ」

「ハッ！　坊主が女の幸せを語るかい」

どう取り繕っても、祥纏の言い様は為問への侮蔑を隠せなかった。殴りかからんばかりに為問が顔を真っ赤にするが、ばんっ、と卓が手のひらで叩かれた。

「二人とも、そこまでにしろ」

温厚な文和だが、珍しくいらついている。

その視線が、憐れむように、恋華を見つめた。

「泰隆がいない今、大事なのは、本人の気持ちではないか？」

落ち込み、うなだれ、戸惑い、小さな肩を震わせている少女の姿に、さすがに二人とも、声をなくした。紫苑ですら、なんと声をかければいいのか悩んでいる。

「お嬢ちゃん。少なくともわしは、お嬢ちゃんの力になりたいと思っている。なにしろ、師兄の忘れ形見だからな。だから、正直にこたえてくれ」

こくんと、小さな顎が縦に揺れた。

「この三人の中の誰かに、嫁ぎたいか？」

「嫌です」

血の気を失った唇が、震えながら、だがハッキリと拒否した。

「嫌です。紫苑姉様以外の人に嫁ぐなんて、絶対に嫌。嫌です。でも……」

まだあどけなさすら残る表情が、覚悟を決めたように変わる。

「でも、お父様の最後の望みなのであれば、それは──」

「そこまでよ、恋華！」

泰隆の遺志に殉ずるような恋華の言葉を紫苑が遮った。

「今は、あなたがどうしたいかだけを教えて」

「でも、紫苑姉様。お父様の最後の願いなんですよ。私は、一体、どうしたら……」

すがるような声と、抱きしめて欲しそうな視線が、紫苑を打ちのめす。

「もし本当にお父様の最後の望みが、三人のいずれかへの嫁入りなら……私は娘として、孝行を果たさねばなりません」

「その通り。親孝行は何よりも大事なもの。そのためなら、愚僧が相手になる」

結婚の時期も、相手も、親が決めるのは当たり前のことだった。実際恋華の姉の婚約者も、実父が探してきた。惚れた腫れたで結ばれることなど、滅多にあることではない。

だとしても、紫苑は自分の想い人を、みすみすこんな形で失うなど、納得がいかない。

何かの間違いではないかと、もう一度信書に目を通す。

捨てられていたのだから無効だと言ったところで、為問のあの様子では、素直に聞き入れるとは思えない。今の自分には、為問を倒すほどの力はない。一体どうすれば……

絶望が心を侵食する中、あがくように、ひたすら何かおかしな点がないかと考え続ける。

岳飛と秦檜を暗喩した二つの瓶。

蒙古の鉄で作られた剣。

まだ紫苑を嫁に出す決心がつかないと書かれた信書。

代わりに、信頼できる三人の中から一人を選んで、恋華を嫁がせることにすると記した一文。

先程も感じたように最後の文言に、取って付けたような唐突さを感じた。今まで恋華のことは、信書では特に触れられていなかったのになぜここで急に……。

「もしかして……」

思いつくことがあった。

「お嬢様。信書をこちらに」

「破り捨てるつもりか」

為問が立ち塞がる。

「いえ。でしたら、為問様がお持ちください。ただ、本当に師父が書いたものかどうか、確かめたいのです」

「字は泰隆殿のものと一致すると思うが？」

「だからです。字は、いくらでも真似ることができますから」

「ならばどうやって確かめるというのだ」

「紙を、陽の光に透かしてみてください」

言われるままに、為問が窓から信書をかざす。

眉が、驚きに歪んだ。

「濃さが違う……」

わずかに薄い。一見すれば分からなかったが、こうして陽の光に透かせば、その差が分かる。

「これは……」

戸惑いが為問の声を硬くする。

祥纏が信書をひったくり、なるほどと頷いた。

「どうやら最後の一文だけ、一度凍った墨を使ったね」

「おそらくそうかと。墨は、一度凍ると劣化しますから」

「ぱっと見じゃあ分からないけど、こんな風に透かせばばれちまうんだねえ」

「故に、この信書に従う必要はありません。これは、少なくとも師父以外の誰かが書き加えた一文なのですから」

「分からぬぞ」

食らいつくように為問は歯を噛みしめていた。

「泰隆殿自身が、あとから書き加えたのかもしれんではないか。凍った墨を温め直してからな」

「墨が凍るとしたら、一晩は必要でしょう。師父が亡くなったのは昨晩です。師父が亡くなってから、誰かが書き足したものに違いありません」

くず籠は、昨日の朝、一度空になっている。その上で、一度凍った墨が使われたとなれば、一晩は経っているはずだ。いくら濃度の高い墨とはいえ、日中には凍らないだろう。

恋華が、無言のままに膝から崩れた。

慌てて駆け寄り身体を支えると、涙を浮かべながら、しゃくり上げた。

「よかった……私、やっぱり紫苑姉様以外の人に嫁ぐなんて、できない」

亡き父の最後の願いなら叶えたい、それが親孝行だと気丈に振る舞った恋華だが、やはり本心では、望んではいなかったようだ。

それを見て、文和が激怒した。

「こんな小賢しい真似したのは貴様じゃないだろうな、クソ坊主！」

「違う！　愚僧ではない！」

この中で、恋華が嫁ぐことに前向きなのは為問だけだった。

疑われても仕方がないが、それでも、為問が書き足したという決定的な証拠もない。

摑みかからんばかりに顔を赤くしていた文和だが、辛うじて、振り上げた拳を降ろす。

浮かせていた腰を乱暴に椅子へ落とし、床を蹴って、ようやく心を落ち着けた。

「なんにしろ、泰隆を殺した奴が書き足したに違いない。でなければ、そんなことできんのだからな」

だからといって文和がやったのではないということにもならない。

自分で書きながら、真っ先に怒って見せて、疑いを逸らせるというはったりの可能性もある。

疑うばかりでどんどん人が悪くなっているのを自覚しながらも、紫苑は取り敢えず、安堵した。

恋華が嫁ぐことは避けられた。

とはいえ、この場にいる三人に、関係を知られてしまった。

江湖の掟に従うなら、結ばれることのできない関係を。

恋華と結ばれるためには、三人の口を封じるか、江湖を捨てるかしかないが、今はどちらも選べない。

このままでは、師父の仇を討つどころか、恋華さえ失ってしまう。それだけは、なんとしてでも避けねばならない。

「結局奥義がなんなのかも分からんままか」

くたびれたように、文和が椅子にもたれる。

「恋華お嬢ちゃんが奥義というのは、何者かによって書き足された一文だったからな。しかし、なぜそんなことを書き込んだのか」

「三人の中の誰に嫁がせたところで、なんの意味があるのかも分からないからねえ」

現状では、答えは出ない。

「誰の疑いも晴れませんでした。残念です」

「お嬢ちゃんも疑われてるんだよ。忘れてないだろうね」

茶化すように、祥纏が付け加える。

「恋華お嬢ちゃんとの関係を知られて、泰隆を殺した……そうも考えられるじゃないか」

「それだと、信書の書き込みをどう説明なさるおつもりですか？」

「さてね。あたしがやったんじゃないんだから、分かるわけないだろう」

師父を殺したなどと言われるのは、拝師して人生を武術に捧げてきた自分への侮辱でしかない。屈辱に手足が震え、あまりの怒りに、腹の底が熱を帯びた。

——いや、違う。

怒りのせいかと思ったが、疼くようなこの熱は、まったくの別物だ。

慌てて、かつ周囲に悟られないよう確認すれば、身体中の血が沸き立つような感覚があった。

内功が戻ってきている。

まだ弱い。本調子には程遠く、軽功もままならないだろう。

今戦えば、一方的な負けは必至。

徐々に力が戻ってきているのなら、なんとしてでも時間を稼がないと。軽功さえ取り戻せば、恋華を連れて逃げられるのだから。

何か時間を稼ぐ方法はないか？

そう考えたとき、ふと疑問が湧いた。

恋華を嫁がせるという文言を見たときの為問の態度。

これが奥義なのかと合点していたのは、為問だけだった。

文和も祥纏も、もちろん紫苑自身も、なぜという疑問の方が先にあった。

為問の態度は、腑に落ちない。

そもそも救世のために奥義を求めていると言っていたが、恋華を娶ることの何が救世に繋がるのかも分からない。

時間稼ぎを考えるうちに生じた疑問ではあるが、一度引っかかると、妙な胸騒ぎさえ感じられた。違和感と言ってもいい。

そもそも為問は、この面子の中で最も浮いた存在でもある。

武俠としては内功をおろそかにし、仏僧でありながら肉を食べるなど俗っぽい。泰隆と顔見知りであったことは会話から分かるが、同門であった訳でもなく、どのような関係だったのかも定かではない。

話し続けて、さすがに疲労が紫苑の眉と頬を曇らせる。喉も渇いているし、身体が重い。胃の辺りにちくちくとした疼きがある。食欲は湧かないが、空腹らしい。空模様のせいで分かりづらいが、どうやら昼を過ぎているようだ。時間の経過を実感すると、苛立ちにも似た焦燥感が、肺腑に満ちた。

いい加減解決の糸口が欲しくて、紫苑は為問に真正面から尋ねた。

第四集　莊周夢胡蝶

荘周夢胡蝶　荘周(さうしう)胡蝶(こてふ)を夢み
胡蝶爲荘周　胡蝶荘周と為る
一體更變易　一体(いったい)　更(こもご)も変易(へんえき)し
萬事良悠悠　万事　良(まこと)に悠悠たり
乃知蓬萊水　乃(すなは)ち知る蓬萊(ほうらい)の水の
復作清淺流　復(ま)た清浅(せいせん)の流れと作るを
青門種瓜人　青門に瓜(うり)を種(たね)うる人は
舊日東陵侯　旧日(きうじつ)の東陵侯(とうりようこう)なり
富貴固如此　富貴(ふうき)固(もと)より此の如し
營營何所求　営営(えいえい)として何の求むる所ぞ

一

「為問様。お伺いしたいことがございます」

「なんだ」

紫苑の挑むような声と視線に、為問が身構える。

「一体なにに恋華を利用しようとしているのですか」

「……どういうことだ」

返事までの極小の時差に、何かあることを紫苑は直感した。

「奥義を授かるのは、救世のためだと仰いましたね？」

「ああ、その通りだ」

「先ほど為問様は、恋華を嫁がせることが奥義の暗喩なのだと仰いましたが、それの何が救世になるのですか」

「泰隆殿の娘だ。様々なことを仕込まれていよう。愚僧と一緒に、救世の旅に出る」

「恋華に、何が仕込まれているとお考えですか？」

追及の手を緩めず、さらに尋ねる。

「泰隆殿からは、礼儀作法や、料理、薬の知識。そして兵法について学んだと聞いているが」

「確かにすべて、お父様や覚阿(かくあ)先生からご教授いただきました」

恐る恐る、恋華が告げる。

嫁入りの一文が泰隆によって書かれたものでないと証明されはしたが、不穏なものを感じたらしく、また頬が白くなっている。

「そんなもの、恋華でなくとも、当てはまる娘は多いはず。なぜに恋華が必要なのですか？」

ぐっと、為問の喉が引きつるような音を立てる。

ことさら頬を強張らせ、目を怒らせるのは、考えを悟られまいとしているのだろうか。

「恋華でなければならない理由を教えてください」

ゆったりと、為問が構え直す。

官服のせいで立ち姿は偉丈夫(いじょうふ)めいているが、言葉を探しているような姑息(こそく)さも感じた。

「泰隆殿との約束だ。いつか奥義を譲り受ける。体調が悪く、長くないと分かってから、そう連絡を取り合っていたのだ」

「長くないですって？」

異口同音に、紫苑と恋華の声が重なった。

「どういうことですか、為問様。長くないとは……どういう意味なのですか」

「どういうこととはどういうことだ。まさかともに暮らす弟子や娘が知らないというのか？　泰隆殿は、病に冒されていたのだ」

「そんな……血を吐いたのは一〇年も前なのですよ。そこから、摂生だってしてきてます」

「一〇年経ったのだ。別の病に冒されてもおかしくない年数ではないか」

「証拠はあるのですか。師父が、ご病気だったという証拠は」

「いちいち誰かの病気の証拠を持ち歩く者などいるものか」

反論できずに、拳を握りしめる。

為問の言うことはもっともではある。身体をいたわったからといって、病気にならない保証はない。

「恋華は知っていた？　師父が、ご病気だって」

「いいえ、まったく。ここ数年、お父様は基本、八仙楼に籠もられてましたから」

「……つまり、不調を私たちに見せないようにしてらしたのね」

師父ならやりそうだ。弟子や娘に不調をさらすことを、良しとしないはず。実際、師父が身体の不調を訴えるところを見たのは、一〇年前の吐血のみ。あのときは、突然のことで隠せなかったのだろう。

「数年前から体調不良を訴えておられた。自身が医者だ、対処方法は分かっておられたが、それでも不死でいられるはずがない。その話の流れで、いずれ泰隆殿の奥義を引き継ぐと約束したのだ」

「それはいつのことですか？」

紫苑の問いに、為問は少しだけ考える素振りを見せてから答えた。

「病の話が信書に現れたのは、今から五年ほど前だ。同時に、これまで研鑽してきた己のすべてをまとめあげ、奥義とすると書かれてあった。それが、蓋を開けてみれば三人の中から譲ると信書にあった。愚僧の戸惑いも分かるだろう」

「五年前というと、覚阿先生の信書に、私を嫁に出せという話が出始めた頃です。もしかして、覚阿先生も師父の体調についてご存じだったのでは？　それで、やたらと嫁に出す話をされたのでしょうか？」

自分で言いながら、既に紫苑は頭を振っていた。

「いえ、それならお酒を送って来た説明がつきません」

泰隆は、胃を病んでからは薬酒すら飲まなくなった。

それともあの酒は、飲むためのものではなかったのか？

どちらの瓶も、なみなみとアルヒが満たされてある。

信書の日付から、一月以内に送られてきたことは間違いない。あんな大きな物をいつの間に。

五年前から病を患っていたと為問は言うが、あれだけ信書のやり取りをしていたなら、覚阿が知っていてもおかしくない。そもそも血を吐いたのは、覚阿の目の前でだ。酒など送ってくるだろうか？

「待て。話の腰を折ってすまんが、少し質問させてくれ」

文和が唐突に話に割り込んだ。

声は少々深刻な色を帯びており、おかげで全員がそちらに視線を向ける。

「坊さんにお嬢ちゃん方。さっき兵法と言ったな。間違いないか？　そうか。言っておくが、普通の娘は、そんなもの学んだりはせんぞ。少なくとも、その辺の町娘は兵法のへの字も知らん」

「そうなのですか？」

拝師したのは五歳にも満たない頃だ。八仙島には他の武門もなく、旅人も少ないことから、常識に疎くても仕方がない。

「いや、そんなことはどうでもいい。それよりもだ、ちと気になることを思い出した」

「なんでございましょう？」

促すが、自分から話し出したくせに、妙に居心地悪げに間を置き、もじゃもじゃの頭に手を突っ込む。何度かためらうように吐息して、ようやく尋ねた。

「泰隆の書斎でちらっと見た、あの地図と駒。下の階に置いてあったあれ。まさかあれで、兵法を学んでいたのか？」

「はい。師父は常々、私をただの武俠にはせぬと仰ってました。兵法と詩を学ぶことで、広い視野と、心を育てるのだと。それで、ああして地図を広げて、模擬戦を行っていたのです」

「地図は、あれ一枚だけか？」

「いいえ、他にもたくさん。ですが、ここ最近は、ずっとあの地図を使っていました」

ため息なのか、懊悩しているのか、塊のような吐息がこぼれた。

「あれは、臨安府の地図だ」

湿り気を帯びた寒気が背筋を走る。

臨安府。都の名前だ。

かつて宋の都は開封にあったが、金国の猛攻を抑えきれず、皇帝の一族が連れ去られてしまうという事件があった。

世に言う、靖康の変である。

この時、偶然難を逃れた皇族の一人が建康（南京）にて即位、宋を再興する。その後杭州まで南下し、行宮が置かれると、杭州府は臨安府と改称し、紹興八（一一三八）年には、正式に遷都が行われ、宋の都となった。

臨安とは、文字通り臨時の都という意味だ。いずれは開封へ戻ると、当時の人達は高を括っていたのだろう。実際、『還我河山』との気運が高かったらしい。

とはいえ、しょせんは現実離れした絵空事に過ぎなかった。秦檜の推し進めた和平政策もあって、今に至るまで実現はされていない。それどころか、肥沃な大地と、他ならぬ金国相手の貿易で栄華を極めた今、多くの者は現状に満足していた。

「あれが臨安府の地図だと知っていたか、お嬢ちゃん」

「……いえ。私は、臨安へ赴いたことはありません。ただ、どこかの街であると聞いてはいました。てっきり、異国の地図だと思っていたのですが」

「で、そいつをどう攻略する？　兵力は？　戦術は？」

「五〇〇〇の兵力で落とすよう、仕込まれました」

「たった五〇〇〇で？　正気じゃないね」

「軍は外征を行っており、都には最小限の防衛力しか残っていないという設定です。その状況下で、いかに効率よく街を占領できるかを考えさせられました」

「――で、可能だったのだな？」

まるで科挙の試験官が答案を採点するような声で、為問が身を乗り出した。

「まず、主要な将軍の邸宅と武器庫を押さえ、物資を得て自軍の補給に使います。同時に皇帝陛下に大将軍を弾劾する上奏を行い、詔を得て大将軍の兵権を奪取します」

「そう上手くいくかな？　命をかけて抵抗するかもしれんぞ」

「その場合は、皇族を人質に取り、一人ずつ殺して、玉璽を押すよう迫ります」

恐ろしいことを言う紫苑の表情に乱れはない。

「お世継ぎがいるなら、説得しやすいかと。自分たちはあくまで賊を討つのであって、未来永劫臣下であることには変わりないと約束してみせれば、皇帝陛下も玉璽を押しやすくなるでしょう」

「綺麗な顔して、恐ろしい子だねえ」

「こちらは寡兵です。追加の補給は望めず、状況を聞きつければ、外征軍もすぐに引き返してくるはず。一刻を争う必要があるのに、ためらっている間はありません」

兵法としては間違っていない。

有名な孫子の一節にも、次のようにある。

故に其の疾きこと風の如く、其の徐かなること林の如く、侵掠すること火の如く、動かざること山の如く、知りがたきこと陰の如く、動くこと雷霆の如し、郷を掠めて衆を分かち、地を廓めて利を分かち、権を懸けて動く。

「ためらえば、味方の損害が増えるばかりです。決起した以上は勝たねばなりません。引き分けも、健闘もありません。勝ってすべてを得るか、負けて死ぬかのどちらかです」

「まるで高平陵の変だな」

正始一〇（二四九）年一月六日。魏の皇帝曹芳は、先帝の陵墓に参拝するため、大将軍曹爽を伴い、高平陵へと向かった。洛陽の防衛は手薄になり、この機会を待ち望んでいた司馬懿が満を持して決起する。息子の司馬師、弟の司馬孚らと共に、約五〇〇〇の兵で都を占領した。

対する曹爽軍は、六万もの兵力を擁しながらも、洛陽への帰路と補給を断たれて降伏、その後三族が皆殺しにされた。

「泰隆は、都を落とせるように、弟子を仕込んでいたのか。あの馬鹿、何を考えとるんだ」

「どういうことですか？」

「やり過ぎだってことだ。いくら兵法を学ばせるためとは言え、ばれたら極刑ものだぞ」

首を吊される真似をしながら、滑稽さを装うように舌を出す。その喜劇的な姿こそ馬鹿馬鹿しく思えて、ようやく恋華が、噴き出すように笑った。

少しだけほっとしながら、紫苑はここまでの情報を整理した。

岳飛と秦檜を暗喩する瓶。

覚阿との信書のやり取り。

兵法。

臨安府の地図。

――唐突に背筋が震える。

今何か、よくない考えが脳裏を駆け抜けた。

血の気が引いていく。

理性よりも先に、本能が危険を察知したような感覚だ。

飲み込まれるような不気味さと、心に墨色の感情が浸蝕してくるようなおぞましさがあって、逃げ出したくなる。

心に罅が入るような痛みがあった。なのに興奮めいた感覚もある。

馬鹿馬鹿しいと、思い浮かんだ考えを追い出すべく頭を振るが、常に冷静であろうとする理性は、その考えを摑んで離さなかった。

「師父は、一体なにを企んでいたのですか?」

言葉が、自然とこぼれた。

為問の表情がわずかに引きつる。

それを見逃さず、紫苑は尋ねた。

「為問様。今さらですが、あらためて伺います。師父とは、どのようなご関係なのでしょうか？」

「どういうことだ」

疑問に眉をひそめる為問だが、無理に平静さを装おうとしているように、紫苑には見えた。胸に生じた疑念がそう思わせるのか、事実そうなのか、まだ分からない。

「信頼できる武俠を呼び寄せ、その中の一人に奥義を譲る。私は師父からそのようにしか伺っていません。文和様、祥纏様は、師父の同門で旧友のようですが、為問様は？」

「愚僧とて、泰隆殿の古くからの知己だ。既に二〇年の付き合いになる。まあ、顔をあわせることは滅多となかったが」

「師父のことを、仲間……と仰いましたね」

ぴくりと、為問の眉が跳ねた。

「軽功が使えず、泳げないと分かった時、文和様に都合がいいと言われ、こう仰ったはずです。仲間を殺したという嫌疑をかけられ、痛くもない腹を探られ、閉じ込められ、都合がいいとはどういうことだ、と」

「ああ、確かに言ったな。わしも覚えてるぞ」

文和が腰を浮かせて同意する。

祥纏は興味深げな視線を向けた。

「手紙のやり取りや、師父との会話から、知人か友人であったことは分かります。ですが仲間とはどういうことですか。何かしら特別な関係であると、言葉からは推察できますが」

「それは、江湖の仲間という意味だ」

紫苑は瞼を閉じて首を左右に振る。

両側の三つ編みが、力なく揺れた。

「武侠と仰るには、為問様は江湖の掟や武術に疎いご様子。奥義についても、恋華を嫁がせるとした一文を見て、特に疑問に思う様子もなく受け入れておられました」

「確かに、普通は奥義と言えば、何かしらの技を伝授されると思うはずだからな」

文和の相づちに、為問は沈黙を貫いた。

「お答えいただけないなら結構。話を続けさせていただきます」

息を呑み、紫苑は一同を見回した。

これから自分は、大それた事を口にしようとしている。

師父の名誉を汚すことになりかねないが、黙っていることもできない。師父を殺した仇を逃すわけにはいかない。

意を決して、唇を震わせた。

「師父は、国を滅ぼそうとしていたのですね」

軽くない衝撃が、部屋の空気を変える。

違っていてもよい。むしろ違っていて欲しいと願いながら、相手の反応を窺う。その反応次第で、次の一手を考えられる。完全な的外れでも、内功が回復するまでの時間稼ぎにはなる。

だが……

「なぜそう思う」

見当違いな指摘に怒りでこたえるばかりだった為問が、訊き返してくる。紫苑は自分の考えが正しいことを察した。

「もちろん、兵法の修練が臨安府の地図を使って行われていたからです。今までも様々な街や城砦を落とす訓練をさせられましたが、ひょっとしたらそれらも、実在する場所だったかもしれません」

「短絡的過ぎやしないかい。臨安を攻略する訓練をさせられたからって、国を滅ぼそうだなんてねえ」

「第一、それだけの知謀があっても、兵力がなければどうにもならんだろう。狼に龍の技を教えても使いこなせんのと同じ——あっ！　そうか！」

何かを思い出して、もじゃもじゃ頭が仰け反った。

紫苑は頷き返し、言葉を引き継いだ。

「為問様のお寺には、三〇〇の仏僧がおられるとか」

ある宗教組織が武術を嗜むことは、珍しいことではない。

禅宗の嵩山少林寺や全真教など、武芸によって名を轟かせる宗派もある。私兵を匿うには、確かにちょうどいい隠れ蓑だ。

「おそらく在野にも同志は存在するはず。お寺は仏僧だけでは運営できません。周囲の関係者にも紛れていると考えた方が自然です。兵力の問題は、これで解決するでしょう」

「どうだろうねえ。今の話が本当だとして、国を滅ぼすことなんてできるのかねえ」

「可能です」

祥纏の言葉を、紫苑は簡単に否定する。

「正確には、条件さえ揃えば可能です。そして今、その条件が整いつつあります」

「条件とは、どんなものだ？」

為問が射貫くような視線で紫苑を見た。

瞳に動揺や恐れ、戸惑いは見られない。

興味深げな色を、官服姿の仏僧は湛えていた。

「蒙古です」

「……信書にあった、蒙古の剣という奴か？　剣が一体何だと言うんだ？」

「文和様は、蒙古に二年ほどおられたと仰いましたね。では、鉄木仁（テムジン）とはどういう意味か、ご存じですよね」

今や草原の覇者となった男の名に、『烈風神海（れっぷうしんかい）』が目を剝いて息を呑んだ。

「『最も優れた鉄』だ」

聞き覚えのある言葉だ。

最も優れた鉄で作られた、龍吟（りゅうぎん）を轟かせる蒙古の剣。

覚阿からの信書にあった一文である。

「覚阿先生の仰る蒙古の剣とは、鉄木仁のことだったのです。師父は、蒙古と結託していたのです」

驚きが、一同から声を失わせた。

息苦しさすら感じるほどの緊張感が、空中をたゆたっている。

吐く息は白いのに、誰もが寒さを忘れて、紫苑の言葉を聞き漏らすまいと、神経を張り詰めさせていた。

誰かが息を呑む。

恋華だった。

養父を大罪人であると、愛する人に告げられて、混乱しているように見えた。

嘘であって欲しいと願っているのは明らかだが、為問は反論しようとしない。ただ射貫くような視線を紫苑に投げ掛けており、刑部尚書（けいぶしょうしょ）めいた厳しさを口元に浮かべていた。

紫苑がさらに言葉を続ける。

「先ほどのお話から、韓侂胄（かんたくちゅう）が戦の準備をしているのは明らか。近々遠征が行われる予定があるのではないですか。となれば、臨安の守りは手薄になります」

「そこを急襲するわけか……」

文和の声に、深刻さが増した。

「蒙古は今、鉄木仁によって統一されました。いつ南下して、金国に攻め込んでもおかしくありません。おそらく、宋はそれに呼応して北上しようとしているはず」

戦の気運が高まっているのだから間違いない。

ましてや今、主戦派の韓侂胄が平章軍国事だ。金と協力して蒙古を食い止めようなどと考えるとは思えなかった。

「師父が本当に蒙古と通じているのかどうかは分かりません。ただ、臨安府に攻め込む絶好の好機が近いうちに訪れる可能性は高いです」

外征するのだから、当然国内の防衛力は低下する。一気呵成に都を攻め落とすことは可能だ。司馬懿という前例もある。

「そう上手くいくかねえ。いくら地図を使って訓練したからって、実際に兵を指揮できるとはかぎらないだろ」

「確かに私は一兵も指揮したことがない身。今までの戦術も、画餅に帰すものかもしれません」

だからこそ、兵法を学んでなんになると、師父に不満を告げたこともあった。それよりも、技の一つでも鍛えた方がいいのではと、意見したこともある。そんな時、決まって師父は、兵法は広い視野を育ててくれるからと諭すのだった。

その広い視野が、見たくないものを紫苑に突きつけてくる。

今語っているのは、師父が宋を転覆せんと企んでいたことを証明することばかりなのだから。

「おそらく最初は、師父が指揮を執り、私がその補助を行うという計画だったのでしょう」

「それが、お父様の病のせいで、変更を余儀なくされた……ということですか？」

「あるいは、上手くいかなくてもいいのかも。都を奪えなくても、ただ引っかき回せば、国は大混乱になる。そうなれば、蒙古は金国を滅ぼした勢いのまま、宋を平らげることができます」

「つまり、国が滅ぶ……だから泰隆が、国を滅ぼそうとしていると言ったのか」

「乗っ取るのではなく、滅ぼすことだけが目的なら、これで十分です。もしくは、成功したあかつきにはそれなりの地位を得ると、前もって蒙古と盟約を交わしているかもしれません」

「推測にすぎないねえ」

「そうです。あくまで私の推測です。ですが、数々の信書と状況を考えれば、導き出される考えでもあります」

「こじつけかもしれないよ」

「その方がどれだけいいか」

紫苑の声は、からかった袢纏が驚く程深刻だった。

「なにしろ、為問様が未だに一度も私の話を否定されていません」

一同の視線が為問に集中した。

「どうなんだ、坊さん。紫苑お嬢ちゃんの言うことは、本当なのか？」

文和が急かすように身を乗り出す。

途方もない話に驚いているが、視線には、韜晦(とうかい)や狂言を許さない鋭さがあった。

黙って聞いていた為問が、重い口を開いた。

「そこまで読まれたのなら、黙っていても仕方ない」

ぞわりと、うなじを冷たい手で撫でられたような寒気が走った。内功をろくに使えない仏僧と侮っていた男が、今は得体の知れない不気味さを纏って、眼光を鋭くしている。

「その通り。愚僧たちは蒙古の鉄木仁殿と共謀して、金と宋の両方を滅ぼすため動いている」

二

「紫苑殿の考えは、ほぼ正解だ。愚僧は寺に、金国や宋に恨みと不満を抱く烈士を三〇〇〇人程かくまっている。もちろん、一箇所にではなく、国中のあちこちにだがな」

曲がりなりにも仏僧なだけあって、説法でもするように、為問の声は朗々として滑らかだ。

立ち振る舞いも、自分の正しさを信じる者だけが身につける自信に満ちており、それが空恐ろしく紫苑の心にまとわりつく。

「周囲の協力者を合わせれば、五〇〇〇から六〇〇〇にもなるだろう。これを二〇年近くかけて集め、組織としてまとめ上げるのが、愚僧に任せられた責務であった」

言葉が浸透するのを待つように、一旦声を区切る。

官服姿のせいか、まるで上奏文を読み上げているようにも見えた。

「覚阿殿は、宮中に近い場所で、政情や世情などの情報を集めておられる。ときには、蒙古との連絡もな」

「覚阿先生まで……」

半ば予想はしていたが、あらためて知らされると、驚きが胸の奥で渦を巻く。あの好々爺（こうこうや）のような士大夫が、こんな大それた計画の一翼を担っていたなんて。

だが、不思議ではない。元々覚阿は、科挙に及第しながらも、宮中勤めが嫌になり、私塾を開いたと、紫苑は聞いている。おそらくはそのときから泰隆と計画を練ったのだろう。

ひょっとしたら、計画に関する資金は、ある程度覚阿が出しているのかも知れない。科挙合格者なら、金を稼ぐことなど簡単だ。

三年地方官を務めれば、どれだけ清廉（せいれん）な人でも一〇万両を貯めることができると言われている。私塾を開くにしても、科挙合格者に教わるとなれば、門下生に困ることもない。

それに、科挙合格者を出した家は官戸（かんこ）と呼ばれるようになり、様々な特権が付与される。職役の免除、税の免除、金銭による罪の贖（つぐな）い、などなどである。

おかげで、科挙官僚になることは、最も得をする商売とも言われており、官にのぼれば財を発するとまで言われていた。

覚阿が贅沢をしているところを、紫苑は見たことがない。

蕭明が嫁いでいくときも、むしろ清廉とした様子で、不必要な華美さは一切なかった。

すべて、この計画に資金を投入していたのだとしたら、納得もできる。

「泰隆殿は、決起の日、我らの将として兵を指揮される予定だったのだ。どう都を攻めるかなども、すべて泰隆殿が考えておられた。そのための腹心も育てておられているとのことだったが……秘密が漏れる可能性を少しでも減らすため、弟子と娘のどちらを鍛えているのかは、教えてくださらなかった」

「本当に、高平陵の変みたいになってきたな」

司馬懿は決起するにあたり、一〇年以上にわたって、三〇〇〇もの私兵を匿い養っていた。当時私兵を持つことは大罪で、露見すれば即、三族ともに死罪であったからだ。計画は長男の司馬師としか共有されておらず、他の息子たちや弟の司馬孚でさえ、当日になって知らされたという。そのため、本当の黒幕は司馬師ではないかという説もあるほどだ。

「それにしても、急に饒舌になったじゃないかい」

「ばれてしまった以上は、下手に誤解されるよりも、つまびらかに白状した方がよいと判断したまで」

「わしらが人に話せばどうするつもりだ。計画は、おじゃんだぞ」

「そのときは、紫苑殿と恋華殿は、共謀者として手配されることになるだろう。なにしろ、泰隆殿の弟子と養女なのだからな」

「なるほど、あたしらがそんなことできないと思ってんだね。坊主にしちゃあ、こすい考えするじゃないかい」

美貌の下に酷薄さを湛えながら、祥纏が笑う。

氷片めいた鋭さを感じて、為問は唇をかたく震わせた。

「愚僧のためだけでなく、泰隆殿や覚阿殿の野望を実現するためだ。多少のあざとさは、承知の上」

実際脅しの効果はあるようで、あれだけ傍若無人な祥纏が、悔しそうに奥歯を噛んでいる。

同門だからか、泰隆との幼い頃からの絆が故か、昨日初めて対面したばかりだというのに、紫苑と恋華を見捨てるつもりはないようだ。殺気をみなぎらせて、袖の中にそっと手を滑り込ませるのが見えた。

「愚僧を殺しても無駄だ。何かあったときのため、既に信頼できる腹心に後の処理を伝えてある。弟子と養女の名前も伝えてあるから、逃れることはできん」

「ちっ」

盛大な舌打ちとともに、隠していた飛刀を取り出す。

それを手の中で遊ばせながら、祥纏は毒づいた。

「けど、泰隆は死んだ。毒を飲まされて殺された。つまり、指導者的立場に取って代わろうとして、あんたが殺したんじゃないのかい？」

「馬鹿にするな！」

かっとなって、為問が床を踏みつける。

「我らは仲間だった。同じ志を持つ同志だ。泰隆殿はその能力故、確かに指導者的立場にあったが、我らの間に上下はなかった。信じられぬかもしれぬが、友誼も存在した。その泰隆殿を、ましてや決起が近づいたこの時期に殺すものか！」

勢いのまま向き直り、為問は紫苑にこう告げた。

「先ほど、泰隆殿と愚僧の関係を問うたな。いいだろう、教えて進ぜよう。愚僧と泰隆殿の出会いを。念仏を唱えるだけではこの世は救えぬ、さりとてどうすれば蹂躙される命を救済できるか、未熟故解せずにいた愚僧に、道を示してくれたのが泰隆殿だ」

三

為問は、出生時の家名を賈、名を駿といった。臨安で生まれ、父親は官職を得ていたが、生後一ヵ月頃に秦檜の不興を買い、処刑された。

私財は没収され、都を追放された一家は、やがて揚州へと辿り着く。そこで賈駿は、一族が口にする秦檜への恨み言を聞きながら育った。六歳の頃にはその秦檜が亡くなるも、都への復帰は望めず、貧乏暮らしが続いた。

不運はまだ続く。紹興三一（一一六一）年には、金の海陵王こと、完顔亮が国境を侵し、攻め込んだ。世に言う采石磯の戦いだ。このとき賈一家は、南下する軍から逃げる形で臨安へと避難するも、長旅で無理がたたったのか、祖父母が亡くなる。

また、金軍が退いた後も、一家への追放令がまだ有効であったことから、再度臨安を追い出されてしまった。揚州に戻る道中に母親が身体を壊し病没し、賈駿は天涯孤独の身となる。当時はまだ一二歳になったばかりの少年であった。

しかし賈駿は、空腹で行き倒れていたところを、たまたま通りかかった仏僧に拾われ一命を取り留めた。以後、御仏の導きに感謝しながら、仏僧としての修行を開始し、名を為問と改めた。

小さい頃からずっと、秦檜への呪詛のような恨み言を聞いて育ったことから、為問は秦檜さえいなければ、自分の人生はもっとましだったのではという考えに囚われていた。そこで寺の住職から、『生まれを問うな、行為を問え』という意味で、為問と僧名を付けられたのである。

以後、負けん気の強さと、拾ってもらった恩に報いたいという気持ちもあって、為問はひたすらに仕事を覚えた。同時に拳法修行で身体を鍛え、一八の頃には、寺の中では一目を置かれる存在にまでなっていた。

その寺が、ある日金国の人間に焼き討ちに遭う。

ことの発端は、寺の使いで食料の買い出しに出かけた帰り道のことだった。女性が襲われているのを見つけて、為問は考えるよりも先に、男を殴り倒していた。その際、当たり所が悪かったのか、男を殺してしまったのである。

人助けのためとはいえ殺生を行った。そのことに為問は落ち込むが、女性は感謝してくれたし、寺の仲間はよくやったと褒めてくれた。

翌日、殺した男の兄が、手下を引き連れ寺を焼いたのである。

為問が殺した男は金国の商人で、それも宗室からの覚えがめでたい豪商であった。おかげで金に物を言わせる性格だったらしく、弟を殺された怒りと恨みから、私兵を率いて寺を焼き討ちしたのだった。

為問は、辛うじて焼けた寺から逃げ出すことができたが、このとき仲間のほとんどが焼死してしまう。

善因善果、悪因悪果、因果応報とは仏の教えるところだが、この結果にどんな因果があるのか、為問には今に至るまで分からないでいる。

自らの短慮で人を殺したことが原因なのか、だとしても自分ではなく仲間の僧が死んだのはどうしてなのか、自分が死なずに生き残ってしまったのはどうしてなのか、女性を助けずに見捨てればよかったのか、あの金国人にはどんな因果が訪れるのか、あるいは訪れないのか。

もちろん、相手を殺さずに女性を助けられれば一番よかったのだろう。だが、当時の為問にそれだけの技量はなかった。殺してしまったのも、狙ってのことではない。ならやはり、女性を見捨てていればよかったのか。だがそんなことをすれば、為問は仏の道どころか人の本道を見失っていたはずだ。一体どうすればよかったのだ。

答えの出ないまま、県令（けんれい）や州刺史（しゅうしし）にも訴えた。

しかし、事件は失火として処理された。

地方の小役人では、金国を相手に本格的に調査をしようなどと思わなかったのだろう。自分たちの行動が、国同士の問題に発展する可能性があるのだから。

為問は放火した男を恨み、役人を恨み、金国と宋の両方に怒りを覚えた。だが、恨みと怒りでは何も解決しないと自分を戒める理性も残っていた。さりとて憎しみも消えず、怨嗟でできた螺旋のような思考経路に囚われた。

念仏を唱えるだけではこの世は救えぬと考えるようになったのは、この頃からだ。力を欲するように、為問は一人、拳法修行を続けながら各地をさすらった。

そんなある日、鏢局の仕事で、乗合馬車の護衛を引き受けた際、山賊に襲われて怪我を負った。

深い傷だったが、幸い場所は臨安府の近く。すぐに腕利きと評判の医者に診てもらい、治療を受けることになる。

医者は、異人の血を引いているのか、瞳が碧色をしていた。聞けば、父親は遠いキエフという国の出身らしい。商売のために臨安までやってきたところ、一人の女性に一目惚れをし、女性も男を愛して生まれたのがその医者であった。父親の名は、アンドリ・リャシェンコ。リャシェンコが訛って、今は梁と名乗っているとのことだった。

これが、梁泰隆との出会いである。

男は一年前に祝言を挙げ、娘が生まれたばかりなのだという。にもかかわらず、何かしらの事情があって、住み慣れた臨安から襄陽府へと引っ越しを余儀なくされていた。

本来なら今朝方出発する予定だったのが、為問が運び込まれてくるからと、役人に対応を請われ、一人残って待っていてくれたらしい。

他にも医者はいないのかと不思議には思った。治療中の痛みを紛らわせるため、泰隆にも尋ねたが、街で一番腕がいいからだと冗談を口にしてから、本当のことを話してくれた。

「本当のことを言うと、役人の頼みなぞ無視して、出発するつもりだったんだ。だが、妻に叱られた。医者の本分をまっとうしろとな。命を救わずしてなにが医者だ。そんなことで、生まれたばかりの子供に、自分を誇れるのか。あなたのお父様は救える命を見捨てたなんて、自分に言わせるつもりなのか、とな。まったく、怖い嫁だよ」

叱られたと言いながらも嬉しそうにするのは、尻に敷かれている証拠だ。

為問は二人の関係をうらやんだ。

医者としての腕がいいのも本当だった。傷口を裁縫のごとく縫い合わせる、初めて見る技に、為問は深く感動した。泰隆の父親の祖国であるキエフの、さらに西方から伝わった医術らしい。絹糸で縫い合わされた傷口は、出血もすぐに止まり、治りもよかった。治療と言えば投薬か鍼(はり)しか知らなかっただけに、衝撃でもあった。ただし、馬鹿みたいに痛かったが。

泰隆は、江湖では名の知れた武侠だったらしい。為問があてもなく旅をしていると知ると、傷が完治するまで同行することを提案してくれた。旅の護衛を買って出てくれたのだ。二重の意味で頭が上がらず、為問は翌日、泰隆とともに襄陽府へと旅立った。

無惨な姿になり果てた泰隆の岳父一家を見つけたのは、その途上であった。妻の桂樹や娘はもちろん、岳父も岳母も義弟も義妹もその子供達も、家僕にいたるまで、冷たくなった姿でうち捨てられていた。

岳父は和平派に属する官吏で、加えて、当時碩学の長老として知られ、新儒教と呼ばれる学問を提唱した朱熹と親しくしていた。この朱熹一派が、簡単に言えば、宮中で疎まれていたのだ。

よく言えば清廉潔白な、悪く言えば理想論に過ぎる非現実的な朱熹の言動は、万人が実行できるものではなかった。水清ければ魚棲まずとは、孔子が口にした言葉である。朱熹は儒学者でありながら、あるいは儒者ではなく儒学者であったからこそ、孔子の教えを実践できなかったのである。

ましてや当時の宮中は、主戦派が幅を利かせ始めたばかりだった。小賢しい口を利く老人を、血気盛んな武人が面白く思うはずがない。さりとて影響力も侮れず、蔑ろにすることもできない。となれば、周囲から切り崩していくのは定石だ。

この煽りを受けたのが、泰隆の岳父だった。些細な言いがかりから失脚させられ、左遷同然に配置換えを受けて、都を追われ、その途上で殺されたのである。

主戦派の仕業であることは間違いなかった。臨安から出てそれほど距離も離れていない場所で、家僕を含めた大所帯を、一人も逃さず始末するなど、山賊や野盗にできることではない。実際、現場にはかなり多くの足跡が残っていたという。なのにろくな調査もされず、野盗の仕業とされたのだから。

泰隆の出立だけ遅らされたのも、罠であった。都合良く急患が現れたので、武侠として名高い泰隆を一家から引き離すため、他に医者がいたにもかかわらず対応させたのだ。

泰隆は、当時から名の知れた武侠だった。文和が話した通り、多少の相手なら蹴散らせたはず。全員は無理でも、桂樹と娘ぐらいは助けられたかも知れない。

為問の傷が深いことが、疑いを逸らした。傷口を縫い合わせるなど、他の医者にはない技術だ。

泰隆は医者であって官吏ではない。生き残ったところで、脅威とはならないと、主戦派たちは考えたのだろう。

だが、その考えは甘かった。

怒りと復讐に支配された泰隆は、まず調査を担当した官吏を捕らえ、拷問(ごうもん)の果てに、ことの真相を聞き出した。ただの拷問ではない。医者と武侠の技術を総動員させた、凄惨な拷問だった。

点穴を突き、動けなくしたところで両足の腱(けん)を切り、嘘をつかぬよう舌を抜き、左手の爪を順に剝がし、丁寧にすべての指を木槌(きづち)でたたき割った。無事だったのは右手だけで、それも詳細を筆記させると、切断した。

その記述を参考に、家族を襲った実行犯を、一人また一人と捕らえては、同じ方法で拷問し、殺した。顔には罪人の証である入れ墨を彫るという念の入れようだった。

下手人全員を殺しても、泰隆の怒りは収まらなかった。

黒幕である韓侂冑を手にかけるべく、主戦派である官吏や軍人を攫い、同じやり方で次々と殺しまくり、都は一時騒然となった。軍隊相手では、泰隆といえどもまともに戦うことはできないが、一人ずつ攫って殺すのなら、赤子の手をひねるようなものだった。

そんな泰隆を止めたのは、闇雲に殺してもこの世は変えられぬという為問の言葉だった。それに、さすがに高官である韓侂冑にまでは、手が届かなかった。警備をかいくぐるのも、宮中へ忍び込むのも、泰隆の実力をもってしても容易なことではなく、諦めざるを得なかったのだ。

その後泰隆は、生まれ育った場所を捨てるように放浪し、為問が探してきた八仙楼へ辿り着く。以後、この場所を拠点に、泰隆の復讐計画が始まった。

韓侂冑たちは、泰隆を捕らえられなかったこともあり、自分たちの非道を公にするわけにはいかず、この一件を闇に葬った。

被害が市井の人に及ばなかったことから、可能だったのである。泰隆の妹や両親でさえ、この一件についての真相は知らぬままだ。

泰隆が都から姿を消した後も、朱熹たち朱子学派の官吏は、一人、また一人と、徐々に失脚させられていく。そして今から一〇年ほど前、ついに隠す必要がなくなったのか、韓侂冑は朱子学を偽学として禁じ、朱熹を含め、朱子学派全員を大々的に弾圧して宮中から追い出した。

こうして泰隆は、妻と娘、岳父一族を、宮中の権力争いによって一挙に失った。

同時に為問も、また自分のせいで人が死んだと、心に傷跡を残すことになる。寺の仲間だけでなく、命の恩人の家族が殺される切っ掛けを、間接的に作ったのだから。

四

「坊さんよ、お前だったのか」

話を聞き終えた文和が、声を震わせ、腰を浮かせる。

「あの時、桂樹殿が襲われたとき、泰隆が診ていた患者とは、お前の……お前が……貴様だったのか」

慟哭(どうこく)が喉を引きつらせていた。

両目が血走り、全身が震え、普段の飄々(ひょうひょう)とした温和さを忘れるほどに、殺気が髪の毛一本一本に至るまで駆け抜けている。

「愚僧を恨むか、『烈風神海』。確かに、貴殿の想い人は、愚僧が殺したようなものだからな」

為問に挑発する意図がないのは、声からも明らかだった。むしろ深い哀悼が見て取れる。自分が間接的な原因となって人が死ぬところに二度出くわしたのだ。やるせなさが全身から滲んでいた。

しかし、激情に駆られた文和にとっては、そんな態度もかんに障るものでしかないようだった。

押し寄せる濁流の如く、文和が距離を詰める。

誰も反応できない速度だった。

気がつけば襟を片手で摑まれ、為問の身体は簡単に浮いていた。

「覚悟しろ、売僧め！」

剣訣の形をとり、みぞおちを狙って腕が引き絞られる。

激しく流れる水のごとく、拳が打ち付けられた。

衝撃が、為問の服にまで伝わって大きく波打つ。

だが、指は官服に触れる直前で止まっていた。

血走った目が、為問をにらみつけている。

怒りを飲み込むように唇が噛みしめられ、血が流れた。

……不意に、文和の全身から力が抜けた。

「どこで命を落とすかなど、人に分かるはずがない。わしに誰かを罰する資格もない。さりとてあれを天命と受け入れられるほど、悟ってもおらん」

浮いていた為問の足が床を得る。

乱れた服を、文和が力なくただした。

「すまぬ。坊さんのせいではないのにな。泰隆のときと同じ過ちを繰り返してしまった。わしはなんと愚かな男だ。すまぬ。すまぬ。なにが、死を視ること帰するが如しだ。わしはなんと愚かなのだ」

謝罪する文和の背中を、そっと袢纏が撫でる。老け込んだように肩を落とした様子に、為問の方が驚いているようだった。殴られる覚悟くらいはしていたのだろう。

同時に為問は、文和の素直さを羨んでいる様子だった。

ああも簡単に自分の過ちを認め、弱さをさらけ出すことは、為問にはできないのだろう。おそらくは、泰隆も。

「あの日から泰隆殿は変わった。たった数日ともにしただけの愚僧にも、それは明らかだった。治療中の泰隆殿は、むしろ朗らかな人であったが、些細なことで当たり散らすようになり、笑う所は二度と見なくなった」

無理もない。何の咎もなく、生まれたばかりの子供まで殺されたのだ。それも、国に。どれほどの怒りがあったのか、簡単に想像できる。

朗らかであったなど、紫苑には信じられないことだ。

どんなときでも厳めしい表情が、泰隆の顔には張りついていた。わずかな表情の機微だけで、感情を探り当てなければならなかった程だ。

だが、それも今の話を聞けば、仕方がないと思えた。

「だから……」

紫苑の声は、あまりの途方のなさに震えていた。

「だから、国を滅ぼすことにしたのですか？」

「その通り。泰隆殿の無念は、愚僧の無念と同じ。あの日から我らは、こんな独善的な国を滅ぼし、強い国を作ると決めたのだ。それが、我らの悲願なのだ」

「もしかして覚阿先生も、朱熹なる人物と親しかったのですか？」

「そうだ。同時に泰隆殿の岳父殿とも親しく、一連の事件に憤慨なされていた。とはいえ、奥方を早くに亡くされ、ご息女は小さかった。仕方なく、身の安全を図るため、宮中から退かれたのだ」

宮仕えが性に合わなかったと聞いていたが、こういうことだったのか。

「その後、国の転覆という途方もない計画が始まったのですね」

泰隆たちは、異常な執念で以て、自分たちの計画を、二〇年にもわたり隠し続けていた。弟子である紫苑や、養女である恋華に感づかれないほどに、完璧に。司馬懿が聞けば、どう評しただろうか。

「ですが、師父は病に冒された」

ここまでくれば、奥義が何を意味するのか、紫苑だけでなく、一同が理解した。

宋の転覆計画。

覚阿と交わした信書の内容。

実在する場所の地図を使った、兵法の訓練。

紫苑ではなく、他の誰かに授けられる奥義。

病魔に侵された泰隆。

「奥義とは、私のことだったのですね……」

つぶやいた途端に、様々な感情が紫苑の胸の中で渦を巻いた。

──自分は、復讐の道具だったのか。

拝師して以降の記憶が蘇る。

あの厳しかった修行も、自分のことを弟子と思わず道具として見ていたのなら、簡単に納得ができた。

顔に青あざを作ることも、鼻血を流すこともお構いなしだった。骨を折られかけたこともあった。偶然ではなく、故意にだ。

厳しさの中に優しさや温かさを感じていたが、あれは勘違いだったのだろうか？

「私が拝師を許されたのも、復讐の為だったのでしょうか？」

独白に、誰もが憚(はばか)るように視線を背ける。恋華でさえも。

まるで死体を背負わされたような重さが、両肩にのしかかる。

この感情をどう説明すれば良いのか分からない。

分かるのは、泰隆がなぜ殺されたかということだった。

「師父は、計画を阻止しようとする人物に殺されたのです」

最終話　臨路歌

大鵬飛兮振八裔
中天摧兮力不濟
餘風激兮萬世
遊扶桑兮挂石袂
後人得之傳此
仲尼亡乎
誰爲出涕

大鵬飛んで八裔に振ひ
中天に摧けて力済はず
余風は万世に激し
扶桑に遊んで石袂を挂く
後人之を得て此を伝う
仲尼亡びたるかな
誰か為に涕を出ださん

一

雪が音を吸い込んでいるのか、静寂が八仙楼を満たした。
一里先で針を落としても聞こえるような緊張感がある。

ごくりと、誰かの喉が鳴った。

文和が注意深く言葉を紡ぐ。

「途方もないことだな。さすがは師兄だ。こんな形で感心などしたくはなかったが」

「だとしたら、為問さんはお父様を殺した候補から外れますね」

恋華の指摘に、為問は複雑そうに唇を嚙みしめる。

泰隆と一緒に宋の転覆を企んでいたのだ。計画が頓挫することを誰よりも厭うのが為問である。疑いが晴れた喜びよりも、悔しさが眉根にしっかり刻まれていた。

「さて、それはどうだろうねえ。さっきも言ったけど、泰隆を殺して、手柄をすべてかっさらっちまうつもりだったのかも知れないよ」

為問が激怒する前に、紫苑が否定した。

「為問様は師父がご病気だとご存じでした。自分が師父の立場に取って代わりたいなら、時間が解決するのを待てばよかったのです。なんなら、計画が成功した後でもそれは可能なのですから」

「二〇年。二〇年だ！」

床を蹴りつけんばかりに踏みしめて、為問が声を怒らせる。

「先ほど文和殿が、我らの行動を高平陵の変に例えられたが、あれとて一〇年の謀。我らは二〇年もの長い時間、忍耐を積み重ねたのだ。その計画を、そんなちっぽけな名誉欲で台無しにするものか」

絶望よりも深い怒りに、為問の声は震えていた。

「じゃあ、他に誰が泰隆の計画を知ってたって言うんだい」

「……まだ分かりません」

二つの三つ編みを左右に揺らしながら、慎重に言葉を選ぶ。

感づいたのか、文和が顔を青くさせた。

「まだとはどういうことだ、お嬢ちゃん」

「最初から、順を追って確認していきましょう」

奥義を譲ると言って、師父は三人の武侠を呼び寄せた。

その師父が、毒で死んだ。

遺体の状況から、宴席が終わって一辰刻（約二時間）以内に死んだと思われる。

今朝、朝餉を運ぼうとしたところ、船が八仙楼側に繋がれていた。

軽功で湖を渡れるのは、泰隆と紫苑のみ。

自分は師父が殺されたと思われる時間、恋華と一緒だった。

腹には匕首が刺さっていた。飛刀や揉み合いの末、刺されたのではない。

師父は既に重い病を患っていた。

「考えれば考えるほど、不可解だ。泰隆殿ほどの者が、うかつに毒を飲み、あまつさえ腹を刺されるなど」

自分への疑いは晴れたと思っているのか、為問が顎に手を当てて呻る。

「師父を刺した人物なら、最初から見当は付いてます」

事もなげに告げた言葉が、場を凍らせた。続けて、息を呑む音が鼓膜を打つ。だが、あまりにか細く、小さいせいで、誰のものかは分からない。

「最初から？　あんた、分かってて黙ってたってのかい？」

「はい」

「いい度胸だねえ」

酷薄な笑みと氷片のように冷たい声が紫苑に叩きつけられる。

周りで見ていた三人の方が、祥纏(しょうてん)の底知れない怒りに色をなくした。

ゆっくりと、祥纏が紫苑に近づいていく。

距離が縮まる毎に、刃物を思わせる冷たい緊張感が部屋に満ちた。

「じゃあなにかい？」

唇が触れそうなほど近づいた距離で、蛇のように絡みつく声がこぼれる。

「あたしらが慌てふためくのを見て、ほくそ笑んでたってのかい？」

「誤解です。私にそのような趣味はありません」

怯まず、紫苑は真正面から祥纏の怒りを受け止めた。

恐怖がなかったわけではない。まだ内功が戻らない中、取っ組み合いになれば、叩きのめされるのは火を見るより明らかだ。

それでも真正面から相対したのは、少しでも弱気なところを見せる方が不利になると判断したからだ。実際祥纏の全身から、曖昧さを許さない気迫が立ち上っていた。

「じゃあ、教えてもらおうじゃないか。誰が泰隆を刺したんだい」

頷いて、紫苑はゆっくりと歩き出す。

祥纏の怒りを躱し、固唾（かたず）を呑む為問の前を通り過ぎ、事の成り行きを見守る文和には一瞥もくれず、不安そうに見つめる恋華を見据えて言った。

「恋華、あなたでしょ、師父を刺したのは」

誰も予想していなかった一言に、再度空気が凍った。

無音が満ちる。

時の流れが止まったのか、呼吸する音さえ聞こえない。

祥纏でさえ、意表を突かれたように次の反応を待っている。

名を呼ばれた少女は、最愛の女性に疑いをかけられて、長い睫毛とあどけなさの残る頰を震わせていた。

沈黙が、ようやく破られる。

「待って、紫苑姉様。疑いは晴れたはずじゃなかったの」

熱病患者が水を求めるような声だった。

「服の裾が濡れていたわね」

返す紫苑の声は、むしろ沈痛だ。

「お粥を運んで、船が八仙楼側に繋がれてるからって戻ってきたときよ。覚えているわよね？」

「それがなんだって言うんですか、紫苑姉様。雪の中を歩いたら、服ぐらい濡れます」

「こんなに寒いのに、屋敷から桟橋までの往復で、裾がずぶ濡れになるまで雪が溶けるはずがないわ」

反論できずに、桜色の唇が戦慄く。

「ましてや雪は粉っぽいのよ。実際、屋敷に入る前にはたけば、十分に落ちたわ。あも雪で濡らそうと思えば、みぞれになった中を歩かないと駄目なはず」

あらためて窓から外を眺めても、周囲はさらさらした新雪ばかり。

今も空から、粉のような軽さで、舞い落ちている。

「おかしいなとは思ってたの。足元が濡れていたのもそうだけど、屋敷から桟橋まで往復しただけにしては、時間がかかりすぎていたわ」

「…………」

「なんなら、後で実際に歩いてみて、どれぐらい時間がかかるか調べてみましょう。雪が溶けて裾が濡れるかも含めて」

声すら出せないでいる恋華に、紫苑はさらにたたみかけた。

「あなたは船が八仙楼側に繋がれてるのを見て、そのまま湖を渡ったんでしょう？」

「待て待て待て。そんなことできんだろう」

恋華ではなく、文和が紫苑の言葉を否定した。

「服の裾やら雪については、ひとまず置こう。後で検証すれば分かることだ。だが、湖を恋華お嬢ちゃんが渡った？　軽功は使えないはずではなかったのか？」

「その通りです。軽功で湖を渡れるのは私と師父だけ。ですが——」

ひた隠しにしていたことを、紫苑はようやく口にした。

「この湖には、軽功修行の為に、丸太を打ち込んであるのです」

武侠たちが目を丸くする。

最初に噴き出したのは、文和だった。

「こいつはやられたな。まさか、そんなものがあるとは……丸太の存在を知る者は、軽功が使えずとも行き来できたというわけか」

「霧のせいで、その丸太が見えなかったのだな」

愉快そうに破顔する文和だが、為問の表情は深刻だった。

「となれば、誰が泰隆殿を殺したのか、疑う相手が根本的に変わってしまうではないか」

船が八仙楼側に繫がれ、紫苑以外誰も軽功で渡れないという前提で、今まで話は進んでいた。紫苑も、それを利用して、恋華への疑いを逸らしていた。内功を失った状態では、守り切れないと判断したからだ。自分が疑われてでも、隠し通さねばならないことだった。

「愚僧は、紫苑殿が一番怪しいと思っていた。我らの謀が露見し、泰隆殿と諍いが起きた末に、あのようなことになったのかと。だが、軽功を使わずに湖が渡れるとなれば、全員が疑わしくなる」

「だがその前提条件として、丸太のことを知ってる奴でなければならんな」

「私が知る限りでは、師父、私、恋華、覚阿先生、蕭明姉様の五人だけです」

そのうち覚阿と蕭明の二人は臨安だ。

「当然わしも知らん。泰隆とは、一八年前にけんか別れして以来、一度も顔をあわせておらんし、信書のやり取りもないからな」

疑うまでもなく、師父の部屋には、文和はもちろん祥纏との書簡のやり取りも見当たらなかった。だからと言って連絡を取っていないという証拠にはならないが、疑い出せば切りがない。知らなかったというなら、その前提で話を進め、矛盾が出てきたときにあらためて考えるしかないだろう。

「そこの坊主はどうなんだい。泰隆といろいろ企ててたんだろう。信書のやり取りかなんかで、前もって知ってた可能性はあるんじゃないかい？」

「愚僧は知らなかった。と言っても、信じてもらえぬだろうがな」

「いいえ、信じます」

簡単に頷く紫苑に、恋華が怒りを込めて睨んだ。

「私のことは信じないのに、どうしてその人の言うことは簡単に信じるんですか、紫苑姉様」

「恋華……私は、あなたのことを愛してるわ。天下中の人があなたの言葉を否定しても、私一人だけは信じてあげられる。それぐらいに、あなたを愛してるし信じてる」

「だったら――」

「でも、あなたが嘘をついてると分かってて、なのに信じるのは、愛でも信頼でもないわ。ただ愚かなだけよ。あなたのためにもならないわ」

恋華の目尻に涙が滲む。だが、こぼれるのを懸命に堪えていた。

「どうして坊さんが知らんと言い切れるんだ、お嬢ちゃん」

「思い出してください。祥纏様が、為問様を湖に叩き落としたときのことを」

軽功が使えない、泳げないと告げられて、確かめてやると祥纏が為問を湖に突き落としたのは、今朝のことだ。

あれからもう、一辰刻（約二時間）ほどが経っている。ずっと八仙楼に籠もっているせいか、分厚い雲が空を覆っているせいか、時間の経過が胡乱だ。

「そうだ。確かあの時、坊さんが溺れて、わしが釣り上げたんだ」

「あのすぐ側に、丸太が打ち込まれていたんです。他にも、あちこちに。知っていれば、命が危なかったのですから、しがみついたはず」

溺れた時のことを思い出したのか、為問が大きな身体を震わせた。実際に死にかけたのだから、泰隆との謀を秘密にしておくためとはいえ、知っていれば丸太を探してしがみついただろう。

「雪に残った足跡はあなたのだけだった。船は八仙楼側にあったし、他の三人は丸太の存在を知らなかった。軽功を使っても渡りきれない距離だった。なら、あなたしかいないわ」

「自分の養父を殺すとは、なんという女だ！」

「私はお父様を殺したりしてない！」

「ええ。あなたは師父を殺してない」

こともなげに告げる紫苑に、ついに為問が癇癪を起こした。

「さっきからなんだ！　言うことがすべて滅茶苦茶ではないか！」

「私はこう言ったんです。師父を刺したのが誰だか分かると」

「だから、泰隆殿を刺し殺したのだろ！」

ごくわずかな差だが、意味するところは大きく違う。

「あなたが刺したとき、既に師父は亡くなっていた。そうよね？」

恋華はこたえない。

待ちきれず、為問が尋ねた。

「泰隆殿は、毒を飲んでうずくまったところを刺されたのではないのか？」

「おそらく師父が刺されたのは、遺体がすっかり冷えて固まり始めた頃。今朝方かと思います。腹部を刺されたにしては、出血量があまりにも少なすぎますから」

「なぜ分かるのだ？　それも、法医検屍というやつか？」

頷き返しながら、紫苑は説明した。

「人は、死ぬと心臓の鼓動が止まって血が流れなくなり、時間の経過で固まります。ああも出血量が少ないとなれば、一晩ほどの時間が経たなければおかしいのです」

法医検屍により、人の身体は、死後どのように変化するのかが分かってきている。同一環境であるかぎり、よほど体格差がなければ、同じ反応を示すこともだ。

泰隆は、肥満の兆候も、痩せすぎている様子もなかった。病に冒されていたというが、武人らしい、がっしりとした体軀である。

「私が今朝目を覚ましたのは、日の出前。このときまだ恋華は隣で眠っていましたし、その後お三方の部屋を訪ねた際も、全員がご在室でした」

つまり――

「冷たくなって固まった師父を刺せたのは、恋華、あなたしかいないのよ」

恋華の桜色をした唇が、冷たい吐息をこぼす。

「それにあの匕首は師父の物。恋華なら、どこにしまわれているかも知っていたでしょ」

紫苑の声は、賊を糾弾するようなものではなく、妹を諭す姉のようなものだった。

「もう一度聞くわ、恋華。師父が亡くなっていることを知って、あなたは匕首をお腹に刺した。違う？」

きゅっと唇が噛みしめられ、桜色だったものが白くなる。

程なくして、小さな全身から力が抜けた。

「……紫苑姉様は、すべてお見通しなんですね」

驚きが静かに広がった。

「そうです。匕首を刺したのは私です。いつも通りお父様に朝餉を届けに行こうとしたら、船が八仙楼側に繋がれてて。だから仕方なく丸太を利用して渡ったんです」

「危ないじゃないか、恋華お嬢ちゃん。足を滑らせたらどうする」

「泳ぎが上手いのは『烈風神海』だけじゃありませんよ」

「こんな時期にどぼんといきゃあ、魚だって凍死しちまうよ」

「愚僧を突き落とした女の台詞とは思えんな。それともまさか、殺すつもりだったのか」

「ちゃんと生きてるんだ。文句はないだろう」

否定とも肯定ともつかない言葉に、為問はムッと口を引き結ぶ。

文和のたしなめ方も、恋華の反論も、祥纏の揶揄も、為問の皮肉も、どこか間が抜けていた。

「なんでまたそんなことしたんだい。おかげで話が余計にややこしくなっちまったじゃないか」

「だって……だって」

ぽたりと、大粒の涙が握り締めた恋華の手を濡らした。

震える手を、そっと紫苑が握る。

「そこで目にしたことを全部話して。お願い」

優しく諭せば、小さな顎がこくんと頷かれ、恋華は涙の混じる声で、話し始めた。

朝、いつも通りお粥を運ぼうとしたが、船が八仙楼に繋がれていたため、打ち込まれた丸太を使って湖を渡ったこと。

二階の書斎兼寝室で冷たくなった泰隆を見つけたこと。

「八仙楼には、軽功が使えるか、丸太の存在を知らないと、渡れません。だから私、どうしてかは分からないけど、お父様が自害なされたと思ったんです」

移動手段がそれ以外見つからないのであれば、そう考えても仕方がない。

「すぐに紫苑お姉様に知らせようと思いました。でも、見てしまったんです。あの信書を」

「これのことね」

紫苑を嫁がせることをやり取りした信書のことだ。

「紫苑姉様を嫁がせるという内容だったから、びっくりして。他の信書にも目を通したんです。そうしたら、お父様が大変な謀をなさってるのが分かったんです」

「なんと、あの信書を読んだだけでか？」

文和の驚きに、恋華は静かに首を横に振る。

「いえ、実は他にも信書はありました。そこには、もっとはっきりとしたことが。私、恐ろしくなって、それを香炉で燃やして、灰を窓から捨てたんです」

そう言えば、三階に上がってきた際、微かな花の香りがした。それに香炉は、敷き詰めた灰の上に香を置いて焚く。なのにそれもなかったのは、掃除したためではなく、中身ごと外に捨てたからだったようだ。

「でも、途中で思ったんです。もしかしたら、この状況、利用できるかも知れないって」

武侠たちが訝しむ中、紫苑一人だけが、沈痛な表情で瞼を閉じた。

「そういうことだったのね」

「どういうことだ、お嬢ちゃんたち。分かるように説明してくれ」

文和が急かす。

恋華はこたえない。

小さな身体にため込んだ様々な感情が、もつれにもつれて、喉につっかえているようだ。

代わりに、紫苑がこたえた。

「恋華も、家族を殺されたんです。それも、金国の皇室に近しい一族に」

「なんと……」

為問の眉が、静かに戦慄いた。

「そうです！　私は、家族を！　だから！」

魂がすり潰されるような慟哭（どうこく）が吐き出される。

呪詛を思わせるほどに、声は揺れていた。

「両親も、兄様たちも、姉様たちも、殺された。だから、だから、だから……だから、決めてたんです。いつか、あいつらを滅ぼしてやるって。絶対に、絶対に！」

今にして思えば、師父が恋華を養女として引き取ったのも、そのことが関係していたのかも知れない。

　信書の内容を見てすべてを悟った恋華は、これを千載一遇の好機と見て取った。

「だから、お父様が自害したんじゃなくて、誰かに殺されたように見せかけたんです。信書にも最後に一文書き足して、私がお父様の後を継ぎやすくするよう、武侠の誰かに嫁ぐようにって」

　でも——と、恋華が声をしゃくり上げる。

「でもやっぱり怖くなって、私、途中でこんな馬鹿なことやめようって思ったんです。だから、あの信書も、燃やそうとしたんです。でも、香炉の火を消した後で、灰も全部捨てた後で、窓から投げ捨てようとしたんですけど、風で戻ってきて……噓みたいな話ですけど、投げ捨てた紙が本当に、風に吹かれて戻ってきたんです。ぞっとしました。まるでお父様が、やれと仰ってるみたいで」

　それはただの偶然だったとしても、本人には啓示めいた現象に見えたのだろう。

「だから、こう考えたんです。信書をくず籠に捨てて、もし見つけられたら、お父様の遺志を継ごうって。見つけられなかったら、復讐を諦めようって」

「妙なちぐはぐさは、そのせいだったのね」

部屋は片付いているのにくず籠だけいっぱいだった。

香炉の灰もなく、なのにどこか花を思わせる香りが煙っていた。

一度凍った墨を使っていたのも納得だ。ひょっとしたらここに来てすぐの頃にはまだ凍っていて、香炉の炎で溶かしたのかも知れない。硯や墨が三階に移動していたのも、それで説明がつく。

「余計なことをしたね、お嬢ちゃん」

祥纏の声には容赦がない。

「私だって、紫苑姉様と、ずっとずっと平穏に暮らしたかった。でも……幸せになればなる程、両親や、兄姉の死んだときのことが浮かんでくるんです」

憎しみを忘れて生きてきたつもりだった。

新しい幸せの中で生きていくつもりだった。

だが、歳と幸せを重ねれば重ねるほど、後悔と恨みが募っていく。

生き残ってしまったこと自体に、幸せになればなるほどに、罪悪感が胸を蝕む。

毎日を生きていても、ふとした瞬間に当時のことが蘇った。

金国という言葉を聞くだけで、血が沸騰するような感情が駆け巡る。

そんなとき、目の前に復讐する手段が転がり込んできた。

それも、亡き養父の後を継ぐ形で。

決起して、宋と金国を滅ぼす。

恋華には、千載一遇の好機と思えたに違いない。

「ごめんなさい、紫苑姉様、私、どうしても、家族の仇を……でもやっぱり怖くて、紫苑姉様と離ればなれになるのが嫌で、どうしたらいいのか分からなくなって。ごめんなさい。ごめんなさい」

復讐を成し遂げたいという想いも、嫁がずに済むと安堵したあの気持ちも、本心からだ。人の心は、簡単に割り切れない。矛盾する想いを抱えながら下した決断は、ちぐはぐさと中途半端さを残し、誰のためにもならない結果を生み出すことになった。

「いいのよ、恋華。泣かないで」

嗚咽をこぼし、膝から崩れる恋華を抱きしめ、背を撫でながら優しく慰める。

「あなたの気持ちはよく分かる。だから、自分を責めないで。それよりも、お礼を言わせて。私と生きることを、かけがえのないものに思ってくれて」

「でも私、お父様の身体を、傷つけた……」

既に事切れていたとはいえ、父親を傷つけたのだ。大罪であるには違いない。だが、泰隆は生前儒教を嫌い、垂髪までして儒者を嘲って(あざけって)いた。

儒教的な罪悪感は、おそらく泰隆も望まないであろう。親を傷つけたとて、きっと許してくれるはずだ。

そう説明して、ようやく恋華は涙を止めた。

すすり泣く声が静かに消えていく。

「しかし……まずいことになったな、紫苑お嬢ちゃん」

入れ替わるように、文和が気不味げな声をあげた。

「坊さんと恋華お嬢ちゃんがやったのではないとしたら、残るは、わし、師姉、紫苑お嬢ちゃんの三人だけとなる」

「いいえ」

静かに、だがはっきりと紫苑は否定した。

「二人です」

文和が槍で突かれたように仰け反った。

「まさか、自分はやってないから、わしと師姉(シージェ)のどちらかだと言い出すんじゃないだろうな」

「いえ、そうではありません」

否定する紫苑の声は、

「文和様に師父を殺すことはできませんでした。湖を軽功で渡ることができないのですから、当然です。最初から疑ってはおりません」

ぐっと、文和が息を呑む。もじゃもじゃの頭が、力をなくして項垂(うなだ)れる。疑いが晴れて喜んでいる様子ではない。

「残るは、私と祥纏様だけです」

二

それは、事実上、祥纏が泰隆を殺したと告げているようなものだった。

言った方、言われた方、ともに平然としている。

それよりも、恋華と為問の方が動揺したように目を剝き、文和は苦味を嚙みしめるように、顔を顰めていた。

「なぜだ。なぜわしは違うと言い切れるんだ？」

「文和様には、湖を軽功で渡ることができません」

「それを言うなら、師姉もだろう。船の謎はどうなる」

文和の声は間違いなく焦っており、本人以上に、祥纏の無実を証明しようとしているようにも見えた。

「先ほど見せていただいた飛刀術。あれを使えば可能ではないでしょうか」

『紫電仙姑』の由来となった、黒く塗られた匕首を神速で投げつける技のことだ。

「例えば匕首に縄をくりつけて、向こう岸に投げ飛ばします。桟橋にしっかりと突き刺さったのを確認して、軽功で宙を舞い、身体を引っ張れば、湖を飛び越えられるはず」

ようやく、祥纏が紫苑の方を向いた。

うっすらと微笑み、惚ける。

「言ったろう。あたしの技は、五〇歩が限界なんだ。ここから陸地まで、どんなに短い距離でも五〇丈（約一五〇メートル）あるんじゃなかったのかい。届かないよ」

「試みに伺いますが――」

反論に取り合わず、さらに紫苑は質問を続けた。

「――祥纏様は、軽功で水の上をどのぐらい移動できますか？」

ぷかり。

煙が、祥纏の口から輪を描いてのぼっていく。

時間を稼いでいるのか、何かを考えているのか、表情からうかがい知ることはできない。

代わりにこたえたのは為問だった。

「確か、湖の半分程が限界だと言っていたな」

「半分。だいたい、五〇歩の距離では？」

言葉の意味するところに気づいて、一瞬、祥纏と紫苑以外の一同から色が消えたように感じられた。

「まず、軽功を使って湖を渡ります。この時、湖面を走るのではなく、最後の一歩で高く飛ぶのが重要です」

軌道を示すように、紫苑は手を自分の腰の辺りから斜め上に動かし、目線の高さになったところで止めた。

「軽功が消える前に、湖の半分まで来れば、後は簡単です。あらかじめ縄をくりつけていた飛刀を放ちます」

今度は飛刀の軌道を描いているのか、斜め下に手が動く。

「飛刀が桟橋に突き刺されば、これを引っ張ります。軽功中は体重が極限まで減じますから、身体が引っ張られる格好になります。空中で軽功が消えても、慣性が働いたまま、反対側まで飛び越えられます」

為問が首を傾げた。

「いくら武侠の秘技、軽功といえども、そんなに高く飛べるものなのか？」

「先ほど祥纏様が見せた、急に距離を詰める技を覚えておいでですか？」

泰隆も見せた、空間をねじ曲げたような移動法のことだ。

「あの爆発的な脚力と軽功をあわせれば可能かと思いますが、いかがですか、祥纏様？」

一同の視線が祥纏に集まる。

しかし祥纏は、悠然と構えるだけだ。反論を試みようとすらしなかった。仕方なく、紫苑が言葉を続けた。

「後は『踏雪無痕』を使えば、足跡も残りません。いえ、昨晩は大雪でしたから、そんなもの使わずとも、足跡など残りはしなかったでしょう。つまり、軽功で湖の半分を渡れるなら、それで十分なのです。そしてこれが可能なのは、祥纏様だけなのです」

祥纏がようやく動いた。ゆっくりとした動作で紫苑に向き直り、にこりと微笑む。だが、赤い唇は閉じられたままだ。

耐えかねたように、文和が尋ねた。

「とっくの前から師姉を疑ってたんだな。どうして黙っていた」

「師父を殺す理由も、方法も分からなかったからです。そこで、別の方向から考えることにしたのです」

「どういうことだ。持って回った言い方はやめて、分かるよう説明してくれ」

声に焦りが滲む。あの『烈風神海』が、まるで何かを恐れているように、紫苑には思えた。

「祥纏様が師父を殺したと証明できないなら、他の全員が、師父を殺せなかったことを証明すればいいと思ったのです」

「悪くない考えだね」

ようやく反応らしい反応をしながら、祥纏が膝を叩いた。

「坊さん、恋華お嬢ちゃん、文和……この三人に泰隆が殺せないなら、確かにあたしを疑いたくなるだろうね」

「違うと仰るのですか？」

「自分で言ったことを忘れたのかい、お嬢ちゃん。あんただって、泰隆を殺せたんだよ。その無罪の証明、できるのかい」

挑発するように、祥纏の唇がつり上がる。

「私にこそ、師父は殺せません。不可能なのです。ですが、それを最初に口にするわけにはいきませんでした」

「だから、持って回った言い方はやめてくれ、お嬢ちゃん」

文和の声は、悲鳴に近い。

頷き返して、紫苑は一同に隠していたことを告げた。

「内功が失われていたのです」

「なんだって？」

祥纏と文和が目を剝いた。

武侠にとって、内功は基礎にして神髄。それを失うということは、釣り人から竿を取り上げるどころの話ではない。海や川が存在しない世界へ送り込まれるのに等しいことだ。他人事ながらも、恐怖に近い戦慄が駆け抜けていく。為問のように、外功のみを鍛える武侠が異端なのだ。

「内功を失ったことを見破られる訳にはいきませんでした。もしそうなれば、力尽くで逃げる三人を、私は誰一人捕まえることができませんでしたから」

「確かめさせてくれ」

文和が両手を広げ、腕を突き出してくる。

それに自分の手を重ねれば、文和の内功が身体に流れ込んできた。同門なだけあって、文和と師父の内功は似ていた。それでも重厚さは比べようもない。ただ、水のように激しく打ち、優しく流れるような、変幻自在さがある。

身体の隅々まで調べられているようで気恥ずかしいが、証明するために我慢した。

やがて、よろよろと文和が離れていく。

「本当だ。最初に感じたあの重厚な内功が感じられん。まるで残りかすだ」

「これでも、まだ戻ってきた方です。今朝は本当に、欠片も内功を練ることができませんでしたから」

「そう言えば、体調が悪そうにしていたな。一体どうして？　誰ぞに気脈を封じられたのか？」

「理由は分かりませんが、師父を殺していない証拠にはなるかと」

内功が使えなければ軽功も使えない。軽功が使えなければ、湖は渡れない。丸太を渡るにしても、夜中は危険だ。どこに打ち込んであるか見えないし、仮に場所を覚えていても、暗闇の中を飛び跳ねるのは、自殺行為に等しい。間違って湖に落ちれば、どちらが水面かも分からぬまま、もがくことになるだろう。

まったく皮肉な話だ。一八年間積み重ねてきた内功を失うことで、自分の無実が証明されるのだから。元より師父を殺そうなどと考えたこともない紫苑である。疑いが晴れたところで、嬉しさなどはなく、ぶつけどころのない悔しさだけがあって、口元が自然と歪んだ。

「昨晩、師父を桟橋までお送りして、すぐに屋敷に戻りました。この間に師父を殺すことは無理です」

「思うのだが」

為問が首を傾げる。

「泰隆殿は毒を飲み死んだのだろう？　桟橋に着くまでに飲ませて、八仙楼で亡くなった……というのは、考えられぬか？」

「船を思い出してください」

ぺちん、と為問が剃髪された頭を叩く。

「師父を殺した人物は、間違いなく、八仙楼へ一度足を運んでいます。それに、毒酒の入った杯が転がっていました。毒を飲んだのも、八仙楼で間違いありません」

「そうであったな。くだらぬことを聞いた」

恋華が骸となった泰隆を見つけたのは今朝。

文和と為問は船のない湖を渡る手段がなく、殺す理由もない。

紫苑は、奥義について師父と気まずくなってはいたものの、泰隆が殺害されたと思われる時間には、恋華と一緒にいた。

湖を行き来する術を有しており、昨晩の所在を知られていないのは、祥纏だけだった。

「なぜ祥纏様が師父を殺したのか……その理由は分かりませんが、祥纏様以外に師父を殺せた人物はいないのです」

ぷかりぷかりぷかり。

煙がゆっくりと上っていく。

疑惑の視線を向けられながらも、祥纏から泰然とした立ち振る舞いが消えることはなかった。それどころか、その所作にはいつも通りの優美さがある。ただ煙管(きせる)を吸う立ち姿でさえ、流麗としたものがある。

その祥纏が、これ見よがしなため息を吐いた。

煙ではなく、空気が重く垂れ込める。

「まあ、ここいらが限界かねえ」

それは、決定的な一言だった。

一同から——特に文和から、色が消えたように感じられた。

「そうだよ。泰隆を殺したのはあたしさ」

認めた祥纏は、うっすらと微笑んでいる。

馬鹿な、という小さなうめきを鼓膜が捕らえた。

文和の声だった。

「師姉……冗談ならよしてくれ」

あえぐような表情に、祥纏が微笑み返す。

「よさないよ。なんせ、冗談じゃないからね」

ぷかりと吐き出した煙が、音もなく上っていく。

「自害ってことにしておけばよかったのに、馬鹿な弟子だよ、お前さんは」

「黙れこのあばずれが！」

怒りに震えたのは、紫苑ではなく為問だった。

官服姿のまま、僧服を乾かしていた錫杖（しゃくじょう）を手にして構えている。

怯むことなく、祥纏はせせら笑った。

「誰に向かって錫杖を振り回そうとしてるんだい、坊さん。少なくともあんたは、あたしに感謝しなきゃならない立場なんだよ」

「なに？」

はったりや嘘にしては、あまりに堂々としすぎている。おかげで気勢を削がれ、攻撃を仕掛け損ねた。

ふん、と鼻で笑う祥纏は、嫌味ではあるが、やはり美しい。

「お金ってのはねえ、勝手に湧き出ちゃこないんだ」

「何の話だ？」

「あんたらの飯、誰が食わしてやってたと思うんだい。仏僧として金を稼ぐなんて、二の次だったんだろ。武術だの戦術だのの訓練に明け暮れてたんだからね」

「……なぜ知っている」

図星を指されたのか、為問の頬が強張る。

「それよりも、こっちの質問に先に答えな。あんたらを食わせた飯の代金、誰が払ったんだい」

「それは、覚阿殿が、宮人時代の蓄えと私塾の経営で得た金銭を使って……」

「覚阿の爺さんも多少は出したみたいだけどね。あたしに比べりゃあ、雀の涙みたいなもんさ」

「な……」

驚きで、それ以上為問は何も言えなくなる。

反対に祥纏の声は、朗々として通りが良い。

「考えてみな。三〇〇〇人だよ。三〇〇〇人の飯を食わせてたんだ。いくら官戸だからって、そんな大金を稼げるはずないだろ。坊主は金勘定が本当にできないんだね」

侮蔑の言葉に、為問の顔が真っ赤に変色する。

「それにだ。たとえ士大夫でも、蒙古の情報なんてものを、宮中を退いた爺さんがほいほいと手に入れられると思うかい？　覚阿の爺さんにできたのは、宮中の情報収集まで。韓侂冑（かんたくちゅう）や朱熹（しゅき）の動向だけさ」

「貴殿にはできたとでも言うのか！」

怒りと不気味さを同時に覚えて、為問は顔を赤くするのと青ざめるのを、交互にやってのけた。

「終曲飯店は、金や蒙古にも支店があるんだよ。自前の鏢局（ひょうきょく）まで組織して、あちこちから食材や貴重品を輸送するついでに、情勢を探ってたのさ」

唖然（あぜん）として、突かれでもしたように、為問が後ろへ下がっていく。

「では、祥纏殿もまさか、我らの同志……なのか？」

「一緒にするんじゃないよ。立場的には、出資者ってとこだね」

終曲飯店、宿場、自前の鏢局。これらを網の目のように大陸全土に張り巡らせ、祥纏は金と情報を集め、蒙古との連絡を行っていたという。為問も知らぬことであった。

「ことが成功したあかつきには、蒙古との交易の利権を独占させてもらう約束だったのさ。そのために、あんたらに出資してたんだよ」

「知らん。聞いておらぬぞ、そんな話」

「秘密ってのは、知ってる奴が少ないほど、ばれないからね」

二〇年間周囲を欺き続けた泰隆だ。同志とはいえ、為問一人に秘密を守りとおすことなど、できないはずがない。

どうせ逃げられないと開き直ったのか、まるで興が乗ったように、祥纏の弁舌がますます冴え始める。

「いいかい、この世じゃあ、何をやるにもおぜぜが必要なんだよ。戦はもちろん、毎日の飯代に風呂を沸かす薪代だって、寺を維持するための修繕費や、食料を運んでやるための運賃なんかもね。一体、誰が出してやってたと思ってるんだい」

反論できず、為問は喉を引きつらせたように黙り続ける。

「あたしはね、あちこちで金を稼いで、あんたらの活動資金をせっせと増やす役割を担ってたのさ。

いやあ、さすがのあたしも骨が折れたよ。まずは襄陽府から始めたんだ。流通の要所だからね。

そこを拠点に、北へ北へ商売を広げていって、開封府で支店を出すのに五年かかったんだ。飯店だけじゃなく、材木なんかも扱ってね。ああ、自前の鏢局を作ったのはこの時だ。物を売るのと運送と、両方やれば儲かるって考えたのさ。で、働いてる連中に食い物も売る。寝床も提供する。終曲飯店が儲かるってわけさ。

とはいえ、言うは易く行うは難し。苦労したとも。五年で成し遂げた手腕を評価してもらいたいね。

そこからさらに、平陽府(へいようふ)、延安府(えんあんふ)、太原府(たいげんふ)、西京大同府(さいきょうだいどうふ)で、ようやく蒙古だ。黄河(こうが)がなけりゃあ、まず無理だったね」

ふてぶてしいまでに自信に満ちた語り口だった。

さながら雑劇のように、身振り手振りが加えられていく。

「あんたら、知らないだろ、商売がでかくなるにつれて、役人から目を付けられるんだ。税をごまかしてないか、あくどい方法で儲けちゃいないかってね。中には堂々と賄賂を要求してくる奴らもいて、どうしてやろうかと頭を悩ませたもんさ。結局、行団を組織して、木っ端役人どもを叩きのめしてやったよ」

煙管を振り回して、祥纏はにやりと笑う。

すぐにしかめっ面を浮かべて、おどけたように仰け反った。

「けどまあ、それもこれも、泰隆のせいで全部がおじゃんだ」

長い話が一区切りしたのを見計らって、紫苑は慎重に尋ねた。

「お教えください、祥纏様。師父のせいとはどういうことですか？」

どういう理由で師父を殺したのかを見極めなければならない。

「信書を見たなら分かるだろ。泰隆は悩んでたんだ。自分の復讐に、愛弟子を巻き込んでいいのかってね」

ハッ、と鼻で笑いながら、祥纏は椅子に体重を預けた。

「今さら！　今さらだよまったく！　あたしが二〇年前に、こんなくだらないことやめておけって諭したときは、耳も貸さなかったくせにさ！」

「止めたのですか？　師父の復讐を？」

「当たり前だろ。国を転覆させるなんて、お嬢ちゃん、あんたが相談を持ちかけられたらどう答えるんだい？」

「………………」

無言こそが、どんな言葉よりも雄弁に、答えを物語る。

「だろう？　できる訳ないって思うじゃないか。あたしも必死になって止めたよ。でもね、弟子の存在が、泰隆を狂わしちまった」

「私？」

思いがけない言葉に、紫苑の睫毛がぱちくりと揺れる。

失言を後悔するように、祥纏は顔を顰めた。

「いや……あんたのせいってのは、さすがに言い過ぎかねえ。正確には、二人の紫苑のせいさ」

「分かりません。何を仰っているのですか？」

「……その様子だと、やっぱり知らないんだね」

ふう、とため息がこぼれる。

「泰隆の娘の名は……殺された娘の名前は、紫苑。梁紫苑っていうのさ」

自分と同じ名前に、紫苑が驚く。

恋華が何かに気づいて声をあげた。

「まさか、欣怡叔母様の娘のお名前って？」

「ああ。紫釉は、紫苑から一字もらって付けた名前だよ」

「だから、紫苑姉様と同じ文字がついてたんですね」

頷き返した祥纏の表情は、美しいが苦しそうに歪んでいる。

「天恵だって喜んでたよ。桂樹と娘が、復讐のために遣わした僥倖だって言ってね。

おかげで、止められなくなっちまった」
権力闘争の末、都を追われた妻と岳父一家。
その道中で娘と共に殺され、泰隆は絶望を味わう。
そこに、娘と同じ名前の弟子が現れる。
亡き妻子が復讐しろと告げているように、泰隆には思われたのだろう。
そして、歯止めが利かなくなった。
「やはり、そうだったのですね。復讐の為に許された拝師だったのですね」
足元の感覚が消える。
それでも辛うじて立つことができたのは、隣で恋華が支えてくれているからだった。
胸が押し潰されるほど強く、抱きしめられている。
優しさと気丈さとが、震えとなって伝わった。
恋華は、養父の死の真相を真正面から受け止めようとしている。
なら、弟子である自分も、気をしっかり持たねば。
抱きしめ返すと、さらに強く腕が握られた。
「娘と同じ名前の弟子を使って、国を転覆する。それが泰隆が考えた復讐だったのか」

肺の中を空にするようなため息とともに、文和が呻く。

それから、力なく紫苑を見つめた。

「泰隆を恨むかい、紫苑お嬢ちゃん」

「いえ。師父は師父です。恨むなど、考えたこともありません。どんな理由があれ、私は師父に拾われたことで、生きながらえた身なのですから」

利用されたのであれなんであれ、拝師が叶わなければ、野垂れ死んでいたのは間違いない。恨むなど、紫苑は考えたこともなかった。

「そうか。まったく、泰隆には過ぎた弟子だな」

「祥纏様は師父の計画に反対だったご様子。なのになぜ、最終的には協力されたのですか？」

「泰隆はあたしが初めて惚れた男だ。その妻の桂樹は、二度目に惚れた相手だった。だから放っておけなかったんだよ」

まるで自分を突き放すように祥纏が笑う。

「それに、言っちゃあなんだけど、こんな馬鹿げたことが成功するとは思えなかったからね。適当なところでやめさせられたらと、最初はそう思ってたのさ」

だが、予想以上に泰隆達は粘りを見せた。

為問が慨嘆して見せたように、気がつけば二〇年の長さにわたって謀を続けたのである。

「あの頑固者め」

文和が悔しがる。

「二〇年……長いねえ。長い年月だったよ。そりゃあ、泰隆も病気になるし、あたしも歳を取るはずだよ」

祥纏は紫苑より少し年上程度にしか見えないが、声には確かに、積み重ねた重みが刻まれていた。

「師父の身体は、そこまで悪かったのですか？」

「いつ死んでもおかしくないくらいにね。気づかなかったかい？　あれだけの内功の達人が、見た目以上に老けてるんだよ」

思いもしないことだった。

紫苑と恋華の知る泰隆は、常に厳格で、圧倒的な武力を身につけ、重厚な内功を操る、当代きっての大武侠だ。他の武侠をあまり知らないこともあって、紫苑には絶対的な存在のようになっていた。

血を吐いたのも、一〇年前に一度きり。

多少老けて見えるからと言って、命に関わる病を患っているとは、未だに信じられないことだった。

「二〇年も謀を隠し通せるくらいです。体調不良も、私たちに徹底して見せないことぐらい、簡単だったのでしょうね」

悔しくて、唇を噛みしめる。

師父の不調を見抜けていれば、あるいは違った結末があったかもしれない。

思えば、ここ数年、八仙楼へ渡るため、気まぐれに船を使うことが増えていた。あれは内功の変調があったためではなかったか？

医者として村まで往診していたのをやめたのも、体力的な問題だったのではないか？

些細な変化を、もっと疑っていれば良かった。後悔が、紫苑の肺腑を重くする。

「まあ、あたしはむしろほっとしたよ。このまま諦めてくれるかもしれないってね。なのに――」

悔しさが声に滲み始める。

「――なのに、復讐する機会が本当に来ちまった。鉄木仁(テムジン)の奴があそこまでやるとは思わなかったよ。『行路難』てやつさ。知ってるかい？　李白(りはく)の詩だよ。何をやっても邪魔が入って上手くいかないしみったれた毎日だけど、いざ好機が目の前に転がり込んできたら、何を置いてでも駆けつける。そういう詩さ。泰隆は、まさに『行路難』にぶち当たったのさ」

今や蒙古はあまねく鉄木仁のものである。

このまま協力すれば、当初の目的通り、宋や金を滅ぼすことも可能かもしれない。そう思えるほどに、蒙古は勢いを増している。

「鉄木仁は帝国を作るつもりだよ。既にそのためのお膳立ても済んでる。近々、蒙古ででかい集会が開催されて、そこで大王に即位するって寸法さ」

為問が重々しく頷いた。

「韓侂冑は、それに合わせて北伐を行うつもりだ。いや、そうなるように、覚阿殿が宮中の知人を使って仕向けたわけだが」

となれば、後は当初の目的通り、都が手薄になったのを見計らって決起するのみ。臨安府を一時的にでも占拠すれば、最終的に政変が叶わなくとも、宋の力を削ぐことはできる。

まさしく『行路難』だった。

「師姉は、国を滅ぼすことに反対なんだな。それで、泰隆を……」

「国ねえ。そんなもんの命運、あたしにはどっちでもいいんだ」

酷薄な笑みと冷たい声が、うなじの辺りを不気味に撫でる。

「だってそうだろう？　せっかくここまで商売を大きくしたんだよ。成功するかどうかも分からないお遊びに、今さら付き合えると思うかい？」

「お遊びだと！　我らの悲願を、お遊びと言ったか！」

「お遊びさ。馬鹿な男どもが馬鹿な夢をみて馬鹿なことをしでかそうとしてるだけの馬鹿なお遊びさ」

祥纏の声は、鋭い。まるで痛みを感じたように、為問だけでなく文和まで眉を顰(ひそ)めている。

「儲けさせてもらったことには感謝してるけどね、それと同じぐらいには、あんたらにも出資したんだ。恨まれる筋合いなんて、これっぽっちもないね」

「黙れ姦商(かんしょう)めが！」

悔しさに為問が床を踏みしめる。

瞳はとっくに血走り、今にも飛びかからんと目を剝いているが、辛うじて残った理性が暴走するのを踏みとどまらせていた。

「泰隆は病気のせいか、どんどん気弱になってね。決起そのものを悩んでた。信書を見る限りじゃあ、五年も前からね」

――なのに、復讐する機会が本当に来ちまった。

先ほどの祥纏の言葉が、紫苑の胸に痛みを走らせる。

「それが、鉄木仁が札木合(ジャムカ)を倒した途端に、勢い付いたみたいでね。結局復讐を選んだのさ。さすがにもう付き合いきれなくなってね」

ひらひらと、わざとらしく手のひらが返される。

「出資者として、これ以上あんたらと付き合っても、儲けは期待できない、そう判断させてもらったよ。こいつは、あたしにとっては商売なんだからね」

「だから泰隆殿に毒を盛ったのか！」

「その通りだよ。毒を飲ませて、自害したように見せかけたのさ。楽なもんだったよ。誰も起きてこないことは分かってたからね」

文和が何かに気づいて呻く。

「まさか師姉、眠り薬でも盛ったのか⁉　一体どの料理に⁉」

にんまりと、祥纏は微笑む。

「どの、じゃない。全部にだよ。最初の一品から最後の湯円まで、全部にね。これが修行時代なら叱ってやるところだよ、文和。精進しな」

恥じるように、文和はもじゃもじゃの頭を掻いた。

紫苑も、同じ気持ちだった。

厨での傍若無人な態度は、眠り薬を入れるためのものだったのだ。

これが自分たちに害意のある賊なら、毒を呑まされ死んでいたかもしれない。

いくら相手が祥纏だからといって、油断しすぎていた。

「予定外だったのは、お嬢ちゃん二人が眠り薬を仕込んだ料理を食べる暇がなかったことだよ。いずれにしても、疲れてすぐに眠ったみたいだから、構いやしなかったけどね。で、全員が寝静まったのを確認して、八仙楼まで出向いて、そこで毒を盛ったって訳だよ」

「ですが、師父は内功の達人。毒は効かないはず」

「言ったろう。病で身体がぼろぼろだったって。いくら泰隆といえども、耐えきれなかったのさ」

「実際、師父はそのまま亡くなった……」

「ああそうだよ。さすがに、気分のいいもんじゃあなかったけどね」

思い出したのか、唇と声が揺れている。

「では、船については？」

「あんたが言い当てたとおりだよ。途中まで軽功で湖を渡って、縄をくくりつけた飛刀で身体を引っ張ったんだ。これで、泰隆が自害したように見えるだろ？　それで、このくだらない企みは終わりって寸法だったんだ。どう考えたって、坊さんや覚阿の爺さんに、兵を率いるなんてできないからね。なのに――」

噴き出すように笑って、祥纏は豊満な胸を反らす。

「――なのに、泰隆の腹に匕首が刺さってるわ、船を燃やされて帰れなくなるわ、湖に丸太は仕込まれてたわ、結局ばれちまうわ、散々な目に遭ったよ」

実際、祥纏の声には疲労が滲んでいた。

やりたくもない仕事を終えたような徒労感さえある。

「これが真相だよ。師父の仇を討ちたいんだったね？　そうさ、あたしが泰隆の仇さ」

哄笑に合わせて、二つの胸が大きく揺れる。

だがその笑いも、やがて消え……

しん、と音が消えた。

雑劇で、突然の終幕を見せられたような気分になる。

景色から色が抜けていくようにも思えた。

ただし、白くではなく、真っ黒に染まっていくような、まるで何もかもを墨で塗りつぶされるような感覚だ。

誰もが押し黙る中、紫苑だけが、心に衝撃を受けたような表情で小さな声をこぼした。

「でもそれだと、行きも帰りも同じ方法を使えば……もしかして、だから師父は、あの時、船で戻ると言いながらも軽功で……それに祥纏様は、師父の遺体を初めて目にしたとき……」

誰に語りかけるわけでも無い独白に、恋華が心配して腕に抱きつく。

「紫苑姉様？」

ハッと我を取り戻し、紫苑は落ち着かせるように恋華の小さな肩を抱き寄せる。

大丈夫よと小さく囁いて、ゆっくりと視線を祥纏に戻した。

「やっと、すべてに合点がいきました」

「そうかい。そりゃあよかった」

あからさまにからかって、祥纏は煙管に火を付ける。

煙を吸い込むよりも早く、紫苑が沈痛な面持ちで三つ編みを左右に揺らした。

「嘘をつかれましたね、祥纏様」

「…………」

ぴたりと、祥纏の動きが止まる。

油断なく紫苑に戻した視線は、刃物のようにぎらついていた。

紫苑ではなく、その身体を支えていた恋華がびくりと怯える。

「この期に及んで、あたしが何の嘘をついてるって？　お嬢ちゃん。よく考えて発言しなよ」

手に、いつの間にか飛刀が握られていた。

柄を柔らかく握り込んで、いつでも放てるようにしている。

あの柔らかな握りを身につけるのに、どれだけの修練が必要だったのか、同じ武俠である紫苑には、説明されずとも理解できた。

どんな武器や武術でも、最終的に辿り着く境地は脱力である。さすればどんな動きにも対応でき、瞬発的な力を発揮できるのだ。

「あたしは嘘つき呼ばわりされるのが嫌いでね。ちょいと儲けると、すぐにそうやって陰口をたたく奴が多かったんだ。どういう目に遭ったか、教えてやろうかい？」

「私も、嘘をつくのは嫌いです」

瞬間、黒い閃光が走ったように見えた。

すくい上げるように祥纏の腕が動き、気づいたときには、黒く塗った刃物が紫苑の眉間を捕らえようとしていた。

――が、すんでのところで、刃物がぴたりと動きを止めた。紫苑が、飛刀を人差し指と中指の二本で受け止めていた。

「飛刀術は暗殺術です。動きも直線的。来ることが分かっていれば、この程度、内功を失っていてもわけありません」

かすり傷すら負うことなく、飛刀を窓の外へと投げ捨てる。

祥纏は、驚きも悔しがりもせず、紫苑の出方をうかがうように、半身を退いた。

「師父も祥纏様も、つくづく不器用なのですね」

「……何が言いたいんだい」

追い詰められた狼のように袢纏が呻る。

「今の飛刀術、絶対に私が怪我をしないという確証があって放たれたのでは？」

「馬鹿なことを。なんでそんな無駄なことをあたしがするんだい」

「私の武は師父の武とかなり離れてしまいましたが、それでも私たちは同門。師叔（シーシュウ）の手の内は、ある程度読めます」

「師叔なんて気持ちの悪い言い方やめとくれ。師兄を殺したあたしへの皮肉のつもりかい？」

「最初に飛刀を投げられた時もそうでしたが、殺気をまったく感じませんでした」

「あんたが鈍いだけさ。いいから、ごちゃごちゃ言ってないで、文句があるなら武侠らしく、武術で語ってみせな」

既に袢纏は構えていた。袖の中に腕を隠し、いつでも飛刀を放てるようにしている。

だが、紫苑は取り合わない。

それどころか、戦う意思がないことを示すように、無防備に真正面に立って言った。

「師父も、私に毒を盛りました。それも、効果がないと確信して」

三

再び音が消える。

深沈(しんちん)とするのにもうんざりしたように、文和が悲鳴をあげた。

「もう多少のことでは驚かんつもりだが、泰隆が弟子に毒を盛っただと？　当然、分かるように説明してくれるんだろうな」

紫苑は泰隆の弟子だが、文和は師弟である。師兄が死後に名誉を穢されれば、怒りを感じて当然だ。

「毒というと語弊がありますか。薬となるか毒となるかは紙一重。すべては調合次第ですから」

「もしかして、今朝仰ってた身体の不調って、それが原因なのですか？」

「心配には及ばないわ。師父に毒が効かないように、私にも毒は効かないから」

青ざめた恋華を抱き寄せ、優しい声で落ち着かせる。

それから、祥纏を真っ直ぐ見据えた。

「祥纏様は今、師父に毒を盛って自害に見せかけたと仰いました。さすがの師父も、病で解毒ができなかったのだろう、と」

三つ編みが左右に揺れる。

「あり得ません。師父のあの重厚な内功は、たとえ病に冒されていても健在でした。実際、簡単に湖を渡ってしまう程の軽功をお持ちなのですよ。昨晩も、技に乱れはありませんでした」

力強く湖面を蹴る師父の姿を思い出す。

獲物を狩る虎の如く、野生の肉食獣にしか生み出せない力強さが、確かにあった。病魔に蝕まれた身体はともかく、内功については、全盛期と比べても、まったく衰えていない。

「やはり師父が毒殺されるなど不自然です。祥纏様が、それに気づかぬことも。ですが、眠り薬のおかげで合点がいきました」

「…………」

沈黙して、祥纏は油断なく、紫苑の様子をうかがい続けている。

緊張感に耐えられなくなったように、文和が尋ねた。

「どう合点がいったんだ？」

「それを説明するためには、まず、昨晩からの体調不良について話さねばなりません」

「二日酔いと勘違いしたというあれか？」

文和の声に頷き、説明する。

「昨晩師父に勧められて飲んだお酒は、アルヒでした。お酒を飲むのはあれが初めてでしたから、他のお酒との違いなど分かりませんが、それでも、岳飛と秦檜を暗喩した瓶にあるのと同じ匂いであることぐらいは分かります。そのお酒の中に、毒が仕込まれていたのです」

腹の奥底が熱く疼くような感覚が戻ってくる。

酒精を取り込んだように、全身の血流が活性化していくような気分だ。昨晩初めて酒を飲んだときのことを思い出す。

「お酒自体が独特の匂いで、毒が入っているとは分かりませんでした。師父のことですから、当然、そのあたりを考えてあのお酒を選ばれたのでしょう」

直前に、泰隆自身が一杯飲み干しているのも、警戒心を抱かせないためだったのかもしれない。とはいえ、拝師して親子以上の関係を築いた相手からの、初めての勧酒である。断るなど考えもしないことだ。たとえ匂いの異変に気づいていたとしても、紫苑はためらいなく飲んだであろう。

「実際、師父の書斎に転がっていた杯からも同じ匂いがしました」

「どうして泰隆殿が紫苑殿に一服盛る必要があったのだ？」

「私の内功を——正確には、軽功を封じるためです」

「それは一体どうして！」

焦る為問に、紫苑はゆっくりと答えた。

「師父と祥纏様は、昨晩の宴席の後、八仙楼で話し合うことになっていたご様子。師父はその席に、どうしても私を近づけたくなかったのです」

言葉を発する度に、火を飲み込んだような熱さが身体を駆け巡った。ゆっくりとだが、内功が戻ってきている。

紫苑には、ほぼ無意識で内功を練り続ける癖がついている。

外功を失ってからは、内功と技の精度を重点的に磨いてきたからだ。眠りながらでも内功を練り続けられるのは、江湖でも数えるほどしかいないだろう。

そのため、毒を口にしたとしても、自動的に体外へ排出することができる。

当然、師父である泰隆がそれを知らないはずがない。

つまり、毒が効かないという前提で、毒を飲ませたことになる。

一体なぜか？

「解毒する際、内功は一時的に弱まるのです。いえ、正確に言うなら、解毒に内功を使う分、他にまわらなくなるのです」

内功の力を、仮に一〇〇所有しているとする。解毒に使う内功が五〇必要となれば、残り五〇しか他には回せない。

達人であればあるほど、自分の体調変化には敏感だ。内功に不安があれば、軽功を控えるのは、あり得る話だ。

「実際あの後、妙な疲れを感じていました。客人をもてなしたからだと思ったのですが、解毒のため内功が奪われていたのです」

「だから私にはお酒を飲ませてくださらなかったのね」

じゃれる恋華を、厳めしい表情でたしなめたのは泰隆だ。今さらではあるが、不必要に声が硬かったような気もする。

「師父が私を八仙楼に近づけたくなかった理由は推測できます。謀に私を巻き込まぬようにです。信書のやり取りからも、それは明らかかと」

祥纏と話し合う予定になっていたのであれば、気を遣うのは当然だ。もし感づかれて、祥纏の後を付けられたら、今まで隠してきたことがばれる可能性が高いのだから。

「船は一艘しかありませんから、軽功を封じてしまえば、八仙楼に渡ることはできません。修行時代に打ち込んだ丸太にしても、夜ではどこにあるか分かりづらいですし」

ましてや昨晩の寒さの中、水に落ちればそれだけで命は危うい。不調の中、知り合い同士が会いに行くのを追いかけたりしないと考えたのだろう。

宴席には為問もいた。絶対に来るなと念を押せば、不審に思われる可能性もあった。だから回りくどい方法をとったのだ。

「同じく、祥纏様も、文和様や為問様に知られず、師父と話がしたかった。そこで、料理に眠り薬を混入なされた。ですが、師父が私に薬を盛ったことはご存じなかった」

「でも紫苑姉様、昨晩は祥纏様のお作りになった料理を召し上がってない――あっ！」

思い出したのか、恋華が声を高くする。

「もしかして、あの湯円ですか!?」

料理を運ぶとき、厨に戻った一瞬に、恋華に口の中に押し込まれた湯円。あれにも、眠り薬は入れられていた。

「でもあの湯円、さっき、祥纏様が……」

蒸籠で温めたのを、一人で食べていたのを思い出す。

本当に眠り薬が入っているなら、今頃眠っていてもおかしくないはずだ。

「眠り薬は、すべての料理に入れられてたと仰いましたね。おそらく、一品だけでなく、すべてを食した者にだけ、効果があるのではないですか？」

祥纏は答えない。否定もしない。

構わず、紫苑は言葉を続ける。

「ただ、私の場合は、湯円に入れられた薬が、師父の薬と運悪く反応してしまい、体調不良に繋がったのだと思います」

眩暈と嘔吐を繰り返したあの苦しみを思い出すだけで、気分が悪くなる。

「それでも体調不良です。内功を失い、嘔吐こそしましたが、死んでいません。内功による解毒は、それほど効果のあるものなのです。ましてや師父ほどの達人が、生半可な毒で亡くなるはずはありません」

紫苑は決定的な一言を告げる。

「師父は自害なされた。祥纏様はその手助けをされたのですね」

「今さら泰隆殿が自害だと！」

為問の憤（いきどお）りはもっともだった。

最初に殺人を疑ったのは紫苑であり、船を燃やして八仙楼から出られなくしたのも紫苑だ。

あのときは、恋華がやったのだと勘違いしており、一同を逃がさないための行動でもあった。

今さらやっぱり自害でしたと告げられれば、当然の反応だろう。

「師父が毒で死ぬはずがないのです。毒で死んだとなれば、それは師父が毒を受け入れたこと。つまり、自害をされたということなのです」

息を呑み……言葉を続ける。

「祥纏様は、師父が自害なさるのを知っていて、その手助けをされた……違いますか？」

ぷかりと、煙が浮かんだ。

先ほど煙管に詰めていた葉っぱが赤くなっており、すぐに灰となって消えた。

不意に、ぎゅっと抱きついてくる感触があった。

見ると、恋華が顔を青くしていた。

「もし今の説明が本当なら、私が話をややこしくしてしまったんですね」

「そうね。でも、おかげで分かったことがあったわ」

小首を傾げた恋華に、紫苑は優しく言った。

「師父が、私たちをどれだけ大事に思ってくれていたかよ」

ぱちくりと、長い睫毛が揺れる。

「師父は、私と恋華を自分たちの謀に巻き込まないよう、こんな手の込んだことをしたのよ」

文和が半ば混乱したように首をひねる。

「分からん。どうしてそうなるんだ？　お嬢ちゃんたちを大事に思ってるなら、それこそ自害なんぞせず、最後まで面倒を見るのが、師父としても養父としても当然のつ

「なぜ自害されたかよりも、なぜ自害でなければならなかったかを考えれば、想像できます」

言葉を句切って、紫苑は為問を見た。

悲しい瞳だった。

気圧(けお)されたように為問が半歩下がる。

「師父は、自分が亡くなった後に、私と恋華が利用されることを恐れたのです」

複数の視線を受けて、為問が身じろぐ。

「師父が誰かに殺されたとなれば、私は仇を討たねばなりません。実際、今もこうしてお三方を引き留めているのは、師父を殺した仇が誰かを突き止めるためでした。為問様や覚阿先生が、仇討ちに協力する代わりに自分達の謀を手伝えと言えば、私は拒めなかったでしょう。

同じく、病気や自然死であれば、師父の遺志を継げと諭されていたかもしれません。それこそが奥義の継承なのだと言われれば、やはり従っていたはずです」

決まりが悪そうな為問の表情が、答えを物語っていた。

「自害であれば……それも、私を誰にも譲らないと書いた遺書が見つかれば、師父の謀に囚われる必要はありませんから」

「そうか。くず籠に捨てられていたあの信書！　恋華お嬢ちゃんが一文を書き加えたあの信書は、坊さんたちに向けて用意してあったんだな！」

「確かにあの内容なら、協力しない方が、お父様の遺志を汲めますものね」

「そうです。そのため師父は、病死でも自然死でも殺害されたのでもなく、自害でなければならなかったのです。それも、自らの謀に、私を巻き込むまいとした遺書を残した上で」

「なるほどな」

文和が呻った。

「泰隆が、ただ謀をやめると言っても、坊さんと例の士大夫が許さんというわけか」

「為問様の下には、三〇〇〇から五〇〇〇人の志士がおられるとのこと。いくら師父でも、その数を相手にはできません」

「そんなもん、誰にだって無理だ。このわしでも、海幇の武力を背景に、ようやく下手に手出しできんよう牽制できる程度だ」

文和が幇主を務める海幇は、その規模、勢力、知名度、どれをとっても当代一である。本人が豪語したように、海賊を狩る海賊として名を馳せており、海上での戦いなら負けなしである。

為問たちが実際にどれほどの武力を蓄えているのかは不明だが、おいそれと手出しできる相手ではない。

「でもそれなら、お父様と一緒に烈風のおじさまの所へ逃げれば、自害なんてしなくてもよかったんじゃありませんか？」

恋華の疑問は、武俠であれば考えもしないことだった。

文和は元より紫苑も暗然とうつむいている。

「けじめを付ける意味もあったんだろう。散々自分の想いで突っ走ってきたんだ。坊さんや士大夫、なにより、三〇〇〇人の人生がかかってる。嫌になったからやめますなど、言える訳もない」

「師父は、他人に人生を滅茶苦茶にされ、復讐心にとらわれてしまいました。自分の立場を放棄して逃げれば、三〇〇〇人の志士を、同じ目に遭わせることになる、そう考えたのかもしれません」

来るべき日のために、二〇年も養い匿い続けてきたのだ。それも、復讐心を利用して。明日から自由にしていいと言われれば、暴動が起こることなど火を見るより明らかだ。

「お父様は、最後に責任を取られたんですね。私たちを自由にするのと引き換えに」

「重い病を患っていたみたいだしな。先の長くない自分の命と引き換えなら、ためらわんだろう。あの偏屈者らしい考え方だ」

粛然とした文和の声に、恋華が項垂れる。幼い頬に不似合いな、悽愴とした感情が滲んでいた。

「丸太のことは、私と恋華しか知りません。船を八仙楼に繋いでおけば、誰もが自害したと思うでしょう。ですが――」

沈痛な吐息が声に混じる。

「――ですが、私が師父を追いかけて、湖を軽功で渡るところを見てしまった。そう聞いて、さぞ驚かれたのでは？　おかげで、師父以外の誰かが八仙楼に侵入したように見えてしまったのですから。運悪く匕首も刺さっていましたから、あのときの私には、師父が殺害されたとしか思えませんでした」

二つの偶然が、泰隆の自害を、ここまで複雑にしていた。

「思い返せば、最初に師父が自害したと言い出したのも、祥纏様でした」

「……そうであったな。紫苑殿の言葉を受けて、念を押すような形ではあったが、確かにそうであった」

――お嬢ちゃんは、泰隆が自害したって思っているんだね？

あの言葉は、自害であることを印象づけようとしていたのかもしれない。

祥纏は、まだ黙ったままだった。

悠然と、煙管を燻らせている。

紫苑の言葉など、まるで遠い異国の出来事のように聞いている。

「師父が国の転覆を考えているところまでは分かりましたが、自害されたとまでは、最初は分かりませんでした」

殺されたとばかり思い込んでいた。

仇を討たねばならないとしか、考えなかった。

広い視野を持つために兵法を学ばされていながら、紫苑の思考は、確かに硬直し、狭窄（きょうさく）化していた。

今さらながら、師父の正しさを認めずにはいられない。

悔しさが、拳を強く握らせた。

「このままでは師父は無駄死にしたことになってしまう。そこで祥纏様は、次善の策として、自分を仇として討たせようとしたのです」

「仇を討てれば、二人につけ入れられることはないというわけか」

苦く、重く、くたびれた文和の声に、紫苑は頷く。

「師父が私たちを巻き込まないように考えておられたのは、信書から分かっていますから、仇さえ討てていれば、遺志を継いで謀に加われと言われても、拒否したはずです」

もし祥纏をこの場で取り逃がしたなら、紫苑はどこまでも追いかけて仇を討とうとしたたろう。居場所を探すのを手伝うから力を貸せと言われれば、やはり断れなかったに違いない。

為問が、静かに瞼を閉じる。表情こそ厳めしさを保っているが、明らかに落胆していた。

今一度、祥纏の口から、白煙が吐き出された。

それも、今までで一番長く、疲労を滲ませて。

ふっと、諦めたような微笑みが浮かんだ。

「残りの人生、命を狙われながら生きてくのはごめんだからね。だからわざわざ、絶対に自害だって思われるように二人で細工したのに……上手くいかないもんだね」

そんな言葉で認めて、祥纏はくたびれたように微笑んだ。

文和が、やりきれなさそうにうつむく。まるで己の無力さを悔いるように、拳を握りしめている。

「本当なのか、師姉。泰隆の自害を、手伝ったのか？」

「泰隆が死ねば、二人は忘れ形見だ。ましてや弟子の方はいろいろ仕込まれてる。いいように利用されるのは、目に見えてたからね」

皮肉と冷笑が同時に浮かぶ。

「最初の計画じゃあ、泰隆が自害したと思わせて、その後文和に二人を引き取らせるつもりだったんだ。さっきも言ってただろ。坊さんの下に、三〇〇〇人以上も志士がいるんだからね」

「だからわしを執拗に誘ったんだな。この子らを、わしに託すために。そこまで考えてるなら、自分で面倒を見るべきだろ」

「自害を手伝ったなら、あたしは立派な泰隆の仇さ。どの面下げて、弟子と娘を引き取れるっていうんだい」

自らを想い人の仇と称する祥纏の頬は、涙を流さずに泣いているように見えた。

「ちょうどいいじゃないか。形だけでも、恋華をあんたの養女にしな。それで二人の関係は解決だ。女同士で祝言を挙げるのは無理でも、一生添い遂げるのに不都合はなくなるだろ」

紫苑と恋華が顔を見合わせる。

こんなときにだが、自分たちが結ばれる方法があったことに、驚きを隠せなかった。

「お金の心配ならしなくていいよ。うちの鏢局に、文和の名義で三人が一〇年は暮らしていけるだけ預けてある。ただし、一〇年分だけだ。それ以降は、自分でなんとかしな」

「師姉……冗談はもうよしてくれ。頼む」

まるで母親に捨てられることを恐れる子供のような声と視線を、祥纏は意図的に無視した。

　重い沈黙が垂れ込める。

　そこに、おずおずと恋華が声をあげた。

「全部私が余計なことをしたせいなんですね。お父様に匕首を刺したりしなければ、こんな大ごとにはならなかった」

「あなただけのせいじゃないわ。私も、師父が船を使わずに戻られるところを見てしまったから、こんな大ごとになったのよ。でも、だからこそ分かったことがあるわ」

　唇を青ざめさせた恋華を、紫苑は力強く抱きしめる。

「師父が、どれだけ私たちを大切に思ってくれていたかよ」

　こくんと、恋華が頷いた。

「あれだけの手間をかけて自害する理由、ここまで大ごとになってなければ、きっと分からなかったわ。だから、師父の気持ちを知ることができたのは恋華のおかげよ。ありがとう、恋華」

「紫苑姉様……」

　恋華の声に、嗚咽が混じる。

「口下手の頑固者め」

　文和が毒づきながら鼻を鳴らした。

それを見て、祥纏は嘆息して、言った。

「自害する場に居合わせたのには、別の理由もあってね」

感情の抜けた声が、寒々しい。

「泰隆は内功の達人だろ。それも、常に内功を練り続ける癖がついてる。無意識に解毒しちまう可能性があったのさ。だから、あたしが見張って、ちゃんと自害するところを見届けなけりゃあならなかったのさ」

「損な役回りだな。惚れた相手の最期を看取(みと)るなど、憐れですらある」

為問の沈痛な声に、しかし祥纏は、微かに笑ってこたえた。

「けど、死ぬときに一人ってのは、寂しいだろ」

愛した二人のどちらとも死に別れた女の声は、どこまでも乾ききっている。

不意に、祥纏が懐から何かを取り出した。

「泰隆から預かった信書だよ。すべて終わったら、見せるように言われてたんだ。本当なら、文和に引き渡した後にね」

受け取ると、そこに、詩が書かれてあった。

輪廻冬天樹　　輪廻、冬天(とうてん)の樹
八仙日暮雪　　八仙、日暮れの雪

　何時一樽酒　　何れの時か一樽の酒
　重與細論武　　重ねて与(とも)に細かに武を論ぜん

私は今、輪廻の中、冬空の樹の下にいる。

八仙は、日暮れで雪が積もっているだろう。

いつか酒樽をひとつ前にして。

共に武を語り合いたいものだ。


読み終えた瞬間、身体中の産毛が逆立つような感覚があった。

「詩は心を、兵法は視野を広げ育ててくれる」

泰隆の声が、脳裏でこだまする。

たった二〇文字に、どんな想いが込められているのか……

理性ではなく感性の方が、紫苑の身体を震わせる。

「師父……師父」

輪廻の中にいるということは、やはり死を覚悟していたのだろう。

樹の下にいるとは、師母(シームー)である桂樹のことを言っているのかも知れない。

冥府なんてものがあるのなら、そこで再会しているのかもしれない。いや、きっとそうに違いない。

既にこの世にいないのに、八仙のことを気にかけるのは、自分たちのことを心配してくれているという意味だろう。

酒を酌み交わしたのは、あの一杯のみ。

きっと胃の病がなければ、もっと一緒に飲みたかったはずだ。美味いと、染み入るような声でつぶやいたあの声は、死ぬまで忘れられそうにない。

武を語り合いたいのは、こちらの方だ。

既に道が分かれてしまったが、だからこそ、師父に尋ねたいこともあった。自分の武が、師父にも参考になるのではと思うこともあった。二人で切磋琢磨したかった。

視界が、灰色に滲む。

ぐっと堪えて、紫苑は立ちはだかるように、祥纏の前に歩み出た。

瞳には、決意がみなぎっていた。

「最後に聞かせてください、祥纏様。どうしてそこまで師父に尽くしてくださったのですか？」

祥纏にとって、泰隆の自害を手伝う利点などなかったはずだ。

さらには、文和名義で三人が一〇年暮らせるだけの金も用意してあると言う。今回の企みが失敗した時の保険を、前もって打っていたということだ。その文和を連れてきたのも、祥纏である。そこまでする理由は果たしてなんなのか。

ある程度の予想はついていたが、それでも紫苑は、本人の口から聞きたかった。

祥纏は、憑き物が落ちたような表情で言った。

「泰隆の弟子と娘だよ。あたしには、惚れた男の忘れ形見だ。そいつが不幸な目に遭うのは……やりきれないからね」

苦笑と呼ぶには苦すぎる笑みがこぼれる。

「まったく。この歳になっても初恋を引きずるなんざ、ろくなことにならないね。ハッ！」

祥纏は、このとき初めて、皮肉を装おうとして失敗した。

頬を、真珠のような涙がこぼれていく。

唇は震え、声だけが辛うじて平静を保っていた。

「我らの悲願をよくも！　この毒婦め！」

轟音とともに錫杖が音を立てて、祥纏の横っ面を狙う。

だが、甲高い金属音と共に、防がれた。

紫苑が鞘で受け止めていた。

「なぜ邪魔をする！　こやつは泰隆殿の仇なのだぞ！」

「そうです。師父の仇は討たねばなりません」

決意をみなぎらせて、紫苑は頷く。

「弟子の私が、やらねばならぬのです」

余人にはうかがい知れぬ感情が、声に滲んでいる。

鞘を投げ捨て、抜き身の刀身に剣訣した指を添える。

外功を失ってから、内功を常に練り続ける癖が付いていたのが幸いした。毒によって打ち消されていた気脈は、今や八割方回復している。剣に内功を込めることは可能だ。

血液が沸々と煮立つような感覚が、紫苑の身体を駆け巡る。

刀身を撫でれば、その熱が流れ込んでいくのが実感できた。

烈々たる内功を得て、剣がわななく。

まるで龍が爪を研ぐような音だ。

文和も為問も動かない。

正当な理由がない限り、仇討ちには口を挟まぬのが江湖の掟だ。

両者とも、それぞれの思いを唇とともに、ただ噛みしめている。

反対に、対峙する袢纏の口元には、穏やかな笑みが浮かんでいた。

むしろこれこそを望んでいるかのようで、真っ赤な唇が、最後の言葉を紡ぐ。

「心臓をひと思いに突いておくれ。できるだけ綺麗なままで、泰隆と桂樹に会いたいからね」

冗談なのか、本心なのか。確かめる前に、紫苑が飛んだ。

心臓が一度鼓動する間に、間合いが詰められる。

二度鼓動する間に、白銀が閃いた。

だが、それに続くはずの鮮血は、いつまで経っても噴き出さない。

剣は、祥纏の柔らかな肉体ではなく、部屋の中央からわずかにそれた一点を、深々と突き刺していた。

為問の怪力を跳ね返す程の八天奇門（はちてんきもん）陣が、機能していない。

紫苑が突いたのは、八天奇門陣の核となる場所だった。

泰隆と紫苑のみが知る、唯一の弱点である。

「身を焦がすような復讐心にこそ、師父はずっと苦しめられていました。祥纏様。師父を救ってくださって、ありがとうございます」

師父は、娘と同じ名前の捨て子を、復讐の道具として引き取った。

その弟子は、出自故、泰隆の想像以上にかいがいしく修行に打ち込んだ。一切の文句も言わず、どんな無茶なことにも、歯を食いしばりながら耐え続けた。

もう一人の養女は、泰隆と同じく、復讐に身を焦がす少女だった。

自分を重ねたのか、あるいは紫苑と同じように、復讐の道具にしようとしたのかは分からない。ただ、なぜか恋華には、武術を教えることはしなかった。

師父の態度が変わったのは、その恋華を賊から助け、怪我を負った直後だった。血を吐いた時期とほぼ同じだから、てっきりそちらが原因かと思ったが、今にして思うと、昏睡から目覚めたときに見た師父の表情は、恐怖に強張っていたように思う。

……確証はない。自分がそう思いたいだけかもしれない。だが、弟子を復讐の道具とすることに罪悪感が芽生えたのは、おそらくその頃からだろう。でなければ、いくら外功を失ったからとはいえ、自分とまったく違う性質の武術を修行させるのは不自然だ。

無意識に、自分と違う道を歩ませたかったのかもしれない。事実、泰隆と紫苑の武は、既に道を違えていた。

それに、復讐だけが目的なら、別の弟子を取ることもできたはずだ。いつしか泰隆の最優先事項は、復讐ではなくなっていたのではないか。

あの一文が、紫苑の脳裏に蘇る。

『今となっては、紫苑を可愛いと思うあまり手放せない。あれは私の宝だ。自分の都合で嫁がせるのではなく、本人が心から望む相手と添い遂げさせてやりたい』

自分のことを宝だとまで書いてくれていた。あの師父が。衝撃ですらある。それに、ひょっとしたら恋華との関係もばれていたのかもしれない。だから信書に、『本人が心から望む相手と添い遂げさせてやりたい』などと書いたのかもしれない。

江湖の掟では結ばれない二人だが、垂髪し、古くからの権威やしきたりに縛られないことを信条とする泰隆だ。あるいは、認めてくれていたのかもしれない。

恋華とのことを、ちゃんと告げていればよかった。

もっと師父にいろいろ教わりたかった。

自分が成長するところを見て欲しかった。

師父の苦悩に気づきたかった。

そうすれば、力になれたかもしれない。

なれなくとも、こんな別れ方をしなくて済んだかもしれない。

最後まで本心を口にしてくれることはなかったが、今なら分かることがある。

「師父……私は、師父に、ちゃんと愛されていたのですね」

溢れ出す後悔とともに、視界が滲む。込み上げてくる感情の塊が呼吸を乱し、胸を圧迫した。

堪えようとしたが……駄目だった。

紫苑の顔は、あっという間に涙でぐちゃぐちゃに崩れた。

「師父。師父。師父。もう一度、会いたいです、師父。もっと、師父と、語り合いたかった。武だけでなく、いろんなことを。師父……師父」

涙と嗚咽の混じる声に、ぴしりと乾いた音が重なる。

建物自体に込められていた八天奇門陣の力が、逆流するように溢れだした。

場違いに、安堵するような感覚に囚われる。

重厚で、何者も寄せ付けないような唯一無二の力は、師父の内功だ。だが、昔感じた烈々たるものだけが消えている。

全身が内功に包まれて、堪えきれない熱い感触が視界を白く滲ませた。溢れた涙と、二つの三つ編みが、重力に逆らうように天へと昇っていく。

ぱちぱちと、火の粉が爆ぜるような音が続いた。

楼閣自体が軋(きし)んでいる音だと気づいた瞬間には、轟音とともにすべてがひしゃげ始めていた。

八仙楼が崩れていく。

内功を散らし、外功を弾き返すため張り巡らされた八天奇門陣が、完全に破られ、柱が、塼(せん)が、老虎が咆哮するような悲しい音を立てて崩れていく。

『十年の功、一旦に廃す』とは、失地回復を目前にしておきながら、秦檜の謀略により兵を解散させられた岳飛の慟哭である。

泰隆の壮大な復讐は、二〇年の長きにわたって周到に計画され、同じく一旦にして崩れた。まるで自重に耐えかねて崩れる楼閣のごとく、国を滅ぼすという企みごと消えていく。

やがてその音も、雪が吸い込んだ。

四

同（一二〇六）年二月。

蒙古は最高意思決定機関である大クリルタイを召集。

その席で鉄木仁はモンゴル帝国の樹立を宣言、同時に大王（ハーン）に即位し、チンギス・カンの尊称を得る。名の由来は諸説あるが、後の功績を鑑みるなら、『世界を支配する者』という意味が一番しっくりくるだろう。

チンギス・カンは、泰隆との盟約が果たされぬことを残念には思ったが、すぐに別の同盟相手を思いつく。

他でもない、宋である。

このとき宋は、韓侂冑の北伐が失敗に終わり、金国から講和の条件として、その韓侂冑の引き渡しを求められていた。

韓侂冑は責任回避に動くものの、開禧（かいき）三（一二〇七）年、礼部侍郎（れいぶじろう）の史弥遠（しびえん）によって暗殺され、首を塩漬けにされ金国へと送られた。これによって交渉が進展し、翌年の嘉定（かてい）元（一二〇八）年、講和が成立する。

宋には厭戦気分が広がっていた。

肥沃な土地と豊かな富を得ているのに、無理をして過去の栄光を取り戻す必要はないと、誰もが考えていた。

そんな宋と密通を図り、連携することは、地理的にも政情的にも、理にかなった選択だ。遠交近攻は秦の范雎の説くところであり、夷を以て夷を制すとは、宋の得意とする政策でもある。

お互いの利害が一致し、モンゴルは宋の豊かな財源を得て、隣接する他の国々を平定していく。

当然金国にとって面白いことではなかったが、モンゴルの勢いは凄まじく、下手に手を出せばそれなりの覚悟が必要とあって、滅多なことを口にさえできなかった。

宋は宋で、金国の脅威を感じることなく、平和を甘受することができた。

文人は詩作や酒を愛し、商人は貴重な物品を売りさばき、物流を担う海幇たちの船は、長江を絶えず行き来しては、多くの人の生活を支えた。

国が豊かになれば、美食が庶民にまで行き渡るのに時間はかからない。多くの飯店や酒楼が筍のように現れ、中には女二人だけで切り盛りする飯店もあったという。

嘉定四（一二一一）年。十分に力を蓄えたモンゴルが、満を持して金国へと攻め入る。この戦いは、途中の休戦を挟みながらも、端平元（一二三四）年まで続いた。もちろん宋も、モンゴルの動きに呼応し、金国を挟撃して、見事仇敵を滅ぼすことに成功する。

だがこのとき、宋はモンゴルとの和約を違え、無断で洛陽、開封を回復した。

当然のごとく、今度はモンゴルと宋との間で戦が勃発する。

結果から書くなら、この戦争はモンゴルの勝利に終わった。

草原の覇者は、馬を駆る勢いで南下を続け、次々と宋を飲み込んでいったのである。

とはいえ、すべてを武力で食い散らかしたわけではない。不必要な殺生や略奪は禁じられ、これが宋からの投降者を次々と生んだ。

ついにモンゴル軍は都へ迫り、臨安は無血開城を選択する。既にチンギス・カンは薨去し、五代目皇帝クビライの御代になっていた。

宋は、わずかな残存勢力が抵抗を続けたものの、それも広州湾で行われた海戦にて壊滅。この時、最後の皇帝である祥興幼帝も入水し、名実ともに宋王朝は滅亡する。都が開封にあった頃から数えれば、約三〇〇年に及ぶ寿命であった。

梁泰隆の野望は決起すら叶わず潰えたが、望みだけは、死後七三年を経て実現されたのである。

主要参考文献

『図説 民居 イラストで見る中国の伝統住居』
王其鈞／恩田重直監訳（東方書店）

『塼塔（せんとう） 中国の陶芸建築』柴辻政彦（鹿島出版会）

『中国ジェンダー史研究入門』
小浜正子・下倉渉・佐々木愛・高嶋航・江上幸子編（京都大学学術出版会）

『中国思想基本用語集』湯浅邦弘編著（ミネルヴァ書房）

『中国飲食故事』金新／國久健太訳（浙江出版集団東京）

『「幇（パン）」という生き方 「中国マフィア」日本人首領の手記』宮崎学（徳間書店）

『武侠小説の巨人 金庸の世界』岡崎由美監修（徳間書店）

『中国の城郭都市 殷周から明清まで』愛宕元（中公新書）

『チンギス・カンとその時代』白石典之編（勉誠出版）

『中国任侠列伝 天子恐るるに足らず!!』島崎晋（PHP研究所）

『夢粱録 南宋臨安繁昌記』全三巻、呉自牧／梅原郁訳注（東洋文庫）

『宋代中国を旅する』伊原弘（NTT出版）

『新編 中国名詩選』上・中・下、川合康三編訳（岩波文庫）

『完全保存版 中国武術大全』学研パブリッシング編(学研プラス)
『浄土思想入門 古代インドから現代日本まで』平岡聡(角川選書)
『浄土教の事典 法然・親鸞・一遍の世界』峰島旭雄監修(東京堂出版)
『全注・全訳 阿弥陀経事典』袖山榮輝訳著(鈴木出版)

その他多数

解説

千街晶之（ミステリ評論家）

日本を代表するミステリ作家を数多く輩出している江戸川乱歩賞は、探偵小説の巨星・江戸川乱歩からの寄付を基金として、日本探偵作家クラブ（現・日本推理作家協会）により制定された文学賞であり、現在のように公募の新人賞になったのは第三回以降である。

江戸川乱歩の名を冠しているとはいえ、歴代受賞作が常に彼の作風を反映しているわけではない。とはいえ、「生前の乱歩がこの小説を読んだらどんなに喜んだことだろう」と感じる受賞作が出る場合もある。そんな一作が、第六十七回江戸川乱歩賞を受賞し、二〇二一年九月に講談社から刊行された桃野雑派の『老虎残夢』である（同時受賞は伏尾美紀『北緯43度のコールドケース』）。

本書の単行本の帯を見ると、「『館』×『特殊設定』×『孤島』×『百合』！」という惹句が記されている。このうち三つ目までは、本書の本格ミステリとしての特色を示すものだ。そしてここに記されていない重要な要素として、本書が歴史ミステリ、それも中国の南宋の時代を扱った作品であることが挙げられる。乱歩賞の歴代受賞作を振り返ると、第十三回受賞作の海渡英祐『伯林――一八八八年』（一九六七年）のように海外が舞台の歴史ミステリは存在したが、中国を舞台にした歴史ミステリは初めてである。乱歩賞受賞作以外なら、中国の王朝を背景にした国産ミステリは複数の先例があるものの、宋の時代を選んだ例は珍しい。唐や清などと比べて日本人にはやや馴染みが薄いからだろうか。類例としては、秋梨惟喬の『もろこし銀侠伝』（二〇〇七年）に始まる「もろこし」シリーズくらいしか思い浮かばない。

　南宋について、中国史に明るくない方のために簡単に説明しておくと、宋は趙匡胤（太祖）が九六〇年に建国した国家だが、一一二七年、女真族の国家である金に攻め込まれて華北を失い、八代皇帝の徽宗（当時は退位して太上皇）、九代皇帝の欽宗をはじめとする宋の皇族たちの大部分が金に連行された（靖康の変）。同年、難を逃れた高宗（欽宗の弟）が南京で即位する。欽宗までを北宋、高宗以降を南宋と呼ぶが、これは後世の歴史用語であり、本書の登場人物はそのような区別なしに「宋」と呼んでいる。高宗の治世には、金軍の南下に対して主戦論を唱えた将軍・岳飛と和平派の宰相・秦檜が対立し、一一四一年に岳飛は秦檜に処刑された――といった史実を頭に入れておけば本書を理解しやすくなるだろう。岳飛の死から六十年以上経った本書の年代は、日本では後鳥羽上皇が院政を敷き、源実朝が鎌倉幕府三代将軍、北条義時が二代執権だった時期にあたる。

さて、本書の舞台は、杭州の臨安（一一三八年から南宋の首都）に近い海に浮かぶ八仙島という小さな島。この島には湖があり、その畔の屋敷および湖上に建つ八仙楼という楼閣で、年老いた武俠の梁泰隆、養女の恋華、そして本書の主人公である弟子の蒼紫苑が暮らしている。紫苑は恋華と愛し合っていることをひた隠しにしているが、それは同性愛だからではない。紫苑にとって師の泰隆は父同然であり、従ってその養女の恋華と愛し合うことは、血がつながっていないとはいえ近親相姦になってしまうのだ。

それ以外にも、紫苑は師に対して屈託を抱え込んでいた。泰隆は八仙島に三人の武俠を呼び寄せ、そのうちの一人に武術の奥義を授けようとしているらしいのだ。彼のもとで武術を研鑽してきた紫苑としては、自分が奥義継承から外されたことへの不満を内心禁じ得ない。

泰隆の招待に応じて、島に蔡文和、楽祥纏、為問という三人の武俠がやってきた。その夜、泰隆は三人をもてなしたあと、普段自分が起居している湖上の八仙楼に戻ってゆく。ところが、翌朝になっても泰隆は起きてこない。不審に思った紫苑が三人の武俠とともに湖を渡って八仙楼に入ったところ、泰隆は自室で絶命していた……。

驚くべきことに、事件関係者は蒼紫苑、梁泰隆、梁恋華、蔡文和、楽祥纏、為問の六人しか登場しない（他に、名前のみ紹介される関係者は数人いるものの）。犯人探しを主眼とする本格ミステリ長篇で、容疑者がこれだけ少ない作品は稀だろう。ならば謎解きの難度は低いのか——といえば、そんなことは全くない。その理由は、本書が一種の特殊設定ミステリであることと関連する。

本書は中国の武俠小説の枠組を借用している。武俠小説とは、正義のために行動しようという「俠」の精神を持つ武術家たちの活躍を描くジャンルであり、代表的な作家としては金庸（きんよう）が知られている。日本にも武俠小説を執筆する作家はおり、漫画やアニメといったサブカルチャーにも影響が見られる。

武俠小説では超人的な武術を体得した登場人物たちがアクションを繰り広げるが、それを本格ミステリの世界に取り入れたらどうなるか——というのが本書の発想なのだ。事件現場の八仙楼は湖上にあり、陸までの距離は短くても五〇丈（約一五〇メートル）。厳冬の湖を泳げば頑健な武俠といえども生死に関わるし、船は八仙楼側にあるから犯人がそれを使って陸まで戻れたわけがない——という不可能状況だが、作中では武俠の技の一つとして「軽功（けいこう）」というものがある。気脈の流れを調整することで体重を極限まで減らし、さながら仙人のように飛びはねる技と説明されるのだが、これを用いれば船や泳ぎに頼らずとも湖上を渡ることが可能になるのではないか——という可能性が提示されるのだ。事件関係者が超人的な技を体得した武侠たちだからこそ成立するこの特殊設定が、犯人探しの条件を複雑なものとしている。また、武侠たちの過去が絡む動機の謎も重視されており、それらが外連味溢れるアクション描写と融合して華麗なエンタテインメントの世界を演出しているのである。

このような奇想や論理性を備えた本書が、江戸川乱歩の好みに合ったであろうことは想像に難くない。「生前の乱歩がこの小説を読んだらどんなに喜んだことだろう」と感じた所以だが、先に引用した帯の惹句のうち「百合」についても触れておくべきだろう。これは女性同士の同性愛をモチーフにした創作物のジャンルの総称だが、古今東西の同性愛文献を蒐集していた乱歩には、男性の同性愛を扱った『孤島の鬼』（一九三〇年）という長篇がある。この作品の執筆にあたって「同性愛なんて、ギリシャ、ローマの昔か、元禄時代ならいざ知らず、現代では関心を持つ人は殆んどいないのだから、（中略）娯楽雑誌にそんなことを書くのは見当違いだと思ったけれども」「探偵小説のことゆえ、この異様な恋愛を思うように書く機会がなかった」（「探偵小説四十年」）と時代的・ジャンル的制約が存在したことを認めた乱歩ならば、同性への愛情を堂々と描いた本書が新人賞の受賞作となったことを知れば、時代の変遷に感慨を新たにしたに違いないのである。

著者の桃野雑派は、一九八〇年、京都府生まれ。小説家デビュー前から、桃ノ雑派名義でゲームシナリオライターとして活躍していた。筆名は、敬愛するアメリカの伝説的ギタリスト、フランク・ザッパに由来する。三十六歳の時にギャラの不払いを経験したことで小説家を目指し、最初はライトノベルの新人賞に応募するも落選、その後通うようになった小説講座で「賞に応募するならなるべく大きな賞、かつ、自分が読んで面白いと思った作家の出身の賞にしなさい」と言われたため、当時著者の好きな作家が下村敦史や呉勝浩だったので江戸川乱歩賞を目指すことにしたという。著者は《WEBきらら》二〇二三年五月号掲載のインタヴューで、本書の成立の由来について「中国の武侠小説が好きなんですが、金庸先生や古龍先生のような有名な作家でも日本ではあまり翻訳が出ていないし、絶版になっていたりする。だから映画から摂取することが多かったですね。それこそ僕の世代は、幼い頃にジャッキー・チェンが人気でしたし。チャン・イーモウ監督とか俳優のジェット・リーの映画なども観てきました。でも知識として詳しかったわけではなかったので、『老虎残夢』を書くにあたって、当時の時代背景はいろいろ調べました」と語っている。

著者が受賞した第六十七回江戸川乱歩賞では、私は予選委員を務めていたのだが、本書の原型となる応募原稿を読んで一驚したのを覚えている。作品の完成度に対する感嘆でもあるが、実は前年の第六十六回江戸川乱歩賞の予選委員でもあったため、その年の最終候補に残った著者の原稿「インディゴ・ラッシュ」にも目を通していたのだ。この作品はヴィンテージデニムのハンターを主人公とする活劇主体の物語だったと記憶しているが、その翌年に全く印象の異なる歴史武俠本格ミステリで勝負をかけてきたのだから、著者の抽斗(ひきだし)の多さに驚嘆せざるを得なかったのである。

実際、本書に続く第二作『星くずの殺人』(二〇二三年)は、十三世紀が背景だったデビュー作から一転して近未来を描いた作品だった。民間宇宙旅行のモニターツアーの最中、宇宙ホテルで首吊り死体が発見される。無重力状態の現場で首を吊ることは可能なのか――という興味を中心に据えた本格ミステリであり、前作と似た世界に安住しようとしない強い意思は敬意に値する。

本書では武俠の力について「外功」と「内功」の二種類があり、両者を掛け合わせて能力を発揮すると説明されているが、論理的な謎解きを構築する能力と、華のあるエンタテインメントの書き手としての能力を持ち、その二つを掛け合わせて効果をより大きなものとしている著者は、作中に登場する武俠さながらではないだろうか。二つの能力を自在に駆使する著者が、今後更に研鑽を重ねて資質を大いに花開かせることを期待したい。

本書は小社より二〇二一年九月に刊行されました。

|著者| 桃野雑派　1980年、京都府生まれ。帝塚山大学大学院法政策研究科世界経済法制専攻修了。2021年、南宋を舞台にした武侠小説『老虎残夢』（本作）で第67回江戸川乱歩賞を受賞し、デビュー。他の著書に『星くずの殺人』。筆名は敬愛するアメリカの伝説的ギタリスト、フランク・ザッパからとった。

老虎残夢（ろうこざんむ）

桃野雑派（もものざっぱ）

定価はカバーに表示してあります

2024年2月15日第1刷発行

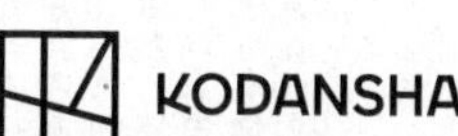

発行者――森田浩章

発行所――株式会社　講談社

東京都文京区音羽2-12-21　〒112-8001

電話　出版　(03) 5395-3510
　　　販売　(03) 5395-5817
　　　業務　(03) 5395-3615

Printed in Japan

デザイン―菊地信義

本文データ制作―講談社デジタル製作

印刷―――株式会社KPSプロダクツ

製本―――株式会社国宝社

ISBN978-4-06-534278-7

講談社文庫刊行の辞

二十一世紀の到来を目睫に望みながら、われわれはいま、人類史上かつて例を見ない巨大な転換期をむかえようとしている。

世界も、日本も、激動の予兆に対する期待とおののきを内に蔵して、未知の時代に歩み入ろうとしている。このときにあたり、創業の人野間清治の「ナショナル・エデュケイター」への志を現代に甦らせようと意図して、われわれはここに古今の文芸作品はいうまでもなく、ひろく人文・社会・自然の諸科学から東西の名著を網羅する、新しい綜合文庫の発刊を決意した。

激動の転換期はまた断絶の時代である。われわれは戦後二十五年間の出版文化のありかたへの深い反省をこめて、この断絶の時代にあえて人間的な持続を求めようとする。いたずらに浮薄な商業主義のあだ花を追い求めることなく、長期にわたって良書に生命をあたえようとつとめるところにしか、今後の出版文化の真の繁栄はあり得ないと信じるからである。

同時にわれわれはこの綜合文庫の刊行を通じて、人文・社会・自然の諸科学が、結局人間の学にほかならないことを立証しようと願っている。かつて知識とは、「汝自身を知る」ことにつきていた。現代社会の瑣末な情報の氾濫のなかから、力強い知識の源泉を掘り起し、技術文明のただなかに、生きた人間の姿を復活させること。それこそわれわれの切なる希求である。

われわれは権威に盲従せず、俗流に媚びることなく、渾然一体となって日本の「草の根」をかたちづくる若く新しい世代の人々に、心をこめてこの新しい綜合文庫をおくり届けたい。それは知識の泉であるとともに感受性のふるさとであり、もっとも有機的に組織され、社会に開かれた万人のための大学をめざしている。大方の支援と協力を衷心より切望してやまない。

一九七一年七月

野間省一